얼굴 없는 전쟁

윤정규 장편소설

창작과비평사

얼굴 없는 전쟁

초판 발행/2001년 8월 31일

지은이/윤정규
펴낸이/고세현
편집/염종선 박신규 최은숙
펴낸곳/(주)창작과비평사
등록/1986년 8월 5일 제10-145호
주소/서울 마포구 용강동 50-1 우편번호 121-875
전화/영업 718-0541,0542, 701-7678 · 편집 718-0543,0544
　　　기획 703-3843 · 독자사업 716-7876, 7877
팩시밀리/영업 713-2403 · 편집 703-9806
홈페이지/www.changbi.com
전자우편/changbi@changbi.com
지로번호/3002568

ⓒ 윤정규 2001
ISBN 89-364-3343-1 03810

얼굴 없는 전쟁

작가의 말

　오랜 기간 도무지 행선지를 알지 못할 미로 같은 뒷골목을 방황하다 지쳐서 돌아온 느낌이다. 낯선 골목길에서 적잖은 풍상을 겪다가 겨우 돌아오기는 했지만 제자리를 찾아온 것이 아니라는 느낌은 예전보다 더 절절하다. 소외를 당한 것인지 스스로가 방관자의 자리를 찾아 저쯤 물러난 것인지도 확실치 않다. 세월에 찌든 먼지가 온몸에 켜켜이 쌓이면서 세상이 자꾸 멀어진 듯 확실히 잡히는 것도 없다. 『얼굴 없는 전쟁』은 그런 마음으로 씌어진 것이다.

　문학을 하겠다고 나선 세월이 어언 사십년을 헤아린다. 하지만 언제 한번 치열하게 달려든 적이 없다. 흉내내기에 골몰하다 그마저 싫증난 아이처럼 최근 십여년 동안은 아예 담을 쌓다시피 해왔다. 그러다 불현듯 무얼 쓰든 써야 한다는 강박관념에 사로잡히게 된 것은 자신에 대한 일종의 구원심리 아니면 반발심 때문이 아니었던가 생각한다.

　작품을 쓴 동기나 작품성이 어찌 됐건 한권 분량을 탈고한 뒤 온몸

4

을 꿰뚫어간 것은 조그마한 안도감이었다. 아직도 완전히 거덜난 것
은 아니라는 자위를 할 수 있었기 때문이다. 뿐만 아니라 새로이 도전
할 수 있으려니 하는 용기도 얻어 다행이라 여긴다. 그런 반면 이 소
설이 많은 현실적 책무에서 벗어나 훌훌 현장을 떠난 것 같은 죄송한
마음도 떨치기 어렵다.

출판 사정이 몹시 어려운 가운데 출간을 맡아준 창작과비평사에 감
사를 드린다. 요행히 독자의 주목을 받을 수 있다면 더이상 고마운 일
이 없겠다.

2001년 8월 윤정규

차례

아파트

그는 무거운 눈꺼풀을 간신히 걷어올리고 두 눈을 떴다. 잠시 동안 아무런 사물도 눈에 들어오지 않았다. 그는 긴장감 없는 눈을 깜짝거리며 사방을 둘러봤다. 그제서야 새벽 박명이 걸려 있는 창문이 스쳐가고 침대머리의 전등갓이 눈을 파고들었다. 밝은 빛은 아니었지만 눈이 몹시도 부셨다.

이 눈부심이 싫어 한숨 더 잘까 하는 생각을 잠깐 했지만 그의 몸은 이미 움직이고 있었다. 그의 몸은 그 시간이면 어김없이 일어나는 습관의 노예가 되어 있었다.

"일나야 할일도 없는데……"

혼자 중얼거리며 바지부터 꿰입었다. 추운 날씨도 아닌데 바지는 썰렁했다. 냉기가 허리를 감돌아 가슴으로 치밀어올랐다. 몸이 부르르 떨렸다. 그러고 보니 난방비를 아끼느라 보일러 온도를 20도 이하로 내려두었던 것이 생각났다. 가을이 깊어질수록 실내 온도를 알맞게 하기가 까다로웠다. 지금이 바로 그런 때였다. 2백여 가구의 3개

동으로 이루어진 아파트는 중앙난방식이었다. 시설이 낡은 탓인지 난방은 제대로 되지 않고 난방비만 하루가 다르게 오르고 있어 웬만한 쌀쌀함은 견디지 않을 수가 없었다.

"몇푼이나 아낄 거라고……"

그는 자조하듯 중얼거리며 급히 바지를 끌어올렸다. 낡은 청바지가 다소 뻣뻣한 느낌을 주었지만 입고 나니 꼭 끼는 것이 몸에 힘을 주는 것 같았다.

문득 "할아버지는 삼백육십오일 언제나 그 청바지네요" 하던 슈퍼 아가씨의 말이 상기됐다. 아가씨치고는 나이가 많은 30대 슈퍼 종업원은 그가 겪어본 사람 가운데 무척이나 친절한 사람이었다. 그래서 오다가다 몇마디씩 실없는 농담도 주고받고 눈인사도 하는 사이가 되었다. 좀더 다정한 인사를 할 수도 있었지만 노인은 말이 아주 서툴렀던 것이다. 갸름한 그네의 얼굴이 떠오르자 슈퍼에 가야 할 일이 떠올랐다.

그는 상의를 입고 먼저 냉장고로 가서 문을 열었다. 냉장고 내등이나 여깄소 하듯 밝은 얼굴을 보여주었다. 안에 든 식품은 쉬어빠진 김치뿐이었다. 냉장고 안을 일별한 그는 오늘 아침 슈퍼에서 구입할 식품목록을 하나하나 머릿속에 그려나갔다. 식빵 한 덩이, 쌀 5킬로그램, 계란 한 줄, 감자 다섯 개, 양파 다섯 개, 시금치 약간, 알사탕 한 줌, 기타 등등 해서 목록은 제법 길었다. 소주도 서너 병 사야겠다는 생각을 했다. 돈이 적잖이 들 것 같았다.

돈 생각을 하자 갑자기 사는 것이 두려워졌다. 그동안 통장 무게가 눈에 띄게 가벼워졌음을 그는 알고 있었다. 여생이 얼마나 될는지 모르지만 그때까지 버틸 수 있을지도 의문이었다. 물론 그는 최대한 절약을 하고 있었다. 어쩌다 보니 그 알량한 국민연금 수혜자의 반열에도 끼지 못한데다 달리 수입도 없었다. 그러니 가진 것을 적절히 분배해 하루하루 연명해가야 하는데 미친놈의 물가는 하루가 다르게 그의 엄밀한 계산을 허사로 만들고 있었다.

"소주를 사지 말어?"

돈 계산을 하며 자신에게 물었다. 거렁뱅이가 되지 않으려면 한푼이라도 아끼는 것이 현명했다. 소주 세 병 값이면 식빵 한 덩이를 사고 남는다. 일주일 기본식품이 되는 것이다. 그러나 그는 소주를 단념할 수가 없었다. 일주일에 소주 세 병은 그를 즐겁게 하는 유일한 먹거리였다. 하루를 무료하게 보내고 저녁놀을 바라보며 몇잔 기울이는 소주야말로 천하일품이며 그가 누릴 수 있는 유일한 흥겨움이었다.

"이 나이에 그런 재미도 없다면 어떻게 살았냐? 돈 떨어지면 집을 팔고, 집 판 돈 떨어지면 자살하면 되지."

그는 자신을 그렇게 타이르며 소주값을 아끼자는 생각을 털어버렸다.

돈 떨어지면 자살하자는 생각은 재미로 해온 것이 아니었다. 하늘을 우러러도 피붙이 하나 없고 땅을 굽어보아도 친척 하나 없는 그에게는 알거지가 된 자신을 처리할 방법이 달리 없었다. 그러니까 그런 작정은 당연한 것이고 일주일에 한번씩 슈퍼에 갈 때마다 그걸 확인하는 것이다. 그는 그런 확인이 슬프지 않았다. 오히려 가야 할 길이 뚜렷하게 열려 있는 것 같아 마음이 가벼워졌다.

실내가 제법 환해져오고 있었다. 빛 속에 드러난 열일곱평 서민아파트의 실내는 어수선하고 을씨년스러웠다. 원래는 방 두 개에 좁은 거실과 부엌 그리고 작은 욕조가 딸린 화장실로 이뤄진 구조였으나 그는 두 개의 방을 하나로 터서 안쪽에 침대를 놓았다. 침대 머리맡에는 갓전등이 외롭게 앉아 있었다. 현관 쪽은 푹신한 의자 두 개가 놓인 거실로 개조했다. 의자 뒤쪽은 화장실이고 앞쪽은 부엌이었다. 부엌살림의 중심은 집안에서 가장 고가이자 묵직해 보이는 냉장고였다. 침대 옆엔 간이옷장이 있고 그 옆에 몇권의 책과 사진첩이 꽂힌 서가가 있었다. 그 사이에 14인치 낡은 텔레비전이 놓여 있었다. 서가 위에는 중절모를 넣어두는 종이로 만든 모자통이 하나 얹혀 있었다.

아파트의 내부가 그런 데 비해 전망은 아주 좋았다. 남쪽으로 난 창문으로는 차갑게 뻗어올라간 빌딩들 대신 사시사철 푸르름이 무성한 산이 잡힐 듯 눈에 들어왔고 고개를 조금만 돌리면 멀리 유유히 흘러가는 퍼런 강물이 파편처럼 빛났다. 5층 높이 때문에 주위의 지저분한 광경이 보이지 않는 것도 다행이었다. 경관이 좋은 탓인지 모르지만 벌써 10년 가까이 재개발 소문이 나오고 있었다. 그 소문이 그를 불안하게 했다.

구입 식품목록과 대강의 금액을 계산한 그는 먼저 커피포트를 소켓에 꽂았다. 찬장에서 찻잔을 내려 가루커피와 설탕을 알맞게 배합해두고 물이 끓기만 기다렸다. 일곱시를 알리는 차임벨 소리가 들렸다.

"정확하구만……"

그는 자신에게 이르고는 침을 꿀꺽 삼켰다. 커피만 생각하면 입에 군침이 돌았다. 온몸에 전율 같은 즐거움이 스쳐가면서 까닭모를 애잔함을 불러일으키는 것이다. 그가 육십여 평생 변함없이 사랑한 것이 있다면 오직 커피 하나였다. 눈만 뜨면 커피를 마셨고 잠을 자기 전에도 반드시 한잔의 커피를 음미했다. 그렇다고 커피에 대해 일가견이 있는 것은 아니었다. 이상하게 들릴지 모르지만 커피를 좋아하는 만큼 그는 커피에 대해 무지했다. 생산지에 따라 커피의 향과 맛이 다르다는 소리를 듣긴 했지만 어떻게 다른지 구별하지 못했고 특히 비엔나니 모카니 해서 개성적인 이름을 붙인 커피들에서는 진짜 커피

맛을 느끼지 못하는 커피맹이었다. 그런데도 커피는 무작정 좋았다.

물이 끓자 그는 조심스럽게 커피잔에 물을 따르고 폭신한 의자에 앉았다. 심신이 더없이 편안했다. 커피향을 음미하면서 천천히 마시기 시작했다.

두어 모금 마셨을까, 커피향이 유독 진하게 느껴진다 싶었는데 갑자기 기억 저쪽에 갇혀 있던 한 인물이 떠올랐다. 이건 참으로 희귀한 일이었다. 불쾌하진 않았지만 뭔가 여느때와는 다른 하루가 되리라는 생각이 뇌리를 스쳐갔다. 문득 떠오른 사람은 이미 40여년 전에 만났다가 30여년 전에 기억의 밑바닥으로 숨어버린 사람이었다.

봉섭이형은 그가 군에 입대하기 전 두어 달 동안 하숙을 했던 집의 주인이자 외항선원이었다. 50년대의 외항선원은 최고의 직업이었고 수입도 모든 직종 가운데 으뜸이었다. 미국의 영화배우 그레고리 펙같이 키가 훤칠하고 미남이었던 봉섭이형은 그에게는 선망의 대상이었고 그에 보답하듯 봉섭이형도 입대를 앞둔 그를 마음으로나마 무척 동정했다. 두어 달 하숙을 하는 동안 딱 세 번밖에 만나지 않아 자별한 사이가 되지는 못했지만 얼굴을 마주칠 때마다 안방으로 불러 저녁도 내고 한번은 귀한 빠이롯트 만년필까지 선물해준 사람이었다. 그런 봉섭이형이 한달 만에 귀향을 해서는 바쁘게 그를 불러주었다. 그날이 마지막 만남이었다. 다음날 그는 입대를 했던 것이다.

"우리 배가 이번에 브라질에 갔다왔다. 내가 브라질 커피를 가져온 기라. 품질과 향기가 세계 최고라고 하더구만. 우리 폼나게 한잔씩 마시자."

그때까지만 해도 그는 커피를 마셔보지 못했다. 거리마다 골목마다 널려 있는 것이 다방이었지만 그는 다방 구경 한번 못한 처지였다. 그러니 향이 어떤지 품질이 어떤지 알 리가 없었다. 봉섭이형이 일등이라니 그렇게 알 뿐이었다.

"어떻노? 향기도 일등이고 맛도 유별나제?"

"향기고 맛이고 잘 모르겠십니다마는 대기 쓰네요."

"커피는 쓴 데서 향이 나는 법이다. 문화인이 될라치면 커피 마시는 법부터 배우거라."

문화인이 되려면 쓴 커피에 익숙해져야 하는지 어떤지는 모를 일이지만 그후 그는 차를 마실 기회가 있으면 반드시 봉섭이형을 생각하며 커피를 마셨다. 그는 군복무중에 봉섭이형이 선장이 되었고 돈도 엄청나게 벌었다는 소문을 들었지만 입대 후에는 만난 일이 없었다. 일종의 습관처럼 커피와 봉섭이형을 연결하던 의식은 그후 10년쯤 계속되다가 어느날 봄눈 녹아 없어지듯 기억에서 사라졌다.

그는 빈 커피잔을 내려다보며 갑자기 봉섭이형이 떠오른 것이 못내 이상했다. 이미 오래 전부터 옛 동료나 아는 얼굴들을 떠올리는 데는 익숙하지 않게 되었다. 마음이 차가워진 탓인지 세월의 두께 때문인지는 모르지만 그게 편했다. 그런데 봉섭이형이 되살아난 것이다. 불쾌할 것 없었지만 조용하던 일상이 흔들리는 것 같아 마음이 뒤숭숭했다.

그는 천천히 일어나 빈 커피잔을 개수대에 넣었다. 입안 가득한 커피향이 기분을 상쾌하게 해주었다. 그는 한동안 그 자리에 서서 향에 취해 있었다.

이윽고 그는 화장실로 들어가 이를 닦았다. 의사가 권한 대로 3분 동안 닦으려 무진 노력은 하지만 기껏해야 1분에서 10초를 넘기지 못했다. 구역질이 나기 때문이었다. 그러나 그 시간 동안이라도 아주 정성스럽게 닦았다. 조금만 정성을 들이면 치통은 면할 수 있는 것이다. 입안을 헹궈내고 세수를 시작했다. 얼굴 구석구석과 목뒤 귀밑을 빠짐없이 씻어냈다. 비누질도 두 번 이상 했다. 늙은 놈이 얼굴까지 지저분하면 대접을 못 받는 세상임을 아는 것이다. 그렇다고 어디 가서 대접을 받아본 일은 없지만.

말끔히 씻은 얼굴이 거울에 비치자 그는 저도 모르게 빙그레 웃었다. 나이는 어쩔 수 없다 해도 아직은 쓸만한 얼굴이란 생각이 든 것이다. 눈꼬리가 약간 처져서 눈매가 날카로워 보이고 눈 아래에 지방질이 모여 하현달 같은 주름이 깊게 파여 있지만 계란형 얼굴과 핏기를 잃지 않고 있는 입술은 노인치고는 매력적이었다. 게다가 코가 일품이었다. 자연스런 선이 부드럽게 뻗쳐 있고 힘이 넘쳤다. 귓불도 복스러웠다. 문득 이 얼굴에 분장을 하면 못 되어도 사십대 후반까지는 젊어질 것 같았다. 주름을 조금만 지우고 양볼에 살을 붙인 뒤 핏기만 살려낸다면 아직 사십대로 여겨질 게 분명했다. 그러면 20년 세월을 되찾는 것이 된다.

그는 그런 생각을 하면서 쓴웃음을 지었다. 20년 가까이 내로라하는 수많은 배우들의 분장은 했지만 자신의 얼굴에 진흙 같은 화장품을 발라본 적이 없었다. 갑자기 분장 생각이 난 것 역시 봉섭이형이 떠오른 것처럼 새삼스러웠다. 그는 거듭 쓴웃음을 지었다. 그러면서도 자신의 얼굴에 만족감을 느꼈다.

"하긴, 그랬으니까 배우지망생 계집들이 줄줄이 따랐지."
중얼거리며 화장실을 나왔다. 찬장서랍에서 장바구니를 찾아 손에 들고 현관문을 열었다. 문은 잠겨 있지 않았다. 3층에 사는 반장 할머니는 오다가다 얼굴을 스치게 되면 어김없이 문단속을 신신당부했다. 마치 그런 당부를 하는 것이 반장의 소임인 듯이. 그러나 그는 그럴수록 문을 잠그기 싫었다. 반장이란 권위에 저항하기 위해서가 아니었다. 훔쳐갈 것도 없는 집 단속하느라 문을 걸어잠그고 스스로 갇혀 지낸다는 것에 왠지 거부감이 느껴졌던 것이다. 아니 그것만도 아니었다. 솔직히 말해 한번쯤 눈먼 도둑이라도 들어주었으면 하는 당찮은 기대가 없지 않았다. 찾아오는 사람이라고는 관리비 걷는 사람과 반상회 불참 벌금 받으러 오는 반장뿐인 집에 그런 손님이라도 와주었으면 하는 심정이었던 것이다.

"도둑이라고 말동무 되지 말란 법은 없겠지."

설사 말동무가 되지 않을 도둑이 들어와도 그는 원망할 생각은 없었다. 진짜 도둑이 더 재미있을 것 같기도 했다. 어느 멍청한 도둑이 들어 냉장고 자리를 휑뎅그렁하게 비워놓았다면 아쉽고 섭섭하겠지만 대신 얼굴도 모르는 놈을 죽일 듯 원망하고 하다못해 경찰에 가서 도둑을 잡아달라며 떼쓸 수 있을 것이다. 아니면 도둑을 잡는다며 서울의 거리거리와 골목골목을 누비고 다닐 기회도 가질 것이다. 생활에 변화가 오는 것이다. 그의 마음속에는 그런 변화의 바람이 머물러 있었다. 문단속을 소홀히하는 이유였다.

그는 느린 걸음으로 조심스럽게 계단을 내려가기 시작했다. 5층은 3층이나 4층보다 전망은 좋았지만 오르내리기가 쉽지 않았다. 텔레비전에서는 나이든 노인일수록 걷기운동을 하는 것이 건강에 좋다고 하지만 그게 쉽지 않았다.

아파트를 나오자 그는 허리부터 한번 쭈욱 뻗었다. 포승에 묶였다가 풀려난 듯 사지가 자유롭고 힘찬 숨이 뱉어졌다. 습기 머금은 맑고 푸른 가을 하늘이 가슴속으로 밀려들어오는 듯했다. 전신이 맑고 푸르러지는 것 같아 그는 힘차게 걷기 시작했다.

거리의 술렁임이 온몸에 느껴졌다. 맑은 햇살이 엇비슷하게 쏟아지고 자동차의 경적소리와 오가는 사람들의 발짝소리가 어우러진 거리의 진동이 가슴으로 전해왔다. 그는 사방을 힐금힐금 돌아보면서 슈

16

퍼를 향해 걸음을 재촉했다. 이상하게도 슈퍼를 향할 때는 가외의 힘이 솟았다. 아마 돈을 쓰는 재미가 이런 것이 아닌가 하는 생각이 스쳤다.

슈퍼는 3백여 미터 떨어진 거리에 있었다. 단층의 임시 건물로 요즘 급증하고 있는 마트형 슈퍼지만 규모가 큰 것은 아니었다. 출입구가 하나뿐이고 물건 정리하는 점원 두 사람을 제외하면 삼십대 아가씨가 혼자 카운터를 지키고 있었다. 상품이 얼마나 많은지는 알 수가 없었다. 자신이 구입하는 상품 외에는 전혀 관심이 없기 때문이었다.

그가 출입문을 밀고 들어가자 아가씨가 상냥하게 인사를 건넸다.

"꼭 일주일 만에 오셨네요!"

그는 그저 빙그레 웃기만 했다. 말을 할 기회 없이 20여년을 살아온 그는 때와 장소에 따라 적절히 응대할 자세를 잃고 있었다. 지금의 경우도 그래, 잘 계셨소 하면 되는 것인데도 그 말을 떠올리지 못했다. 대신 빙그레 웃으며 지나쳐서는 물건을 고르다 말고 인사말을 떠올리는 것이었다. 그는 바보 같은 자신을 탓해보지만 이미 때가 늦었다.

그도 한때는 대단한 달변이었다. 충무로 영화판은 환상의 세계를 만드는 특수지역이었다. 그런만큼 그 일에 참여하는 사람은 너나없이 상상력이 풍부했고 특정부분의 감각이 아주 뛰어났다. 누구없이 이야기 지어내기를 즐겼고 특히 음담패설인 '와이당' 한가락을 못하는 사람은 바보취급을 받았다. 환상과 감각과 와이당 사이사이에 교훈이 될 만한 말도 적지 않았다. 충무로에 발판을 두었다는 것만으로 들인 노력의 몇배나 되는 정보도 얻고 말도 배우게 되는 것이다. 게다가 촬영장을 기웃거리다 보면 상상력도 풍부해질 수 있었다.

그는 말 잘하고 상상력도 풍부했던 과거의 자신을 기억해냈다. 그런데 지금은 그런 자신은 간 곳이 없었다.

이른 시간이어서 그런지 슈퍼에는 별 손님이 없었다. 그는 아가씨의 눈길이 자신의 등뒤에 쏟아지고 있음을 느끼고 있었다. 측은하게 여기는 시선인 것도 알 수 있었다. 일주일에 한번씩 이른 시간에 슈퍼를 찾아와 거의 같은 목록의 식품을 사가는 노인이 가련했던지 이미 오래 전부터 그런 시선을 보냈던 것이다. 노인은 그런 시선이 달갑지는 않았지만 모른 척하고 지냈다.

그런데 돌연 아가씨가 종종걸음으로 다가오더니 말을 걸었다.

"할아버지! 목록 주세요. 제가 아주 싱싱한 걸로 골라드릴게요."

그는 잠시 아무 말도 못하고 아가씨를 바라보기만 했다.

"모두가 같은 물건으로 보여도 내용은 다 달라요. 가령 어제 들여온 시금치와 오늘 새벽에 들여온 것은 신선도가 다르고요, 식빵도 이틀 된 것과 하루가 된 것이 있어요. 할아버진 그런 것 구별하지 못하잖아요."

"그렇겠구만!"

그러고는 그는 구입할 물건들을 머릿속에 그렸다. 그런데 그녀가 먼저 알고 있었다.

"할아버지 사실 식품은 모두 알고 있어요. 식빵 한 덩어리, 감자 다섯 개, 양파 다섯 개, 소주 세 병, 그리고 머더라……"

그는 구매를 맡긴다는 뜻으로 한발 뒤로 물러섰다.

그녀가 진열대로 가서 찬찬히 물건들을 골랐다. 물건을 고르고 있는 아가씨의 뒷몸매를 바라봤다. 참으로 매력적이었다. 한창 물이 오른 수밀도를 연상시켰다. 노인은 그동안 잊고 있었던 여자에 대한 매혹감이 되살아나자 스스로도 민망해 얼굴을 살짝 붉혔다.

"다 됐어요. 혹시 틀렸거나 잘못된 것이 있으면 말씀하세요."

그는 먼저 얇은 미소로 여유를 찾은 뒤 대답했다.

"아가씨가 한 일이 틀릴 리가 없지요. 수고를 덜어줘서 고맙소이다."

"가장 오랜 단골인걸요. 벌써 삼 년이 넘었잖아요? 그러고 보면 제가 무심했어요. 앞으로는 더 열심히 써빙을 할게요. 고맙습니다."

그는 또 한번 얇은 미소를 보이고는 계산대를 지나 출구를 빠져나왔다.

그녀의 친절이 불쾌한 것은 아니었으나 왠지 정상적인 것으로 여겨지지 않았다. 그녀에게 매력을 느낀 자신도 정상이 아니라 여겨졌다. 불현듯 봉섭이형이 떠오른 것처럼 어떤 느닷없는 일이 벌어질 것 같은 묘한 느낌을 주었다. 그는 푸른 하늘을 한번 우러러보고는 자위하듯 중얼거렸다.

"나 같은 놈에게 무슨 일이 있을라구…… 또 있다고 해야 무슨 별난 것이겠는가."

거리는 좀 전보다 번잡하고 소란스러웠다. 소음이 신경에 거슬렸다. 매연냄새도 짙어지는 듯했다. 그런데도 발걸음이 빨라지지 않았다. 바구니의 무게도 배가되는 듯했다. 그는 길가 3층짜리 빌딩 계단에 엉덩이를 걸쳤다. 몸뚱이가 땅 아래로 빨려들듯 무거웠다. 돌 바닥의 냉기가 엉덩이를 시리게 했지만 일어나지지 않았다. 착 가라앉아 잠시 거리를 무심히 바라봤다. 많지 않은 행인들이 그를 힐금거렸다.

냉기가 끊임없이 위로 밀고 올라와서 아랫배가 차가워지는 것 같았다. 두 다리도 감각이 둔해지는 듯했다. 온몸이 부르르 떨렸다. 애써 몸을 일으켰다. 허리를 몇번 좌우로 흔들어본 뒤 천천히 천천히 걷기 시작했다.

문득 설움 같은 것이 가슴을 썰렁하게 적셔왔다. 눈시울도 쓰렸다.

"더럽게 살아가지고……"

몇발 걷다 말고 다시 자신에게 내뱉었다.

"누굴 원망할 거냐? 인과응보지."

그는 자신을 나무라면서도 그런 자신이 역겹고 한심했다.

지금 와서 자책이란 아무 의미가 없는 것이었다. 지금부터라도 어떻게든 달라져보자고 마음을 다지게 하기는커녕 자신을 더욱 비참하게 할 뿐이었다.

이른 아침부터 이런 참담한 기분을 느끼기는 수삼년 만에 처음이었다. 특별히 그래야 할 이유도 없는 것이 더욱 기분을 언짢게 했다.

"무슨 일이 터질 징조인가?"

불안하게 자신에게 물었다. 그러나 그럴 리가 없었다. 이미 20년을 혼자서 살아왔다. 외롭다는 느낌은 사치였다. 함께 일하고 한자리에서 정담을 주고받으며 술잔을 나누었던 친구들도 기억의 밑바닥에 묻혀 떠오르지 않았다. 그러니 과거와 연결된 어떤 일도 일어날 가능성은 없었다. 그렇다고 즉석복권 한장 산 적 없는 그에게 남은 여생과 관련된 무슨 횡재수나 변수가 일어날 일은 더욱 없었다.

"화근은 봉섭이형이야."

그는 40년 만에 기억의 무덤을 뚫고 올라온 봉섭에게 불안한 심정의 책임을 떠넘겼다.

"지금 살았으면 팔십은 됐을 노인이 왜 생각나가지구……"

그는 한번 더 봉섭이형을 원망하며 마음의 불안을 털어내려 애썼다. 그러나 한번 흔들린 마음은 여간해 안정되지 않았다.

아파트 입구에 당도하자 그는 걸음을 멈추었다. 숨도 찼고 왠지 다리가 휘청거려 계속 걷기가 힘들었다. 긴 숨을 한번 크게 내뿜었다. 그러는데 건물 벽에 부착된 광고가 눈에 들어왔다.

10월 25일에 메가마트가 개장한다는 광고였다. 물건값이 일반 슈

퍼보다 평균 30퍼센트 저렴하다는 안내와 위치가 표시돼 있었다. 25
일이면 바로 어제였다. 개업날을 지나서야 광고를 본 셈이었다. 거리
도 멀지 않아 슈퍼 반대편으로 불과 3,4백 미터 떨어져 있었다. 물건
값이 싸다는 것이 마음을 끌었다.

"젠장, 저렇게 할인해 팔아도 수지가 맞는 건가?"

아파트 입구를 들어서자 가파른 계단이 장애물처럼 앞을 가로막았
다. 갑자기 두 다리가 뻣뻣해오는 느낌이 들었다. 그러나 그는 힘겨운
일에 도전하듯 망설이지 않고 계단을 오르기 시작했다. 하나 둘 입속
으로 계단을 헤아렸다. 5층 현관 앞에 당도해 다시 한번 큰 숨을 몰아
쉬었다. 그러자 또 한번 가슴속이 썰렁해져왔다. 그를 못 견디게 비참
하게 하는 썰렁함이었다.

그는 외출할 일이 거의 없었다. 맞은편에 사는 젊은 부부는 그를 보
기만 하면 서둘러 문 뒤로 숨기 바빴지 인사 한번 건네는 법이 없었
다. 혹 친하게 지냈다간 무슨 심부름이라도 하게 되지 않을까 경계하
는 태도였다. 지난 3년 동안 늘상 그랬던 것이다. 반장 할머니는 외톨
이 천덕받이인 그가 딱하고 가련했던지 노인정에라도 나오라는 권유
를 몇번이나 했지만 그는 한사코 사양했다. 가족이 있고 괜찮은 자녀
들이라도 있다면 그도 노인정을 놀이터로 삼았을 것이다. 그러나 딸
린 가족이라고 의붓자식 하나 없는 처지에 노인정까지 넘본다는 것은
그곳에서 얻을 즐거움이 어떤 것이든 수치스럽고 동정만 사게 될 것
이었다. 그는 동정이 싫었다. 비록 육십 평생을 사람답지 않게 살아온
벌로 홀몸이 되어, 버려진 인생을 살기는 하지만 남의 눈에 가련한 존
재로 비치고 싶지 않았다. 이런 마음 때문에 그는 외출할 일이 더욱
없었고 할일을 찾을 처지도 아니었다.

그의 외출은 일주일에 슈퍼에 한번 가는 일이 고작이었고 어쩌다

아파트 근처를 어슬렁거리기 위해 집을 나가는 일이 한번쯤 있었다. 그러나 즐거움이라고는 전혀 느끼지 못하는 외출이었다. 오히려 자신의 고독한 처지가 확인될 뿐이었다. 그런 확인보다 더 가슴아픈 것은 돌아와 현관 앞에 섰을 때였다. 인기척이라고는 없는 싸늘한 집안 분위기가 마치 썩은 냄새가 나는 물처럼 고여서 혐오감부터 일으키는 것이다. 그는 그 냄새가 17평 아파트에서 나는 것이 아니라 자신에게서 나는 것임을 알고 있었다. 그가 외출을 극히 삼가는 것도 어쩌면 그 냄새를 낯모르는 사람에게 맡게 하는 것이 미안한 때문인지도 몰랐다. 눈을 반쯤 감고 잠그지 않은 문을 밀고 들어가면 자기 몸에서 나는 이상한 냄새가 아파트 안에 진하게 배어 있다가 비수처럼 코를 찔렀다. 어떤 때는 이 냄새를 지우기 위해 10분도 더 창밖으로 코를 내밀고 있어야 했다.

자신의 냄새는 이 아침에도 지독하게 코를 찔렀다. 마치 각종 오폐수로 잔뜩 오염된 개천냄새 같기도 하고 음식쓰레기가 썩는 냄새 같기도 했다. 그는 냄새에 찌든 자기 몸을 한번 훑어보고는 집 안으로 들어갔다. 장바구니를 개수대 위에 올려놓고 창밖으로 코를 내밀었다. 바깥공기가 조금씩 마음의 안정을 찾게 했다.

그는 의자에 앉아 담배부터 붙여물었다. 깊이 들이마신 연기를 길게 내뿜었다. 평상심을 찾았다. 그는 잠시 아침식단 때문에 고민했다. 감자볶음과 빵으로 먹는 방법이 있고 밥을 해먹는 방법이 있었다. 어느 것이나 귀찮기는 마찬가지였지만 선택에 따라 점심을 거를 수도, 거르지 못할 수도 있었다. 결국 그는 설거지하기가 쉬운 아침을 먹기로 했다.

빵 두 조각과 감자볶음으로 아침을 때운 그는 설거지를 대강 해치운 뒤 먼저 커피 한잔을 타들고 편안한 자세로 의자에 앉았다. 커피향을 입안 가득 머금은 채 담배를 붙여물었다. 식후 일미란 말대로 이때의 커피와 담배 맛은 그 어떤 것에도 비할 바 아니었다. 커피향과 담배향이 입안 가득히 고여 개운하고 황홀하기까지 한 것이다. 그는 황홀경 속에서 스르르 눈을 감았다.

그는 조반을 먹고 나면 언제나 이렇게 한숨 눈을 붙였다. 그래야만 피로가 가시고 기분도 가벼워졌다. 이상하게도 아무 하는 일이 없는데도 몸에서 피로가 떠나는 날이 없었다. 그렇다고 몸 어디가 고장이 난 것도 아니었다. 하는 일이 없는 노인들이 흔히 겪는 노인성 피로였다. 30분 정도 눈을 붙이고 나면 피로가 상당히 가시곤 했다. 때문에 아침 식후의 개잠은 반드시 치러야 하는 일이었다.

그는 눈을 뜨자 크게 한번 기지개를 켠 뒤 할일을 머릿속으로 더듬어 찾았다. 청소는 어제 했기 때문에 오늘은 건너뛰어도 되었다. 그러나 빨래는 이미 사흘치가 밀려 있었다. 사흘치라 해야 아래위 내의 여섯 장이 전부였다. 그는 그것들을 아주 정성스럽게 빨기 시작했다. 빨래판에 내의를 펴놓고 비누로 치댄 후 박박 밀며 때를 빼는 재미는 할일이 없는 그에게는 독특한 즐거움이었다. 가끔은 세탁기가 있었으면 했지만 이 즐거움으로 그는 끝내 세탁기를 사지 않았다.

비누의 미끄러운 감촉과 찬물이 주는 신선감이 손끝뿐만 아니라 가슴속까지 후련하게 해주는 듯했다. 팔과 손에 힘을 줄 때마다 뭔가 일을 한다는 만족감을 느꼈다.

"사는 게 별건가? 이런 재미지."

그는 땀까지 흘리며 빨래를 하는 자신에게 말했다.

그는 혼잣말을 하는 것도 재미가 있었다. 혼잣말에는 오해나 곡해가 있을 수 없고 부끄러움도 없었다. 팔도 쌍욕을 다 해도 나무랄 사람이 없고 욕이 되돌아오지도 않았다.

"빨래 끝!"

그는 마치 큰일을 해낸 아이처럼 환성을 지르고 웅크린 자세에서 몸을 일으켰다. 두 다리가 뻣뻣하고 저릿한 것이 고통이 아니라 기묘한 쾌감으로 느껴졌다.

빨래를 널면서 창문 너머 풍경을 힐금힐금 훔쳐봤다. 아파트 뒤편은 몇십년은 되었음직한 소나무들이 울울이 서 있는 얕은 언덕이었다. 언덕 아래에는 작은 개울이 흐르고 개울 따라 소방도로가 나 있었다. 소방도로는 지나다니는 차들이 별로 없어 비교적 조용했다. 소방도로 저편은 서민아파트가 있는 이편과는 전혀 다른 고급주택가였다. 경비실이 딸린 주택도 있었다. 대부분이 2층 슬라브 구조로 사철나무들이 심어진 정원들이 시원해 보였다.

그는 이따금씩 다용도실로 나와 고급주택가를 멍하니 바라볼 때가 있었다. 특별한 부러움을 느끼는 것도 아니고 무슨 비교의식을 가진 것도 아니면서 몇시간씩 바라보곤 했다. 몇시간을 바라보아도 사람 모습을 보기는 쉽지 않았다. 그 때문인지 그는 종종 고급주택들을 그린 조감도를 보는 듯한 착각을 일으킬 때가 있었다. 그럴 때는 여간 기분 상하는 것이 아니었다.

그는 빨래 하나를 널고는 주택가를 건너다보고 또 하나를 펴면서 건너다보곤 했다. 그러나 역시 사람은 보이지 않았다. 천만명이 구더기처럼 북적거리며 산다는 대도시에 저런 텅 빈 마을이 있다는 것이 기분을 상하게 했다.

"유령의 마을이라고 하자."

그는 멋대로 명명을 하고는 다용도실에서 나왔다. 기분은 별로였지만 나른하거나 심란하지는 않았다. 작은 것이나마 일을 했다는 만족감이 마음 한쪽을 충만하게 했다.

그는 의자에 누워 사지를 주욱 뻗고 허리운동을 가볍게 했다. 그런 뒤 침대머리에 있는 라디오를 켰다. 마침 시간이 정오가 됐던지 정오 뉴스가 흘러나오고 있었다. 남북정상회담 후속조치의 하나로 남북장관급회담이 평양에서 곧 열릴 것이라는 내용이었다. 남북회담은 이미 여러 차례 열려 그의 관심거리가 못 되었다. 더구나 그는 북한에 인척이 있는 것도 아니고 통일 어쩌고 하는 말에도 흥미를 느끼지 못했다. 그는 내용에 관심이 있는 것이 아니라 그저 사람의 소리가 듣고 싶어 라디오를 켠 것이다.

라디오 소리를 듣게 되자 그는 정녕 아무 할일이 없었다. 귀는 즐겁지만 눈이 심심했다. 문득 라디오 대신 텔레비전을 켤까 생각했지만 이내 고개를 흔들었다. 그는 텔레비전의 화면이 싫었다. 그가 생활터전이나 다름없이 여겨왔던 충무로 영화판을 떠난 뒤부터 몸에 밴 것이었다. 그는 한낮에 창문이 훤할 때는 거리를 두고 창문도 바라보지 않았다. 창문이 스크린으로 착각돼 간단없이 영상이 비춰지고 그러다 보면 과거의 일들도 떠오르기 때문이었다.

그는 아무 생각 없이 한동안 허공에 시선을 던지고 있다가 벌떡 일어섰다. 외출이라도 해볼까 하는 생각이 일었기 때문이었다. 그러나 일어서고 보니 마땅히 갈 곳이 생각나지 않았다. 계단 오르내리기 운동이나 할까 하다가 불현듯 소방도로 저편 마을을 떠올렸다.

노폭이 8미터밖에 되지 않는 길 저편에 있는 마을이지만 이편 서민 아파트 사람들과는 전혀 내왕이 없음을 그는 알고 있었다. 바지런하기로 유명한 반장 훈이 할머니조차도 그쪽 소식을 물어와 들려주는 일이 없었다. 길 하나를 경계로 다른 나라와도 같은 관계였다. 그는 밀입국자처럼 경계를 건너 다른 나라로 건너가볼 결심을 하자 이상한 쾌감이 느껴졌다.

계단을 내려오는 그의 심장이 상당히 밭은 소리로 뛰고 있었다. 목이 마르는 느낌도 없지 않았다. 모험길에 나선 아이처럼 흥분되면서 즐겁기도 했지만 한편으로는 한심하기도 했다. 산전수전 다 겪은 늙은이가 길 하나 건너는 일에 흥분을 느낀다니 이같은 치졸함이 또 있으랴 싶었다.

아파트 앞 좁은 길을 빠져나와 방향을 아파트 뒤로 틀었다. 10분도 걷지 않아 소방도로였다. 그는 도로 한끝에 서서 잠시 심호흡을 했다. 그러고는 노인답게 아주 느린 걸음으로 걷기 시작했다. 집 모양, 문패, 정원의 나무들을 살피면서 가능한 한 느리게 걸었다.

참으로 잘 정돈되고 모양새나게 지어진 주택가였다. 담장은 어른 키 두 배가 넘을 듯했고 집집마다 차고가 있었다. 미처 차고에 들어가지 못하고 길가에 세워진 차들도 눈에 들어왔다. 그는 차들의 이름을 하나하나 외워나갔다.

"다이내스티, 엔터프라이즈, 다음은…… 벤츠로구만…… 저건, 가만 있자…… 에쿠스라…… 저거는 비엠더블유고……"

그렇게 하다 보니 이름을 외워나가는 재미도 여간 쏠쏠하지 않았다. 그러면서 그는 세월의 흐름을 새삼 확인하지 않을 수가 없었다. 그가 한참 일을 하던 시대에는 외국산 벤츠나 비엠더블유 등을 제외하고는 다이내스티니 하는 자동차는 없었다. 새나라가 아니면 포니나 크라운이 고작이었다. 그후 몇종류의 승용차가 나오기는 했지만 그 자신과는 아무 인연이 없었다.

그는 공연히 서글픔을 느끼며 첫 골목을 꺾어돌았다. 역시 어마어마한 주택가가 이어지고 있었다. 이번에는 문패만을 살피기로 했다.

"김택수라……"

골목을 돌아 첫집 문패가 그랬다. 그는 한동안 권력깨나 휘두르다

호화주택 때문에 낙마한 어떤 정치인을 떠올렸다. 다음 집은 장한수였다. 연상되는 인물이 없었다. 그 다음 집은 오기삼이란 문패가 붙어 있었다. 역시 연상되는 인물이 없어 앞으로 나아가는데 언제 다가왔는지 승용차 한대가 스르르 다가와 멈추어섰다. 승용차는 일제 크라운이었다.

그는 엉거주춤 멈추어서서 차에서 내리는 인물을 바라봤다. 먼저 앞자리의 경호원인 듯한 젊은이가 내려 초인종을 누르고 뒤이어 운전사가 내려 차의 뒷문을 열었다. 그러자 삼십대 후반의 건장한 사나이가 목에 잔뜩 힘을 주고 차에서 내렸다. 그사이 대문은 열려 있었다. 운전사만 남기고 두 사람이 대문 안으로 들어갔다.

사람 그림자조차 보기 어렵던 주택가에서 본 광경이어서 그랬는지 그의 눈에는 세 사람의 동작이 참으로 기이하게 보였다. 특히 뒷좌석에서 내린 사람이 인상 깊었다. 단단히 성이 난 표정이었다. 불같은 울화를 곧 터뜨릴 것 같은 안색이었다. 육척은 넘을 것 같은 체구도 쉽게 눈에서 지워지지 않았다.

그는 오기삼이란 문패를 본 것을 마지막으로 방향을 바꾸었다. 공연히 어슬렁거리다가는 낭패를 당할지도 모른다는 위압감이 느껴졌던 것이다. 조용한 주택가 분위기가 그저 조용하기만 한 것이 아니라 외부사람은 함부로 범접해서는 안된다는 경고라도 하는 듯한 위압감으로 느껴지기 시작한 것이다.

아파트로 돌아온 그는 점심을 먹느냐 마느냐로 한참을 고민했다. 외출을 했던 탓에 조금은 시장기가 느껴졌지만 밥을 지어먹고 싶지 않았다. 우선 냉수 한잔을 마시고 찬찬히 생각해보기로 했다. 그러노라면 시간이 가고 결국 점심 겸 저녁을 먹게 될 것이었다. 조금 속이 허하더라도 참고 버티는 것이 현명했다.

"먹는 것도 절약하고……"

그는 빈 냉수잔을 들여다보며 중얼거렸다.

맥주컵 한잔의 냉수가 들어간 뱃속은 시원하고 포만감이 느껴졌다. 그 때문인지 여느때와 다르게 졸음이 왔다. 그는 조반 직후 가볍게 낮 잠을 자는 일은 있어도 오후에는 절대 낮잠을 자지 않았다. 밤잠을 설 치기 때문이다. 게다가 그런 생활이 계속되면 결국 불면증에 걸린다 는 사실도 알고 있었다. 그래서 오후의 낮잠은 찬물을 덮어쓰는 한이 있어도 피했다.

졸음의 강도로 보아 정말 찬물이라도 덮어써야 할 것 같았다. 그는 우선 편안한 의자에서 몸을 일으켰다. 가벼운 팔운동을 시작했다. 허 리운동도 빠뜨리지 않았다. 그의 맨손운동은 10분쯤 계속됐다. 그때 초인종이 울렸다.

반장 노릇 하는 훈이 할머니가 분명했다. 용건도 알 만했다. 그는 현관으로 다가가 문을 열었다. 반장 할머니의 머리는 검은빛이라고는 없었다. 주름도 상당히 깊었다. 얼굴 팔 다리 엉덩이 등 몸 전체가 가 느다란 뼈로 만들어진 것같이 바싹 여윈 몸이었다. 그래서 태풍이라 도 부는 날이면 할머니는 아예 집밖으로 나오지 못한다고 했다. 바람 에 날려가기 때문이었다.

체구는 그런데도 할머니의 두 눈은 언제나 형형하다 할 정도의 광 채가 빛났다. 말소리에도 힘이 있고 무엇보다 몸이 여간 날렵하지 않 았다. 이 때문에 너나없이 할머니를 뚜렷한 이유도 없이 두려워했다.

"할머니 오셨어요?"

그가 조심스럽게 할머니를 맞이했다.

할머니의 입에서는 인사말 대신 한달에 한번은 듣게 되는 말이 터 져나왔다.

"아따, 늙은 기 무슨 자랑이가? 이 썩어질 냄새도 못 맡나. 청소 좀 하고 살거라이."

그는 할머니의 핀잔에 응대를 하는 대신 용건을 꺼냈다.

"반상회비 받으러 오신 거지요! 잠시만요……"

그러고는 얼른 주머니의 지갑을 꺼냈다. 지갑에서 2천원을 뽑아내 할머니에게 건넸다.

"아이구, 게을키는…… 그만 반상회에 나오믄 이런 벌금은 안 내도 될 거 아이가. 하는 일도 없이 와 반상회는 그렇기 싫어하노!"

반장 할머니는 반상회 불참 벌금 받기가 조금은 미안한 표정으로 다시 핀잔을 주었다.

"제발 문 좀 잠그고 댕기거라이. 아무리 없는 집도 도둑놈 가져갈 거는 있는 법이니라. 문 잠그는 데 힘드나?"

그는 할머니의 정말 할머니 같은 표정을 보며 빙그레 웃었다.

"도둑놈 들어오면 친구하지요 뭐."

"배짱 한번 조오타."

할머니는 눈을 한번 흘기고는 돌아섰다.

"안녕히 가세요, 반장님!"

그는 문을 닫고 들어와 의자에 앉았다. 사람과 얘기를 나눈 직후인 때문인지 마음 한구석이 몹시도 허전해왔다. 이런 경험은 처음이 아니었다. 모처럼 사람과 만나 얘기를 하다 돌아서면 허전하다 못해 아쉽고 배반감까지 느껴졌다.

"빌어먹을……"

그는 누구에게가 아니라 자신에게 그렇게 내뱉고 두 눈을 천장에 매달았다. 그는 의자에 박혀 천장을 쳐다보는 자세로 사뭇 오랜 시간을 보냈다. 그래야만 허전하고 아쉬운 심정이 가라앉는 것이다.

창문에 노을색 스카프가 걸려 있었다. 어느새 해가 기울고 있는 모양이었다. 그는 뻣뻣해진 목을 두어번 좌우로 비틀었다. 가벼운 통증 같은 것이 느껴졌지만 싫지 않았다. 담배를 붙여물었다. 길게 연기를 내뿜으며 저녁 반찬 걱정을 하다 불현듯 자장면이나 하나 시켜먹고 말까 하는 생각을 했다. 그러나 이내 고개를 저었다. 충무로 시절 몸서리가 나게 자장면을 먹었던 기억이 떠올라 생각만으로도 몸에서 자장냄새가 배어나와 구역질이 날 것 같았다.

그는 밥에 뜸이 들고 국이 끓는 동안 창문으로 다가가 노을이 가득한 하늘을 바라보았다. 그리고 마침내 오늘 하루도 저물었구나 하는 감개에 젖어들었다.

그러나 그는 적적하고 견디기 어려운 시간은 이제부터라는 사실을 알고 있었다. 잠이라도 쉽게 들어준다면 다행이지만 사실은 잠들기가 다른 어떤 노동을 하는 것보다 더 힘이 들었다. 그런 힘든 시간이 무슨 함정처럼 기다리고 있는 것이다.

숙달된 솜씨라 밥은 고슬고슬하고 고소한 냄새까지 풍겼다. 국도 간이 맞았다. 김치도 예상보다 쉬어 있지 않았다. 그러나 식욕이 없었다. 그냥 빵이나 한조각 먹고 말았으면 좋았을걸 하는 생각이 스쳐갔다. 벌써 10여년을 자신의 손으로 밥을 지어왔다. 이젠 익숙하다 못해 운명이거니 할 때도 되었지만 밥상을 대하면 언제나 눈물이 나게 서글픈 느낌에 사로잡히고 식욕이 십리나 달아났다. 그래도 살아야 했기 때문에 식욕이 어떠하건 기를 쓰고 먹었다. 그러면서 한편으로는 이렇게 살아 무엇하랴 하는 쓸쓸함을 느끼기도 했다.

언젠가 한번 그는 식사 때마다 느끼는 서글픔을 극복해보자 하는 생각으로 10여 가지의 요리를 한 적이 있었다. 잡채 소고기전골 튀김 굴무침 굴비구이 산채나물 홍합산적 등등 10여 가지가 넘는 요리를 정성을 다해 만들었다. 그것들을 탁자 가득히 차리고 보니 보기만 해도 배가 불렀다. 그랬다. 그는 보는 것만으로도 배가 불러 결국 한점도 먹지 못하고 말았다. 요리가 그렇게 푸짐하지 않았다면 소주잔이라도 기울이면서 맛을 즐겼을 것이지만 음식이 많아 되레 한점도 먹지 못한 것이다. 두어 시간 동안 요리를 들여다보고 있다가 쓰레기통에 버리면서 그는 소리없이 울었다.

그는 저녁밥을 먹기 시작했다. 오늘따라 입맛이 더 없어진 듯했다.

"병이 날 건 아닌가?"

그는 자신의 몸을 내리 훑어보며 물었다.

자문하고 보니 병이 날 때도 된 것 같았다. 어언 이순을 넘긴 나이다. 20여년을 혼자 산 셈이다. 아니 평생을 혼자 살았다. 그동안 병이 나지 않은 게 이상하다면 이상한 일이었다. 병원에 한번 가지 않고 살아온 것이 행운이라면 행운이겠지만 덕분에 그는 의료보험이니 국민연금이니 하는 사회적인 보장제도와는 인연이 끊어지고 말았다. 주민등록만은 되어 있지만 동사무소가 어디에 있는지도 몰랐고 주민등록증을 갱신하지도 않았다. 챙겨주는 사람도 없었고 불편할 것도 없었다. 이순의 나이가 될 동안 혼자인 것이 불편하지 않았듯이…… 그러나 마음을 찢어놓는 서글픔을 이겨내기가 여간 고통스럽지 않았다.

밥 한 공기를 간신히 먹어치운 그는 서둘러 설거지를 끝내고 자리에 앉아 식후 일미부터 음미했다. 그 다음부터는 괴괴한 적막과 싸워야 한다는 것을 그는 알고 있었다. 그래서 담배 피우는 시간을 될 수 있는 한 오래 끌었다.

담배 한 개비를 다 태운 그는 이번에는 텔레비전을 켤 것인가 라디오를 들을 것인가 하는 문제로 잠시 고민을 했다. 그림보다는 소리가 좋았다. 보는 부담보다 듣는 부담이 훨씬 적었다. 결국 라디오를 켜리라는 것을 알면서도 잠시 텔레비전을 연관시켜 고민을 만들어내는 것은 그 나름의 시간 까먹기였다. 그는 라디오를 켰다. 그리고 의자 깊숙이 몸을 묻었다. 라디오에서는 흘러간 가요가 흘러나오고 있었다.

"한숨도 눈물도 다 집어삼키고……"

그가 관여했던 영화의 주제곡이라 귀에 익은 노래였다. 그는 얼른 라디오 스위치를 비틀어 라디오를 껐다. 자신의 과거와 연관된 노래는 일절 듣지 않는 버릇을 그는 가지고 있었다. 과거로의 여행이 싫기 때문이었다. 그러나 라디오 소리로 자극을 받은 과거로의 열린 기억은 쉽게 씻겨나가지 않았다.

"한숨도 눈물도 다 집어삼키고……"

의지와는 상관없이 가슴은 노래를 소리없이 따라 부르고 있었고 흐린 의식은 이미 과거로 들어가고 있었다.

"주인공들이 날렸던 청춘스타였는데……"

그는 안개가 가득한 것 같은 머리통을 흔들며 되살아난 기억을 선명히 정리해보려 애썼다. 청춘스타였다는 기억은 분명하다 싶은데 남녀 주인공의 이름은 기억나지 않았다. 이 영화에 출연했던 모든 배우들의 분장을 맡아 했던 기억은 살아 있는데 어떤 사람들이 출연했던지는 분명하지 않았다. 참으로 이상한 일이었다.

불현듯 자신의 기억력에 여전히 이상이 있는 것이 아닌가 하는 두려움이 느껴졌다. 이미 10여년 전에 치유가 됐어야 할 증세였다. 그리고 치유가 됐으리라 굳게 믿고 있었다. 그런데 믿음에 발등찍히듯 기억은 엉망이었다. 그는 어둡고 습한 긴 세월이 켜켜이 쌓인 탓이거니 발뺌을 하면서도 일부나마 그 증세가 아직도 남아 있는 것 같아 등골이 오싹했다.

그가 과거를 추억하는 일은 극히 드물었다. 뼈를 깎는 아픔이나 다름이 없어 한사코 과거 속에 빨려들지 않으려 애써온 것이다. 그러나 추억이란 무심결에 떠오르기도 하고 길모퉁이를 돌다가도 문득문득 떠오르는 것이어서 아픔을 느끼면서도 피하지 못할 때가 있었다. 과거가 추억되면 그는 애끊는 것 같은 아픔을 느끼며 자신의 두 손을 마치 신기한 이물질을 보듯 바라보곤 했다. 그리고 그 손을 '신이 준 손'이라고 자랑스러워했던 자신을 기억해냈다.

그는 충무로 영화판의 수많은 분장사 가운데 한사람이었다. 그 스스로 자신의 솜씨에 대해 크게 긍지를 가져본 일이 없었다. 그냥 분장사로 밥을 벌어먹고 있다는 겸손한 생각뿐이었다. 그런데 그를 고용한 영화감독들의 생각은 달랐다.

"이봐! 김덕중, 자넨 분명 보통 재주가 아니야. 자넨 영화의 캐릭터를 완전히 살려냈어. 아니 만들어낸 거야. 아주 잘했어. 덕분에 멋진 영화도 만들고 돈도 벌게 됐어. 내 섭섭잖게 보너스를 주지."

"자네 분장술은 분명히 뛰어나. 신이 준 손이라고 해도 좋을 거야. 자넨 수많은 보통배우를 위대하거나 사랑스러운 주인공으로 만들었어. 아무나 할 수 있는 일이 아니지. 자네가 만든 주인공들은 영화의 주인공으로만 남은 것이 아니라 사회의 주인공으로 인기를 얻었고 돈도 웬만큼씩 벌었어. 주인공이 가는 곳이면 반드시 환호성과 박수가 쏟아졌어. 모두가 자네 공이야."

그는 한동안 이런 칭찬을 분장비용을 아끼려는 감독들의 지나가는 말로 들어넘겼다. 칭찬에 인색한 영화감독들이 과찬을 할 때는 다른 저의가 있다는 것을 경험으로 알고 있기 때문이었다.

그런데 정말로 보너스를 주는가 하면 그를 고용한 거의 모든 감독이 칭찬을 아끼지 않자 마음이 흔들리기 시작했다. 칭찬이 거듭되면

서 그는 혼자 있을 때나 골목길을 걸어가다 문득문득 자기 손을 내려 다보며

"신이 준 손?"

하고 혼잣말을 하게 되었다. 그러면 감독들의 칭찬소리가 귓바퀴에 왕왕 울리면서 신의 손이라는 확신을 심어주었다.

그는 배우들을 새로운 세상의 주인공이 되는 새로운 인물로 변조해 내는 솜씨를 더없는 자랑으로 여겼다. 세월이 쌓이면서 자만심은 커져갔고 아무리 자랑을 해도 부끄럽지 않았다. 게다가 충무로 영화판에는 그의 부끄러움 없음에 맞장구를 쳐주듯 '새로운 인간을 만들어 내는 신기한 사람'이라는 소문이 나돌았다.

감독은 감독대로 또 배우는 배우대로 그를 분장사로 고용하기 위해 순서를 다투었다. 차례를 앞당기기 위해 뒷돈을 디미는 사람도 적지 않았다. 뒷돈을 내미는 것은 주로 배우들이었고 주연배우로 뛰고 싶은 사람, 특히 조연급 여배우들은 뒷돈 위에 몸까지 얹어 그에게로 돌진해왔다. 실로 뜻하지 않은 횡재를 만난 것이었다. 그는 그 횡재를 마다하지 않았다. 길고 짧은 계산을 면밀히 한 뒤 차례로 접수했다.

그의 손이 신의 손이라는 소문이 나돈 첫해에 그는 무려 열 편의 영화 출연자들의 분장을 맡았다. 당시의 영화판은 자금난과 장비부족으로 제작시간을 단축하기 위해 야간촬영을 많이 하던 때라 잠잘 시간이 모자란 그의 두 눈은 항상 충혈되어 있었다. 피로하고 신경까지 무디어진 듯했지만 실수를 하는 일은 없었다. 그것이 감독들로부터 더 많은 찬사를 이끌어냈다.

찬사와 더불어 일은 더 많아졌고 피라미 여배우들과의 뒷거래도 더욱 성행했다. 그런데 언제부터인가 이상한 증세가 모르는 사이에 그를 몹시도 혼란스럽게 하고 있었다. 증세의 실체는 그 자신도 알 수가

없었다. 구체적으로 언제 시작됐는지도 불분명했다. 불확실하게나마 말할 수 있는 것은 보통의 배우는 점차 하찮게 보이고 분장을 한 배우, 즉 자신이 분장해 변조를 시킨 작중인물만이 생생하게 살아 있는 인물로 교감의 상대가 된다는 것이었다. 자신이 분장을 해주지 않은 배우는 영화판에서는 아무 쓸모가 없는 사람으로 여겨졌다. 마치 자신이 모든 배우들의 대부가 된 듯한 기분이었다. 이 기분은 그의 인식 체계를 뒤바꿔놓았고 마침내 분장을 하지 않은 배우는 전혀 쓸모가 없게 보였다. 그리고 쓸모가 없는 사람들의 이름은 기억에서 지워져갔던 것이다. 그의 기억에 남는 것은 분장을 한 작중인물뿐이었다.

이런 증세가 결정적으로 드러난 것은 길거리에서 우연히 유연희를 만났을 때였다. 충무로 진고개식당에서 육개장 한그릇으로 저녁을 대신하고 식당을 나오는데 아주 반갑게 인사를 하는 젊은 여자를 만났다. 여인은 임신중이었다. 여인의 눈에는 원망과 애정이 함께 담겨 있었다. 그는 이상한 여인이라 생각하면서도 뿌리칠 수가 없어 여인의 뒤를 따랐다.

그는 여인이 청한 대로 '커피하우스'란 다방에 가 마주앉았으나 그 여인이 누구인지 도무지 기억할 수가 없었다. 그렇다고 생면부지라고 여겨지지도 않았다. 여인은 그동안의 안부인사로부터 시작해 그의 생활에 대해 꼬치꼬치 캐물었다. 곤혹스런 얼굴로 그는 줄줄 엮어대는 여인의 얼굴만 바라본 채 아무 대꾸도 하지 않았다. 10여분이 지나도 여인의 정체는 정확히 파악할 수가 없었다. 할 수 없이 그가 물었다.

"누구신지 모르겠지만 정말 날 알긴 아는 겁니까?"

여인은 담박 안색이 창백해지며 깊은 원망조로 말했다.

"정말 절 모르시겠단 말이에요? 어떻게 그럴 수가 있어요?"

그는 미안하다는 표정으로 고개를 몇번 내저을 수밖에 없었다.

"아니, 세상에 이럴 수가 있는 거예요? 우리가 헤어진 지 겨우 육개월 남짓 됐어요. 육개월이나 동거한 여자를 육개월 만에 깡그리 잊었다는 말이에요? 제가 뭘 물어내랄까보아 시치미를 떼는 거예요?"

"우리가 육개월 전에 헤어졌다고요? 그래요. 육개월 전쯤 어떤 여자하고 헤어진 일은 있어요. 그건 분명해요. 그러나 당신은 그 여자가 아닌 것 같아. 얼굴이 전혀 다른데요."

그는 여인의 말을 강하게 부정했지만 여전히 여인이 완전히 낯설다는 느낌이 들지 않아 혼란스러웠다. 여자가 목소리를 가라앉히고 차근차근 말하기 시작했다.

"제가 당신을 처음 만난 것이 '기러기 모녀'라는 영화를 찍을 때였어요. 그건 기억나시죠? '기러기 모녀'."

'기러기 모녀'라는 영화 출연진들의 분장을 맡았던 기억이 되살아났다. 그러나 여인의 얼굴은 살아나지 않았다.

"'기러기 모녀'에서 무슨 역을 맡았소?"

"모녀의 어머니 고향 친구요. 어릴 때 함경도 북청 고향에서 같이 자라다가 1·4후퇴 이후 피난민이 되어 부산에서 만나게 되고 기러기 어머니와 함께 국제시장에서 장사하는 역할이에요. 이제 기억나세요?"

그는 다시 고개를 가로저었다.

"그런 역할이 있었던 것 같기는 해요. 하지만 그 역을 맡은 사람은 그쪽이 아닌 것 같소. 난 그 여자를 잘 알거든요. 나하구 한 반년 남짓 살림을 했거든요."

"맞아요, 그 여자가 바로 저예요."

그는 놀란 시선으로 여인을 응시했다. 그러나 아무리 뜯어보아도 그때의 그 여자가 아니었다.

"아무리 보아도 아니오. 왜 날 속이려 하시오?"

그렇게 묻자 여인의 안색이 창백하게 변했다.

"어쩌면 그렇게 기억을 못할 수가 있어요? 제가 그토록 싫었어요?"

"아니 아주머니! 싫고 좋고의 문제도 아니고 도대체 이런 이상한 얘기를 나눌 필요가 없지 않습니까? 나는 그때의 내 여자를 잘 기억하고 있습니다. 지금은 어디에서 어떻게 살고 있는지 모르지만……그 여자는 입술 왼쪽에 아주 작은 검은 점이 있고 한쪽 눈이 쌍꺼풀입니다. 볼은 살이 올라 제법 통통해 보였지요. 무엇보다도 특징은 이마에 오센티 정도 되는 흉터가 세로로 나 있는 것이지요. 나는 그 흉터 때문에 그 여잘 결코 잊지 않고 있습니다. 그런데 그쪽은 그런 얼굴이 아니잖습니까?"

그가 긴 설명을 끝내자 여인은 슬픈 표정으로 그를 바라보며 입안이 마른 듯 침을 몇번 삼켰다. 그러고는 자신에 찬 어조로 말했다.

"그래요, 그 말이 모두 맞아요. 하지만 그 얼굴은 영화 속의 얼굴, 즉 당신이 분장을 해준 얼굴이었어요. 분장을 하지 않은 제 얼굴에는 흉터가 없었어요. 기억 안 나요? 잘 생각해보세요!"

"됐소. 이제 그만 합시다. 난 또 일을 하러 가야 해요. 아무래도 그쪽에서 사람을 잘못 보신 것 같으니까 그만 일어납시다."

그가 말을 맺고 일어서려 하자 여인이 버럭 소리쳐 그의 이름을 불렀다.

"김덕중씨! 왜 절 모른 척하세요? 전 당신을 속속들이 알아요. 지금은 남정선이라는 배우지망생 여자하고 살고 있지요? 절 속이듯이 정선이를 속여 돈 뺏고 몸 뺏고 있는 거잖아요. 안 그래요? 나 유연희예요. 그래도 몰라요?"

여인의 목소리가 컸던지 주위사람들이 힐긋힐긋 이쪽을 돌아보았다. 그는 입술을 꽉 깨물었다. 입술에 통증이 왔다. 목구멍까지 치솟은 모욕감을 억누르자니 식도까지 아릿해왔다. 그는 분노를 토해내지 않으려 애를 쓰며 비명처럼 말했다.

"난 유연희를 사랑했어. 하지만 당신은 유연희가 아니야. 넌 절대 아니야!"

그러고는 자리를 차고 일어나 다방을 나왔다. 다행히 여인은 뒤따라오지 않았다. 그게 저으기 안심이 되면서도 한편으로는 밑을 씻지 않은 것 같은 찜찜한 느낌을 떨칠 수가 없었다.

유연희라 자처하는 여인과의 만남을 그냥 횡액이라고 넘겨버리기엔 충격이 너무 컸다. 무슨 사연이 없고서는 유연희를 자처하며 남의 생활을 파헤칠 이유가 없지 않은가. 그는 그 이유가 궁금했지만 도무지 짐작가는 데가 없었다. 남정선이라는 2류 조연여배우와 동거중인 사실까지 아는 것을 보면 뒷조사도 꽤나 한 것 같아 기분이 더욱 언짢았다. 그러나 언짢다 해서 무슨 조치를 취할 입장도 아니었다. 그냥 횡액으로 알고 넘길 수밖에 없었다.

그즈음 그에게는 그런 일에 신경을 쏟을 여유가 없었다. 동거중인 남정선과 헤어지고 또다른 배우지망생인 어우동과 동거를 하느냐 마느냐로 고민중이었기 때문이다.

남정선과 동거를 한 지도 이미 반년이 넘은 터였다. 반년이면 더 바랄 것도 없는데다 싫증도 나기 시작한 참이었다. 그런 때에 어우동이 나타난 것이다. 사실 남정선에게서는 더 우려낼 것이 없었다. 대배우가 될 가능성도 없고 은행잔고도 바닥을 드러내고 있었다. 영화판에서 굴러먹으며 얻은 경험으로 말하면 남정선은 처음부터 배우를 지망해서는 안될 얼굴에 몸매였다. 그런데 어떤 연줄로 충무로에 진입했는지는 모르지만 조연으로 발탁되어 몇편의 영화에 출연하는 행운을 얻었던 것이다. 그녀의 행운에는 그의 솜씨도 적잖게 기여했다. 그의 뛰어난 분장술이 얼굴의 약점을 장점으로 바꿔놓은 것이다. 이를 연으로 두 사람은 자연스럽게 동거를 하게 됐고 나중에야 남정선이 제작비의 반 이상을 부담하고 있다는 사실을 알았다. 동거 반년 동안 남정선의 통장에 든 돈 가운데 적지 않은 액수가 그의 통장으로 넘어왔다. 그러니까 그로서는 남정선에게 볼일을 다 본 셈이었던 것이고 어우동의 등장은 새로운 지평이 열린 것과 같았다.

이혜영이란 이름을 두고 왜 예명을 어우동으로 했는지 모르지만 어우동은 신인감독인 이정호가 연출하는 시대극영화 '토함산'에 조연으로 출연하고 있었다. 비중있는 역할은 아니었지만 영화에 대한 열정과 끼는 대단한 편이었다. 한 가지 문제가 있다면 땀을 지나치게 흘린다는 것이었다. 땀을 남보다 몇배나 흘리다보니 촬영중에 분장이 지워지기 일쑤였고 이 때문에 촬영이 자꾸 늦어져 감독의 신경을 돋우었다. 이감독은 몇번이나 어우동을 잘라버리고 싶어했지만 그럴 수도 없었다. 어우동이 제작비의 반을 부담하고 있기 때문이었다.

사정이 이렇다보니 분장사를 곁에 붙여둘 수밖에 없었다. 한컷 한컷 찍을 때마다 분장사가 세심히 살피고 다시 손질을 해야 했다. 아무리 돈 받고 하는 일이지만 분장사의 마음도 편할 수가 없었다.

어우동이 분장사의 불편한 심기를 살펴 은근히 비밀리에 만나자는 연락을 해왔고 그녀를 만나러 가는 길에 뜻밖에도 유연희라 자처하는 여인을 만난 것이다. 새로운 여인을 만나러 가는 좋은 길에 횡액과 부딪친 것이 못내 불쾌했지만 그는 애써 그 일을 털어버리며 명동의 사보이호텔 커피숍으로 발길을 바삐 옮겼다. 이미 약속시간에 30분이나 늦어 있었다.

호텔 커피숍에 발을 들여놓으며 사방을 살폈다. 손님은 거의 없고 빈자리만 눈에 들어왔다. 마침 혼자 앉은 여자의 뒷모습이 보였다. 어우동이거니 하고 다가갔다. 여자가 미소를 지었다. 그러나 그가 아는 어우동의 얼굴이 아니었다.

"늦었다고 가버린 걸까?"

그는 자문하며 한쪽 자리에 앉았다. 한번 더 주위를 돌아본 뒤 담배를 붙여무는데 조금 전 미소를 보이던 여자가 다가와 앞자리에 앉는 것이었다. 그는 누구냐 묻지도 못하고 여자의 얼굴을 바라봤다. 아무리 보아도 촬영장에서 보던 어우동은 아니었다. 여자가 앉으며 말을 건넸다.

"많이 늦으셨네요."

"………"

"왜 말이 없으세요. 요즘 매일 보는 어우동을 모르세요?"

그는 가슴이 콱 막히는 듯했다.

"어우동이라고 했소?"

"그래요. 덕중씨는 어우동과 약속을 하고 여기 나오신 게 아니에요?"

"그건 맞소. 난 어우동을 만나러 왔어요. 헌데 당신은 누구시오?"

어우동은 잠시 막막한 눈빛을 해 보였다.

"아니. 덕중씨! 무슨 그런 말이 있어요? 제가 어우동이지 누군 누구예요? 몇시간 사이에 사람 얼굴도 잊었어요?"

그는 다시 한번 여자의 얼굴을 뜯어봤다. 아무리 보아도 촬영장에서 보던 얼굴이 아니었다. 아니 그의 뇌리에 그려져 있는 얼굴이 아니던 것이다. 그가 아는 어우동은 쪽머리를 하고 눈썹이 길고 가늘었다. 귀밑머리도 길었고 입술이 특히 요염했다. 시도때도없이 땀으로 부서져가는 그 얼굴을 살려놓기 위해 그는 정말 진땀을 흘렸던 것이다.

그런데 다방에서 본 어우동은 고데머리에 눈썹도 굵게 그렸고 입술은 온통 붉은색뿐이었다. 귀밑머리는 아예 없었다. 그는 유연희와 만났던 일을 떠올리고는 한숨 섞어 말을 냈다.

"당신은 또다른 신선한 어우동이구려."

그러고는 쓴 미소를 지었다.

어우동은 무슨 극찬을 들은 사람같이 환히 웃었다.

그날 남정선과 동거하는 집으로 돌아온 그는 낯익은 방안에 또다른 낯선 여자가 있는 것을 보고는 기겁하게 놀라고 말았다. 유연희라 자처하는 여인과 어우동이란 여자에게 당한 여분이 남아 있던 참이라 그는 대뜸 남정선에게 물었다.

"당신 누구요?"

남정선은 장난삼아 그러는가 했는지

"당신 술 자셨수?"

하고 되물었다.

그는 그녀의 되물음으로 그녀가 동거중인 남정선임을 확실히 깨달을 수 있었다. 그가 가끔씩 엉뚱한 소리를 하면 언제나 그렇게 되묻곤 했기 때문이다. 그러나 동거중인 정선에게서 낯설다는 느낌은 오래 전부터 받고 있었다. 그가 동거를 시작한 여인은 그 자신이 만든 여인임에도 불구하고 집에 들어오면 그 여인은 종적이 없었다.

이런 가운데 그의 분장사 생활은 계속됐다. 대본 속에 그려진 여러 인물들의 개성을 리얼하게 보여줄 얼굴을 만들어내는 일은 쉬운 것이 아니었지만 보람은 있었다. 새로운 인간이 창조된다고 믿기 때문이었다. 그는 자신의 신의 손을 드러내놓고 자랑하지는 않으나 무척 자랑스럽게 생각했다.

영화 '토함산'의 촬영은 계속됐다. 어우동은 그 일이 있은 뒤부터 그에게 따로이 만나자는 전갈은 보내지 않았다. 대신 분장을 새로 할 때마다 적절한 사례를 했다. 그는 사례를 결코 사양하지 않았다. '토함산'의 촬영이 반이나 진행됐을 무렵이었다.

그날밤따라 남정선의 얼굴이 더욱 설어 보였다. 그런데 저녁상을 물리고 나자 남정선이 느닷없는 말을 꺼낸 것이다.

"나 아기 가진 것 같아요."

그는 동거녀의 말을 얼른 이해하지 못하고 되물었다.

"무얼 가졌다고?"

"아기요……"

"니가 왜 아길 가져? 그게 무슨 소리야?"

"참 당신도…… 우리가 같이 살다보니 아기가 생긴 거 아녜요!"

"무슨 아긴지는 모르지만 없애버려. 마음에 드는 아기는 나중 내가 만들 테니까……"

"그게 무슨 억지예요? 그럼 이 아기는 당신 아기가 아니란 말예요?"

"무슨 말이 많아! 아기는 내가 만든다지 않나. 그러니 그 아기는 버려. 안 그러면 내가 떠나버릴 거야."

그는 자신의 말이 얼마나 냉혹한가를 전혀 깨닫지 못했다. 그는 눈물을 줄줄 흘리며 소리없이 우는 여자를 미간을 찌푸리고 바라봤다. 아무리 보아도 자신이 만든 남정선이 아니라 난생 처음 보는 추하디 추한 여자를 대하고 있는 듯했다.

"이 더러운 년, 더러운 년! 니가 아이를 만들어? 이 더러운 년!"

그는 수없이 저주의 말을 뇌었다. 그러면서 자신이 결코 정상이 아니라는 사실을 분명히 깨닫고 있었다.

분장사 김덕중의 이상한 증세는 계속 나타났고 깊어갔다. 남정선은 스스로 그의 곁을 떠났다. 그리고 어우동이 남정선의 자리를 메웠다. 어우동의 김덕중에 대한 헌신은 대단한 것이었다. 영화판을 떠나게 되면 그를 남편으로 삼고 싶다는 속내를 은연중 내비치기까지 했다. 어우동의 헌신에도 불구하고 그의 이상한 증세는 전혀 고쳐지지 않았다. 촬영장에서의 어우동과 집안에서의 어우동은 분명 다른 사람이었지 결코 한사람으로 보이지 않았다.

증세는 점점 심해갔다. 영화계를 대표하는 원로배우들의 얼굴조차 분장을 하지 않으면 선뜻 알아보지 못했다. 병원엘 가볼까 하는 생각도 여러번 했지만 발길이 떨어지지 않았다. 병원 한번 찾지 않은 것이 실수였는지 몰랐다. 충무로에는 분장사 김덕중이가 이상하다는 소문이 퍼지게 됐고 특히 원로배우들이 분을 삭이지 못하는 상황에 이르고 말았다. 배우와 감독들이 집단으로 그의 분장을 거절하는 사태가 일어났고 결국 그는 충무로를 떠나지 않을 수가 없었다.

노인은 충무로에서 종적을 감추어야 했던 자신의 초라한 모습을 뇌리에서 털어버리고 천장에 시선을 매달았다. 심기가 여간 불편하지 않았다. 울화가 치밀기도 했다. 그때 일이 떠오르면 그는 몸이 오그라드는 것 같은 수치감을 느껴야 했다. 이제 와 생각하면 그것은 정신병적인 증세라기보다는 지나친 오만과 자존에서 비롯된 몹쓸 증세였음을 깨달을 수 있기 때문이었다. 애초에 사람에게는 신의 손이 있을 수 없었다. 그런 비유를 한다는 것부터가 잘못이었고 사람의 오만함을 드러내는 어리석은 일이었다. 그는 수치심에 시달리며 아무 무늬 없는 희멀건 천장을 쳐다보며 무작정 시간을 보냈다. 주위가 너무 조용했던지 멀리서 자동차 경적소리가 귀를 후볐다.

긴 시간을 보낸 뒤에야 비로소 평상심이 되찾아졌다. 그는 몸을 약간 뒤챘다. 허리가 뻐근했던 것이다. 그러자 빈약한 서가가 유령처럼 눈에 박혀왔다. 그는 유령처럼 거기 그렇게 수삼년 동안 놓여 있는 서가에 꽂혀 있는 책이 몇권이며 어떤 것인지 훤히 알고 있었다. 모두가 20년 이상 손때와 먼지가 묻은 것들이었다. 신간서적은 아예 없었다. 20년의 세월 동안 책을 구입한 일이 없는 것이다.

그는 눈에 익은 서가를 일별했다. 그리고 아주 자연스럽게 두 권의 사진첩에 시선이 멎는 것을 거역하지 못했다. 영화판 생각이 난 김에 사진첩을 한번 봤으면 하는 유혹도 없지 않았다.

사진첩에는 글로 쓴 것은 아니지만 그의 과거와 한국의 영화사가 단편적으로나마 담겨 있었다. 사진으로만 본다면 그의 과거는 참으로 화려했다고 할 수 있을 것이다. 한국 영화계의 대표적인 배우와 감독, 촬영기사, 시나리오 작가, 제작자들과 어깨를 나란히하고 있기 때문이다. 그는 한동안 이 사진첩을 무엇보다도 자랑스럽게 여겼고 많은 사람들에게 보여주고 싶어 안달이 날 지경이었다. 그러나 충무로를 떠난 후부터 그런 생각은 사라지고 말았다. 한때는 불태워 없앨까 하는 고민도 했지만 결국 알 수 없는 미련 때문에 버리지 못하고 먼지 속에 묻어둔 것이다.

그는 사진첩을 볼까 하던 생각을 접고 천천히 몸을 옮겨 침대에 누웠다. 쉽게 잠이 들 것 같지 않았다. 몇번 몸을 뒤채다 벌떡 일어나 침대를 내려왔다. 냉장고에서 소주 한 병을 꺼내고 먹다 남은 감자국을 가스레인지 위에 얹었다.

맥주잔에다 소주를 반병쯤 따랐다. 그리고 천천히 마시기 시작했다. 찬 소주가 목구멍을 넘어가자 이내 뱃속이 찌르르해왔다. 온몸이 후끈 달아올랐다. 그는 아무 생각 없이 잔을 들여다보며 한모금 한모금씩 음미하듯 마셨다. 조금씩 취기가 위로 솟아올랐다. 탁자와 개수대와 냉장고가 점점 흐릿하게 눈에 들어왔다. 그의 눈에서 눈물 한방울이 뚝 떨어져 소주잔으로 들어갔다. 그는 잔에 남은 소주를 단숨에 비웠다. 취기가 목구멍을 꽉 메웠다. 그의 목이 옆으로 꺾이면서 스르르 잠이 들었다. 이렇게 의자에서 잠이 드는 것도 드문 일이 아니었다.

그는 할일이 전혀 없다는 사실을 알기 때문에 더욱 열심히 다음 일을 찾았다.

"무슨 할일이 있을 거야. 없어서는 안돼."

독려하듯이 혼잣말을 하고 나자 초조하기까지 했다. 그러나 아무리 초조해해도 할일은 생겨나지 않았다.

"바깥바람이나 쐴까?"

"어디로 간다?"

"새로 문을 열었다는 마트는 어때?"

"살 물건도 없는데?"

"그럼, 어제 갔던 곳은 어때?"

"그 동넨 싫어. 너무 썰렁해서 말이야."

혼자 주고받는 대화도 더이상 진전되지 않았다. 그는 의기소침해져서 창문으로 빈 하늘만 바라봤다. 창문은 스크린처럼 맑지 않고 우중충한 어둔 색이었다. 어둔 색깔의 스크린 안에서 뇌성벽력이 치고 우박이 쏟아질 것 같았다. 바람마저도 거세게 몰아칠 듯했다. 얕은 현기증이 느껴지면서 혼란이 왔다. 망막에는 작은 올챙이 같은 미물들이 수도 없이 날아다녔다. 불현듯 무섬증이 솟아올랐다. 그의 이마에 식은땀이 흐르고 있었다. 공포가 그의 전신을 옥죄어왔다. 가슴에 심한 통증이 느껴졌다. 잦은 것은 아니지만 공포감이 느껴지면 언제나 가슴의 통증이 동반했다.

그가 급작스런 공포를 느끼는 경우는 흔한 일은 아니었다. 그러나 무언가 깊은 생각을 시작하면 결론도 나기 전에 공포가 먼저 엄습했다. 이유가 불명확한 공포가 오래가는 것은 아니었지만 그에게는 더할 수 없는 고통이었다. 때로는 비명을 지르고 싶었지만 들어줄 사람이 없다는 사실 때문에 비명이 나와주지 않았다. 공포와 함께 그가 가장 절실히 느끼는 것은 사람의 소리를 듣고 싶다는 강렬한 욕망이었다. 사람의 소리만 듣는다면 공포는 이내 스러질 것 같았다. 세상 사람들이 사람다운 소리를 해주는 사람이 없어 목말라하듯 그에게는 그런 단순한 욕망마저 채워줄 사람 하나가 없어 고통이 배가되었다. 그는 식은땀을 흘리면서 얼른 라디오의 스위치를 켰다. 라디오에서는 몇단계를 거치긴 하지만 사람의 소리를 들을 수 있어 조금은 위로가 되었다.

그가 라디오를 켰을 때 라디오는 다소 다급한 어조로 뉴스를 흘려보내고 있었다. 의사들이 지난 9월에 이어 다시 파업에 돌입했다는 내용 같았다. 그는 엷은 통증이 가시지 않은 왼쪽 가슴에 손을 얹고는 뉴스에 귀를 기울였다. 뉴스에 귀를 기울이는 것도 오랜만이었다.

아나운서의 말은 그가 알아듣기에는 너무 빠른 속도여서 자세한 내용은 이해하지 못했으나, 의사들이 파행적인 의약분업을 더 두고 볼 수가 없어 강력한 시정책을 요구하며 또다시 파업에 들어갔다는 골자는 알아들을 수 있었다. 노동자들이 파업을 하고 병원 직원들이 태업을 하듯이 이제는 의사들도 파업을 상투화한다는 생각이 들었다.

"히포크라테스가 통곡하겠구만. 한국의사들 만만세다."

그가 비웃으며 소리쳤다. 비록 몇가지 장치를 거쳐 들은 소리이긴 해도 사람의 소리를 들은데다 저주를 퍼부은 탓인지 가슴의 통증은 스러졌고 기분도 상당히 평온을 되찾고 있었다. 그러나 마른하늘에서 뇌성이 칠 것 같은 불안은 여전히 남아 있었다.

이런 날이 오면 그는 하루종일 안절부절못했다. 앉았다 섰다를 반복하고 침대에 누웠다 일어나기를 되풀이했다. 그렇게 서너 시간을 보내고서야 불안을 떨쳐낼 수가 있었다. 그러고 나면 몸은 천근 무게가 되고 머리가 멍멍해 밥 지을 생각도 못하게 될 때도 있었다. 그러기를 또 한두 시간. 그런 시간이 지나 정신이 온전해지면 그는 그런 상태를 스스로 홀로살이노인 불안증후군이라 이름붙였다.

그는 홀로살이노인 불안증후군을 한달에 한번 정도 어김없이 경험했다. 아무리 피하려 애써도 불가능했다. 정말 못 견디게 외로우면 자살할 각오까지 하고 있으면서도 피할 도리가 없어 후유증이 더 컸고 그는 그런 자신이 말할 수 없이 역겨웠다.

"그게 다 죄값을 받는 거야."

이런 중얼거림이 그 자신을 달래는 가장 적당한 말이었다.

죄의식은 간헐적으로 엄습해왔다. 못 견디게 가슴이 아프고 괴로웠다. 고해라도 했으면 하는 간절한 심정이 되기도 했다. 그러나 그는 고해를 할 줄 몰랐다. 이따금씩 친구라도 만나 괴로운 심정을 털어놓았으면 했지만 그럴 친구도 없었다.

그는 과거 일 관계로 알던 사람이나 깊지는 않아도 정을 주고받았던 사람들의 주소와 전화번호가 적힌 수첩을 한권 가지고 있었다. 손바닥만한 수첩에는 6, 70명의 이름 주소 전화번호가 깨알같이 적혀 있었다. 그는 그 수첩을 자신의 인생역정을 증언해줄 유일한 증거라고까지 생각하며 소중히 여겼다. 그러나 그것은 그의 생각과 달리 아무 소용이 없었다.

이 아파트로 이사온 직후였다. 가까이 지낸 몇몇 사람들에게 이사한 사실을 알려야겠다 싶어 전화를 넣은 것인데 어느 한곳도 통화가 되지 않았다. 이미 한두 해 전에 전화번호가 바뀌었거나 이사를 가버린 사람도 있고 이름이 틀린 경우는 더 많았다. 그는 소중히 간직했던 수첩을 내팽개치며 저도 모르게 비명을 내질렀다.

"이런 제기랄…… 씨팔놈들 아이가."

불현듯 억제하기 힘든 분노가 치밀어올랐다. 자신의 분장술 덕분에 돈과 명예를 잔뜩 얻은 저들이 몇십년 동안이나 자신을 외면하고 찾은 일이 없었다는 사실이 상기되어 참을 수 없는 모멸감이 느껴졌다.

"친구라는 것들이…… 한솥밥을 몇년씩이나 먹은 놈들이 나를 버리다니!"

그는 모멸감으로 정신이 아뜩할 지경이었다. 그러나 차츰 진정되면서 그는 비로소 그들이 자신을 버린 것이 아니라 자신이 그들에게서 등을 돌렸다는 사실을 깨달았다.

"나쁜 놈은 나여. 나라구."

자책의 긴 한숨이 쏟아져나왔다. 회한이 가슴을 뜯었다. 충무로를 떠난 뒤 어느 누구에게도 전화 한통 넣지 않았던 자신이 돌아보였다.

"저들을 나무란다면 그것도 죄를 짓는 거여."

그는 간신히 자신을 달래고는 아예 수첩을 선반 깊숙이 처박아버렸다. 그런데 홀로살이노인 불안증후군을 치르고 나자 갑자기 그 수첩이 간절히 보고 싶었다. 전화번호나 주소는 전혀 쓸모가 없었지만 적혀 있는 이름만이라도 일별하고 싶었다. 그는 피로한 몸을 일으켜 선반을 더듬었다. 워낙 깊숙이 던져버린 것이라 여간해 찾아지지 않았다. 선반 여기저기를 더듬고 손에 시커먼 먼지를 덕지덕지 묻히고서야 수첩이 손에 잡혔다. 탁탁 먼지를 털어냈다.

자리에 앉자 숨부터 돌리고 수첩 첫장을 열었다. 무슨 천성으로 그렇게 정성을 들였던지 수첩에 적힌 이름들은 모두 가나다순으로 정리가 되어 있었다. 첫번째 이름은 김성민이었다. 그는 다행히 김성민에 대한 몇가지 일을 기억할 수 있었다.

50년대 말과 60년대 초에 걸쳐 활동했던 영화감독이었다. 그러나 몇편의 영화를 만들었는지는 확실하지 않았다. 야심작을 내놓겠다며 시나리오를 들고 자본주를 찾아다녔지만 뜻을 이루지 못했고 결국 소문 없이 유명을 달리했다. 그는 김성민 감독과 일을 하지는 않았지만 이따금 나일구 다방이나 통술집 사사록에서 만나 커피를 마시고 술잔을 나눈 사이였다. 김성민 감독은 언제나 자신에 차서 말했다.

"곧 작품에 들어갈 거야. 그때 분장은 자네가 맡아주게. 그 방면에서는 자네가 일인자로 알고 있네."

사람의 기분을 참으로 좋게 해주는 사람이었다. 그러나 결국 뜻을 이루지 못한 불행한 감독이었다.

충무로에는 김감독처럼 불행한 사람들이 많았다. 영화사에 길이 빛날 명화를 만들겠다며 자신을 불태우다 소리소문없이 스러진 감독 지망생이 부지기수였는가 하면 루돌프 발렌띠노 같은 전설적인 배우가 되겠다며 연기 탁마를 하다 카메라 앞에 한번 서보지도 못하고 종적이 없어진 사람도 무척이나 많았다. 특히 여배우 지망생들은 수를 헤아리기 어려울 정도였다. 그런데 그는 그런 불행한 충무로에서 조금도 불행하지 않았다. 불행한 사람들을 이용해 돈도 벌었고 숱한 여인들을 농락했던 것이다. 어떤 때는 너무 좋아 하늘을 쳐다보며 히히히 웃기까지 했다. 그때만 해도 그 웃음이 오늘의 죄의식으로 남게 되리라는 것을 상상도 하지 못했다.

그는 고문을 당하는 기분이 들어 수첩을 더이상 펼쳐놓고 싶지 않았다. 수첩을 덮고 천장으로 시선을 던졌다. 목이 뻣뻣하고 어깻죽지에 통증이 왔다. 목을 천장으로 향한 자세로 눈을 감았다. 그러나 잠들고 싶지 않았다. 이상하게도 최근 들어 악몽을 꾸는 때가 많았다. 전신이 식은땀에 젖고 무슨 비명이든 비명을 질러야 하는 악몽이었다. 잠에서 깨어나면 악몽의 내용은 기억할 수가 없었다. 그는 기억할 수 없는 꿈이 더 무서웠다. 문득 꿈에서 깨어나면 집안이 유달리 괴괴한 것 같고 화장실 쪽에서 찬바람이 쌔앵 하고 불어오는 듯했다. 마치 습기 가득한 벌판에 내동댕이쳐진 듯한 전율이 등골을 스쳐갔다.

그러나 그의 체력은 잠에서 달아나려는 그를 지탱해주지 못했다. 목을 기대고 편안한 자세만 취하면 수마는 이내 그를 깊은 잠으로 이끌었다. 잠은 그를 원하지 않은 다른 세계로 이끌어가는 것이다. 그는 그렇게 이끌려가는 것이 죽기보다 싫었지만 벗어날 수가 없었다. 악몽은 그래서 꾸게 되는지도 모를 일이었다.

틈입자

냉장고가 텅 빈 것같이 느껴졌다. 감자 시금치 양파 등 찬거리는 아직 사흘분이 충분하게 남아 있는데도 텅 빈 느낌을 주는 것은 술이 떨어졌기 때문이었다. 여태까지의 방식대로라면 소주가 한 병은 남아 있어야 했다. 그런데 일주일에 세 병을 마셔야 할 걸 나흘 만에 다 마셔버린 것이다.

그는 과음을 한 자신이 조금은 역겨웠다. 명대로 살다 죽는 것은 개의할 일이 아니지만 다 늙은 나이에 술에 찌든다는 것은 사람다운 대접을 받을 수 없음을 뜻했다. 그는 자신이 그런 나락에 떨어지길 원치 않았다.

"술의 유혹을 못 참다니……"

자신을 나무라며 사흘 동안은 입에 술을 대지 않을 결심을 하며 냉장고 문을 닫았다.

그런데 왜 그런지 마음 한구석이 썰렁해오고 자신에게 그렇게 섭섭할 수가 없었다. 마치 자신이 자신을 냉혹한 음기가 서린 함정으로 밀어넣는 것 같은 느낌이 들었다. 전율이 등바닥을 훑어내렸다.

사실 얼마간 피로하기도 했다. 아침을 뜬 후 일을 적잖이 한 것이다. 청소와 빨래를 했고 샤워까지 마쳤다. 피로하지 않을 수 없었다. 술이 생각난 것도 피로 때문일지 몰랐다. 사실 한낮의 시간이지만 그는 한잔의 소주가 간절했다. 이런 간절함은 자주 있는 일은 아니었지만 하필이면 그때에 술 한잔이 없다는 것은 그를 비극적인 감상에 빠져들게 했다.

"소주 한잔 마음대로 못 마실 팔자라니…… 이것도 살아 있는 겐가?"

그는 자유였다. 술을 마시건 떡을 해먹건 하고 싶은 대로 한다고 말리거나 나무랄 사람은 어디에도 없었다. 아니할 말로 당장 자살을 한다 해도 관심을 가져줄 사람은 없었다. 사회의 규칙이나 관례와는 연이 끊어진 자유의 몸이었다. 그러니 마시고 싶으면 마시고 먹고 싶으면 먹으면 될 일이었다.

"빌어먹을……"

자신에게 욕설을 하며 초라해진 몸뚱이를 가련한 시선으로 내리훑어봤다. 볼수록 초라했다. 자신을 더이상 초라하게 만들고 싶지 않았다. 지갑을 꺼내 안에 든 현금을 셈해보았다. 보름 동안은 은행에 가지 않아도 될만한 현금이 들어 있었다. 장바구니를 찾아들고 현관을 나섰다.

느린 걸음으로 계단을 내려가며 문득 새로 문을 열었다는 무슨 마트에 가보면 어떨까 하는 생각을 했다. 개점을 한 지 네댓새밖에 되지 않았으니까 경품도 남아 있을 것이고 물건값도 슈퍼보다는 저렴할 것이었다. 눈요기할 물건도 엄청 많을 것이 분명했다. 슈퍼보다 점원들이 더 친절할 수도 있는 일이었다.

그의 마음이 거의 마트로 기울어질 찰나에 불현듯 슈퍼 아가씨의 얼굴이 두 눈을 비집고 들어왔다. 이쁘게 볼 일도 밉게 볼 일도 없는, 그저 손님과 점원의 사이에 지나지 않는 아가씨의 얼굴이 환영되자 그는 소스라치게 놀랐다. 그 환영이 그에게 제법 준엄하게 말하고 있는 것이 아닌가. '그렇게 친절하게 해드렸는데 마트를 생각하세요? 그건 배신입니다.' 정신이 번쩍 들었다. 그는 애써 마트를 머리에서 털어냈다.

슈퍼를 향해 걷게 되자 또다른 고민이 그를 엄습했다. 술을 몇병이나 살 것인가 하는 문제였다. 많이 사면 과음하기 쉽고 적게 사면 갈증을 느낄 것이다. 적당한 양을 사야 하는데 그것을 알 수가 없었다.

"모자라는 한 병, 아니면 일주일분? 일주일분에 한 병을 보태?"

그는 머릿속 셈을 되풀이하며 슈퍼로 다가갔다.

거리바람이 제법 세찼다. 초가을 바람치고는 좀 심하다는 생각이 들었다. 자동차 소음과 기름냄새가 귀와 코에 거슬렸다. 그는 그래봤자 아무 소용이 없는 줄 알면서 부라린 눈으로 달아나는 자동차들을 쏘아봤다. 이내 눈에 피로가 오고 눈물이 질금 맺혔다.

그런데 피로한 그의 눈에 여태 보지 못한 광경이 들어왔다. 대로에서 옆으로 난 골목길에 젊은이들이 네댓 사람씩 떼를 지어 진을 치고 있는 것이었다. 이 골목에 네댓, 저 골목에 네댓, 다음 골목에도 네댓씩 해서 수십 명은 될 듯했다. 그런데 더욱 이상한 것은 젊은이들의 면면이 예사롭지가 않았다. 눈빛은 날카롭고 어깨가 떡 벌어진 것이 힘깨나 쓰는 장정들이었다. 그 가운데는 검은 양복에 흰 머플러를 두른 사람도 있었는데 간부급 인사 같았다.

그는 슈퍼로 들어가려다 말고 잠시 멈추어서서 떼거리들의 하는 양을 살폈다. 특별히 눈에 띄는 행동은 없었다. 그런데도 끊임없이 무슨 행동을 준비하고 있는 듯한 느낌을 갖게 했다. 어떻게 보면 전혀 이상한 것이 없고 또 조금만 달리 보면 수상하기 짝이 없는 떼거리였다.

그는 슈퍼문을 밀고 들어갔다.

"아아?"

슈퍼 아가씨가 놀란 눈을 하고 아주 반갑게 맞아주었다.

"아니, 할아버지! 웬일이세요? 금요일이 오실 날인데……"

아가씨가 뿌르르 달려와 그의 팔을 잡아주기까지 했다. 그러나 그는 반가움에 대한 아무런 답을 하지 못했다. 그저 얕은 미소를 지으며 여인을 한번 바라봤을 뿐이었다.

"할아버지! 특별히 오신 걸 보면 특별히 사실 게 있는 모양이네요?"

"술이 떨어져서…… 쇠주 몇병 사려고."

"과음하셨나보네요. 과음하지 마세요. 건강에 해로워요."

그는 적당한 대꾸를 찾지 못하고 고개만 끄덕였다.

"소주 몇병이나 드려요?"

그는 망설였다. 세 병이냐 네 병이냐 아니면 다섯 병이냐,가 문제였다. 그런데 아가씨가 그의 얼굴을 가만히 들여다보며 결론을 내려주었다.

"할아버지! 무슨 일이건 가운데가 좋대요. 중용이라고 하던가요. 그러니 가운데로 하세요."

그는 별 희한한 곳에서 중용이란 말을 듣는다는 생각을 하며 고개를 주억거렸다.

"안녕히 가세요."

소주 네 병 값을 치르고 돌아나오는 그의 등뒤로 아가씨의 인사말이 유달리 크게 들렸다.

슈퍼를 나오자 그는 다시 한번 떼거리 젊은이들의 움직임에 시선을 주었다. 여전히 이상한 기미가 없어 보이기도 하고 아주 수상쩍기도 했다. 이런 상반된 느낌 때문인지 그는 떼거리에게 적잖은 신경이 쓰였다. 신경을 쓰고 주시를 하자니 난데없는 공포감 같은 것이 마음을 파고들었다. 그 공포감이 깊이 묻혀 있던 기억 하나를 되살려주었다.

그가 충무로에서 밥을 벌어먹던 시기는 치안상태가 아주 좋지 않았다. 군소 '조직'이 전국에 산재해 있었고 그중 신상사파의 을지로를 가운데 두고 동서로 자리한 두 개의 조직은 특히 폭력적이었다. 종로의 아오마쓰파와 명동의 이화룡파로 불린 이들은 세력확장과 이권확보를 위해 끊임없이 암투를 벌였다. 그러다가 칼과 몽둥이로 무장을 하고 대회전을 치르기도 했다. 대회전이 일어나는 날은 명동이나 종로 주민들이 공포에 떠는 날이었다. 대회전이 벌어지면 충무로 사람들은 연쇄지점에서 명동이나 종로 주민들과는 또다른 공포를 감내해야 했다.

두번째로 떼거리 젊은이들을 살펴본 순간 그는 충무로에서 감내했던 공포감과 비슷한 공포감이 되살아났다.

"무슨 지랄 같은 일이 터지는 거 아닌가?"

그는 마음속으로 중얼거렸다. 그러고 보니 요 며칠 동안 일진이 별로 좋지 않았다는 생각이 들었다. 봉섭이형 생각이 난 것부터 시작해 과음을 한 것까지, 그리고 엉뚱한 생각들이 계속되어 마음이 편치 않았던 일들을 돌이켜보았다.

"몸이 허해져서 그런가?"

그는 공연히 자기 얼굴을 쓰다듬으며 아파트로 향했다.

아파트 계단은 최근 들어 더 가팔라 보였다. 처음 아파트를 구입해 이사를 올 때는 계단 오르내리는 것이 오히려 적당한 운동이 되리라 생각했던 것인데 불과 3년여 만에 무척이나 큰 부담이 되고 있었다. 그 부담이 3년쯤 늙었다는 증빙이 되는 것 같아 언짢기도 했다. 그렇다고 편한 곳으로 이사를 갈 형편도 아니었다.

"사는 대로 살다 가는 거지! 올라가자, 덕중 노인아!"

그는 천천히 한 계단 한 계단씩 올랐다. 오늘따라 심장박동 소리가 유난히 크게 울리는 듯했다. 호흡도 가빴다. 게다가 이상하게도 등허리가 차갑게 느껴졌다. 마치 누군가가 얼음수건을 갖다대듯 선뜻선뜻하고 그 차가움이 척추를 타고 내렸다. 갑자기 식은땀이 솟으면서 머리가 주뼛했다.

그는 거의 본능적으로 무슨 일이 일어날 것을 직감했다. 그러나 그 일이 어떤 일이 될지는 전혀 짐작이 가지 않았다.

현관 앞에 닿자 문을 열기 전에 심호흡부터 길게 뽑았다. 심장박동은 더 거칠어져 있었다. 다시 한번 머리가 주뼛했다. 그는 선뜻 현관문을 열 수가 없었다. 다시 한번 심호흡을 한 뒤 문 손잡이를 잡아당겼다. 문이 비시시 주먹 하나 들어갈 만큼 열리자 손잡이에서 손을 놓았다.

"제기랄…… 이게 무슨 냄새냐?"

그는 한발 뒤로 물러섰다. 분명 색다른 냄새가 맡아졌다. 특별히 어떤 물건의 냄새라고 꼬집을 수는 없지만 그의 후각에 선명하게 구별이 되는 냄새였다. 반장 할머니의 말처럼 그의 아파트에서는 그만의 냄새가 짙게 풍겼다. 그 자신은 그 냄새에 익숙했고 간헐적으로 구역질을 느끼긴 해도 없앨 도리가 없었다. 그런 반면 그는 다른 냄새에는 아주 민감했다. 자기 냄새와 다른 냄새는 거의 동물적인 감각으로 구별해 냈다. 그런데 지금 한뼘쯤 열린 현관문을 통해 집안에서 다른 냄새가 흘러나오고 있었다. 침입자인지 또는 틈입자인지 모를 다른 냄새를 풍기는 무엇이 집안에 들어와 있다는 증명이었다.

머리칼이 하늘을 향해 곤두서는 듯하고 전율이 등을 타고 올라 머리를 쑤셨다. 현기증이 일었다. 눈앞 허공에 올챙이 같은 미물이 춤을 추었다. 두 손이 떨려 비닐봉지 안의 술병 부딪히는 소리가 들렸다. 얼굴에서 핏기가 사라지는 느낌이 안면을 느글느글하게 했다. 그는 안면에 무슨 벌레가 기고 있는 듯한 기분으로 떨고 있는 자기 두 손을 내려다보며 곧장 파출소로 달려갈까 하는 절박한 생각을 했다.

그러나 몸이 움직여주지 않았다. 열린 문 사이로는 다른 냄새가 계속 흘러나왔다. 그리고 불과 몇십초 사이에 그 냄새는 이미 익숙한 일상의 냄새로 변하고 있었다.

그는 다시 한번 심호흡을 한 뒤 현관문을 열었다. 한눈에 보이는 집안은 아무 변한 것이 없었다. 그러나 그 냄새는 더욱 강렬했다. 그는 누군가가 들어와 있음을 확실히 느낄 수가 있었다. 그는 현관문을 닫고 그 문에 기대선 채 떨리는 소리로 말했다.

"손…… 손님이 왔다는 걸 아…… 알아요. 숨지 마…… 말고 나…… 나오세…… 세요."

그는 화장실을 주시했다. 보이지 않지만 분명 그 안에는 인기척이 있었다. 그는 아랫배에 힘을 주며 한번 더 말했다.

"어서 나오시오. 나…… 난 이 집 주인이오, 겁내지 말고 나…… 나오시오."

말을 하고 나니 쓴웃음이 나왔다. 겁내지 말고 나오라니 지금 겁을 내고 있는 것은 틈입자가 아니라 자신이 아닌가. 그는 와중에도 쓴웃음을 짓고 이번에는 고함을 쳤다.

"어서 나와요. 남의 집에 왔으면 주인에게 인사를 하는 것이 예의가 아니오. 어서 나와요. 화장실에 있는 거 다 알아요."

그러고 삼사초나 지났을까. 화장실 문이 스르르 열리며 삼십대 후반으로 보이는 사나이가 얼굴을 내밀었다.

첫눈에도 어깨가 떡 벌어진 완강한 인상의 사나이였다. 그 완강함이 골목을 지키고 선 떼거리 청년들을 떠올리게 했다. 직감적으로 그들과 뭔지는 모르지만 깊은 관련이 있다는 생각을 했다. 위험하다는 생각이 스쳐갔다.

암회색 플란넬 상하 정장에 엷은 하늘색 와이셔츠를 받쳐입고 붉은 넥타이를 맨 사나이는 한 손에 007가방을 들고 한 손은 등뒤로 감추고 있었다. 사나이는 아주 천천히 등뒤로 감춘 손을 앞으로 내밀었다. 손에는 회색 광채를 띠는 권총이 들려 있었다. 돌반지 크기의 총구가 똑바로 그를 향해 있었다. 그는 머리칼들이 하늘을 향해 곤두서는 느낌으로 몸을 한번 부르르 떨었다. 그러고는 꼼짝할 수가 없었다.

사나이가 화장실을 나와 그의 앞으로 다가서며 말했다.

"조용히 그쪽 의자에 앉으십시오."

그는 시키는 대로 천천히 의자로 다가가 앉았다. 사나이도 다가와 그의 앞에 앉으며 아주 느린 어조로 말을 냈다.

"노인장을 해치고 싶지 않소이다. 배신만 하지 않으면 그런 일은 없을 것이오."

그러고는 권총을 탁자 위에 놓았다. 그는 회색 광채를 내는 권총에서 시선을 뗄 수가 없었다. 군대밥 3년을 먹으면서 그 무기의 위력이 어떤가는 충분히 알고 있었다. 게다가 그 무기를 가지게 되면 저도 모르게 얼마나 흉포해질 수 있는지도 숱하게 보아왔다. 그는 다시 한번 등허리가 오싹해짐을 느끼며 사나이를 건너다보았다.

"혼자 사시오?"

사나이가 물었다. 그는 목구멍에서 소리가 나오지 않아 고개만 끄덕였다.

"그러리라 짐작은 했습니다. 가족이 있고 젊은 사람이라면 이렇게 살지는 않을 겁니다. 혼자 사신 지가 오래되셨습니까?"

"………"

"너무 겁을 내지 마십시오. 나 함부로 사람을 죽일 만큼 악한 놈은 아닙니다. 조용히 제가 시키는 대로 하면 아무 탈이 없을 것입니다. 아셨지요?"

그는 다시 고개만 끄덕이고 심호흡을 했다.

"집이 조용해서 좋군요."

사나이가 평상심을 찾은 듯이 말을 건네오자 그는 돌연 참을 수 없는 분노에 사로잡히고 말았다. 사나이의 완강함이나 권총은 아예 눈에 들어오지 않았다. 그는 어디 한판 붙어보자는 격한 심정으로 두 주먹을 불끈 쥐며 자신도 놀랄 만한 큰소리를 내질렀다.

"야, 이 자식아! 여긴 내 집이야, 너 어디서 굴러들어왔어? 누구 앞에서 큰소리야? 난 주인이야. 총만 가지면 다 마음대로냐? 왜 얌전히 못 굴어, 이 자식아!"

너무 안간힘을 쓴 탓인지 그의 이마와 얼굴은 땀 범벅이었다. 뺨 근육도 실룩거렸고 침도 마구 튀었다.

집주인 노인의 뜻하지 않은 반격에 질겁을 한 것은 사나이였다. 어떻게 노인의 입을 막아야 할지를 몰라 입술을 달싹거리며 두 손을 허공에 내젓기만 했다. 그러다 노인의 말이 끝나자 휴우 한숨을 내뿜었다. 말을 끝낸 노인을 사나이는 잠시 동안 바라보다 사뭇 애원조로 부탁을 했다.

"노인장! 무슨 말씀을 하셔도 좋은데 제발 목소리만은 낮춰주십시오. 부탁입니다."

"야, 이놈아! 내 집에서 목소리도 크게 못 내? 내가 뭣이 겁나 시킨 대로 해야 하나?"

"겁이 난 건 접니다. 절 위해 조용조용 말씀해주십시오."

얼굴에 땀을 닦아낸 그는 담배를 꺼내 물었다. 큰소리를 치긴 했지만 두 손은 여전히 눈에 띄게 떨고 있었다. 사나이가 자기 주머니에서 값비싸 보이는 가스라이터를 꺼내 담뱃불을 붙여주었다. 그러고는 얼른 권총을 탁자 밑으로 내려놓았다. 권총이 보이지 않게 되자 갑자기 분위기가 달라지는 것 같았다. 잠시 침묵이 흘렀다. 침묵을 먼저 깬 것은 그였다. 그의 말투는 그가 생각해도 이상하리만큼 침착했다.

"난 말이네, 어떤 미친놈이 찾아와도 쌍수 들고 환영이네. 그래서 문도 안 잠그고 나다니는 거네. 하지만 말이야, 권총을 든 사람이 찾아오리라곤 상상도 못했다구. 그건 손님이 아니잖나. 총을 들고 나헌테 무슨 볼일이 있어 납신 건가?"

사나이는 잠시 입을 다물고 있었다. 마땅히 답할 말이 떠오르지 않는 눈치였다. 그가 다그쳤다.

"나헌테 볼일이 있는 게 아니지?"

"그렇습니다."

사나이가 대답하고는 갑자기 표정을 바꾸며 억압조로 뇌까렸다.

"노인장에겐 아무 볼일이 없습니다. 그렇다고 곧장 돌아나가지는 않을 것입니다. 당분간 여기 있어야 합니다."

"이 집에 나와 함께 있겠다고? 그게 무슨 당찮은 말인가?"

"노인장에겐 당찮은 일이지만 나로선 선택의 여지가 없습니다. 혹시라도 경찰에 신고할 생각은 안하시는 것이 신상에 좋을 겁니다. 경고로 이해하십시오."

사나이의 표정이 차가울 정도로 결연해 보였다. 냉혹한 느낌을 주기도 했다.

"총을 들이대고 이 집에 있겠다는데 난들 어쩌겠는가마는 난 죽는 게 두렵거나 무서운 사람이 아닐세. 그걸 명심해두게."

그가 그렇게 대꾸하자 사나이는 빙그레 웃었다.

"웃을 여유가 있어 좋구만!"

그가 사나이의 웃음에 빈정대자 사나이가 받았다.

"기왕 한 집에 살게 됐는데 우리 사이좋게 지낼 수는 없겠습니까?"

"사이좋게라고 했는가? 자네라면 그렇게 할 수 있겠나?"

"아닙니다. 당연히 못하지요. 하지만 노인장은 그렇게 해야 합니다. 무사하시려면요."

"난 무사하지 않아도 좋으이. 날 늙었다고 얕보고 큰소리를 쳤다간 자네도 무사하지 못할 거네."

사나이가 또 한번 빙그레 웃으며 말했다.

"알겠습니다. 노인장 맘대로 하십시오. 경찰에 신고하시든지 아니면 저 밖 골목에 진을 치고 있는 깡패놈들에게 이상한 놈이 여기 숨어 있다고 고해바치든지…… 뜻대로 하십시오. 한꺼번에 제삿날 맞이하면 되니까요."

그는 웃으며 내뱉는 사나이의 말이 마지막 경고인 것을 알았다. 더 이상 깐죽대다간 정말 큰코다칠지도 몰랐다. 사실 권총이 없다 해도 그는 사나이의 상대가 되지 못했다. 체구는 큰 차이가 없어 보였지만 체력이나 순발력, 공격력이 비교가 안되는 것이다. 삼십대 후반의 잘 단련된 사나이와 5층 계단도 간신히 오르내리는 육십 노인과 완력 대비를 하는 것 자체가 우스꽝스런 일이었다.

그는 문득 30년도 더 전에 멀리서 지켜본 종로파와 명동파의 대회전을 떠올렸다. 잔인하고 동물적이었다. 서슬퍼런 '니뽄도'가 상하좌우를 가를 때마다 비명이 쏟아지고 피가 튀었다. 그렇게 10여 명이 쓰러져 대회전이 스스로 막을 내릴 때가 되면 그제서야 멀리서 호각 소리가 들렸고 경찰이 모습을 보이곤 했다. 누가 보아도 일부러 뒷북을 치는 형국이었다.

그는 이들 조직원과 골목을 지키고 선 떼거리 젊은이들 그리고 눈앞의 사나이를 같은 선상에 놓고 성분을 분석해보았다. 완전히 같은 성분이라고 단정할 수는 없었지만 사나이의 힌트대로라면 같은 성분이라 해도 과히 틀리지 않을 것 같았다. 재수 옴 오른 것이 아니라 자기 뜻과는 전혀 상관없이 목숨을 건 도박에 걸려든 사실을 깨달았다. 실로 난감하기 짝이 없었다. 그런데 그런 그의 심정을 읽었던지 사나이가 위로조로 말했다.

"너무 신경쓰지 마세요. 설마하니 제가 무얼 얻자고 노인장을 죽이겠습니까? 그냥 며칠만 있게 해주십사는 것입니다. 일이 끝나면 잡으셔도 떠날 것입니다. 그보다 좀 시장한데…… 술이라도 한잔할 수 없을까요?"

그가 앉은 옆에는 슈퍼에서 사온 소주가 네 병이나 있었다. 사나이는 그걸 보고 능청을 떠는 것이다.

그는 사나이의 요청을 거절할 수가 없었다. 솔직히 거절하고 싶지 않았다. 비록 권총을 들고 쳐들어오긴 했지만 몇년 만에 처음 찾아온 사람이었다. 비록 악취가 날지언정 그는 사람 냄새가 좋았다. 잠자코 일어나 소주잔과 안주로 김치와 감자볶음을 내왔다. 아침에 먹다 남은 찬이었다. 사나이가 먼저 그의 잔에 술을 따르고 자기 잔도 채웠다.

"이상한 술자리가 됐지만 어쩝니까? 세상 살다보면 기이한 일도 많지 않습니까? 그렇게 아시고 한잔 주욱 들이킵시다."

사나이가 그의 잔에 잔을 부딪치고는 단숨에 비웠다. 그는 입만 대고 내려놓았다. 사나이가 자기 잔에 다시 술을 따르며 말했다.

"제 이름은 박학수라고 합니다. 고향은 김해고요. 일이 잘못되려고 그랬는지 꼬이고 흐트러져 이렇게 됐습니다. 폐를 끼칠 생각은 전혀 없었는데 그것도 맘대로 안돼 이렇게 됐습니다. 하긴 내 목숨을 쳐버렸으면 다 끝났을 것인데 그게 또 맘대로 안되더라고요. 나도 죽일 놈 한두 놈 죽이고 죽어야 사람값 하는 게 아닙니까? 그러다 보니 여기까지 왔습니다. 잘 보호해주십시오. 부탁드립니다."

그는 입을 열지 못했다. 응대할 말은 떠오르지 않고 대신 머릿속이 엉망진창이 되는 느낌이었다. 사람을 죽도록 그리워하며 살아왔지만 눈앞의 사태는 도무지 이해할 수가 없었다. 세상에는 황당한 일이 조석 가림 없이 벌어진다는 얘기를 듣기는 했지만 아무리 그래도 이렇게 황당할 수는 없는 일이었다. 협박을 하는 것도 아니고 아니하는 것도 아니다. 공갈은 아닌 것 같은데 듣고 보면 그런 악랄한 공갈도 없을 것 같다. 말을 가려 하는 것을 보아 심성은 고울 것 같은데 듣고 보면 목숨을 혀끝에 가지고 논다. 소름끼치는 말을 예사로 내뱉는 이런 사람도 흔치 않을 것이다.

"왜 안 드세요? 마음놓고 드세요. 참 이 감자볶음 맛있습니다. 솜씨가 여간 아니십니다."

그는 쓴웃음을 짓고는 술잔을 입으로 가져갔다. 될 대로 되라는 기분이었다. 무엇으로 대항하건 자신이 쉽게 궁지를 빠져나가기는 불가능할 것 같아 마음을 정한 것이다.

"고향이 김해라고 했던가?"

"예! 김해 가락입니더."

그는 더이상 이어나갈 말이 떠오르지 않아 입을 다물고 사나이의 술잔에 술을 따랐다.

"노인장도 한잔하세요."

사나이가 그의 잔에 술을 따랐다.

"우리 건배하십시다."

사나이가 탁자에 놓인 그의 잔에 자기 잔을 부딪쳤다. 찡 하는 작은 소리가 났다. 그의 입술에서는 쓴웃음이 계속 배어나왔다. 주인이 없는 틈을 타 쳐들어온 틈입자와 건배를 하는 자기 모습이 생각할수록 어이없고 황당했다.

"너무 황당하게 생각 마십시오. 이렇게 만난 것도 인연이거니 하시면 또 그렇게 되는 거 아닙니까?"

사나이의 말투는 그의 심중을 훤히 꿰뚫고 있는 듯했다. 그게 그의 심기를 더욱 언짢게 했다.

어느새 소주 한 병이 거덜나고 두 병째도 반이나 줄어 있었다. 사나이의 얼굴이 조금 상기된 듯했다. 그도 주기가 느껴졌다. 그러고 보면 사람과 마주앉아 술잔을 기울인 것이 언제인지 모를 지경이었다. 혼자 둥지를 틀고는 대작을 한 기억이 없는 것이다. 그렇게 따지면 자작을 하지 않으면 안되었던 세월이 30년은 넘은 듯했다. 그는 잔을 들면서 문득 무척이나 신기한 기분이 들었다.

신기한 기분으로 사나이를 찬찬히 뜯어봤다. 완강한 느낌과는 달리 안색은 무척이나 창백한 편이었다. 눈썹은 짙었고 눈은 선량해 보였다. 어쨌거나 그는 총을 들고 들어온 이 사나이가 밉게 보이지 않았다. 불안하고 지랄 같은 사태가 벌어진 것도 사나이의 말대로 어떤 인연 때문일지 모른다는 생각이 들었다. 30년 만에 기억이 되살아난 봉섭이형을 떠올렸다. 그러고 보면 홀로살이 노인을 위해 그 누가 괴상한 놈을 동무하라고 보냈는지도 모른다는 생각도 들었다. 그런 생각을 하자 한결 마음이 가벼워졌다.

그는 단숨에 잔을 비우고 사나이에게 잔을 권했다.

"한잔 받게!"

"아이구 고맙습니다."

사나이가 두 손으로 잔을 받았다. 술을 따르며 그가 물었다.

"무슨 생각으로 하필이면 내 집엘 들어왔나?"

"무슨 생각이 있어서 들어온 것이 아니고 급히 몸을 숨기려다 보니 여기까지 왔고 문이 열린 집이 여기뿐이라 들어온 것입니다."

"문 안 잠근 것이 죄란 말인가?"

"저로서는 행운이지요."

그는 피식 헛웃음을 뱉었다. 반장 할머니 말대로 문을 꼭꼭 잠그고 다녔다면 이런 일은 일어나지 않았을지도 몰랐다. 분명 그랬을 것이다.

"자네헌테 행운이라니 할말이 없네만, 앞으로 어쩔 셈인가?"

"아직은 어쩌고저쩌고 할 처지가 아닙니다. 저도 사태가 어떤지 전혀 모르고 있거든요. 좀더 자세한 걸 알아보고 결정을 해야지요."

"뭘 알아본다는 얘기요?"

"그런 게 있습니다."

"얘기하기가 싫은 모냥인데 나도 꼭 듣고 싶지는 않아. 하지만 언제까지나 함께 있을 수는 없잖은가?"

사나이는 잠시 입을 다물고 있었다. 그러다 무슨 생각을 했는지 탁자 옆에 놓인 007가방을 들어올려 뚜껑을 열었다. 가방 안에는 백달러짜리 미화와 일만엔권 일본돈이 가득 들어 있었다. 그의 머리로는 얼마인지 계산이 되지 않는 많은 돈이었다. 그의 두 눈이 돈가방과 사나이를 번갈아 훑었다.

"이 돈의 반을 드리겠습니다. 며칠이 될지 모르지만 있어야 할 동안 있게 해주시면요."

그는 사나이의 얼굴을 정면으로 응시하며 물었다.

"이 돈 때문에 일을 저지른 건가?"

사나이는 잠시 생각하더니 애매하게 대답했다.

"반드시 그런 것은 아닙니다만 결과적으로 그렇게 되고 말았습니다."

"알아듣기 쉽게 말하면 안되겠나?"

"더 자세한 것은 말할 수가 없습니다."

"그렇다면 자네 요청을 들어줄 수가 없겠네."

"노인장께서는 제가 총을 가진 협박범이란 사실을 잊으셨나 봅니다."

그는 고개를 몇번 주억거렸다. 얘기를 하다 보니 상대가 협박을 하고 있다는 것을 깜박한 것이 사실이었다. 그만큼 협박의 강도가 느슨했거나 아니면 그의 감각이 무디었다고 할밖에 없었다.

그는 조금은 어이가 없어 비시시 웃음을 띠며 사나이에게 말했다.

"일깨워줘서 고맙네. 하마터면 자네 총에 목숨을 잃을 뻔했구먼. 얘기가 이렇게 되면 돈을 나눠 갖느니, 있게 해달라는 부탁 같은 것은 아무런 필요가 없지 않은가. 자네 맘대로 하게나."

"전 제 맘대로가 아니라 이왕이면 노인장의 양해를 얻어 함께 있고 싶습니다. 비상사태가 끝날 때까지만. 다만 한 가지 부탁드리고 싶은 것은 며칠이면 헤어질 사인데 서로 무슨 일을 했는지, 얼마나 나쁜 놈인지 하는 것은 모르고 넘어갔으면 하는 것입니다. 그래 주시면 안되겠습니까?"

"누구인지도 모르고 함께 자고 먹자는 얘긴가?"

"노인장! 사람 사이라는 것이 본래 그런 것이지 않습니까? 안 그렇습니까?"

"그게 무슨 말인가? 나로선 납득이 안 가는 얘기야!"

"그러시담 노인장께선 아주 평온하고 즐거운 평생을 사신 겁니다. 만나는 사람이 어떤 사람인지, 성격과 기호를 이해하고 서로 위하고 즐기며 사셨다는 얘기가 아닙니까. 제가 아는 한 그런 행복한 분은 그렇게 많지 않습니다. 부럽습니다."

사나이의 표정에는 진심이 어려 있었다. 그러나 그는 사나이의 말을 받아들일 수가 없었다. 그가 날카롭게 물었다.

"자네, 지금 찾아주는 사람 하나 없이 혼자 이 모냥으로 사는 나를 놀리는 것인가?"

사나이는 조금 뜨악한 표정을 지었다. 그리고는 약간 당황한 소리로 말했다.

"제가 노인장을 놀리다니요. 절대 그렇지 않습니다. 다만 사람이란 아무리 오래 사귀어도 속내를 알 수 없고 더구나 이해하지도 못하면서 결국은 함께 산다는 제 말을 부인하시기에, 그런 마음이라면 행복하실 수가 있다는 뜻을 말씀드린 것뿐입니다. 오해를 하게 만들었다면 용서하십시오. 그런데 찾아주는 사람 하나 없다고 하셨는데 그게 무슨 뜻입니까?"

그는 사나이의 물음에 잠시 입을 다물었다. 사나이의 속내가 무엇인지 알 만했기 때문이다.

이 좁은 아파트를 찾는 사람이 한둘이 아니라면 사나이의 은신처로는 적당한 곳이 되지 못한다. 그런데 일년 삼백육십오일 가운데 단 하루, 아니 단 10분도 이 아파트에 머무르는 사람은 없다. 반장 할머니와 관리소 직원이 찾아와도 현관 앞에서 한 발짝도 안으로 들어온 적이 없다. 집안에서 지독한 노인 냄새가 난다는 것과 들어와서 볼일이 없다는 것이 이유였다. 그러나 그 정도라면 그럭저럭 견딜 만했다. 노인에 대한 소외는 그 이상이었지만 어떻게 할 도리가 없었다.

그는 잊었던 분노가 새삼스럽게 치밀어올라 목이 메는 것을 느끼며 생각했다. 이제는 싫고 좋고에 관계없이 이 낯선 사나이와 며칠이 될지는 모르지만 함께 있지 않으면 안되게 되었다. 말하는 품새나 풍기는 인품으로 보아 크게 위험해 보이지는 않는다. 게다가 엄청난 돈이 거래될 판이었다. 신분이나 한 일을 알 수 없기는 해도 며칠 동안만 숨겨주면 앞으로 몇년은 걱정없이 살아갈 돈이 굴러들어올 수도 있는 것이다. 악운인지 행운인지 딱 부러지게 말하기는 어렵겠지만 돈이 들어온다는데 굳이 마다할 이유는 없을 것이다. 그러니 찾아올 손님이란 약에 쓰려도 없다고 말을 해도 괜찮지 않을까……

여기까지 생각했지만 마음이 썩 내키지 않는 것도 사실이었다. 욕심이란 게 사람을 얼마나 부끄럽게 하고 망가뜨리는가 하는 얘기는 체험으로 알고 있는 사실이었다. 게다가 문제가 해결되고 난 뒤 이 사나이가 약속대로 가진 돈의 반을 준다는 확실한 보장이 있는 것도 아니었다. 총을 가진 강자가 비웃음을 흘리며 돈가방을 몽땅 챙겨 가버려도 어째볼 도리가 없는 것이다.

그는 천천히 소주잔을 입으로 가져가며 사나이의 표정을 살폈다. 심중을 떠보고 싶어서였다. 사나이는 아무리 뜯어보아도 악한 구석이 없어 보였다. 눈매도 선량했고 입가에는 자연스런 미소가 어려 있었다. 다만 별로 튀어나와 보이지 않는 광대뼈가 강하고 차가운 인상을 만들어냈고 억세 보이는 체격이 위협적이었다. 그렇다고 큰 체격은 아니었다. 비교를 한다면 사나이의 체격은 그와 거의 비슷했다. 그런데도 완강해 보이는 것은 특수한 훈련을 받은 결과가 아닌가 짐작됐다.

"제가 머물면 안되겠습니까?"

사나이가 초조한 어조로 물었다. 그는 사나이를 바라보며 되물었다.

"무슨 얘긴가?"

"절 있게 해주실 건지, 아니면 쫓아낼 것인지, 아직 대답을 안하셨습니다."

그는 쓴웃음을 지었다.

"자넨, 생각보다 악랄한 면이 있구먼. 자네 말대로 지금 내게 협박범을 쫓아낼 힘이 있는가? 있고 싶으면 있고 떠나고 싶으면 떠날 수 있는 권리가 자네에게 있지 않은가. 협박범이 협박을 당하는 사람의 동의를 얻자는 것은, 나중 경찰문제가 됐을 때 죄를 가볍게 하자는 속셈 아닌가?"

그의 말에 사나이가 어리둥절한 표정을 지었다.

"전 거기까지는 생각하지 않았습니다. 다만 조금이라도 편히, 신경 덜 쓰고 지내자면 노인장의 동의가 있어야 하지 않을까 했던 것이지요. 생각하기에 따라서는 그렇게 말씀하실 수도 있겠습니다만 전 죄를 면하려는 생각은 전혀 없습니다."

"죄를 면해볼 생각이 없다면 왜 경찰에 가지 않는가?"

"경찰에 가기 전에 조직과 먼저 해결해야 할 일이 있습니다. 그 다음엔 어떻게 되어도 상관이 없습니다."

"죽을 각오라도 하고 있단 말인가?"

"거기까진 생각해보지 않았습니다."

"사람 헷갈리게 하는구만. 어쨌건 선택은 자네 몫이 아닌가. 이 집에 머물든가 떠나든가는 자네가 선택할 일이야. 다만 일년 내내 이 집을 찾아올 사람은 없으니까 다른 방해자는 나타나지 않을 것이네. 내겐 변변히 인사를 나누는 이웃도 없다네. 맞은편에 사는 아파트의 젊은 부부와는 이년을 마주보고 살아도 인사 한번 한 일이 없어. 어쩌다 마주쳐 인사를 할라치면 벌레 보는 것 같은 얼굴로 외면하더군. 냄새 나는 노인과 친해서 얻을 게 없다고 생각해서 그런지, 아파트에 살려면 그래야 하는지는 나도 몰라. 아니면 친히 지냈다가 늙은 놈 병들면 수발들 일이 생길 거라고 생각하는지도 모르지. 어쨌건 자네 외에 이 집에서 이렇게 긴 시간을 보낸 사람은 아직 없어."

그는 말을 마치자 사나이의 잔에 술을 따랐다. 이미 네 병째 술이 동이 나고 있었다. 얘기 중간중간에 한 모금씩 마신 술이 적잖았던 모양이었다.

"감사합니다."

사나이가 미소띤 얼굴로 말했다.

창문에는 어느덧 노을이 걸려 있었다. 책보 크기에 지나지 않았지만 영화의 한 장면처럼 눈부시게 아름다웠다. 그러나 그것은 순식간의 아름다움에 지나지 않았다. 넋을 잃고 바라보는 사이에 잿빛으로 변하면서 마음 한구석에 절망 같은 느낌을 밀어넣는가 하면 이내 어둠으로 변해서 홀로살이 노인의 처량한 고독을 자아내는 것이다.

그는 창문의 황홀한 노을에서 눈을 뗐다. 사나이의 눈길은 창문에 매여 있었다. 끝내 서로를 이해시키지 못할 얘기를 너무 길게 했던 탓인지 그나 사나이 두 사람 모두가 조금은 지쳐 있었다. 긴장이 풀려 피로도 느끼고 있었다.

창문의 노을은 빠르게 변해갔다. 그 변화에 따라 두 사람의 표정도 변해갔다. 사나이의 표정이 짙은 어둠이 되어가는 대신 그의 표정은 훨씬 덜 어두웠다. 그는 몇번이고 사나이 몰래 사나이의 얼굴을 훔쳐 봤다. 처음 눈빛은 칼날이 서 있었지만 이내 무디어졌고 다시 부드러운 곡선으로 변해갔다. 그리고 이내 따뜻함이 번져났다.

창문은 이미 칠흑이 되어 있었다. 달빛은 파편도 보이지 않았고 자동차가 지나갈 때마다 잔광이 흰 유령처럼 스쳐지나갔다. 그는 어둠이 짙어졌는데도 전등을 켜지 않았다.

"시장하쟈?"

"아니, 괜찮습니다."

사나이의 목소리가 아주 잔잔했다. 얼굴을 드러내지 않은 목소리가 그에게는 더 정답게 들렸다.

"뭘 해먹을까?"

"전 밥이 먹고 싶은데요."

사나이가 대답했다.

"밥이라, 찬이 변변찮네. 내 솜씨도 신통찮고……"

"시장이 반찬이라고 하지 않습니까!"

"시장이야말로 최고의 반찬이지. 그럼 밥을 해먹음세."

그는 취기로 흔들리는 몸을 일으켜 전등부터 켰다. 갑자기 형광등 불빛이 쏟아지자 잠시 눈앞이 어찔했다. 사나이도 손으로 눈을 가렸다. 사나이는 시력을 되찾자 탁자 위의 빈병과 김치 보시기들을 치웠다. 그는 그것들을 받아 개수대에 넣고 곧 쌀을 씻기 시작했다.

"우리가 만나 처음 하는 만찬인데, 내용이 부실해 걱정이구만. 술도 떨어졌고…… 아무래도 시장을 좀 보아야겠네."

"나가시게요?"

사나이가 물었다.

"나가지 않고서는 시장을 볼 재간이 없잖나?"

사나이가 갑자기 긴장한 표정으로 그를 쏘아보았다. 사나이의 눈빛이 점차 날카롭게 변해갔다. 살기 같은 냉혹함도 엿보였다.

"시장 핑계를 대고 밖에 나가 경찰에 달려가렵니까?"

그는 갑자기 등허리에 얼음이 어는 것 같은 느낌이 들었다. 사나이의 그런 날카롭고 적대적인 반응은 전혀 예상하지 못했던 것이다. 그는 사나이 앞으로 천천히 다가갔다.

"난 경찰 같은 것은 머리에 둔 일이 없네. 난 그저 처음의 저녁을 근사한 만찬으로 먹어봤으면 했을 뿐이야. 믿지 못하고 싫다면 그만두게나."

그러고는 개수대로 되돌아가 씻던 쌀을 마저 씻기 시작했다.

사나이는 한동안 아무 말도 기척도 없이 가만 앉아 있었다. 그러다 무슨 결심을 했는지 그의 등에 대고 나직이 뇌었다.

"시장은 제가 봐오겠습니다."

"뭐라구? 자넬 노리는 사람들이 이 부근 길가에 좌악 깔렸다고 했잖은가."

"그렇긴 합니다만. 길목을 지키는 졸개들은 아직 제 얼굴을 모를 겁니다. 아마 오늘 늦게야 제 사진을 돌려보며 제 얼굴을 익히게 될 겁니다. 그러니 아직은 안전하리라 생각합니다."

"이보게! 자네, 왜 그렇게 날 헷갈리게 하지? 자네 말이 사실이라면 진작에 멀리 도망갈 수 있었다는 얘기가 아닌가. 그런데 왜 도망하지 않았나?"

"노인장! 제가 말씀드리지 않았습니까? 조직과 해결할 일이 있다고……"

"조직이 뭔지 모르지만, 왜 이 마을에서 일을 벌이려 하는가?"

"조직의 보스가 이 아파트 뒤쪽, 저기 주택가에 살고 있기 때문입니다."

"저쪽 주택가라고? 그런 고급 마을에 조직 두목이 산단 말인가?"

72

"그렇습니다."

"두목이 누군가?"

"노인장께서 알아 무얼 하십니까? 군대 동기로 조직 보스가 된 오기삼이란 놈이 고급주택가에 살고 있습니다. 그놈과 반드시 해결해야 할 일이 있어 멀리 못 가는 겁니다. 그렇게만 아시고 제가 시장을 봐올 동안 가만 계십시오. 아셨지요?"

사나이는 다짐하듯 그를 한번 쏘아보고는 소리없이 현관을 나갔다. 그는 한동안 넋을 잃고 현관을 바라봤다. 생각할수록 정체를 알 수 없는 놈이었다. 부근 골목골목을 조직의 아랫것들이 지키고 있다면서 자청해 위험지역으로 나가는 배포도 놀랍거니와 거듭 말하는 조직과 해결할 문제가 무엇인지 궁금증이 더해오는 것이다. 조직과의 문제라면 필시 피비린내가 날 일이었다. 사나이가 아무리 날고 기어도 별로 승산이 없어 보이기도 했다. 그렇다면 죽거나 죽도록 상처를 입는 것은 사나이가 아닐 수 없다.

그는 쌀을 씻어 전기밥솥에 안쳐두고 조용히 사나이를 기다렸다.

사나이는 여간해 돌아오지 않았다. 그는 슈퍼에 도착할 시간을 어림잡아 10분으로 보고 물건을 고르는 시간과 계산을 하는 시간을 20분으로 잡았다. 총 40분의 시간이면 충분하리라 생각했다. 다만 이왕 밖으로 나갔으니 주위를 살필 시간을 15분 정도 더 주어 55분이면 돌아와야 한다 생각했다. 그는 10분이 지날 때마다 시계를 보았다. 10분이 그렇게 초조할 수가 없었다. 절로 담배에 손이 갔다. 그러나 얼른 불을 붙일 수가 없었다. 10분이 두번째 지나가자 앉아 있기가 불안했다. 사나이가 슈퍼에 있을 시간임을 알면서도 불안이 가시지 않았다. 40분이 지나자 그는 벌떡 일어나 창문으로 다가갔다. 목을 길게 빼어 아래를 내려다봤으나 보이는 것은 아무것도 없었다.

"일이 터진 것은 아닐까?"

방정맞은 생각이 머리를 어지럽게 했다. 혹 총소리가 나지 않을까 해서 귀를 쫑긋했다.

사나이가 나간 지 한 시간 반이 지나자 그는 거의 기진해서 자리에 털썩 주저앉고 말았다. 떨리는 손으로 간신히 담배를 찾아 물었다. 향기로운 연기를 길게 한번 내뿜고 나자 아랫배에 힘이 들어오고 생각이 정리되었다.

그러고 보면 그가 사람을 이렇게 애타게 기다린 일은 일생을 통해 한번도 없었다. 성격이 모질어 그렇기도 했지만 애초에 그에게는 기다릴 사람이 없었던 것이다. 그런데 이제 저승길을 얼마 남기지 않은 때에 사람을 기다린다는 것이 스스로도 이해가 되지 않았다. 더구나 기다리는 상대는 성도 이름도 확실하지 않은 낯선 협박객이었다. 보통사람에게는 이런 터무니없는 일이 일어날 수 없었을 것이다.

그는 몇번이나 사나이를 기다렸다는 사실을 부인했지만 그럴수록 사나이의 안위가 더욱 궁금했다. 이대로 있을 것이 아니라 나가 찾아보고 찾아도 없으면 경찰에 신고해야 한다는 절박감이 더 커오는 것이었다.

사나이가 나간 지 어언 두 시간이 다 되어가고 있었다. 이제 그를 기다린다는 것이 부질없다는 생각이 들었다. 그리고 바로 그 순간에 눈에 띈 것이 007가방이었다. 탁자 아래에 놓였던 가방은 그가 초조한 나머지 몇번 몸부림을 치는 와중에 발길에 차였고 발에 부딪친 묵직한 물건이 무언가 해서 내려다본 순간 미화와 일화가 가득 든 가방임을 알게 된 것이다.

미화와 일화가 눈에 어른거리는 순간 사나이에 대한 그의 생각이 급회전을 했다. 그 자신도 놀랄 급변이었다. 그의 머리는 혼자 셈없이 사는 노인답지 않게 빠르게 계산했다. 밖으로 나간 사나이와 돈과 자신의 관계가 아주 명확하게 산출되었다. 만약 사나이가 돌아오지 않게 된다면 액수를 알지 못하는 거액이 자신의 몫으로 남을 것이다. 무사히 돌아온다 해도 반의 권리를 가진다. 그리고 이 두 가지 외에 다른 방법이 남아 있다. 사나이가 돌아오기 전에 가방을 가지고 몸을 숨기는 것이다. 이까짓 아파트는 사나이에게 넘겨주어도 몇배 장사는 될 터였다. 아니, 돈 가방을 들고튀어도 경찰에 신고조차 못할 것이 분명했다. 꿩도 먹고 알도 챙길 수 있는 절호의 기회가 눈앞에 있는 것이다……

여기까지 생각한 그는 안으로 깊이 잠재됐던 악랄함이 되살아남을 느끼며 쓴웃음을 지었다. 그의 곁을 스쳐간 수많은 여인들이 저주 섞어 말했듯이 그 자신이 세상의 어떤 것보다 돈을 숭상했던 인간임을 잘 알고 있었다. 그런 자신을 송충이보다 싫어하게 된 것은 지천명의 나이가 되어서였다.

그는 등허리와 사타구니에 수치의 식은땀이 흥건하게 고임을 느꼈다. 전신이 칙칙하고 끈적거렸다. 샤워라도 해서 수치스런 생각들을 떨쳐내고 싶었다. 그러나 취기 때문에 몸이 가볍게 움직이지 않았다. 그는 소용없는 줄 알면서도 칙칙함을 씻어내기 위해 몸을 비비꼬고 의자 등받이에 등을 비볐다. 그러는데 사나이가 소리없이 들어섰다.

사나이는 뭘 얼마나 샀는지 말들이가 넘을 듯한 비닐봉지를 들고 있었다. 안에 갖가지 식품이 가득했다. 사나이는 아무 말 없이 실내를 휘둘러 봤다. 경계의 눈초리가 분명했다. 그리고 아무 이상이 없자 비닐봉지를 개수대 위에 올려놓고 탁자 앞으로 다가와 의자에 앉았다.

"며칠은 배불리 먹을 수 있을 겁니다. 술도 마실 만큼 사왔고요."

"수고했구먼, 그런데 자넬 알아보는 사람은 없던가? 누굴 만나지도 않았고?"

골목골목을 지키고 있던 떼거리 젊은이들에게 탄로가 나지 않았나 해서였다. 또 이웃사람을 만나지 않았나 하는 것도 근심거리였다.

"아뇨, 아직 제 사진이 돌지 않았는지 눈앞을 지나가도 모르더군요. 아마 내일쯤은 제 얼굴을 알게 될 겁니다. 아직 조무래기들은 제 얼굴을 모르거든요. 그리고 동네가 너무 조용하더군요. 저도 이웃사람 누구를 만나면 어쩌나 했는데 사람 그림자도 안 보였습니다. 그리고 노인장! 저녁 준비는 제가 하겠습니다. 저도 자취를 해봐서 웬만큼 찬을 만듭니다."

"그래주면 고맙지만. 어떻던가? 덩치가 큼직큼직한 놈들이 떼거리로 깔려 있지?"

"그렇더군요. 그렇다고 제가 쉽게 놈들 손에 해코지당하겠습니까!"

"다행이구먼. 어쨌거나 저녁 준비를 하겠다니 고마우이."

수치스런 생각을 했던 때문인지 그는 참으로 피곤했다. 아마 사나이가 없었더라면 저녁은 거르고 잠자리에 들었을 터였다.

"그럼 잠깐만 기다려주십시오. 정성을 다해 지어 바치겠습니다."

사나이는 곧 일을 시작했다. 손놀림이 상당히 숙련되어 있었다. 간장이나 된장 등 양념들이 어디에 있는지 묻지 않고도 알아냈다. 아마 이와 비슷한 아파트에서 살아본 깐이 있는 듯했다.

그는 눈을 반쯤 감고 사나이를 바라보며 말을 건넸다.

"자취는 몇해나 했나?"

"자취요? 글쎄요. 제대를 하고 장가들기 전까지 했으니까 한 사년쯤 됩니다."

"사년이면 긴 것도 아니구먼! 그런데 지금 장가를 갔다고 했는가?"

그의 물음에 사나이는 대답을 하지 않았다. 갑자기 고개를 푸욱 숙이고 손놀림을 빨리하면서 그의 말을 못 들은 척했다. 그는 사나이에게 아픈 사연이 있음을 짐작할 수 있었다. 아픈 상처는 건드리지 않는 게 도리였다. 그는 그렇게 생각하면서 화제를 돌리려 했으나 그렇게 되지 않았다. 한참 사이를 두었다가 물었다.

"아내와는 생이별을 했는가?"

"………"

"말하기 힘들면 아니해도 괜찮으이, 그저 그러려니 하면 되는 것이니까. 하지만 무슨 일이건 세월이 지나면 툭 터놓고 얘길 하는 것이 위로가 된다네. 가슴속에 묻어두면 병이 될 뿐이네."

사나이는 역시 말이 없었다.

"여자란 믿어서는 안되지. 물론 남자도 믿을 건 못돼. 한마디로 사람이란 믿을 존재가 아니지. 난 돈밖에 믿질 않았다네."

그의 말이 미처 끝나기도 전에 사나이가 휙 돌아섰다. 그를 바라보는 시선이 형형하게 빛났고 말소리도 날카로웠다.

"노인장! 그런 게 아니오. 난 아내를 믿었고 더없이 사랑했소. 내가 이 세상에서 믿었던 유일한 사람이 내 아내였소. 아무것도 모르시면 아무 말도 마십시오."

그는 사나이의 날카로운 목소리에 잠시 주눅이 드는 기분이었다. 공연히 사나이의 기분을 상하게 했다가는 무슨 일이 벌어지지 않을까 겁도 났다. 그는 한동안 입을 다물고 있었다.

그러나 한번 터져버린 말문을 다시 막을 수가 없었다. 혼자 살아오면서 그는 일상의 말을 잃어버리고 있었다. 거리에서 사람을 만나도 무슨 인사말을 해야 할지를 몰랐고, 또 어떤 사태에 부딪쳐도 적당한 말을 찾지 못했다. 거리는 언제나 생소했고 사람들도 낯설었다. 더구나 말은 하루가 다르게 귀에서 멀어갔다. 그래서 이따금 이러다간 영영 벙어리가 되는 것이 아닌가 두려움을 느끼기도 했다. 그가 현란한 텔레비전보다 라디오를 좋아하는 이유도 말을 잃어버리게 되지 않을까 하는 두려움을 조금이라도 이겨보자는 뜻이었다.

그런데 총을 든 사나이가 나타나면서 갑자기 말문이 터졌고 한번 열린 말문을 그는 닫을 수가 없었던 것이다. 그래서 다시 사나이를 귀찮게 하고 말았다.

"그렇게 믿었던 아내는 어디 가고 여기까지 흘러왔는가?"

그의 말이 떨어지기가 무섭게 사나이가 부릅뜬 눈을 하고 그의 앞으로 다가왔다. 그러고는 마치 으르렁대듯 말했다.

"노인장! 내 아내를 모욕하지 마시오. 누가 무슨 말을 해도 참지만 아내 문제만은 그냥 넘기지 않소. 아시겠어요?"

"난 자네 아내를 모욕하자는 것이 아니여. 그냥 궁금해 물어본 거지."

"궁금해하는 것도 모욕입니다."

"그건 아닐세. 무슨 사연인지는 모르지만 속시원히 말하게나. 날 가족이라 생각하고 말일세."

말을 해놓고서는 그 자신도 자신의 말에 화들짝 놀랐다. 그는 여태 살아오면서 자신과 연관지어 가족이란 말을 써본 일이 없었다. 가족은 아예 존재하지 않았던 것이다. 그런데 저도 모르게 가족이란 말이 나온 것은 가족이란 따뜻한 울타리가 있어주길 목마르게 바랐던 때문이었을 것이다. 그는 자신 속의 인간적 감정에 놀라고 말았다.

사나이는 말없이 다시 돌아서 개수대 쪽으로 갔다. 뒷모습은 조용하고 평온해 보였지만 안으로 갈등을 일으키고 있는 듯이 보였다. 칼로 도마를 두드리는 소리가 요란했다. 심리적 갈등을 이기려는 행동 같았다. 그는 사나이가 입을 열 것이라 생각하고 조용히 기다렸다. 마음의 아픔을 겪고 있는 사람을 더 자극해서는 안된다고 여긴 것이다.

"제 아내는……"

사나이가 느린 어조로 입을 뗐다. 울먹한 느낌을 주는 목소리였다.

"여고를 나온 뒤 두 남동생 뒷바라지를 하느라 홀어머니와 식당을 하던 제 아내는 결혼 후 일년 반 만에 참한 아들을 하나 낳아주었지요. 녀석은 열달 만에 홀로 섰고 돌도 되지 않아 엄마아빠 소리를 했지요. 장모나 처남들은 사흘이 멀다하고 녀석을 보러 왔지요. 노인장은 그런 행복이 어떤 것인지 아세요? 세상을 얻은 것과 다름없었지요. 벌이도 제법 쏠쏠해서 걱정이 없었지요. 그렇게 해서 아이가 일곱 살이 됐지요. 열일곱평밖에 되지 않았지만 우리 아파트도 마련했습니다. 부러울 게 없었지요. 때마침 제가 팀장으로 승진하게 되었지요. 참 하늘을 날 것 같데요. 그래서 우리 세 식구가 모처럼 외식을 하기로 했지요. 오붓하게 갈비도 먹고 술도 한잔할 생각이었답니다. 그래서 회사 앞으로 나오라고 일렀습니다."

사나이는 숨이 가쁜지 여기서 말을 중단했다. 그는 사나이가 그러는 이유를 알 것 같았다. 그 대목에서 문제가 생겼을 것이라 생각했다. 사나이는 돌아서서 개수대에 허리를 기댔다. 두 손은 개수대를 짚고 있었다. 눈시울이 붉어져 있고 눈망울이 젖은 듯했다.

"건널목이었지요. 저는 길 저편에 서 있는 아이와 아내에게 손짓을 했지요. 신호를 기다리는 그 짧은 시간도 아까운 느낌이었습니다. 일초라도 빨리 아이를 안고 예약해둔 근사한 갈비집으로 뛰어가고 싶었습니다. 파란불이 들어왔습니다. 아이와 아내가 저를 향해 건널목을 뛰어 건넜지요. 아니 건너려고 했지요. 그런데 그순간 신호를 지키지 않은 대형 트럭이 쏜살같이 달려왔습니다. 덤프트럭이었어요. 전 목석처럼 꼼짝 못했고 순식간에 아내와 아이는 트럭에 깔리고 말았지요. 트럭은 끼익 하는 급정거 소리를 한번 내더니 다음 순간 다시 전속력으로 자취를 감추고 말았습니다……"

사나이는 다시 돌아서 하던 일을 계속했다. 그는 사나이의 뒷모습을 응시했다. 아내와 아이를 잃어본 경험은 없지만 사나이의 아픔을 이해할 수 있었다. 더구나 빤히 바라보는 앞에서 덤프트럭에 치여 목숨을 잃었다지 않는가. 모르긴 해도 그런 경우는 흔하지 않을 것이다. 때문에 받아야 할 상처는 더 깊고 충격적일 것이었다. 보통사람이면 미쳐버릴 수도 있을 것이다. 그는 그런 생각을 하며 물었다.

"그런 뺑소니 놈은 능지처참을 시켜야 하는데…… 잡았소?"

사나이는 돌아선 채 말했다.

"아뇨. 아직도 잡혔다는 얘긴 못 들었습니다. 전 회사를 그만두고 이년 동안이나 그 덤프트럭을 찾아 헤맸습니다. 경찰서 출입은 헤아리지도 못할 겁니다. 이년이 지나면서 제 생각이 바뀌었지요. 그 길을 달리는 덤프트럭 운전사들을 모조리 죽일 생각을 한 거지요. 전 살인 전문가로 군대교육을 받았거든요. 특수부대에 십년이나 복무를 했습니다. 부엌칼이든 잭나이프든 칼 하나면 사람 목숨 따는 것은 식은죽 먹기입니다. 그래서 한동안 그 거리에 잠복을 했었지요. 아내와 아이의 복수를 꿈꾸면서…… 그런데 장모님과 형이 어떻게 알았던지 한사코 말렸습니다. 옳지 못한 행동이라고…… 장모나 형은 말 그대로 순덕이 백성이었지요. 그들의 말을 차마 떨칠 수가 없어 살인계획을 포기했습니다."

"그건 잘한 일이네. 잘한 일이야."

"잘한 것인지 어떤지는 모르겠습니다만 제 인생은 엉망이 되고 만 겁니다…… 그런데 노인장은 왜 혼자 사십니까? 부인은 사별했다 치고 자제들은 없습니까?"

사나이의 갑작스런 질문에 그는 어안이벙벙했다. 전혀 예상하지 못한 질문이었고 꾸며댈 말도 준비되지 않았다. 담박에 기분이 엉망이 되었다. 그는 쓴 입맛만 몇번 다시고는 얼버무렸다.

"내 얘기는 차차 하기로 하세."

"그러십시오."

사나이는 순순히 넘어갔다.

왜 혼자 사느냐는 질문은 혼자 사는 노인이라면 인사치레로도 수없이 받아봄직한 것이었다. 그것은 사람 사이를 관계짓는 연민을 나타내는 것이기도 했다. 그런데도 그는 여태 그런 질문을 받아본 적이 없었다. 그것은 그가 적당한 인사치레를 할 사람도 하나 가까이 두지 않았고 사람 사이를 관계짓는 울타리 안에 살지 않았다는 징표였다. 갑자기 쓸쓸함이 그의 마음을 휩쓸고 갔다. 사나이가 곁에 있음으로 해서 쓸쓸함은 더 깊은 냉기를 느끼게 했다.

"준비 다 됐습니다."

사나이가 조금은 밝은 소리로 저녁이 다 됐음을 알렸다. 곧 탁자에 반과 찬이 차려졌다. 식욕을 자극하는 냄새가 코와 입, 눈으로 파고들었다.

"반주도 한잔 하지!"

"그러시지요."

사나이도 기다렸다는 듯이 곧 술병과 술잔을 대령했다. 그는 탁자 위에 차려진 찬과 반을 유심히 살폈다. 지난 30년 동안 이런 밥상은 한번도 받아본 일이 없었다고 느낄 만큼 성찬이었다. 찬이 무려 여덟가지였다. 북어국이나 감자조림은 그렇다 치고 오징어볶음 고구마줄기졸임 꽁치통조림 배추겉절이 등은 근래에 처음 대하는 찬이었다.

"이 많은 찬을 만드느라 수고 많았네. 솜씨가 여간 아니구먼!"

"과찬이십니다. 한잔 받으세요."

사나이가 얌전하게 술을 따랐다. 그는 첫잔을 입안에 털어넣고 문득 생각이 나서 물었다.

"자네 이름이 무어랬지? 이름을 모르니까 얘기하기가 아주 불편해서 말이네."

"그러실 겁니다. 아까 말씀드렸는데 미처 못 알아들으셨군요. 제 이름은 박학수입니다. 고향은 경남 김해입니다."

"그래, 알겠네. 박학수군! 내 이름은 김덕중이야. 난 본도 고향도 몰라. 저 의령이란 골짝에서 자랐지. 앞으로는 서로 이름을 부르기로 하지. 그래야 우리 관계가 덜 서먹하겠지?"

"그러겠습니다. 덕중 어르신!"

박학수가 대번에 그렇게 고쳐 불렀다. 귀에 설기는 해도 거북하지는 않았다.

"고맙네, 학수군!"

두 사람은 부지런히 잔을 바꿔가며 술을 마셨다. 낮술의 취기가 남아 있는 터라 빠르게 취해갔다. 노인은 어느새 말을 못할 만큼 혀가 꼬부라져 있었고 박학수는 사뭇 들이붓듯 마셔댔다. 잘 지어진 밥은 싸늘하게 식었고 찬그릇은 거의 비어 있었다.

먼저 쓰러진 것은 노인이었다. 박학수는 노인을 내려다보다 번쩍 안아들었다. 그러고는 조심스럽게 침대에 눕혔다. 노인은 세상 모르고 곯아떨어져 있었다. 학수는 곯아떨어진 노인의 얼굴을 한참 동안이나 들여다보고 있었다. 학수는 덕중 노인이 무얼 하는 어떤 성격의 사람인지는 몰라도 특별나게 보이지는 않는다는 생각을 했다. 만약 그가 보통사람이 아니었다면 벌써 무슨 일이 벌어졌을 터였다. 창문 밖으로 강도요 하고 소리를 칠 수도 있고 하다못해 죽을 각오를 하고 달려들 수도 있다. 기회를 봐 식칼을 들고 사생결단을 하지 말란 법도 없다. 노인이 그랬다면 박학수로서는 속수무책일 수밖에 없었다. 사태가 그렇게 진전되었다면 완력이나 권총은 전혀 쓸모없는 것이 되고 만다. 노인에게 폭력을 휘두를 수도 없고 더구나 총알을 안길 수는 없지 않은가.

박학수는 자신이 10년 동안 적을 알아내고 그들을 죽이는 훈련을 받아왔지만 그것이 사회에서는 아무 소용이 없다는 사실을 깨닫고는 쓴웃음을 지었다. 흔히 지옥훈련이라 불리는 특수훈련의 요체는 동지가 아닌 사람은 모두 적으로 분류해야 하고, 적으로 분류되거나 조그만 갈등이 있는 사람도 죽이고 싶은 유혹을 느끼도록 하는 것이라 했다. 다시 말해 특수훈련이란 아주 자연스럽게 적은 반드시 죽여야 한다는 생각을 가지도록 길을 들이는 것이다. 박학수도 예외가 아니어서 그런 생각에 익숙해 있었다. 더럽게 거슬리는 새끼들을 보면 단칼에 목을 베어버려야 한다는 생각을 하게 돼 있었던 것이다. 때문에 노인이 조금만 강도 높게 거슬렸다면 목을 비틀었을지도 몰랐다. 그런데 노인은 그런 박학수의 내심을 꿰뚫어본 듯 거슬리기의 한계를 지켰고 나아가 극히 협조적인 자세로 위로까지 해주었던 것이다.

박학수는 노인에게 이불을 덮어주고는 자리로 돌아왔다. 대작할 사람이 없어져 술맛이 다소 덜하긴 했지만 그는 계속 마셨다. 취기가 머리를 들쑤셨지만 긴장감은 덜어지지 않았다. 참으로 급박했고 길고 긴 하루였다. 그런데도 무척이나 흥겨운 하루이기도 했다.

거대집단의 살인적인 추격을 뿌리치고 용케 몸을 숨길 수 있었던 것은 행운이라 생각됐다. 더구나 김덕중이란 제법 괜찮은 노인의 아파트에 안착한 것은 모든 일이 순조롭게 풀릴 것 같은 징조로 여겨져 기분이 썩 좋았다.

만에 하나 권총을 앞세우고 들어온 집이 여러 식구가 사는 보통의 아파트였다면 벌써 무슨 사건이 터졌을 것이었다. 밖의 적을 피해 들어온 그는 그집 가족들도 부득이 적으로 만들어야 하고 결국 진퇴양난이 될 수밖에 없는 일이었다. 게다가 경찰이 개입하게 되면 계획했던 일은 수포로 돌아간다. 아니 오히려 오기삼의 부하들에 의해 살해될지도 모를 일이었다.

"일이 그렇게 풀렸다면……"

생각만 해도 현기증이 느껴졌다.

"난 보통사람들을 해치자는 것이 아니야!"

박학수는 술을 입안에 털어넣으며 나지막이 말했다. 그러고는 저도 모르게 스르르 눈을 감았다. 눈꺼풀이 천근 무게로 짓누르고 있었다.

이해

취기가 완전히 가신 것은 아니지만 김덕중 노인은 언제나 일어나는 그 시간에 눈을 떴다. 갈증이 느껴지고 전신이 찌뿌드드했다. 일어나 앉자 제일 먼저 눈에 들어온 것이 웬 이상한 사나이였다. 의자에 앉은 채 곯아떨어진 모습이 조금은 측은했다.

노인은 그가 박학수임을 깨닫고는 침대를 내려와 곁으로 다가갔다. 세상 모르는 깊은 잠에 빠져 있었다. 목숨 건 도망을 쳐나와 이제야 긴장이 풀린 것이려니 했다. 잠든 모습이 측은하기는 했지만 그의 존재가 불안하기도 했다. 학수의 성품이 어떠한가가 문제가 아니라 권총을 앞세우고 들어온 사람이었다. 더구나 집 밖에는 그를 노리는 조직이 있지 않는가.

학수와 조직의 사이에 끼여 있다가는 어떤 횡액을 만나게 될지 모르는 일이었다. 그것이 횡사가 되지 말란 법도 없다. 설사 학수가 계획한 일을 완수하고 떠난다 해도 위험은 남는다. 조직이 자신을 가만둘지 어떨지는 전적으로 조직의 선택에 달려 있다. 학수의 협조자라

해서 자신을 해치는 쪽에 선택의 무게가 실린다면 보복은 피하기 어려울 것이다.

그는 아무리 생각해도 학수를 집 안에 두는 것이 불안하고 두려웠다. 몸을 사려야 할 때였다. 그렇다면 학수가 깊은 잠에 곯아떨어진 지금이 적기였다. 그냥 소리없이 집을 나가 경찰에 신고만 하면 될 일이었다. 무사하자면 그렇게 해야 한다는 생각이 섬광처럼 스쳐갔다. 그러나 그는 이내 그런 생각을 지워버렸다. 무슨 범죄를 저질렀는지도 모르는 사람을 경찰에 넘긴다는 것은 사람이 할 짓이 아니었다.

그는 소리없이 집을 빠져나가는 대신 담요 한장을 학수에게 덮어주고 탁자 위의 빈그릇을 치우기 시작했다. 보아하니 밥은 짓지 않아도 될 듯했다. 냉장고에는 지난밤 만들어둔 찬이 몇가지나 있었다. 북어국이나 데우면 근사한 아침이 될 듯했다.

그는 북어국 냄비를 가스레인지에 얹어놓고 뒷짐을 진 채 학수의 자는 모습을 내려다봤다. 특별히 선량해 보이지는 않았지만 악한 구석도 없어 보였다. 그런 젊은이가 왜 권총을 든 채 억만금이 든 돈가방을 들고 쫓기고 있는지, 그리고 누굴 죽여야 한다고 하는지 이해가 되지 않았다.

보통사람이 이해할 수 없는 사연이 있는 것만은 확실해 보였다. 때문에 더 큰 호기심이 이는 것도 부인할 수 없었다. 그는 지난밤, 학수가 누굴 죽여야 한다고 했던 말을 기억해냈다. 학수는 분명 누군가의 이름을 댔었다. 오 뭐라고 한 것 같은데 도무지 떠오르지 않았다. 아파트 뒤쪽 고급주택가에 산다고 했으니 어쩌면 자신이 한번쯤 뇌어본 이름일지도 몰랐다. 주택가 골목을 돌면서 문패들을 읽어보지 않았던가. 가장 기억에 또렷한 이름은 오기삼이었다. 비서인지 부하인지 모를 젊은 사람들에 옹위되어 집으로 들어가는 오기삼이란 실물을 보았기 때문에 기억에 가장 또렷한 것이다.

학수가 몸을 한번 비틀었다. 그러고는 무엇에 놀란 듯 두 눈을 번쩍 떴다. 그는 옆에 서 있는 노인에게 잠시 낯선 시선을 보내더니 벌떡 일어났다. 비로소 노인을 알아보고는 씨익 웃었다.

"잘 주무셨어요?"

"자네도 잘 자더구만! 태평스럽게 말이야."

학수는 아무 대꾸도 하지 않았다. 그러나 태평스럽다는 말뜻은 놓치지 않은 표정이었다.

노인은 가스레인지의 불부터 껐다. 북어국은 알맞게 끓어 있었다. 그는 재빨리 식탁을 차렸다. 그러면서 불현듯 남을 위해 식탁을 차린 것이 평생 동안 몇번 되지 않음을 깨달았다. 매식이 아니면 홀로 식탁으로 육십여 평생을 살아왔다. 동거했던 여러 여자들이 식탁을 차려주지 않은 것은 아니지만 그것은 자신이 차린 것이 아니었다. 이제 처음으로 자신의 손으로 남을 대접하는 것이다. 기분이 참으로 묘했다. 학수가 씻고 나오자 노인이 말했다.

"어서 아침 먹세나!"

목소리가 들떠 있는 것 같았다. 두 사람은 식탁에 마주앉았다. 학수는 북어국에 밥을 말아 걸귀처럼 먹어댔다. 그 모습만으로도 보는 사람을 즐겁게 했다.

"왜 안 드세요?"

끼적거리고 있는 노인을 보며 학수가 물었다.

"먹고 있네."

"좀 팍팍 드세요. 그래야 힘이 나죠."

"그래, 그건 그렇고 오늘부터 어쩔 셈인가?"

학수는 잠시 손을 멈추고 탁자를 응시했다. 막막한 표정이었다.

"생각중입니다."

짤막하게 대답하고는 다시 게걸스럽게 먹기 시작했다.

노인도 더이상 말을 건네지 않았다. 전후사정을 다 아는 것은 아니었지만 학수가 무슨 일을 진행하려 하고 있는 것만은 분명했다. 그러나 현재의 상황에서는 아무것도 할 수 없는 처지였다. 학수 자신이 확인했듯 아파트에서 백 발짝만 걸어나가면 그의 적들이 우글거리고 있고 그의 타겟은 그 뒤에 깊숙이 숨어 있다. 그가 일을 성공하려면 먼저 수비와 공격 형태를 겸해서 포진을 친 적들을 헤쳐나가지 않으면 안된다. 노인은 그런 자신의 짐작이 과히 틀리지 않으리라 확신하고 있었다. 그러면서 학수를 몰아붙인다는 것은 좀 잔인한 짓이었다.

그러나 무작정 때가 오길 기다릴 일도 아니고 시간이 흐를수록 학수에게 불리한 상황이 될 뿐이었다. 게다가 반장 할머니라도 불쑥 찾아와 학수를 보게 되면 은신이 알려질 염려도 없지 않다.

'여기서 손발이 묶여버리는 것은 아닌가?'

노인의 뇌리에 문득 그런 생각이 스쳐갔다. 아닌게아니라 학수에게는 아파트 바깥이 위험지역이었고 자신은 학수에 의해 자유롭지 못하다. 이래서야 아무 일도 할 수가 없다. 두 사람의 뜻이 하나가 된다 해도 일을 해낼까 말까 한 형편이 아니던가.

학수가 빈 밥그릇과 국그릇을 밀어냈다. 콧등에는 땀방울이 송송 맺혀 있었다.

"오랜만에 참으로 맛나게 먹었습니다. 감사합니다."

노인은 빙그레 웃기만 했다. 그러고 보면 학수란 녀석, 인사성 하나는 나무랄 데가 없었다. 그게 그의 기분을 상쾌하게 했다. 학수의 그런 인성을 보면 아무래도 큰 범죄를 저지를 인간 같지는 않았다. 어쩌면 본의 아니게 조직적인 범죄에 휘말렸는지도 모를 일이었다. 물론 그렇다 해서 지은 죄가 없어지는 것은 아닐 것이다. 어쨌거나 그는 학수란 사나이에게 의혹보다도 따뜻한 연민을 먼저 느끼는 것을 부인하지 못했다. 사람을 이렇게 쉽게 믿어서는 안된다고 자신을 타이르면서도 연민의 정을 잘라버릴 수가 없었다.

"덕중 어른!"

창문을 바라보고 있던 학수가 갑자기 그를 불렀다.

"절 도와주실 수 있겠습니까? 하긴 지금도 도움을 받고 있긴 합니다만……"

노인은 대답을 잠시 유보했다. 도와줄 생각은 이미 하고 있었다. 그러나 상대를 모르고 돕는다는 것은 모험이고 위험이 따르는 것이다. 위험을 줄이자면 학수의 실체를 좀더 깊이 알아야 할 필요가 있었다.

"자넬 도와주고 싶기는 하네. 허지만 무슨 일인지 알아야 되지 않겠나? 입장을 바꿔놓고 생각해보게."

"저도 도움을 달라는 것이 무리인 줄 압니다. 하지만 말씀을 드릴 수가 없습니다. 들어서 좋은 일도 아니고 어르신께서 아신다고 해도 변하는 것은 아무것도 없기 때문입니다. 그냥 아무것도 묻지 마시고 두 가지만 살펴 주십시오."

"두 가지를 살펴?"

"예! 하나는 골목을 지키고 있는 아이들이 어느 정도이고 어디에 집중돼 있는가 하는 것입니다. 또다른 하나는 저쪽 주택가엘 가서서 오기삼이란 자의 집이 어디 있는지를 알아내시는 겁니다. 한번 오기삼의 집엘 간 일이 있습니다. 하지만 밤늦게 차를 타고 갔던 길이라 어느 골목 어디쯤인지 기억하지 못합니다."

"오기삼이라고 했나?"

부하인지 비서인지 모를 건장한 젊은이들에게 옹위되어 집으로 들어가던 사나이를 떠올리며 노인이 물었다. 그가 들어가던 집의 웅장한 대문에는 분명 오기삼이란 문패가 걸려 있었다.

"오기삼이를 아십니까?"

학수가 되물었다.

"아니, 아는 건 아니고…… 주택가 구경을 갔다가 그런 문패를 본 적이 있네. 개울가로 들어가 오른쪽으로 두번 꺾어들어가면 바로 오기삼의 집이야. 문패를 분명히 보았어."

학수는 노인이 말한 방향을 머릿속에 새기려는 듯 잠시 생각에 잠겨 있었다.

"그렇담 한 가지 일은 덜어진 셈입니다. 남은 건……"

"오기삼이 누군가?"

노인이 학수의 말허리를 자르며 물었다. 학수의 얼굴에 곤혹스러움이 스쳐갔다.

"오기삼이 누구인지 그것까지 숨긴다면 내 도움은 바라지 말게."

학수가 곤혹스러워하는 사이 노인이 딱 자르고 담배를 붙여물었다. 불을 붙이는 손이 가늘게 떨렸다.

학수는 좀처럼 입을 열려고 하지 않았다. 두 손으로 주먹을 쥐었다 폈다 하는가 하면 이마를 쓰다듬기도 하고 입술을 비틀기도 하면서 시간을 끌었다. 그러다 목운동을 시작하는가 하면 어느새 주먹을 폈다 쥐었다 하기로 되돌아가 있었다. 담배 한 대가 다 탈 동안 학수는 시간을 끌었다. 그러다 마침내 결심을 한 듯 입을 열었다.

"오기삼은 조직의 이인자입니다. 저와는 특수부대 동기생이고요. 제가 공장에서 땀 흘리며 일한 오년 동안에 놈은 조직의 이인자 자리에까지 오른 것입니다."

"그러면, 오기삼이란 자가 조직의 이인자가 된 것이 미워서 죽여야 하겠다는 말인가?"

학수는 대답 대신 미소를 지었다.

"그렇지, 그렇진 않겠지. 까닭이 뭔가?"

"제가 그놈의 하수인 노릇을 했었습니다. 그런데……"

"그런데?"

"그놈이 다른 사람을 시켜 절 죽이라는 지령을 내린 겁니다. 하마터면 현해탄의 고깃밥이 될 뻔했지요. 그러니 놈을 어찌 용서할 수 있겠습니까?"

"무슨 얘긴지 짐작은 가지만 앞뒤가 맞지 않으이. 친구이자 대신 일을 해준 사람을 왜 죽이려 했단 말인가? 그리고 현해탄은 또 무엇인가?"

"놈은 나를 죽여 증거를 없애려 한 것입니다."

"무슨 증거를?"

"덕중 어른! 해드리고 싶은 얘기는 여기까집니다. 이제 바깥이나 한바퀴 돌아봐주십시오."

학수의 안색이 창백하게 변해 있었다. 오기삼에 대한 배신감과 분노가 어떤지 짐작되고도 남았다. 노인은 더이상 묻지 않기로 했다.

"내가 보기엔 승산은 저쪽에 있네. 내가 이대로 나가서 저쪽에 붙어버린다면 어쩔 셈인가?"

학수는 창백한 안면에 미소를 지으며 받았다.

"그럼 제 운이 다하는 것이지요. 그걸 겁내서 덕중 어른을 잡아둘 수도 없는 일이잖습니까?"

딴은 그랬다. 학수가 노인을 의심해 옴짝달싹하지 못하게 한다면 그것 역시 운발을 끊는 일이나 다름없었다.

"그럼 설거지는 자네가 하게. 문도 단단히 잠그고, 누가 갑자기 들이닥칠지도 모르니까, 내가 똑똑똑 세번씩 세번을 노크하면 문을 열게나."

"알겠습니다."

노인은 개수대 옆에 놓여 있는 녹슨 쇠지팡이를 찾아들었다. 오래전 어느 골목길에서 습득한 등산지팡이였다. 녹이 슬긴 해도 손에 들고 보니 무척이나 든든한 느낌을 주었다. 현관을 나오자 등뒤로 문 잠그는 소리가 아주 생소하게 들렸다. 문득 잠그지 않던 문을 잠그는 것이 의심을 사는 일이 아닌가 하는 생각이 스쳤다. 그렇다고 문을 열어둘 수도 없었다.

거리에 나서자 기분이 여간 상쾌하지 않았다. 수삼년이 넘게 눈과 귀에 익은 지저분한 거리인데도 갑자기 아주 상쾌한 거리로 다가온 것이다. 활기가 넘치고 음악소리까지 들리는 듯했다. 그는 총구에서 해방된 느낌이 이런 것이구나 생각했다. 그렇다고 경찰서로 달려갈 생각은 들지 않았다.

그는 등산 지팡이를 휘저으며 슬슬 골목길을 살피기 시작했다. 먼저 눈에 띈 것이 아파트를 끼고 도는 길가에 세워진 무쏘 지프차였다. 차 안에는 검은 정장을 한 젊은이가 두 사람 타고 있었다. 옷차림이 의심을 자아냈다. 그리고 그 길목이야말로 주택가로 들어가는 첫 골목이었다. 그는 동네 늙은이가 산책이라도 나온 양 꾸미고는 슬금슬금 다가갔다. 겉으로는 태연한 척했지만 상대를 적으로 규정해버린 탓인지 가슴속은 적잖이 떨리고 있었다.

노인을 내보낸 박학수는 한동안 잘못한 것이 아닌가 하는 생각으로 갈등을 겪어야 했다. 하룻밤을 비교적 친숙하게 지내기는 했지만 아직은 노인을 완벽하게 믿을 수는 없었다. 그가 오기삼의 부하들에게

92

입만 벙긋해도 살해될 위기를 맞을 것이고 경찰에 신고만 해도 오랏줄을 면하기 어렵다. 그러니까 도박을 해도 너무 위험하고 잃기 십상인 도박을 벌인 것이다.

물론 노인을 내보내면서 그런 위험을 각오하지 않은 것은 아니었다. 위험을 무릅쓴 것은 선택의 여지가 없기 때문이었다. 학수는 지금쯤 오기삼의 부하들이 자기 사진을 돌려보며 얼굴을 익히고 있으리라 짐작했다. 얼굴을 익히게 되면 본격적으로 수색을 시작할 것이다. 경찰이 아니니까 집집을 들여다볼 수는 없지만 마을사람이나 슈퍼 주인에게 묻고 다니며 필사의 수색을 할 것이다.

그는 놈들의 수색이 사나흘 계속되리라 생각했다. 아무리 끈질긴 그들이라 해도 경찰을 경계하지 않을 수 없고 따라서 그 이상의 수색은 무리였다. 그러니까 사나흘만 이 집에 숨어 지내면 활동이 자유로울 수가 있다. 그러나 그렇게 되면 노인의 심경에 변화가 올 수 있다. 사람은 함께 긴 시간을 보내게 되면 자연 사람 됨됨이나 했던 일, 하고자 하는 일을 알게 된다.

그는 자신이 한 일이 노인에게 알려지면 노인이 등을 돌릴 것이라 예상했다. 살인자를 곁에 두고 마음 편할 사람은 없고 공포를 느끼며 경찰에 알리고 싶어하는 것 역시 인지상정이기 때문이다. 그러니까 그가 노인을 밖으로 보낸 것은 오기삼 패거리의 움직임도 염탐시키고 아울러 노인에 대한 자신의 신임도와 자신에 대한 노인의 신임도를 동시에 확인하자는 작전이었다.

그는 노인이 배신하지 않으리라는 쪽에 무게를 두고 그가 돌아오기를 기다렸다. 그렇다고 무료하게 기다릴 수는 없었다. 만약의 사태에 대비해야 하는 것이다. 그는 다시 한번 집안을 샅샅이 살폈다. 방안 화장실 뒤쪽 베란다가 전부였지만 꼼꼼히 살폈고 베란다에서 뛰어내릴 수 있는지도 어림짐작해봤다. 특수부대원 시절이라면 5층 높이가 별로 두려울 것 같지 않았다. 그러나 지금은 사정이 달랐다. 특수부대를 떠난 지 10년이 지났고 나이도 사십 밑자리까지 올라간 것이다.

그는 의자로 돌아와 권총을 점검했다. 의외의 사태가 벌어져 놈들이 쳐들어온다면 총을 사용하지 않을 수가 없다. 그럴 때 혹시라도 불발이 된다면 만사 끝이다. 이를 방지하기 위해 총의 점검은 필수인 것이다. 다행히 권총의 성능은 정상이었다.

노인이 언제 돌아올지 전혀 예측이 되지 않았다. 어떤 소식을 가져올지도 모를 일이었다. 때문에 기다림은 불안하고 지루했다. 신경이 온통 현관으로 쏠려 피로를 더했다. 그는 몇번이고 일어섰다 앉았다 하는 행동을 반복했다. 그러다가 눈에 띈 것이 앨범이었다.

앨범은 무척 낡아 있었다. 손때가 묻어서 그런 것이 아니라 오랜 시간을 먼지 속에 버려둬서 낡은 것이었다. 그는 앨범을 내려 의자에 앉았다. 남의 사생활을 훔쳐보는 것 같아 미안한 생각이 없지 않았으나 보지 않을 수 없었다. 첫장은 중년을 맞은 사람들의 사진이 여섯 장 들어 있었다. 두 사람은 파나마 모자라 불리던 모자를 쓰고 있었다. 모두가 선한 인상이었지만 부유해 보이지는 않았다. 두번째 갈피에는 여자 셋과 남자 둘의 사진이 꽂혀 있었다. 그 가운데 한 여자의 얼굴이 무척이나 낯익어 보였다. 만난 일은 없지만 본 듯한 얼굴이었다.

그는 낯익은 얼굴을 들여다보며 저세상 사람이 된 아내를 떠올렸다. 그러고 보면 사진의 얼굴이 아내의 얼굴 같기도 했다. 그는 앨범을 덮고 몸을 뒤로 젖히며 스르르 눈을 감았다. 아내의 모습은 그의 눈망울에서 좀체 사라지지 않았다. 아내는 강렬한 질책의 시선으로 자신을 노려보고 있었다. 그 시선은 수천수만 개의 바늘이 되어 그의 전신을 쑤셔댔다. 그는 전신의 땀구멍에서 무색의 피가 흘러내리는

듯한 고통을 받으며 아내의 질책소리를 들어야 했다. '왜 그렇게 어리석으냐? 왜 그렇게 어리석으냐?'

이제 와서야 아무 소용이 없는 자책이지만 그는 자신의 어리석은 마음을 빼내버리고 싶었다. 잘못은 아내와 아이의 사고를 사실로 인정하지 않은 데서 비롯된 것이었다. 사실 교통사고는 하루에도 수십 건씩 일어나는 일종의 문명사고였다. 사람을 치어놓고 뺑소니를 치는 운전자도 몇십 명이었다. 사고를 당하는 사람의 억울한 심정은 두말할 나위가 없었다. 그렇다고 뺑소니 운전자를 찾아 죽이고 말겠다는 결심을 하는 사람은 많지가 않다.

그런데 그는 그런 결심을 했던 것이다. 회사에 사표를 던지고 15톤 덤프트럭 수색에 나섰다. 운전자들을 만나 사고가 난 시각에 어디에 있었는지를 캐물었다. 물론 바른 대답을 해주는 사람은 많지 않았고 어떤 운전자는 누굴 뺑소니로 모느냐 하고 되레 따지며 싸우러 들었다. 그는 싸움이라면 어떤 상대도 개의치 않았다. 특수부대에서 단련한 갖가지 공격술로 가볍게 제압할 수 있었다. 실제로 그는 대답을 거부하거나 항의하는 운전자 몇사람을 곤죽이 되도록 두들겨팼다. 이 때문에 15톤 덤프트럭 운전자들 사이에는 그가 요주의 인물로 알려진 상태였다.

그는 그런 틈틈이 관할 경찰서를 찾아가 뺑소니 수사상황을 문의하고 좀더 적극적인 수사를 독려했다. 경찰은 언제나 최선을 다하고 있다고 주장했다. 그러나 사건 자체를 망각해가고 있음을 피부로 느낄 수가 있었다. 2년이 지나자 경찰은 그의 경찰서 출입을 아주 꺼려했다. 담당이 바뀌어 수사상황을 잘 알지 못한다는 대답을 아무렇지도 않게 내뱉었다.

그의 두 눈에는 핏발이 섰고 심장은 터질 듯이 큰소리를 내며 뛰었다. 결국 그는 수사과장의 사무실 집기를 몽땅 때려부수는 난동을 부렸고 구속영장을 청구할 것이라는 말을 등뒤로 들으며 유치장에 감금되었다.

그가 오기삼을 만난 곳이 바로 그 유치장이었다.

"야아! 이게 누군가. 박학수 아니냐? 이런 곳에서 만나다니 정말 뜻밖이군!"

흥분이 가시지 않았던 그는 묵묵히 오기삼이 내미는 손을 잡았다.

"자네 얘기 들었네. 걱정 말게, 곧 빼내줄 테니까."

다같이 유치장에 갇혀 있는 신세면서 큰소리를 치는 오기삼의 말을 그는 들은 척도 하지 않았다. 그런데 해가 기울기도 전에 오기삼이 유치장을 나갔고 그 30분 후 그도 석방되었다.

경찰서 앞에서 머큐리라는 외제 승용차를 타고 있던 오기삼이 손짓을 했다. 승용차 주위는 검은 정장 차림을 한 건장한 청년들이 호위하듯 둘러싸고 있었다. 그가 다가가자 차에 오르라는 손짓을 했다. 그는 잠시 망설였다. 오기삼을 둘러싸고 있는 이질적인 분위기만으로도 오기삼이 어떤 위치에 있는지 쉽게 짐작이 되었다. 께름칙한 느낌이 들었다. 고맙다는 인사만 하고 헤어지고 싶었다. 그러나 그럴 상황이 아니었다. 신세를 지고도 은혜를 모른다면 사람이 아니지 않은가. 게다가 오기삼이 거듭 재촉했다.

"어서 타게, 몇년 만에 만난 친구를 모른 척할 텐가?"

그가 차에 오르자 승용차는 급발진을 했다. 운전기사는 이미 행선지를 지시받은 듯 뒤도 돌아보지 않고 속력을 높였다.

오기삼은 승용차가 상당한 거리를 달릴 동안 아무 말이 없었다. 차가 무슨 큰 다리를 지나게 되자 비로소 입을 열었다.

"자넬 무척 찾았네. 덕분에 자네가 처한 상황도 대강은 알게 됐네."

뜻밖의 말이었다. 그러나 고맙다는 생각은 들지 않았다.

특수부대에 복무할 동안 오기삼은 동지가 분명했다. 보스 기질도 있고 동료나 부하들의 어려운 일을 잘 처리하는 수완도 있었다. 그러나 그에게는 공짜가 없었다. 드러내놓고 은혜 갚기를 요구하는 것은 아니었지만 신세진 사람을 이용해 교묘한 방법으로 자기 몫을 챙기는 요령가였다. 그는 오기삼의 그런 점이 싫었다. 특수부대원이라면 동료들끼리는 네것 내것이 있어서는 안되었다. 목숨이라도 내놓을 마음의 준비가 되어 있지 않으면 동료로서는 실격이었다. 그건 전우애와는 전혀 다른 일체감 같은 것이었다.

"자네, 마음의 상처가 얼마나 깊은지 짐작이 되고도 남네. 허지만 어쩌겠나! 마음을 굳게 가지게."

"고맙네."

그는 오기삼의 위로에 짧게 대답을 하고는 앞만 응시했다. 어디로 가느냐고 묻고 싶었지만 묻지 않았다. 어차피 술잔이나 나누고 헤어질 만남인데 긴말을 왜 하랴 생각했던 것이다. 그런데 오기삼과의 만남은 그의 생각대로 짧게 끝나지 않았다. 오기삼을 만남으로써 그는 이미 조직이 쳐놓은 덫에 걸린 것이었다.

갑자기 현관문을 두드리는 건조한 소리가 들렸다. 그는 생각에서 벗어나 권총을 집어들며 현관을 응시했다. 귀를 기울였다.

똑똑똑 똑똑똑 똑똑똑.

노인과 약속한 노크 신호였다. 그는 권총을 허리춤에 찔러 넣다 말고 다시 단단히 쥐었다. 노인이 누군가를 데려올지도 모른다는 생각이 든 것이다. 여차하면 방아쇠를 당길 준비도 했다. 천천히 현관 잠금쇠를 비틀고 손가락 두 개가 들어갈 만큼 문을 열었다. 현관문 앞에는 노인이 혼자 서 있었다. 학수는 문을 활짝 열면서 노인을 안으로 당겨넣고 문을 닫았다. 노인은 잠시 불평스런 눈빛을 했으나 이내 이 해를 한 듯 빙그레 웃었다.

"마음깨나 태웠나 보군."

학수는 계면쩍은 미소를 지었다.

두 사람은 의자에 마주앉았다. 학수의 두 눈이 초조한 빛으로 노인 의 입술에 쏠려 있었다. 노인은 학수가 초조해하거나 말거나 담배부 터 붙여물었다. 깊이 들이마셨던 연기를 길게 내뿜었다. 흩어지는 파 르스름한 연기가 아름다웠다.

"뭘 좀 알아내셨습니까?"

학수가 참지 못하고 입을 열었다.

"심상찮았네."

노인의 표정은 상당히 굳어 있었다.

"심상치 않았다니요?"

노인은 잠시 입을 다물었다. 어디서부터 말을 시작해야 할지 모르 겠다는 표정이었다. 그게 학수의 초조감을 부추겼다. 안색마저 변하 고 있었다.

노인이 집을 비운 시간은 두 시간이 조금 넘었다. 그 시간 동안 그 는 주변을 웬만큼 살펴볼 수가 있었다. 특히 무쏘 지프차에서 얻은 정 보는 조직이 학수를 얼마나 증오하고 있는가를 알게 하는 결정적인 정보였다.

그는 주택가 입구에 정차한 무쏘 지프차에 검정 정장 차림을 한 두 사나이가 승차해 있는 것을 발견하고 우선 그들의 동태를 살펴볼 작 정을 했다. 아무래도 떼거리 젊은 놈들과 관계가 있을 것 같아서였다.

그는 먼저 담배 한 개비를 입에 물었다. 그리고 아주 쇠약한 노인인

것처럼 등산지팡이에 의지해 어정어정 지프차로 다가갔다. 차 안의
두 사나이는 손으로 그린 지도 같은 것을 들여다보며 무슨 말인가를
소곤대고 있었다.

그는 운전석 옆으로 다가가 차 문을 두드렸다. 두 사람의 시선이 쏠
려오자 손가락으로 담배를 가리켰다. 담뱃불 좀 빌리자는 시늉이었
다. 두 사나이의 눈초리가 별로 곱지 않았다. 무어라 투덜대긴 했지만
차문을 열고 지포라이터를 켜주었다. 그는 담배와 라이터 불의 초점
이 어긋나도록 해서 불이 붙는 시간을 끌면서 사나이들이 들여다보고
있는 종이가 급조한 부근 지도임을 확인했다. 담배에 불이 붙자 그는
일부러 큰 소리로 감사를 표했다.

"고맙수. 친절한 것이 요즘 젊은이 같지 않구려, 복 많이 받을 겁니
다."

자신이 생각해도 어디에서 나오는지 모를 너스레였다. 차 안의 검
정양복은 노인의 칭찬이 되레 어이가 없는지 빈웃음을 웃었다. 그러
다 갑자기 그에게 물었다.

"잠깐만요, 영감님! 혹 이 동네에 살고 계십니까?"

"그런 사람입니다만 왜 그러우?"

"그럼, 마을사람 많이 아시겠네요?"

"토백이니껜 낯선 사람은 대번 알아보지요. 근데 그런 건 왜 묻
누?"

"그럼, 영감님께서 이 사람 한번 봐주시겠습니까?"

그러면서 한 검정이 사진 한 장을 내밀었다. 사진은 4·6판 크기의
박학수의 것이었다. 사진을 보는 순간 그는 가슴이 철렁했지만 태연
히 물었다.

"잘생겼구먼, 근데 이 사람을 잃어버렸나요?"

"아니, 그런 게 아니고, 혹 이 사람을 본 적이 없습니까?"

"글쎄, 본 것 같지는 않고…… 혹 이 사람을 찾아주면 뭐 현상금 같은 거라도 줍니까?"

그가 그렇게 끌어가자 두 검정의 표정이 일그러졌다.

"뭐, 찾는다고 현상금이 있는 것은 아니고요. 됐습니다. 안녕히 가십시오."

그러고는 차 문을 닫았다. 그는 한걸음 물러나 두 검정을 노려보다 다시 걷기 시작했다. 내친김에 며칠 전 보아두었던 오기삼의 집을 확인하기로 하고 주택가로 걸음을 옮겼다.

주택가 여기저기에 검정양복들이 진을 치고 있었다. 통틀어 20여 명은 됨직했다. 박학수와 오기삼의 대결이 어떤 양상인지 쉽게 짐작되었다. 오기삼의 저택 대문 앞에는 다섯 검정이 아예 대문을 막아서 있었다. 그는 오기삼의 집을 지나쳐 멀리 돌아서 아파트 부근 다른 골목으로 진입했다. 걸어온 거리가 꽤 멀었던지 콧등에 땀이 맺혔다. 다른 골목에도 예외없이 젊은 놈들이 진을 치고 있었다. 그는 두 시간 가까이 아파트 부근 골목들을 돌아보았다. 그리고 5백미터 거리 안의 모든 골목길에는 빠짐없이 그들이 서성거리고 있음을 확인할 수 있었다. 그런 사실이 확인되자 그는 전신을 부르르 떨었다. 공포가 엄습해 왔다. 저들의 칼끝이 자신에게로 향하고 있는 듯한 착각마저 들었다.

따지고 보면 자신은 박학수와 오기삼 사건과는 아무 관련이 없었다. 누구나 그가 피해자란 결론은 쉽게 얻을 수 있을 터였다. 그런데 어느새 박학수 편이 되어 있었다. 그것도 자청 반으로 위험 속에 뛰어든 꼴이었다. 그런데 위험과 공포를 느끼면서도 그걸 회피할 생각이 들기보다는 여태 경험하지 못한 짜릿짜릿한 재미에 사로잡혀갔다. 재미뿐만 아니라 활기마저 느껴졌다. 참 얄궂은 조화였다.

100

두어 시간 동안을 한번 앉지도 않고 돌아다닌 때문인지 그는 몹시 피로했다. 어디건 좀 앉아 쉬어야겠다 싶었는데 마침 슈퍼가 눈에 띄었다. 사이다나 한잔하자는 생각으로 슈퍼 문을 밀었다. 안으로 들어선 순간, 제일 먼저 눈에 띈 것은 검정 두 사람이었다.

두 검정은 아가씨에게 사진 한 장을 내보이며 뭔가를 묻고 있었다. 아가씨는 사진을 들여다보느라 그가 들어온 것도 모르고 있었다. 사진을 한참 본 아가씨가 무슨 큰 발견이나 한 듯 호들갑을 떨었다.

"맞아요. 이 사람이 맞아요. 어젯밤 늦게 왔어요. 십만원이 넘게 물건을 사갔습니다. 틀림없어요."

"분명하지요?"

"그럼요. 전 한번 본 사람은 오랫동안 기억해요. 이 사람이 틀림없어요. 남자분이 이것저것 식료품을 사가는 일은 흔치 않아요. 그래서 더 분명히 기억해요."

"고맙습니다. 앞으로는 우리도 단골이 되겠습니다. 많은 도움이 됐습니다."

두 검정은 그 말을 남기고 황급히 슈퍼를 나갔다. 그들이 나가고 나자 그를 발견한 아가씨가 반가운 인사를 했다.

"아니, 할아버지가 이 시간에 웬일이세요? 오늘은 오실 날이 아닌데…… 어디 다녀오세요?"

"지나다 목이 말라 사이다나 한잔하려고 들렀소."

"그러세요. 그럼 이쪽으로 앉으세요."

슈퍼 안쪽에 간이식탁이 있었다. 컵라면 따위로 급한 요기를 하려는 사람들을 위한 배려였다. 그가 나무의자에 앉자 아가씨가 냉장이 잘된 캔 사이다를 내왔다. 그는 캔 마개를 따면서 지나가는 말투로 물었다.

"아까 그 젊은 사람들, 무어 하는 사람인지 알아요?"

"형사들 같았어요."

아가씨는 서슴없이 대답했다.

"형사라…… 형사가 분명해요?"

"서에서 나왔다고 하던걸요."

"그래, 누굴 찾는답데까?"

"누군지는 모르지만 분명 어젯밤 여기 들른 사람이었어요. 죄지을 사람 같지는 않았는데……"

"누가 나 죄인이요 하고 써붙이고 다니나? 인두겁을 쓴 그런 사람이겠지. 그러니 경찰에서 찾는 것일 거고……"

"하긴 그러네요."

아가씨가 물러가자 그는 천천히 사이다를 목구멍으로 넘겼다. 트림이 쿡 솟아오르고 코가 찡했다. 시원하면서도 불쾌했다.

저들이 박학수가 많은 식료품을 사간 사실을 확인한 이상 포위망이 쉽게 풀릴 가능성은 희박해 보였다. 어쩌면 경찰을 사칭하고 집집을 수색하려 들지도 모를 일이었다. 그는 위기가 점점 가까워오고 있음을 가슴으로 느낄 수 있었다. 그것은 학수 편의 승산이 희박해감을 뜻했다. 문득 이건 시작부터 열세에다 타겟을 잘못 잡은 패배가 준비된 싸움이라는 생각이 들었다. 현명한 장수라면 그런 싸움은 피하는 법이다. 장졸을 희생시키고 장수의 명예마저 진흙탕에 내던지는 어리석음은 피해 가는 것이 상책이었다.

그러나 그는 자신의 생각이 아무 소용이 없음을 이내 깨달았다. 이제는 회피할 상황도 아니었고 학수가 그런 선택을 할 리도 만무했기 때문이다. 설사 학수가 도망갈 생각을 했더라도 저들의 포위망을 뚫기는 불가능해 보였다.

그는 자기 눈으로 확인한 사실과 감지한 위기를 곧이곧대로 학수에게 말해줄 수가 없었다. 겉으로는 평범해 보이지만 격한 면도 있고 특히 집념이 강한 성격으로 보아 반응이 어떨지 걱정이 앞섰던 것이다.

"전반적으로 보아……"

그는 여기서 말을 중단하고 학수의 표정을 살폈다.

학수의 안면근육이 실룩거렸다. 눈초리 주름이 떨고 있었다. 깍지 낀 두 손은 쉬임없이 움직였다. 입에서는 뜨거운 숨결이 느껴졌다.

"전반적으로 보아 어떻단 말씀입니까?"

학수가 숨가쁘게 물었다.

"자네가 꾀하는 일이 쉽지 않아 보인다는 말이네. 골목이란 골목은 모두 저들이 점령하고 있고, 자네가 부근에 숨어 있다는 사실도 확인을 한 것 같애. 자칫하면 여기 갇혀서 옴짝달싹 못할 지경이야."

"어떤 근거로 그렇게 판단하십니까?"

"느낌이지. 이런 느낌은 말로 설명할 수가 없다네. 거의 동물적인 것이지. 과히 틀리지는 않는다네."

"무슨 말인지 알겠습니다."

학수가 벌떡 일어섰다. 곧장 밖으로 튀어나갈 자세였다. 그러나 이내 제자리에 앉았다.

"또하나 일러둘 것이 있네. 오기삼이란 자의 집을 가보았네. 장정 다섯이 대문을 지키고 있더라고…… 그러니 속수무책이 아닌가!"

학수는 한동안 무엇을 생각하는지 아무 말이 없이 두 손으로 얼굴을 비벼댔다. 금세 안면이 벌겋게 달아올랐다. 얼굴 비비던 손으로 이번에는 목을 쓰다듬었다. 그리고 나지막한 그러나 뼈있는 한마디를 내뱉었다.

"길이 열릴 것입니다. 하늘이 도울 것이니까요."

노인은 고개만 몇번 주억거렸다. 살인을 하늘이 도울 것이라는 생각이 어이없었으나 한편으로 그의 확신이 어떤지 알 만했다. 그러나 확신이 오산을 부를 것 같아 걱정이었다. 그는 갑자기 우울해진 분위기에서 벗어나기 위해 일부러 명랑한 소리를 지어냈다.

"벌써 점심때가 됐네그랴, 학수군! 우리 뭘 해먹을까?"

그러자 학수도 노인의 심중을 이해한 듯 긴장을 풀고 일어나며 대꾸했다.

"잠시만 기다리세요. 맛있는 요리를 준비할게요. 잠시면 됩니다."

나중 일은 어찌됐든 학수의 기분이 풀린 것이 마음 놓였다. 그렇지 않았다면 하루종일 우울하게 지내야 했을 것이다.

우울하게 하루를 보내는 데에는 많은 노인들이 숙달이 되었듯이 그역시도 상당히 익숙해 있었다. 익숙해지다 보니 우울한 가운데서 미세한 즐거움을 찾아내는 지혜까지 터득한 터였다. 그런데 이상하게 학수와 하룻밤을 지낸 뒤부터는 우울하게 지내고 싶지 않았다. 더구나 학수가 우울해하는 모습은 보기 안쓰러웠다. 그가 어떤 길을 밟아오다 여기 막다른 골목까지 오게 됐는지 아직은 확실히 알지 못했지만 될 수 있으면 우울하지 않게 하고 싶었다. 그러자면 역시 술이 필요했다.

"낮술도 한잔씩 했으면 좋겠네."

"그러죠 뭐."

음식장만을 하는 학수의 손은 떨리지 않았으나 그의 마음은 심한 요동을 하고 있었다. 그는 두 시간 동안 적의 동태를 살피고 온 척후병격인 노인의 보고를 깊이 신뢰했다. 과장은 없고 축소됐음도 미루어 짐작했다. 축소된 보고만으로도 적이 얼마나 집요하게 자신을 추적하고 있는지 알 만했다. 노인의 말대로 오기삼의 집에는 대량의 병력이 방어를 하고 있을 것이었다. 오기삼의 수완이라면 1백 명쯤 동원하는 것은 쉬운 일일 것이고 다른 조직의 협조를 얻으면 그 삼사배는 전진배치할 수 있을 것이다.

그 막강한 병력의 경계망을 뚫고 오기삼을 찾아내 사살한다는 것은 신이 아닌 한 불가능한 일일지도 몰랐다. 그렇다고 이제 와 물러설 수는 없었다. 그는 죽어야 했다. 그리고 그를 죽일 사람은 자신밖에 없었다. 특수부대 출신이 그런 작자 하나를 처치 못한다면 특수부대의 이름을 더럽히는 일이었다. 특수부대원이란 한번 내린 판단을 번복해서는 안되고 반드시 실행에 옮겨야 한다. 그는 장난감처럼 손에 익었던 무기들을 떠올렸다. 기관단총 수류탄 단도 권총 밧줄 저격용 장총 그리고 플라스틱 폭탄 등 이 중 몇가지만 있어도 몇십명쯤의 상대는 제압이 가능했다.

그의 손은 생각에 방해받지 않고 능숙하게 움직였다. 맛깔스런 음식들이 하나하나 제 색깔을 내며 접시에 담겼다. 등뒤에서 코고는 소리가 들렸다.

그는 일을 하다 말고 다가가 오수에 빠진 노인의 얼굴을 측은한 시선으로 내려다봤다. 그가 보기에 노인은 남에게 결코 해를 끼칠 사람이 아니었다. 말도 청산유수고 유머감각도 수준급이라 여겨졌다. 그런데도 혼자 살고 있는 것이 아무래도 마음에 걸렸다. 이런 노인을 홀로 살게 하는 사회는 옳은 사회가 아니라는 생각을 지울 수 없었다. 연민의 정이 떨쳐지지 않았다.

그는 노인이 어떤 사람인지 아는 것이 전혀 없었다. 젊은 땐 무얼 했는지, 지금은 왜 외롭게 혼자 사는지, 가족은 어디 있는지 알고 싶은 것이 많았다. 그런 주변사항들을 알아야 믿을 수 있는 것이다. 그러나 슬쩍 지나가는 질문만 해도 노인은 고집스럽게 입을 다물었다.

마치 부끄러운 일들을 은폐하려는 듯 자신에 관한 일은 입밖에 내지 않았다. 그러면서 자신에게는 왜 그렇게 친절한지 모를 일이었다. 그는 이 친절한 노인을 자기 일에 개입시킨 것이 못내 미안했다. 조용히 평화스럽게 사는 노인이 다칠지도 모를 일이었다. 아니 다치는 것 이상의 큰 상처를 입을 수도 있었다. 그러나 지금으로서는 노인의 도움을 받지 않을 수 없고 그러자면 점점 깊이 빠져들어 상처를 입을 가능성이 더 커지게 되어 있었다.

그는 007가방을 떠올렸다. 가방 안엔 미화 20만 달러와 일화 1천만 엔이 들어 있었다. 그 돈은 일본까지 건너가 누군지 모를 사람을 둘씩이나 죽이고 얻은 것이었다. 또한 오기삼이 자신을 살해하고 가로채려 했던 돈이기도 했다. 피가 묻고 목숨이 걸린 돈이기는 했지만 이제는 쓸 데가 없는 돈이었다. 오기삼만 해치우고 나면 스스로 자수해 감옥에 갈 것이고 그러면 돈은 불필요한 것이다. 그는 그 돈은 노인의 것이라 진작부터 치부하고 있었다. 어쩌면 목숨을 건 협조가 될지도 모르는데 그만한 보상은 받아 마땅한 것이라 생각했던 것이다. 그는 마음이 한결 가벼워졌다. 도움을 주고받는 것이 아니라 적정선에서 거래를 하는 것이라 여겨졌다.

노인이 몇번 입맛을 다시더니 번쩍 눈을 떴다. 자신을 내려다보고 있는 학수와 눈이 마주치자 부스스 앉음새를 고치며 물었다.

"늙은이 자는 모습이 흉하지?"

"아뇨, 아주 평화스러워 보이던데요."

"평화스럽다고? 지금이 평화스럽냐? 이렇게 갇혀 있는데……"

"갇혀버린 것은 어르신이 아니라 저지요."

"하긴 그렇군! 허나 같은 운명인 것 같은데?"

그러면서 노인은 즐겁게 웃었다.

학수는 그 웃음이 얼른 이해되지 않았다. 노인 자신도 얼마나 위험한 게임에 발을 들여놓았는지 알고 있을 것이었다. 그런데도 웃음이라니? 하긴 찌푸리고 있다고 해서 상황이 변할 것이 아니라면 웃는 얼굴이 훨씬 보기 좋을 터였다.

"손님! 식사 준비가 다 됐습니다. 좌정하시지요."

학수도 공연히 기분이 풀어져 장난스럽게 말하고는 웨이터처럼 허리를 깊숙이 숙였다.

"수고하셨네!"

노인도 장난스럽게 받으며 자리를 고쳐 앉았다.

학수는 솜씨껏 마련한 찬들을 탁자에 진설했다. 모두 일곱 가지나 됐다. 노인이 직접 만들어 먹었던 찬들과는 색깔이나 모양부터 달랐다. 냄새는 회를 동하게 했다.

"자, 오래 기다리셨습니다. 한잔 받으시지요."

"맛깔스런 음식을 마련해주어 고맙네. 함께 잔을 드세나."

두 사람은 첫잔을 단숨에 비웠다. 단숨에 마시기가 벅찼던 노인은 잔을 내리면서 사레들린 기침을 했다. 노인은 소주 한 잔을 단숨에 마시기가 무리라는 것을 알고 있었다. 그런데 오늘만은 꼭 한번 단숨에 마시고 싶었다. 평생 동안 얻지 못했던 친구가 앞에 앉아 있는 듯한 느낌이 들었기 때문이다. 학수가 무리하지 말라는 시선으로 노인을 주시하고 있었다.

"걱정 말게나. 아무렇지도 않으니까. 한번 그래 본다고 어떻게 되는 것은 아니지 않나?"

"안주 드세요."

노인은 소시지 계란부침을 한점 맛나게 입에 넣었다.

"어제오늘처럼 행복해 보기는 처음인 것 같으이. 술밥간에 이렇게 맛있는 것도 처음이고…… 고맙네."

노인의 말은 진심이었다. 학수의 가슴이 찌릿했다. 자신을 이렇게 가치있게 대해준 사람도 처음이지만 이렇게 솔직한 사람도 처음 만났음을 깨달았다. 학수가 조금은 감동에 젖은 소리로 말했다.

"저도 어르신 같은 분은 처음입니다. 총을 들고 들어온 놈을 믿고 식솔처럼 대해주시는 것도 고맙고요. 무어라 감사해야 될지 모르겠습니다."

"감사할 쪽은 내 쪽이야. 덕을 보고 있는 쪽은 이 늙은이가 아닌가? 자넨 내게 엄청난 변화를 주었다네."

노인이 술을 따랐다. 학수는 고개를 약간 숙여 보이고 잔을 입으로 가져갔다. 그 겸손한 모습이 노인을 더욱 흡족하게 했다.

"밥 먹고 난 뒤 난 한바퀴 더 돌아보겠네. 무슨 방법을 찾아야 하지 않겠나?"

노인을 바라보던 학수가 되물었다.

"제가 빨리 떠나기를 바라십니까?"

"그건 아니지. 그냥 자네 할일이 빨리 끝나고 자유롭게 됐으면 해서 하는 말이네."

"어르신!"

"말씀하시게."

"저 등산할 때 쓰는 자일 좀 사다주시겠습니까?"

"자일이라니, 로프 말인가?"

"그렇습니다. 갈고리하고요."

"그걸 어따 쓰게?"

"두고 보면 아실 겁니다."

"두고 보지 않아도 알만하이. 어떤 영화에 그런 게 있었지. 로프를 멀리 지붕으로 던져 담을 넘어 들어가서는 일을 해치우는 거지. 그럴 생각이지?"

"잘 아십니다. 그럴 작정입니다."

"그런 영화에 출연한 배우의 분장을 해준 일이 있지."

"영화일에 관계하셨습니까?"

"그렇다고 할 수가 있지."

"몇년이나 하셨는데요?"

"글쎄, 그게 몇년이나 됐을까? 꽤 오랜 건 사실이야."

자신의 일은 입밖에 내지 않던 노인의 마음이 열린 것인지 아니면 그만한 얘기는 해도 무방하다고 여긴 것인지 조금씩 속을 풀어내기 시작했다. 학수는 재촉하지 않고 노인의 입술만 지켜보았다.

"아마 십년은 좋이 넘을 것이야. 이상한 인연으로 그 일을 하게 됐지."

"그 인연이란 게 궁금하네요."

"군대에 있을 때지. 자유당 말기였어. 군대 자체가 온통 썩어서 우리 사병들이 몹시도 고생을 했지. 배도 고팠고 보급은 형편없었지. 게다가 비리도 많았어. 어느날 밤, 느닷없이 분장행군을 하라는 명령이 떨어졌어. 사병들 급식 돼지고기를 가로챘던 대대장이 들통이 나 경고를 받은 분풀이로 난데없는 행군명령을 내린 거야. 우리는 각자 황토물과 검정으로 얼굴분장을 하고 행군을 시작했어. 그런데 그 얼굴들을 보자니 우습기도 하고 신기하기도 해서 눈을 뗄 수가 없었네. 생각해보게. 황토칠과 검정칠로 사람이 아니게 되고 남을 속일 수 있다는 것이 얼마나 신기한 일인가. 그 작은 분장으로 비록 가짜이긴 하지만 새로운 사람이 태어난다는 것이 놀랍고 무섭더군. 분장일에 매력을 느끼게 된 연유가 그것이야."

학수는 노인의 말뜻을 훤히 이해했다. 특수부대원에게는 그런 분장은 일상사나 다름없었다. 출동을 했다 하면 거의 예외없이 분장을 하고 나갔다. 그러나 노인의 말처럼 가짜의 새사람이 태어난다는 생각은 해본 적이 없었다. 그게 전문가와 느낌의 차이인지 모를 일이었다.

"그래서 분장사로 성공을 하셨어요?"

"글쎄, 성공인지 무언지는 모르지만 유명 배우에서부터 배우가 되려는 초보자까지 수백명의 남자와 여자가 내 손을 거쳐 다른 사람이 되고 새로운 사람이 되어 영화에 나갔지."

"예쁜 여배우들하고 염문도 있었겠네요?"

학수가 우스개삼아 그렇게 묻자 노인은 갑자기 입을 다물었다. 표정이 굳어지면서 두 눈에 이상한 광채가 번쩍하는 듯했다. 학수는 아차 실수했음을 깨달았지만 이미 늦어 있었다. 두 사람 다 식사를 계속할 기분이 아니었다. 노인이 먼저 입을 헹구고 자리에서 일어났다.

"로프를 얼마나 사오면 되겠는가?"

좀 당황했던 학수는 얼른 대답을 못하고 노인의 눈치만 살폈다. 노인이 다시 물었다.

"삼십 미터쯤이면 되겠는가?"

"그 정도면 충분할 것 같습니다."

"난 같습니다 하는 대답은 마음에 안 들어. 확신이 없어 보이잖은가. 기분이 좋은 것 같습니다. 괜찮은 것 같습니다. 맛이 있는 것 같습니다. 이런 식의 말은 바른말이 아니야."

"죄송합니다. 삼십미터면 충분합니다."

"다녀오겠네. 신호 잊지 말고…… 누가 와도 대꾸를 하지 말게."

"예!"

노인이 현관으로 발을 옮기자 학수가 급하게 말했다.

"어르신! 돈을 가져가셔야지요."

"그만한 돈은 나도 있네."

노인은 그 말을 남기고 쫓기듯 현관을 나갔다.

학수는 먼저 현관문부터 잠갔다. 그리고 노크 신호를 확인한 뒤 설거지를 시작했다. 손은 부지런히 그릇을 부셨지만 머릿속은 타개책을 찾아 생각이 거듭되고 있었다.

당장 떠오르는 방법은 베란다를 통해 아파트를 빠져나가 오기삼의 집에 침투하는 것이었다. 사람 한두 길 되는 담벽을 넘는 것은 별 문제될 것이 없었다. 경비들과 마주친다 해도 네댓 명은 해치울 수가 있었다. 그런데 문제는 오기삼이가 집 안에 있느냐 하는 것이었다. 부하들을 배치해 마치 집 안에 있는 듯이 위장을 하고 사무실이나 호텔에 숨어 있을 가능성도 배제하기 어려운 것이다. 학수는 오기삼의 사무실을 떠올렸다. 그쪽이 자택보다는 훨씬 안전한 곳이었다. 그제서야 자신이 큰 실수를 했다는 사실을 깨달았다.

"큰 착각을 했군. 놈의 약은꾀를 간파하지 못하다니."

오기삼이 부하들을 집 근처에 배치한 것은 그의 공격을 막자는 것이 아니라 오기삼의 집 근처에 숨어서 공격의 기회를 노리고 있는 자신을 붙잡기 위해서였다. 그는 오기삼이 갇힌 몸이 아니라 종횡무진 자유로운 몸임을 깨닫고는 자신의 무지에 혀를 내둘렀다. 상황판단이 잘못되어도 한참 잘못된 것이었다. 오기삼의 집에 침투한다는 첫번째 계획은 철회될 수밖에 없었다. 설거지를 끝낸 그는 제2의 방법을 모색하기 위해 의자 깊숙이 박혀앉아 생각을 굴리기 시작했다.

한길에 나온 노인은 좌우 양쪽의 골목이 잘 보이는 곳에 멈추어섰다. 구부린 자세의 몸을 지팡이에 의지해 마치 길 가던 노인이 힘에 부쳐 멈추어선 것같이 위장을 했다.

떼거리 젊은놈들에게서는 별다른 변화가 보이지 않았다. 달라진 것이 있다면 녀석들이 이집 저집을 기웃거린다는 점이었다. 한둘씩 짝을 지어 길가 집의 창문을 넘보거나 행인을 잡고 이것저것 묻는 것이었다. 수색에 열을 올린다는 증거였다.

주택가로 들어가는 골목에는 무쏘 지프차가 그대로 멈추어 있었다. 밤새도록 그 자리에 주차해 있었을지도 모를 일이었다. 그는 다시 오기삼의 집이 있는 주택가로 걸음을 옮겼다. 주변은 고즈넉하고 사람 그림자도 없었지만 오기삼의 집 앞에는 경비가 다섯이나 진을 치고 있었다. 노인은 필시 집안에도 네댓은 있으리라 생각했다. 그렇다면 침투해 들어가도 승산은 없다 싶었다.

그는 사유야 어떠하든 학수가 목적한 일을 달성하기를 바랐다. 그가 그렇게 간절히 원하는 것이고 그 일이 과제로 남아 있는 한 자신도 할일이 있기 때문이었다. 어제오늘 이틀 동안 노인은 전에 느끼지 못했던 즐거움을 느끼고 있었다.

그러나 마냥 즐거워할 수만 없는 것이 누구의 것이든 목숨이 걸린 일이었다. 학수는 자기 목숨을 걸고 오기삼의 목을 자르겠다고 노리고 있고 자신은 그 일에 일조를 하고 있는 것이다. 반대로 일의 전개가 잘못되어 학수가 죽을 수도 있었다. 그때는 자신도 무사할 수 없을지 모르는 것이다. 말하자면 목숨을 건 한판승부였다. 보통사람이라면 한사코 피할 도박이었다. 그런데 그는 그 도박이 무한히 즐거웠다. 오랫동안 혼자 살아온 외로움에 대한 반동적인 행동인지는 모르지만 학수를 거드는 일이 자신에게 주어진 일생의 과업같이 느껴졌다.

그는 아주 천천히 오기삼의 대문 앞을 지나쳤다. 자격지심 때문인지 경비들의 날카로운 눈초리가 바늘처럼 등에 꽂혀오는 듯했다.

오기삼의 집을 지나치자 그는 곧장 운동구점을 찾아나섰다. 학수가 부탁한 로프를 구입하기 위해서였다. 큰길로 나오긴 했으나 운동구점이 어디 있는지 알 수가 없었다. 평생 운동기구라고는 구입해본 적이 없었다. 따라서 운동구치고 이름 하나를 아는 것이 없었다. 그러나 충무로 시절 수많은 운동구를 익히 보아왔다. 영화촬영에 필요했던 소도구나 비품 가운데는 운동구들도 적지 않았다. 암벽등반에 자일 즉 로프가 필요하다는 것도 영화판에서 얻은 상식이었다. 담을 넘어 남의 집에 침투하려면 로프가 필요한 것은 물론 갈퀴가 반드시 있어야 했다. 뿐만 아니라 경비의 눈에 띄지 않으려면 검정색 운동복도 있어야 할 것 같았다. 그리고 목숨을 건 적진 침투인만큼 무장은 완전할수록 좋은 것, 그는 군용 단도를 하나 구입하면 어떨까 하는 생각을 했다. 듣자하니 학수는 칼 전문가였다. 굉음이 울리는 총보다는 칼로 일을 치르기가 쉬우리라 생각됐다.

"그래, 놈이 성공하도록 해주자."

그리고 다음 순간 자신의 다짐에 스스로 놀라고 말았다. 어느새 자신이 학수와 공범의 위치에 다다르고 만 것을 발견한 것이다.

"내가 망령이 들었나?"

그는 자문해봤다. 분명 망령이 난 것은 아니었다. 그렇다고 살인 공범이 될 각오가 된 것도 아니었다. 그냥 재미있었다. 그랬다. 학수를 만난 뒤부터 그는 평생 해보지 못한 일들을 하게 됐고 그것이 짜릿짜릿하게 재미있는 것이다.

"난 나쁜 일을 하는 것이 아니야!"

그는 그렇게 자신에게 일렀다. 그리고 이렇게 생각했다. '이건 박학수라는 한 특수부대원의 전쟁이다. 나는 그 전쟁에 보급책을 맡았을 뿐이다'라고. 그렇게 결론을 내리자 마음이 한결 가볍고 서둘러야 한다는 느낌이 일었다. 그는 한 행인에게 물어 멀지 않은 곳에 운동구 도매점이 있는 것을 알아냈다.

운동구점은 어마어마하게 컸다. 운동구 종류도 수백 종은 되는 듯했다. 그는 그것들을 놀란 눈으로 휘둘러본 뒤 점원에게 필요한 물건을 청했다.

"갈퀴 달린 로프 삼십 미터, 표준 사이즈의 검정색 운동복 두 벌, 미끄럼 방지 운동화 두 켤레, 그리고 군용단도 하나, 이렇게 싸주시오."

그가 숨도 쉬지 않고 주문을 하자 얌전해 보이는 스무살 전후의 남자 점원은 품목을 기록하면서 몹시 의아하다는 표정을 하며 물었다.

"이 모두가 할아버지께서 쓰실 물건이세요?"

"왜? 난 이런 걸 사면 안되나?"

"그런 게 아니라, 할아버지가 주문하신 건 모두가 전문가가 쓸 물건이거든요."

"젊은 친구가 눈썰미가 아주 없군. 나도 전문가야. 지금 에베레스트 산에 오를 연습을 하고 있단 말이야!"

가당찮은 거짓말을 했지만 기분은 최상이었다.

"빨리빨리 싸주게나."

점원에게 독촉을 했다. 점원은 의아한 표정은 풀지 않은 채 주문품을 커다란 비닐봉지에 담다가 물었다.

"할아버지! 저희 가게에는 군용단도가 없는데요. 등산용 칼은 있지만."

"안되네. 꼭 그 칼이 있어야 하네. 구해보게나."

"아녜요. 저희가 구하기는 힘들고요. 저기 청계천에 있는 다리걸시장에 가보세요. 거기 가면 혹 미군부대에서 흘러나온 군용단도가 있을지 모릅니다."

"알겠네. 모두 얼마인가?"

점원은 계산기를 두드려본 뒤 대답했다.

"육십이만삼천원입니다."

"얼마?"

"육십이만삼천원입니다."

그는 지갑을 꺼냈으나 그 안에 그만한 현금이 들어 있을 리 없었다. 당초 그는 그 물건들이 그렇게 비싸리라 생각하지 않았고 따라서 준비를 하지 않았던 것이다.

"이거. 턱없이 모자라는군, 젊은이! 잠시 기다려주게, 내 횡하니 은행에 다녀올 테니."

그 말을 남기고 그는 운동구점을 빠져나갔다. 점원은 달아나듯 문을 빠져나가는 노인의 뒷모습을 한참 바라보다 물건들을 다시 꺼내 제자리에 돌려놓기 시작했다. 기분이 개똥이었지만 웬 실성한 노인에게 악의 없는 희롱을 당한 것이거니 하고 말았다.

그런데 미처 30분도 지나지 않아 노인이 헐떡거리며 돌아온 것이다. 노인은 애써 비닐봉지에 담았던 물건들이 제자리로 돌아가 있는 것을 발견하고는 와락 소리를 질렀다.

"이봐! 젊은이, 내가 헛소리나 하고 다니는 늙은이같이 보이나? 잠시 은행에 다녀오겠다 했는데 내 말을 믿지 않았단 말이야? 이거 이래도 되는 거냐?"

"아…… 아닙니다. 할아버지! 제가 잘못했습니다. 용서하십시오. 물건은 다시 싸드리겠습니다. 죄송합니다."

"죄송합니다는 말로는 안돼. 노인을 공경하지는 못한다 해도 이런 모욕은 처음이야. 용서를 받으려면 횡하니 다리걸시장으로 달려가 군용단도를 사와. 안 그러면 하루종일 이 자리에서 떠들어댈 테니까. 알았어?"

그의 목소리가 커지자 사장이란 사람이 나와 자초지종을 물었다. 점원이 자기 실수를 솔직히 털어놓고 노인의 주문으로 다리걸시장에 다녀오겠다는 말까지 했다. 사장은 점원을 대신해 다시 사과를 하고 점원을 시장으로 내보냈다.

그는 한구석에 놓인 접대용 의자에 앉아 커피 한잔을 대접받았다. 커피를 보자 학수가 온 뒤로 커피 한잔 마시지 않은 사실이 기억됐다. 지난 이틀 동안 커피 생각이 전혀 나지 않았다는 것은 그만큼 긴장돼 있었다는 뜻이었다. 그는 학수에게 도움을 주자고 하면서도 다른 한편으로는 그를 가해자로 인식하고 무척 긴장해 있었음을 깨달았다.

점원이 돌아온 것은 거의 한 시간이나 지나서였다. 그는 가죽 칼집에 든 군용단도를 내밀었다. 두 뼘도 더 되는 길이의 서슬 푸른 칼이었다. 칼등이 톱날형이어서 한번 찔리기만 하면 치명상을 입을 만했다.

"수고했소. 미안하기도 하고⋯⋯"

그는 셈을 한 뒤 제법 묵직한 비닐봉지에 아예 멜빵을 걸어 짊어졌다. 그러나 순간 한 가지 꺼림칙한 일이 떠올랐다. 완벽한지 어떤지는 모르지만 공격에 필요한 장비를 대강 갖춘 것은 분명한데 이것을 어떻게 남의 눈에 띄지 않고 집까지 운반하느냐는 걱정이었다.

평소 등짐을 질 정도로 물건을 구입한 일이 없었다. 기껏해야 한 손으로 들어도 가벼운 먹거리만을 구입하던 터였다. 그런 그가 갑자기 등짐을 져야 할 정도로 많은 양의 물건을 구입해 짊어지고 간다면 남의 눈에 띄기 십상이고 호기심 반 의심 반의 눈초리를 받을 것이 분명했다. 상황이 상황인만큼 조금이라도 의심을 받는 일은 피해야 했다.

그는 짐을 어깨에서 내려놓았다. 점원과 사장이 왜 그러느냐는 시선으로 그를 바라봤다.

"내가 짊어지고 가기엔 아무래도 무거워서 무리 같소. 어떻게 가져갈 방법이 없겠소?"

점원과 사장은 잠시 난감한 표정을 지었다.

"요즘은 무슨 택배라나 그런 것도 있다고 하던데……"

그러자 점원이 반색을 했다.

"예, 저기 길모퉁이를 돌면 택배회사가 있습니다."

"그래, 그것 잘됐군. 그럼 말이야 이걸 품목별로 다시 포장을 해주게나. 셋으로 나누면 되겠어. 그리고 택배점을 좀 안내해주시라고…… 부탁하네."

점원이 다시 물건들을 나누어 포장을 시작했다. 포장이 다 되자 그는 점원에게 물건을 들려 운동구점을 나왔다.

택배회사는 지척에 있었다. 그는 세 묶음의 물건을 두 시간 터울로 배달해주도록 부탁했다.

"절대 시간을 어겨서는 안됩니다. 그 시간이 아니면 사람이 없으니까 반드시 시간을 지켜야 합니다. 또 하나 누가 어느 집에 가느냐 묻거든 집 호수를 틀리게 대답해야 합니다. 알았지요? 시간 지켜 오면 보너스를 줄 거요."

택배 직원은 별 어렵지 않은 부탁인데다 보너스를 주겠다는 말에 시간 지키기 약속을 해주었다.

택배점을 나온 그는 조금은 한가로운 기분이 되어 천천히 걷기 시작했다. 한참을 걷다 보니 문득 시야에 마트가 들어왔다. 슈퍼와의 의리 때문에 가보지 못한 할인점이었다. 그는 잠시 멈추어서서 생각했다. 박학수가 언제 아파트를 떠날지는 예상하기 어렵다. 그런만큼 머무는 동안을 위해 충분히 비축하지 않으면 안되는 것이 식량이었다. 술도 필요하다. 그러나 단골인 슈퍼에서 구입해서는 안된다. 혼자 사는 노인이 갑자기 몇배의 먹거리를 구입한다면 의심을 사기 십상이고 적들이 눈치챌 수도 있다.

그는 마트로 들어갔다. 쌀 한 봉지 식빵 감자 오이 소주 소시지 시금치 등등 십여 가지를 가지고 갈 수 있을 만큼 구입했다. 통틀어 30킬로그램의 무게는 됨직했다.

그러나 구입을 하고 보니 이것 역시 집 안으로 들여놓는 것이 문제였다. 먹거리를 잔뜩 짊어지고 가다 반장 할머니라도 만나게 되면 문제가 아닐 수 없다. 누구에게든 의심받을 일을 해서는 안되었다. 그는 이 궁리 저 궁리를 하다 십대로 보이는 점원을 하나 불렀다. 그는 점원의 의아해하는 얼굴에 대고 물었다.

"너 몇시에 일이 끝나냐?"

"그건 왜 물으세요?"

점원이 다소 볼멘소리로 되물었다. 요즘 아이들이 순순하지 않다는 얘길 듣긴 했지만 녀석의 볼멘소리는 너무 노골적이어서 기분이 상했다. 그러나 부탁을 할 처지여서 자신을 달래며 말을 건넸다.

"젊은이헌테 부탁할 일이 하나 있는데 부탁을 해도 될까?"

"뭔데요?"

"이것 말이야, 사놓고 보니 가져갈 도리가 없구만, 힘이 부쳐서. 젊은이가 좀 배달을 해주면 안될까?"

"우리 마트에서는 배달을 안해요."

"그건 나도 알아! 그래서 특별히 부탁을 하는 거야. 젊은이가 퇴근을 하면서 이걸 우리집에 배달을 해주면 내 넉넉히 용돈을 주겠네. 급할 게 없으니까 밤 열시까지만 가져다주면 되네. 단 한 가지, 누가 어느 집에 가느냐고 묻거든 삼동 육백오호에 가져간다고 하는 거야. 실제로 가져와야 하는 집은 삼동 육백육호지만 말이야. 그래주면 용돈으로 오만원 주겠네. 어때?"

"왜 거짓말을 해야 하는데요?"

"뭐, 거짓말이라기보다 마누라 좀 놀래키려고 그래. 혹시 우리 마누라를 만날지도 모르잖나. 남의 집에 가는 것인 줄 알았는데 떡하니 자기 집으로 들어오면 마누라쟁이가 얼마나 놀라고 좋아하겠냐! 장난을 좀 치려는 거야."

"알았어요. 돈 미리 주세요."

그는 돈을 꺼내 건넸다.

"밤 열시라고 했죠?"

"그래, 약속 지켜야 된다."

그는 다짐을 받고 돌아서 마트를 나왔다. 일처리가 미끈하게 된 것 같아 기분이 괜찮았다.

오기삼을 찾아낼 방법을 골똘히 모색하던 박학수는 빈손으로 돌아온 노인을 보고는 내심 실망을 떨칠 수가 없었다. 협조를 거부하는 몸짓으로 보였기 때문이었다. 그렇다고 왜 빈손으로 왔느냐 물을 수도 없었다.

"빈손으로 온 게 이상하지?"

학수의 심정을 눈치챘던지 노인이 물었다.

학수는 아무 말도 하지 않았다.

"걱정 말게. 다 제 발로 올 것이니까. 모든 일이 잘될 테니 초조해하지도 말고……"

학수는 여전히 입을 열지 않았다. 그런 학수를 건너다보며 노인은 빙그레 웃기만 했다.

전쟁

"어르신! 이리저리 생각을 해봤습니다만 아무래도 오기삼이란 놈이 제 집에 있을 것 같지 않습니다."

학수의 말에 노인은 두 눈을 크게 떴다.

"그게 무슨 말인가? 집에는 없고 어디 숨었을 거란 말인가?"

"아뇨. 그렇다고 숨어 있을 놈은 아니지요."

"그럼……"

"집에 경비를 붙여놓은 것은 절 속이자는 의도 같습니다. 또 끌어들이자는 음흉한 생각도 있고…… 그래 놓고 자신은 아주 안전한 곳에서 부하들을 조종하고 지시를 내리고 있을 것입니다."

"왜 그런 생각을 했나?"

"제가 있는 곳은 그놈에게는 위험지역이 됩니다. 놈도 내가 제 집 부근에 잠복해 있다는 사실을 알 터인데 왜 위험지역에 있겠습니까? 어쩌면 가족들까지 안전지대로 피했을지 모릅니다. 이치가 그렇지 않습니까?"

"듣고 보니 그럴듯하구먼. 그렇다면 놈을 해치우는 일은 불가능하지 않겠나?"

"이렇게 있어서는 아무 방법이 없을 것 같습니다."

"그것 야단이군. 방법이 없다면야 여기 이러고 있을 까닭도 없잖은가?"

학수는 침울한 얼굴로 입을 다물고 있었다.

학수는 오기삼이가 자기 집에 없을 것이라는 짐작을 한 뒤부터 일이 꼬이기 시작하고 있음을 느끼고 있었다. 엎친 데 덮친 격으로 노인도 빈손으로 돌아왔다. 자기 일에 협조하지 않겠다는 시위나 다름없다 생각했다. 실망이 여간 아니었다. 그렇다고 노인을 어쩔 것인가. 노인의 말투까지 달라지고 있지 않은가. 그는 막막한 기분이 되어 입을 열 수가 없었다. 그는 한참만에야 풀죽은 소리로 노인에게 말했다.

"이젠 여길 빠져나갈 궁리를 해야 하겠습니다."

학수의 이런 대꾸에도 노인은 그냥 웃기만 하며 시간을 물었다.

"지금 몇시지?"

"네시 다 됐습니다."

"그래! 다 됐군. 자네 화장실에 숨어 있게. 아무것도 묻지 말고……"

학수는 엉거주춤 일어나 화장실에 들어갔다.

노인은 현관문을 바라보며 내심 가당찮은 점을 쳤다. 택배가 제시간에 된다면 일은 성공할 것이고 그렇지 못하면 실패를 할 것이라는.

그런데 정각 네시가 되자 초인종이 울렸다. 그는 빙그레 웃으며 현관으로 나가 문을 땄다. 택배직원이 서 있었다. 그는 물건을 받고 약속한 보너스를 건넸다. 현관을 굳게 잠그고 배달된 물건을 탁자에 올려놓은 뒤 화장실을 향해 조용히 불렀다.

"이젠 나와도 되네."

학수는 현관벨 울리는 소리를 들은 순간 제3의 인물이 등장하는 것이 아닐까 생각했다. 물론 도움을 줄 인물은 아닐 것이었다. 경찰인지도 모른다는 생각이 스쳐갔다. 순간 온몸의 피가 머리로 솟구치는 듯했다. 허리춤에 꽂아두었던 권총을 손에 들었다. 여차하면 반격할 심산이었다.

그런 차에 노인의 부르는 소리가 들린 것이다. 그는 노인 이외의 인기척이 없는지 귀를 기울였다. 다행히 다른 소리는 들리지 않았다. 문을 조용히 밀고 방안을 살폈다. 노인 혼자 화장실 쪽에 시선을 두고 조용히 앉아 있었다. 그는 화장실을 나왔다. 방안에는 변한 것이 아무것도 없었다. 탁자 위에 제법 묵직해 보이는 물건 꾸러미가 놓인 것 외에는.

그는 노인의 맞은편에 앉았다. 노인이 재촉하듯 말했다.

"풀어보게나."

그는 노인을 한번 흘긴 뒤 꾸러미를 풀었다. 제일 먼저 눈에 띈 것은 군용단도였다. 뒤이어 검은 운동복과 운동화가 나왔다.

"조금 있으면 나머지도 배달될 것일세. 한 시간 간격으로 오게 돼 있네."

학수는 노인의 말이 무슨 뜻인지 얼른 이해하지 못했다. 그러거나 말거나 노인도 설명을 하지 않았다. 결국 한 시간 터울로 물건이 모두 배달되고 난 뒤에야 그는 노인의 치밀함에 혀를 내둘렀다.

노인이 영화판에서 십여년 인생을 보냈다고 하지만 이렇게 상상력이 많고 치밀하리라고는 짐작도 못했다. 갈고리가 달린 로프나 운동화 운동복 등 다른 물건은 그렇다 치고라도 한번 찔리기만 하면 치명상을 입는 군용단도까지 구입한 것은 보통사람이라면 생각도 못할 일이었다. 그런 무기의 필요성 여부를 떠나 그것만으로도 노인이 전력 협조할 뜻을 가지고 있다는 것을 확신시켜주는 것이었다. 노인의 도움에 눈물이 날 지경이었다.

그러나 상황을 분석해보면 군용단도는 물론 구입해온 장비들은 거의 필요가 없을 듯했다. 오기삼이가 자기 집에 은신해 있다는 확신이 서지 않기 때문이다. 거듭 생각해보아도 오기삼이가 집에 있을 리가 없었다. 오기삼이가 집에 없다면 그에게 다가갈 기회는 영영 없을 것이고 모든 장비는 전혀 쓸모가 없는 것이다.

저녁을 마치자 두 사람은 모처럼 커피를 마셨다. 두 사람이 만난 뒤 처음 갖는 티타임이었다. 학수는 이 조용한 시간을 틈타 노인에게 군용단도는 물론 모든 장비가 쓸모없게 됐음을 얘기할 작정이었다. 그러나 그런 말을 하려니 여간 미안하지 않았다. 진심으로 도움을 주려는 노인에게 쓸데없는 고생만 시킨 듯해서 선뜻 말이 나오지 않았다. 그래서 먼저 상황 설명부터 시작했다.

"깊이 생각을 했습니다만 묘안이 없는 것 같습니다. 제가 요술쟁이라도 된다면 모를 일이지만요. 생각해보니 오기삼이가 숨어 있을 곳이 딱 한군데 있습니다. 아주 먼 곳예요. 저로선 다가가기가 불가능한 곳이 아닌가 생각되는 그런 곳입니다."

"그게 어디야?"

"그놈 사무실입니다. 그런데 그곳에 쳐들어가려면 단도가 아니라 다른 무기가 있어야 합니다."

"다른 무기?"

예상한 대로 노인은 실망의 빛을 감추지 못했다. 학수는 그 얼굴을 보는 것이 미안해 시선을 피했다. 둘 사이에는 잠시 말이 없었다. 사이를 두고 먼저 입을 연 것은 노인이었다.

"늙은 게 주책만 떨었구먼."

"아닙니다. 아닙니다. 어르신! 앞으로 단도를 쓸 일이 얼마든지 있을지 모릅니다. 단지 놈의 소굴로 쳐들어가자면 단도보다 다른 무기가 있어야 한다는 얘깁니다. 절대 주책 떨었다는 생각은 마십시오. 그런 게 아닙니다."

"그래. 그건 그렇다 치고 도대체 무슨 무기가 필요하단 말인가?"

"말씀 안 드리겠습니다. 어디 가도 시중에서는 구할 수 없는 것들이거든요."

"글쎄, 구할 수는 없더라도 들어나 보세!"

학수는 잠시 입을 다물었다. 구할 수도 없는 무기들을 입에 올렸다가 노인에게 가외의 부담을 주지 않을까 여겨졌던 것이다. 그런데 궁금증을 이기지 못한 노인이 먼저 자기 의견을 내놓았다.

"놈들이 떼거리로 모인 사무실로 쳐들어가자면 기관총 같은 무기가 좋겠구먼, 그렇지? 또 수류탄도 좋겠고……"

그는 할말을 잃고 말았다. 노인의 생각이 그렇게 앞질러 가리라곤 예상밖이었다. 노인이 폭넓은 지식을 가진 것은 좋으나 경계가 되기도 했다. 이러다간 노인을 깊숙이 개입시키게 될지도 모른다는 생각이 들었다.

"기관총이나 수류탄은 내 힘으론 구할 수가 없어 유감이군, 미군부대에서 훔친다면 모르지만…… 그놈들은 갖가지 신식무기를 가졌을게 아닌가!"

"지금까지만 해도 어르신 도움 많이 받았습니다. 앞으로는 제가 알아서 하겠습니다. 그냥 편히 쉬십시오."

학수는 더이상의 개입을 경계해 그렇게 말했다. 그러자 노인이 버럭 화를 냈다.

"나를 이 전쟁에서 빼겠다는 말로 들리는데 그렇게는 안되지. 우선 내 도움이 더 필요할 것이고, 내가 가만 있지 않을 것이니까. 그러니 섭섭한 말은 말게나."

"어르신! 저와 행동을 같이하시면 다치기 쉽습니다. 전 어르신을 다치게 하고 싶지 않습니다."

"이 사람아! 다치고 안 다치고는 내 마음이야. 날 빼버릴 작정이라면 먼저 자네가 내 집에서 나가야 할 걸세."

학수는 더 어떻게 말을 할 수가 없어 입을 다물었다. 어떤 설득이나 위협도 노인을 굴복시킬 수 없음을 깨달은 것이다.

바로 그때 현관벨이 뚜우 하고 울었다. 노인이 팔을 들어 몇시냐 묻는 시늉을 했다.

"열십니다."

학수가 안으로 기어들어가는 소리로 대답했다. 노인이 턱으로 화장실에 숨으라는 지시를 했다. 그가 얼른 화장실로 들어가자 노인이 현관으로 나가 문을 열었다. 문 앞에는 마트의 젊은 점원이 노인이 배달을 부탁한 물건 봉지를 들고 서 있었다.

노인은 마트에서 구입한 먹거리들을 개수대에 올려놓고 자리에 돌아와 앉았다. 그리고 박학수를 화장실에서 나오게 했다.

학수는 사방을 두리번거리다 아무 이상이 없자 누가 왔다 갔느냐 하고 눈으로 물었다. 노인 역시 눈으로 개수대의 커다란 비닐봉지를 가리켰다.

"저게 뭡니까?"

"우리 식량이지. 배달을 시켰었어."

"배달요?"

"혼자 사는 늙은이가 저렇게 많은 물건을 사오다 사람들 눈에 띄면 의심을 받을 게 아닌가."

학수는 크게 고개를 주억거렸다. 노인의 말이 옳았던 것이다. 한짐 싸들고 오는 노인을 보았다면 누구나 이상하게 보고 생각할 수도 있었다. 그러나 배달을 하는 사람에게 어디로 가져가느냐 하고 묻는 사람은 여간해 없다. 늙고 허약하면 생각도 무디다는데 노인은 전혀 그렇지 않았다. 놀라다 못해 요상하다는 생각까지 들었다.

노인은 잔에 남은 커피를 마저 털어마시고 아주 은근하게 학수를 불렀다.

"이보게, 학수군! 이러면 어떨까? 수류탄이고 기관총이고는 구할 수 없으니 어쩔 수가 없다 치고 화염병은 안될까?"

"화염병이요?"

학수는 딱 벌어진 입을 잠시동안 다물지 못했다. 오기삼의 사무실 공격용으로 화염병을 쓰자는 것은 그로서는 상상도 못했던 것이다.

"생각해봐. 아이들 데모하는 거 많이 봤지? 효과도 좋고 만들기도 아주 쉬워. 게다가 값도 싸지 않나? 우리집엔 빈 소주병이 수십 개나 있단 말이야. 휘발유나 시너만 한말쯤 사오면 준비 끝이야. 솜이나 헝겊은 우리집에도 쓸 만큼 있을 거고, 모자라면 사오면 되지. 어때? 내 생각이……"

학수는 듣다못해 비명을 내질렀다.

"어르신은 천재입니다. 천재!"

두 사람은 의논을 중단했다. 화염병을 무기로 쓴다는 암묵적 합의가 이루어진 것이다.

노인이 갑자기 일어났다.

"어딜 가시게요?"

"화염병을 만들자면 준비가 필요하다네. 아직 열시 남짓밖에 안됐

126

으니까 빨리 움직여야지. 내 좀 나갔다 옴세."

"피곤하실 텐데 내일 하시죠."

그가 말리자 노인이 버럭 소리쳤다.

"이 사람아! 적이 언제 어떻게 나올지 모르는데 내일 내일 하고 있을 겐가. 선수를 쳐야 하네. 시간을 잘 써야 이기는 법이야. 놈의 사무실에 쳐들어갈 방법이나 잘 연구해두게."

그러고는 쫓기듯 현관을 나갔다.

학수는 자신의 싸움인데도 노인에게 질질 끌려가는 듯한 기분이었다. 이를테면 자신의 전쟁을 노인이 대리로 치러주고 있는 듯한 느낌이었다. 이래서는 안된다 싶었으나 노인을 제지할 수가 없었다. 한편으로는 고맙고 한편으로는 적잖은 부담이 됐다. 괴롭고 민망했으나 도리가 없었다.

그는 고민을 떨어버리고 노인이 이른 대로 오기삼의 사무실을 덮칠 계획을 구상했다. 그의 사무실은 유흥가가 밀집된 번화가와 가까운 곳에 위치해 있었다. 그의 부하의 대부분이 유흥업 종사자이거나 경영자였기 때문이다. 오기삼의 사무실은 건축된 지가 별로 오래지 않은 16층 빌딩의 12층에 있었다. 별 필요도 없으면서 2백평 12층을 모두 쓰고 있었다. 허장성세였다.

그는 네댓번 드나든 일이 있는 12층 사무실의 이모저모를 머리에 떠올렸다. 빌딩에는 세 대의 엘리베이터가 있었다. 12층에서 내리면 눈에 보이는 첫 문이 오기삼의 사무실이었다. 엘리베이터가 가까워야 출입이 편하다면서 첫째 사무실을 자기 방으로 정했다는 말을 들은 적이 있었다. 출입문 위에는 사장실이라는 팻말이 붙어 있었다. 사장인 오기삼의 위에는 회장이 한 사람 있다고 했지만 만나본 적이 없다.

그는 사장실 앞 복도에 예닐곱 명의 경호원이 지키고 있는 상황을 머릿속에 그려봤다. 사장실 안에도 측근 몇사람이 있을 것이다. 상대가 그렇게 다수여서는 승산이 없다. 화염병 공격으로 얻어야 하는 실익은 오기삼을 불안하게 하고 사장실도 안전지대가 아니라는 사실을 보여주는 것이다. 사장실에 화염병을 투척할 수만 있다면 새로운 국면을 만들 수 있을 것이다. 문제는 조직원 이외 사람의 출입이 통제되고 삼엄한 경비를 펼치고 있을 12층에 어떻게 침투하는가였다.

노인이 돌아왔다. 가슴에는 자그마한 석유난로가 안겨 있었다.

"이게 웬 석유난로입니까?"

그가 의아해 묻자 노인은 빙그레 웃으며 대답했다.

"기름을 사와야 할 게 아닌가. 그런데 석유난로도 없는 집에서 기름을 사온다면 의심을 받을 게 아니겠나. 석유난로를 들여놓고 기름을 사오면 누가 의심하겠는가. 관리소 직원이 보라고 일부러 그 앞에서 무거운 척 어정대다 왔다네. 석유나 휘발유 냄새는 그게 그거니까 이상하게 생각할 사람은 없을 것이고."

학수는 입을 다물었다. 노인은 석유난로를 내려놓자 곧바로 돌아서 현관을 빠져나갔다.

"곧 돌아옴세."

그렇게 나간 노인이 돌아온 것은 좋이 한 시간은 지나서였다. 시간은 열한시 반이 지나 있었다. 노인이 힘겹게 들고 온 말들이 하얀 기름통에 휘발유가 가득했다. 들고 오기가 힘겨웠던지 콧등에 땀방울이 송송 맺혀 있었다. 방안에 얕은 기름냄새가 퍼져나갔다. 휘발유인지 석유인지는 구별이 되지 않았다.

"멀리서 가져오려니까 힘이 두배나 드는구만. 시너도 한통 사서 아예 섞어 왔네."

"공연히 저 때문에 수고하셨습니다."

그가 그렇게 겸양을 보이자 노인이 말했다.

"이건 자네 일이자 내 일이네."

그러고는 의자에 앉아 잠시 숨을 돌렸다.

학수는 점점 구석으로 몰리는 기분이었다. 노인이 그렇게 설쳐대니까 할일도 없고 할말도 없었다. 그렇다고 노인이 하는 대로 두고 보자니 마음이 편치 않았다. 자신의 일이 완전히 노인의 손에 넘어간 듯한 착각마저 들 지경이었다. 게다가 일이 이상하게 확대되고 생각과는 다르게 진행되는 것 같아 불안했다.

그런데 바로 그때 현관문 두드리는 소리가 들렸다. 무작정 두드리는 쿵쿵대는 소리와 함께 늙은 여자의 목소리가 건너왔다.

노인이 화들짝 놀라 일어서며 학수에게 눈짓을 했다. 빨리 화장실에 숨으라는 뜻이었다. 학수가 화장실로 들어가자 노인은 현관으로 다가가 일부러 큰소리를 냈다.

"그 뉘기요?"

"뉘기요가 뭐꼬? 반장 할매지."

노인이 문을 열자 반장 할머니가 짜증 비슷한 소리를 냈다.

"아 이 영감아! 문 잠그고 지내라 할 때는 죽어라 말을 안 듣더이 지금은 와 문을 잠갔노? 마음 변하면 죽는다더라이."

"무슨 일입니까? 늦은 시간에……"

"늦은 시간이고 뭐꼬 간에. 총을 가진 살인범이 우리 동네에 들어왔단다. 이 일을 우야먼 좋겠노?"

"아니, 할머니! 누가 그런 이상한 소리를 합데까?"

"누군 누나. 여기 형사님이지."

그러면서 반장 할머니는 등뒤에 서 있는 건장한 청년을 돌아봤다. 청년이 고개를 꾸벅해 인사를 했다.

그는 첫눈에 그가 형사가 아님을 판별했다. 형사로서의 독특한 느낌은 주지 않고 주먹쟁이들에게서 느낄 수 있는 그런 인상만 잔뜩 안겨주었다.

"할머이 말이 맞십니까?"

그는 시침을 떼고 물었다. 답변이 명쾌하지 못했다.

"살인자가 이 부근에 들어온 건 확실합니다. 그래서⋯⋯"

"우리가 어쩌면 좋은 겁니까?"

"뭐 어쩌라는 것이 아니라, 조심을 하시라고⋯⋯"

"경찰서에 신고해야 되는 것 아닙니까?"

"그래도 좋고요."

"그럼 신고 전화번호라도 알려주시오."

젊은이는 당황한 기색이 되면서 얼버무렸다.

"다 아시잖습니까? 112번에 하십시오. 그럼 됩니다."

그는 젊은이의 대답에 경찰이 아니라는 확신이 들어 다시 물었다.

"112가 아니고 왜 관할경찰서 전화번호가 있지 않습니까? 그걸 알려 주셔야지요."

그러자 젊은이가 더듬거리며 말했다.

"936에 0114입니다."

"936에 0114라, 잘 알았습니다."

전화가 없는 그는 관할 국번이 틀리다는 사실을 알지 못해 그렇게 대답했다. 그러고는 문을 닫으려 하자 반장 할머니가 버럭 화를 냈다.

"아 이 사람아! 이바구가 안 끝났는데 문을 닫으모 우짜노? 수고하는 형사한테 미안하지도 안나?"

그는 젊은이를 한번 쓰억 훑어보고는 할머니에게 말했다.

"살인범 만나면 경찰서에 신고하면 될 거 아닙니까?"

"하기사 그렇다."

반장 할머니는 분위기가 아무래도 수상쩍게 느껴졌는지 고개를 갸웃하며 문을 닫고 물러갔다.

그는 문을 걸어잠그며 드디어 놈들이 집집을 뒤지기 시작했구나 생각했다. 할머니 같은 사람에게 경찰이라 사칭하고 협조를 구한다면 얼마든지 가능한 일이다. 신분을 확인할 생각은 처음부터 하지 않을 뿐 아니라 동네 구석구석을 알고 있어 정보를 얻기도 쉬울 것이다.

"일을 서둘러야 하겠군."

그는 그런 생각을 하며 학수를 화장실에서 나오게 했다. 그는 제법 심각하게 말을 냈다.

"저들이 무지한 할머니를 앞세워 집집을 뒤지는 모양이야. 일을 서두르지 않으면 안되겠네."

"서두르다니요?"

"허허, 이 사람! 생각이 바뀐 건가?"

그가 빈 소주병들을 찾아내기 시작했다. 빈 소주병은 여기저기 구석구석에서 끌려나왔다. 청소를 하다 눈에 띄게 되면 빈 공간으로 밀어 넣었던 것이 구석구석에 처박히게 된 것이었다.

"뭘 하십니까?"

학수가 물었다. 그러자 그는 의아하다는 듯이 학수를 노려보며 되물었다.

"무얼 하다니? 어서 화염병을 만들어야 하지 않겠나? 집집마다 놈들이 쳐들어오는 걸 보지 않았나? 꾸물대지 말고 어서 거들게."

20여개의 병을 찾아낸 그는 이번에는 무명헝겊을 찾기 시작했다. 찾는 것이 얼른 눈에 띄지 않자 침대 머리맡에 얌전히 개켜져 있는 얇은 이불을 펴고는 홑청을 뜯기 시작했다.

"아니, 어르신! 이불은 왜 그러세요?"

"헝겊이 없잖아. 이거라도 뜯어 써야지."

학수는 반쯤 벌린 입을 다물지 못했다. 이제야 그는 사태의 변화를 온전히 들여다볼 수 있었다. 싸움을 시작한 것은 자신이었지만 어느새 작전지휘권과 보급권은 노인의 손에 들어가버린 것이다. 지금 노인은 상대가 누구이며 왜 싸워야 하는지도 모르고 승리를 위해 있는 열정을 불태우고 있는 것이다.

"어르신!"

보다못해 학수가 심각한 어조로 노인을 불렀다. 노인은 이불 홑청을 좌악좌악 소리가 나게 뜯다 말고 학수를 돌아봤다.

"군소리할 시간이 없네. 얘기는 나중에 하고 화염병부터 만드세."

"아니, 어르신! 일이 그런 게 아닙니다. 아시겠지만 이 싸움은 제 개인의 싸움입니다. 어르신께서 도와주시는 것은 고맙지만 너무 깊이 끼여들어서는 곤란합니다. 아무 상관이 없는 어르신께서 다칠지도 모릅니다. 아니, 놈들에게 잡혀 소리소문도 없이 목숨을 잃을지도 모릅니다. 그러니 이쯤에서 손을 떼셔야 합니다."

노인은 잠시 격분한 듯한 표정으로 학수를 노려봤다. 눈빛이 전과 다르게 형형했다. 학수는 그 눈빛에서 살기 같은 것을 느끼고 가슴이 서늘해졌다.

"그래, 자네 말이 맞아. 이 싸움은 자네 싸움이야. 그래서 나도 손을 빼고 싶다네. 말년에 남의 싸움에 끼여들었다가 낭패를 보는 것은 나도 싫다네. 그런데 왜 끼여드느냐? 이유는 간단해. 이 싸움은 내 집에서 시작됐고 내 집에서 끝나게 되어 있어. 안 그런가? 그렇다면 나는 내 집 안에서 불타는 싸움을 구경만 하다가 유탄이나 맞고 쓰러지란 말인가? 난 그런 비겁자가 아니야."

"어르신! 이건 비겁과는 아무 상관이 없는 일입니다."

"그건 그래, 내가 옆에서 가만 보고 있다고 해서 비겁한 것은 아니겠지. 비겁자가 될까봐 이러는 게 아니야. 잘 들어. 자넨 내 친구야. 더구나 몇십년 만에 처음 만난 친구란 말이네. 난 이십수년 동안 혼자 살면서 무슨 할일이 생겨나길 기다렸네. 친구가 될 사람을 손꼽아 기다렸어. 그런데 그 긴 세월 동안 친구도 오지 않았고 할일도 없었네. 그런데 뜻밖에도 자네가 찾아왔네. 우리는 한솥밥을 먹었고 술을 마셨지. 잠도 함께 잤어. 자넨 하늘이 보낸 내 친구야. 이유는 아직 듣지 못했지만 자네가 곤경에 처하게 됐고 싸움을 피할 수 없다는 사실을 알았어. 곤경에 빠진 친구를 돕지 않는다면 인두겁을 쓴 사람이지. 난 자네가 힘에 부쳐 물러나앉아 있겠다면 내가 이 싸움을 도맡을 결심을 이미 했다네. 그래, 이건 자네 싸움이기도 하고 내 싸움이기도 해. 그렇게 결정된 거야. 그러니 이러쿵저러쿵할 것 없이 싸워 이기는 거야. 이긴 다음에 이치를 따져도 늦지 않아. 어서 화염병이나 만드세."

학수는 더이상 할말이 생각나지 않았다. 노인의 말대로 우선 싸움에 이기고 볼 일이었다. 노인이 기름통과 헝겊, 빈 소주병을 베란다로 옮겨갔다. 학수도 거들지 않을 수가 없었다.

"화염병이 날아가 터지는 것은 봤지만 어떻게 만드는지는 보지 못했어. 특수부대에서는 이런 것도 가르쳐주쟈?"

"만드는 방법은 간단합니다. 병에 기름을 넣고 헝겊을 기름에 적셔 한쪽 끝이 잠기게 해서 병을 막으면 됩니다."

노인이 학수가 말한 대로 시너가 섞인 휘발유를 넣은 뒤 헝겊을 기름에 적셔 한 끝이 병 안에 담기게 하고 마개를 했다.

"이러면 되는 건가?"

"됐습니다. 잘하시네요."

"웬만한 것은 한번 보면 해내지."

노인이 다소 자랑스런 어투로 말하고는 손을 잽싸게 놀렸다.

화염병 스무 개를 만드는 데는 채 한 시간도 소요되지 않았다. 다 만들어진 화염병은 한쪽 벽 밑에 나란히 진열됐다. 노인은 그걸 바라 보며 사뭇 뿌듯한 듯 말했다.

"기분이 괜찮구먼. 싸움은 우리가 이미 이긴 느낌이 드네. 자 작전 을 생각하세."

둘은 베란다를 나와 의자에 가서 앉았다.

"밤중이 되려면 시간이 많네. 우리 소주나 한잔하면서 작전회의를 할까?"

학수는 아무 말이 없이 소주병과 저녁찬 남은 것을 내왔다. 술이 한 순배 돌자 노인이 감개무량한 듯 말했다.

"몇십년 만에 이렇게 맛있는 술은 처음이야. 모두 자네 덕분이지. 고마우이."

학수는 노인의 속내를 알 수가 없었다. 보통사람이라면 귀찮고 위 험한 일에 끌어들였다 해서 분노하고 멀리할 것인데 이 홀로살이 노 인은 전혀 그렇지 않은 것이다. 외롭던 차라 비록 이상한 놈이 굴러들 어왔지만 이상하게 여기지 않겠다는 마음이 이해되지 않은 것은 아니 었지만 그렇다고 마치 피붙이처럼 곱살스럽게 구는 것은 역시 부담스 러웠다.

"어르신! 오늘은 참 일을 많이 하셨습니다. 한잔 잡수시고 푹 쉬도 록 하십시오. 건강도 돌보셔야지요."

학수는 공격 D데이를 기다리는 것같이 흥분한 노인의 기를 꺾기 위해 일부러 건강을 입에 올렸다. 그러나 노인의 반응은 엉뚱했다.

"이 사람! 날 늙어 몸도 가누지 못할 송장으로 보는가? 그리 보지 말게. 힘이 절로 솟는다네. 훨훨 날 수도 있을 것 같네. 전 같으면 오층 계단 오르내리기가 힘들었으나 지금은 날아다니네. 계단이 아니라 평지더라고. 그러니 그런 걱정은 말고…… 어떤가? 언제 공격을 시작할까?"

학수는 어쩔 도리가 없어 자세를 바꾸었다.

"주위 상황을 좀더 면밀히 살펴본 뒤 결정을 내려야 하겠습니다. 우리가 공격할 기회는 단 한번입니다. 그러니까 신중에 신중을 기해야 합니다."

"말뜻을 알겠네. 내가 주위를 한번 더 살펴봄세. 보자…… 지금 시간이 새벽 한시라…… 너무 늦었구만. 그렇담 새벽에 나가보지. 노인들은 새벽잠이 없지 않은가. 산책하는 양하고 정탐을 해보는 거야. 그동안 우리 기분 좋게 절제하면서 마시세."

"그러시지요."

노인은 연신 싱글벙글하며 술잔을 입으로 가져갔다.

"많이 권하지는 말게."

"네!"

학수가 잔 가득 술을 따르자 쩝 입맛을 다시며 한모금을 마셨다.

"어르신께서는 혼자 계실 때도 그렇게 신나고 명랑했습니까?"

"그건 아니지. 혼자 사는 놈이 무슨 낙이 있다고 신이 나겠는가. 내 말하지 않던가? 자네가 나타나서 죽어 없어진 줄 알았던 신명이 되살아나고 잃어버렸던 낙이 샘솟는다고…… 다 자네 덕분이네."

학수는 노인으로부터 자네 덕분이란 말을 수차례나 들었다. 이게 여간 마음에 걸리는 말이 아니었다. 도대체 자신이 노인에게 해준 것이라곤 아무것도 없었다. 앞으로도 뭘 해줄 가능성은 없었다. 며칠 지나지 않아 헤어질 운명이 아닌가. 엄밀히 말하면 두 사람의 만남은 악

연에 지나지 않았다. 그런데 일이 이상하게 꼬여 죽이 맞게 되었고 이제는 합동으로 '전장'에 출전하는 한 팀이 되고 말았다.

그는 한 팀이 됨으로써 늙고 몸놀림이 굼뜬 노인에게만 치명상을 입히게 되지 않을까 걱정이 되었다. 그럴 가능성은 훨씬 컸고 그건 옳은 일이 아니었다. 그래서 그는 마지막으로 노인을 설득하기 위해 입을 열었다.

"어르신께서는 자꾸 제 덕분이라고 말씀하시는데 사실은 그런 것이 아닙니다. 전 그런 깜냥이 못 됩니다. 제가 얼마나 이기적이고 인정머리없는 사람인지 아시게 되면 다시는 그런 말씀 안하실 겁니다."

"자네, 무슨 말을 하려고 사설이 긴가?"

"어르신! 잘 들어보십시오. 전 김해의 한 촌구석에서 태어났습니다. 찰가난으로 하루 세끼 밥도 못 먹었어요. 부모는 일찍 죽고 형님 집에 얹혀 살았어요. 어렵고 힘든 가운데서도 형님은 절 고등학교까지 공부시켜주었지요. 고등학교를 나와도 할일이 없더라구요. 그렇다고 품팔이 농사일을 하기는 싫고…… 그래서 군대에 갔어요. 군대밥이 맛있고 편하데요. 그래서 특수부대에 지원해 말뚝을 박았지요. 말뚝이 뭔지는 아시죠?"

"그래, 장기복무를 지원하는 거지. 나도 군에 갔다 왔으니까 그쯤은 알아. 그런데 왜 갑자기 묻지 않는 얘기를 하는 거여? 속셈이 뭔가?"

"특별한 속셈은 없습니다. 그냥 얘기가 하고 싶네요. 들어주세요."

"그럼 해보게!"

학수는 목이 마른지 소주 한잔을 단숨에 비우고 말을 계속했다.

"특수부대의 훈련은 참으로 지독하데요. 지옥훈련이란 게 이런 거였구나 싶더라구요. 그렇다고 사내녀석이 중도에서 물러설 수는 없지 않습니까? 악착같이 견뎌냈지요. 나중에 생각하니까 견뎌낸 것이 아니라 제 자신이 악마로 변해가는 것이더라구요. 단순한 악바리라 생각하지 마십시오. 왜냐하면 우선 생각이 아주 단순해지데요. 죽기 아니면 살기라는 이분법으로 모든 일을 생각하게 됐지요. 동지가 아니면 적이지요. 친구가 없는 겁니다. 해를 끼치는 놈에게는 반드시 복수를 하라는 개똥철학을 습득하게 됐지요. 내가 하는 일은 나와 나라를 위한 것이라는 오만한 생각도 배웠습니다. 특수부대원에게는 오류가 없습니다. 상관은 절대자지요. 어쨌건 저는 그렇게 십년을 보내고 제대를 했고 이미 말씀드린 대로 결혼을 했다가 뺑소니차에 아내와 자식을 잃었습니다. 그런 어느날 뺑소니 운전자를 빨리 잡지 않는다고 경찰서에서 행패를 부리다 유치장 신세가 됐습니다."

"경찰이 협조를 잘 안했나?"

"전들 어떻게 알겠습니까? 우리나라 경찰이 어떤지는 잘 알려져 있지 않습니까? 그런데 유치장에서 오기삼이란 놈을 만난 겁니다."

"그놈도 잡혀왔더란 말인가?"

"그건 모릅니다만, 그놈은 이내 풀려나갔고 얼마 후 그놈이 날 빼내준 겁니다."

"오기삼이가 자넬 빼냈단 말인가? 큰 신세를 졌군."

"신세를 진 거지요. 그래서 그놈과 어울리게 된 것입니다. 썩 내키지는 않아도 그런대로 지낼 만했습니다."

"하는 일은 뭐였나?"

"특별히 하는 일은 없었어요. 그냥 놀았다는 게 적당한 표현일 겁니다. 놈은 내가 원하지 않았는데도 꽤 많은 돈을 주었어요. 그래서 형님에게도 얼마간 돈을 부쳐주었고 아내와 아이의 묘도 새로 단장을 했지요. 그럭저럭 지내다 보니 놈이 괜찮은 놈이란 생각이 들데요. 우린 잘 어울렸습니다. 한참 후에야 놈이 조직의 우두머리라는 사실을 알았지요. 위에 더 큰 우두머리가 있는 듯했는데 만난 적은 없습니다."

"그러니까 조직에 흡수된 것이구만. 그건 잘못된 일이지. 난 충무로 영화판에서 십여년을 보냈네. 영화판과 조직은 불가분의 관계야. 미국의 유명한 배우자 가수인 프랭크 시나트라가 뉴욕 마피아의 끄나풀이란 소문도 있지 않던가. 우리 영화판에도 조직이 깊숙이 개입돼 있었지. 임화수라고 알지? 그놈이 영화판 황제였지 않나. 고놈 때문에 우리 영화가 엉망이 됐고 많은 배우들이 곤욕을 치렀지. 참 그래서 어떻게 됐어?"

노인이 흥미를 보이자 학수는 얘기에 흥미로운 요소를 가미하며 풀어나갔다.

"놈은 하루도 빠짐없이 술을 먹여주더군요. 그것도 강남의 최고급 룸살롱에서요. 미스코리아 뺨칠 아가씨들이 매일 바뀌어 시중을 들더라구요. 원룸을 빌려 혼자 살았는데 거기까지 따라오는 아가씨도 여럿 됐어요. 그런데 이상한 것은 놈이 하루 한번씩 절 사격연습장으로 데려가 사격연습을 시키는 거였습니다. 전 특등사수였지요. 저격병이라는 거 아시지요. 제 포지션이 저격수였습니다. 실전이 없어 실제로 저격을 해본 일은 없었지만 사람을 빤히 보면서 방아쇠를 당겨야 하는 일이 어디 쉽겠습니까? 하여간 전 매일 사격연습을 했습니다. 그렇게 일년을 지나고 나니까 저도 조직의 한 자리에 있게 됐습니다. 조직의 세부사항은 몰라도 유흥가를 양분해 세력을 떨치고 있고 수입도 만만찮다는 사실을 알게 됐지요."

"두목급에 들었단 말인가?"

"그렇습니다."

"그렇담 오기삼이가 자넬 출세시킨 것이 아닌가. 세상 눈총을 받는 자리이긴 하지만……"

"출세를 한 겁니다. 그건 틀림없어요. 전 정치판에서 출세를 하나 조직에서 출세를 하나 마찬가지라 생각했습니다."

"그건 옳은 말이네. 정치판 출세가 별건가? 국민 피 빨아먹는 건 마찬가지지. 그래서?"

"그러고 있는데 여권을 만들라고 하더군요."

"여권을? 국제적으로 출세를 시키겠다는 말인가?"

"속뜻은 모르지만 여권을 만들었습니다. 그리고 또 몇달이 지났는데 갑자기 선원이 되어 일본을 다녀오라고 하더군요."

"선원이라면 여권이 필요 없지 않은가?"

"그렇습니다."

학수는 여기서 말을 중단했다. 표정이 일그러져 있었다. 가슴에 맺힌 응어리가 분노로 변한 듯 이어지는 목소리에 열기가 가득했다.

"전 좀 이상하다고 생각하면서도 그동안 신세를 진 것도 있고 조직의 일원으로 책임도 있고 해서 선원이 되어 일본으로 갔습니다. 부산으로 가서 칠천톤급 컨테이너 선박에 승선을 했지요. 선장은 지시를 받았다며 절 특별선원으로 우대를 해주었어요. 헌데 그때까지 일본에서 내가 할일을 알려주지 않더라구요. 일본에 가면 그쪽 사람이 알려줄 것이라나요? 하지만 대강은 알고 있었지요. 조직이란 그런 것이잖아요. 각오는 돼 있었습니다. 별로 살아갈 가치도 없고 미련도 없는 세상이라 빚진 만큼 일을 해주고 죽거나 살거나 팔자대로 되라는 생각이었지요."

"젊은 사람이 꽤 경솔한 생각을 했구먼."

"그런지는 모르겠습니다만, 미련을 갖고 악착같이 산다고 무슨 재미를 보겠습니까? 어쨌건 배를 타고 현해탄을 건너는데 이게 참 사람

핏대 올리더라구요. 제 선실 철문이 한뼘만 열려도 삐이걱 삐이걱 소리를 내는데 그 소리가 어떻게나 신경을 긁는지 참을 수가 없더라구요. 파도에 흔들릴 때마다 삐걱대는 바람에 고베까지 가는 동안 잠을 설쳤습니다."

"잠가두고 자면 될 거 아닌가?"

"참, 어르신도…… 만약의 사태에 대비해 출입이 자유롭도록 문을 잠그지 않는답니다. 게다가 제 난생 처음 현해탄을 건너는데 잠이 옵니까? 들락날락 바다구경도 해야 하고 일에 대한 불안도 달래야 했는걸요. 그러니 그 쇳소리가 귀에 박여 정신이 얼얼할 지경이었어요. 그래서 거의 뜬눈으로 밤을 새고는 다음날 늦은 오후에 고베에 당도했습니다. 선장이 따로 지시를 받았던지 저와 함께 상륙을 하고 곧장 택시로 오사까에 갔습니다."

"좋은 구경 했겠군!"

"구경이라니요, 어르신! 그냥 차 안에서 고속도로 주변 경관 본 것이 모두입니다. 오후 다섯시쯤 선장과 나는 오사까호텔인가 하는 곳에 내렸습니다. 로비로 들어가려니까 인상이 날카로운 삼십대 남자가 마중을 나왔더군요. 우리말을 아주 잘하데요. 선장과 몇마디 밀담을 나누더니 선장을 보내고는 제게 말하더군요. 어려운 일을 맡아줘서 고맙다고. 전 무슨 일인지 모른다고 하려다가 입을 닫고 듣기만 했습니다. 그가 말하더군요. 우선 현장을 답사해보자고…… 그래서 끌려간 곳이 무슨 회관이었습니다. 회관이라지만 실은 최고급 양식당이더군요. 그는 뒷문으로 날 데려가더니 설명을 해주더군요. 저기 메인 테이블에 두 거두가 앉을 것이다. 그 옆 두 테이블엔 경호원이 앉는다. 단번에 두 거두를 해치워야 한다. 그런 다음 저기 뒷문으로 바람같이 빠져나오라. 대충 그런 얘기였습니다. 전 그제서야 제가 청부살인업

자가 된 것을 알았지요. 그 자리에서 거절할까 생각했는데 이미 때가 늦은 걸 알았습니다. 거절했다가는 제가 살아남지 못하지요. 그래서 생각을 바꿨습니다. 그까짓 왜놈 두엇 죽인다고 죄가 될쏘냐? 놈들은 우리 백성을 얼마나 많이 죽였는가. 왜놈 하나라도 해치운다면 나라에 덕이 될지언정 손해는 나지 않을 것이다. 전 현장을 자세히 살피고 달아날 구멍까지 확인한 뒤 그 녀석과 호텔로 돌아왔지요. 일은 다음 날 밤에 결행하기로 시간표가 짜여져 있었습니다. 전 호텔에서 하룻밤을 잘 잤지요. 낮에 그 녀석 안내로 오사까 시내를 구경했습니다. 오사까죠온가 하는 성을 구경하고 백화점에도 들렀습니다. 관광객처럼요."

"물건은 안 사고?"

"구경은 다녔지만 일이 일인만큼 물건이 눈에 들어오겠습니까? 더구나 제겐 선물을 할 가족도 없지 않습니까?"

"그건 그렇군! 그래서?"

"택시로 돌아다니다보니 금세 시간이 되더라구요. 땅거미 내릴 무렵에 우린 현장에 도착했습니다. 녀석이 권총 한 자루를 건네주고는 자취를 감추더군요. 전 전날 익혀둔 대로 회관 안으로 들어가 메인 테이블에 앉은 두 사람을 보았지요. 오십대의 늙은이가 마주보고 뭔가 얘기를 나누고 있었습니다. 전 그들이 무얼 하는 누구인지 알지 못했습니다. 하지만 물러설 수는 없었지요. 제가 잡은 자리는 홀 안이 훤히 보이는, 총을 쏘기엔 더없이 좋은 자리였습니다. 저들은 설마 저격병이 있으랴 안심을 한 것이지요. 수많은 남녀가 짝을 짓고 앉아 먹고 마시고 얘기를 나누느라 정신이 없어 보였습니다. 전 표적이 된 두 사람의 얼굴은 보지 않았습니다. 사람 얼굴을 보면 마음이 흔들리거든요. 신중하게 총을 겨누고 신속하게 방아쇠를 당겼습니다. 한 사람에게 두 발씩 총알을 먹였습니다. 경호원들이 비명을 지르며 우왕좌왕하는 사이 뒷문으로 바람같이 빠져나왔습니다. 골목을 몇번 돌아 큰길로 나오자 약속대로 녀석이 탄 승용차가 기다리고 있더군요. 내가 차에 오르자 차는 쏜살같이 달렸습니다."

"그러니까 자넨 알지도 못하는 사람을 둘씩이나 죽였단 말인가?"

노인이 다소 충격을 받았는지 말허리를 자르며 물었다.

"예, 그랬습니다. 전 아주 나쁜 놈입니다."

"그래, 나쁜 놈이 분명해! 아주 나쁜 놈이야. 그래서, 자넬 살인자로 만들었다 해서 오기삼이를 죽이려는 겐가?"

"그건 아닙니다. 오기삼이를 죽여야 하는 이유는 달리 있습니다."

"그 얘길 해보게나."

"승용차 안에서 녀석은 제가 가져온 돈가방을 주면서 오기삼에게 감사의 말을 전해달라고 당부를 하더군요. 그리고 권총은 현해탄에 던져버리라 했습니다. 영원히 증거를 없애자는 것이지요. 그래서 물었습니다. 죽은 두 거두가 누구냐고? 그랬더니 말해주었습니다. 두 거두는 야마구찌파의 도꾜와 오사까 두목이라고…… 일본의 대표적인 야꾸자 두목이란 말이었습니다. 자세히 말은 안해도 하부조직이 두목을 제거하고 조직을 장악하려는 의도로 청부살인을 한 것이 아닌가 생각되더군요. 전 고베 부두로 되돌아와 선장의 안내로 배에 올랐고 배는 곧 출항했습니다."

"무사히 돌아온 거군. 그런데 오기삼은 왜 죽이려 하는가?"

그는 조금은 뜨악한 표정을 짓는 노인을 응시하며 얘길 계속했다.

"나쁜 일을 한 뒤라 마음도 괴롭고 몸도 편치 않아 선실에서 잠을 청했지요. 일본의 영해만 벗어나면 쫓길 염려도 없고 해서 배의 속력이 더 빨랐으면 좋겠다는 생각을 하면서요. 잠은 여간해 들지 않았습

142

니다. 비몽사몽간을 헤매고 있는데 선실문이 삐이꺽 소리를 내며 열리더군요. 쇳소리에 눈을 번쩍 뜨고 문 쪽을 바라보는데 먼저 눈에 들어온 것이 칼이었습니다. 어르신이 시장에서 사온 군용단도 아시죠? 바로 그놈이더라고요. 저는 바다에 던지려다 미처 버리지 못한 권총을 집어들고 칼을 따라들어오는 사람을 노려봤지요. 바로 선장놈이었습니다. 총을 든 저를 보자 선장은 무릎을 꿇어앉았습니다. 사실대로 말하지 않으면 죽여서 바다에 던져버리겠다고 하자 그놈은 실토를 했습니다. 참, 세상에 그런 배신이 있다는 걸 전 처음 알았습니다. 조직은 의리와 충성으로 뭉쳐 있다고 들었는데 그것도 말짱 거짓말이더군요."

"선장이 무슨 얘기를 했길래 그러는가?"

노인의 눈이 빛났다. 마치 학수가 아주 나쁜 놈이 아니라는 증거라도 찾아보려는 눈빛 같았다.

학수는 그제서야 아차 후회를 했다. 노인을 이번 일에서 손 떼게 하려면 '박학수 아주 나쁜 놈'이란 데서 더이상 얘기를 진전시키지 말아야 했다. 그런데 그 경계를 지나버린 것이다. 그렇다고 이제 와서 얘기를 마감할 수가 없었다. 그랬다간 노인이 어떤 반응을 보일지 모르는 것이다. 그는 노인의 반응이 격해지지 않을까 여간 조심스러운 것이 아니었다.

"그래 선장이 무어라 했는가?"

노인이 재촉했다. 그로서는 사실대로 말을 할 수밖에 없었다.

"선장이 고백한 말은 오기삼이가 박학수를 죽여 현해탄에 수장시키고 돈가방을 가져오라고 했다는 것입니다. 한마디로 절 죽여 없애라는 지시를 받았다는 것입니다."

"아니, 특수부대 동료이자 조직의 친구인 자넬 오기삼이가 죽이라고 했단 말인가? 어떻게 그럴 수가 있는가. 그놈, 짐승만도 못한 놈이군. 자네 뜻을 알겠네. 자 얘긴 더 필요 없네. 잔이나 드세. 오기삼이를 죽일 이유가 분명한 이상 우물거릴 이유가 없구만. 자네, 혼자 들고 있게. 내 나가 저들의 동정을 살피고 올 테니까……"

노인이 몸을 일으켰다.

"어르신! 아직 한밤중입니다. 새벽이 되려면 몇시간은 더 지나야 합니다. 너무 서둘지 마십시오."

학수가 말렸지만 노인은 듣지 않았다.

"시간 따질 건 없네. 아무 때면 어떤가. 술 취한 외로운 늙은이가 마음 붙일 곳이 없어 밤거리를 헤맨다 생각하고 나가볼라네. 정보는 많을수록 유리한 법이 아니던가. 디데이를 확정하기 위해서도 다녀와야 하겠네."

노인은 고집을 꺾지 않고 기어이 밖으로 나갔다.

노인을 주저앉히지 못하고 혼자가 된 학수는 거푸 석 잔을 목구멍에 털어넣었다. 취기가 머리를 어지럽게 했다. 오기삼에 대한 분노도 취기만큼 끓어올랐다.

오기삼이가 그런 터무니없는 살해 지시만 내리지 않았어도 사는 방향은 아주 달라져 있었을 것이었다. 그는 청부살인을 끝냄으로써 오기삼에 대한 빚을 청산하고 그와의 관계도 끊을 생각이었다. 멀리 산속에 처박혀 죽은 듯 지내며 연명이나 할 작정이었다. 그런데 살해 지시를 내렸다는 말을 듣는 순간 그는 오기삼을 죽이기 전에는 절대 자신의 생명을 가벼이 여기지 않기로 결심했다. 오기삼을 죽일 때까지 자기 생명을 힘있고 건강하게 유지할 각오를 했던 것이다.

선장의 실토를 들은 그는 곧 선장을 협박, 그의 협조를 얻어 돈가방과 권총을 지니고 부산항에 무사히 상륙할 수가 있었다. 곧장 부산역으로 달려가 서울행 새마을호 티켓을 끊은 뒤 오기삼에게 전화를 넣었다. 선장이 일이 뒤틀린 사실을 이미 알렸던지 전화는 여간해 연결되지 않았다. 핸드폰도 꺼두었는지 불통이었다. 십여 차례의 시도 끝에 마침내 오기삼과 통화가 이루어졌다.

그는 애써 분노를 억제하고 부드럽게 말했다.

"이 사람, 오사장! 자넨 날 너무 만만하게 본 것 같애. 선장 따위가 날 어쩌겠나? 자네가 먼저 날 해칠 마음을 가졌으니 난 복수를 하는 게 당연하겠지? 이제부터 널 죽이러 갈 테니 집에서 조용히 기다리게. 알겠지. 난 자네 집이 어딘지 안다네. 비겁하게 숨지 말고 기다리고 있어야 하네."

그의 말이 끝나자 오기삼도 만만치 않게 받았다.

"내가 실수를 했어. 그놈 선장을 믿었던 게 잘못이지. 하지만 넌 날 못 죽여. 그 전에 내가 널 죽일 테니까, 내 조직이 어떤지 알고 있지?"

"조직을 믿는군. 내가 가진 돈만 풀어 먹이면 자네 경호원들이 바로 배신을 할 텐데? 누가 누구에게 죽나 두고 보세."

그리고 전화를 끊었다. 열차 시간이 다 된 때문이었다.

열차바퀴가 레일 이음새를 밟는 소리가 따가닥따가닥 규칙적으로 울렸다. 새마을호 열차가 대구를 지나자 그는 열차 내 전화로 다시 오기삼을 불렀다. 오기삼은 처음과는 달리 그의 전화를 기다리고 있었다. 그의 움직임을 알고 싶었던 모양이었다.

"지금 자네 집으로 가는 중이다. 기다리겠나?"

오기삼도 지지 않고 받았다.

"안 그래도 기다리고 있네. 허지만 네놈이 내 곁에까지 올 수 있을지 궁금하군."

"부하들을 풀어서 앞을 막겠다는 뜻인가?"

"내 부하들이 네놈 목을 먼저 부러뜨리면 어쩌지?"

그 말을 듣는 순간 분노는 머리끝까지 뻗쳐올랐으나 그는 분노를 터뜨리는 대신 전화를 찰칵 끊었다.

따가닥따가닥 울리는 바퀴소리는 전화선을 타고 오기삼의 귀에 전달될 터였다. 그 소리는 곧 박학수가 지금 어느 지점에 있는가를 유추할 단서가 된다. 바퀴 울리는 소리 간격을 셈하면 열차 속도를 알 수 있고 그러면 어느 열차인가도 알게 된다. 그가 탄 열차가 새마을호임을 오기삼이가 알아낸다면 막강한 조직을 통해 방어벽을 치기는 쉬운 일이고 나아가 그에게 치명상을 입히는 것도 어려운 일이 아니다.

그는 전화 한통이 그런 정보를 적에게 전달했을 가능성이 적지 않음을 깨닫고 원망스럽게 전화기를 내려다봤다. 그러나 이미 늦은 후회였다.

한 시간쯤 더 가면 대전이었다. 열차가 대전에 멎자 그는 서둘러 열차를 내렸다. 서울역에 오기삼 일당이 기다리고 있을지도 모른다는 우려 때문이었다.

그는 대전역 부근을 찬찬히 살폈다. 지역조직과 유대를 맺고 있는 오기삼의 조직이 대전역에 부하를 풀어놓지 않았나 해서였다. 다행히 조직원이라 여겨지는 사람들은 눈에 띄지 않았다. 그는 대전역 앞 택시승강장으로 가 한 택시기사와 서울까지 대절을 흥정했다.

택시가 고속도로에 오르자 그는 비로소 마음을 놓았다. 적어도 오기삼의 집 부근에 갈 동안 오기삼의 부하들에게 발각될 염려는 없게 된 것이다. 그는 두 눈을 지그시 감고 앞으로 할일을 생각했다.

오기삼을 만나기만 하면 총알을 머리통 속에 쑤셔박을 참이었다. 그러기 위해 언젠가 한번 가본 일이 있는 오기삼의 집으로 직행할 작정을 했다. 물론 그가 집에 없을 가능성도 있었다. 그럴 경우 가족을

146

협박해 불러들이면 되리라 생각했다. 오기삼이 하루 동안 움직이는 동선을 그는 잘 알고 있었다. 사람이란 특수한 경우가 되어도 익숙한 동선에서 별로 벗어나지 않는 법이다. 새로운 곳, 낯선 곳이 더 불안하기 때문이다. 특히 조직의 우두머리들은 낯선 곳을 두려워한다. 적대적인 조직원이 숨어 있다 공격해올 가능성이 높기 때문이다.

이런 사정을 알고 있는 그는 동선만 더듬으면 오기삼을 찾아낼 수 있을 것이라 확신했다. 오기삼의 머리통 속에 총알 다섯 발만 쑤셔박고 난 뒤에는 세상에 대한 미련을 떨쳐버리고 경찰에 자수할 생각이었다. 법에 따른 모든 조치에 몸을 맡기고 사형에 처해지건 무기징역을 살게 되건 개의치 않고 자신을 내던질 작정이었다.

그런데 택시가 오기삼이 사는 고급주택가 부근으로 접어들었을 때, 그의 낙관은 여지없이 무너지고 말았다. 오기삼의 부하들이 골목골목을 지키고 있는 광경이 눈에 들어온 것이다. 그 자신도 조직의 일원이었던만큼 검정양복들이 조직원임을 대번에 알아볼 수가 있었다.

그는 지나치려다 5층짜리 서민아파트 3개 동이 있는 입구쪽으로 택시를 몰아넣게 했다. 가까이에서 적의 동태를 살피다 기회를 포착해야 한다는 생각 때문이었다.

마침 주위에는 별 사람이 눈에 띄지 않았다. 택시가 떠나자 그는 고양이걸음으로 아파트 안으로 들어갔다. 사방을 조감하기 좋은 5층까지 올라갔다. 그러다가 문이 빠꼼히 열린 현관문이 보여 문을 살짝 밀어보았다. 문은 가볍게 열렸다. 인기척을 했지만 대답이 없어 우선 안으로 몸을 숨겼다.

노인이 돌아왔다. 생각 깊은 얼굴로 현관을 들어온 노인은 의자에 앉자 술잔부터 단숨에 비웠다. 그러고는 사뭇 흥분해서 말했다.

"작전이 떠올랐어. 적을 섬멸시키자고……"

그러면서 학수의 얼굴을 건너다봤다.

"자네, 수류탄을 몇 미터 정도 던질 수 있나?"

"수류탄요? 수류탄이라면 한 육십 미터는 던집니다. 제 기록은 좀 더 길었지만……"

학수는 노인의 급한 물음에 어리둥절한 기분으로 대답했다.

"그럼 그건 됐고…… 이 미터 개울은 단숨에 뛰어 건널 수가 있겠지?"

"이 미터라면 그냥 넘지요."

"오백 미터를 한번도 쉬지 않고 계속 달릴 수가 있나?"

"일 킬로미터는 한결같은 속도로 뛸 수가 있습니다. 그런데 왜 그러십니까?"

"자네, 내 말 잘 듣게. 이제부터 작전회의라네. 하나라도 놓치면 안 되네. 까먹었다간 작전에서 제외될 것이네. 알겠나?"

"예!"

학수는 대답을 하면서도 씁쓰레해하는 표정이었다.

"먼저 내가 설명하는 지형을 머릿속에 정확히 기억하도록 하게나. 지형을 모르면 우린 전쟁에서 이길 수가 없다네. 적의 본령에 접근하는 방법은 두 가지가 있네. 하나는 내가 갔던 길이야. 아파트를 나가 행길에 늘어서서 북으로 조금 가다보면 왼편으로 첫 골목을 만나게 되네. 이 길을 육십 미터쯤 가면 오기삼의 부하가 타고 있는 무쏘 지프차가 정차해 있네. 여기에 또 왼쪽으로 꺾어지는 골목길이 나온다네. 바로 이 아파트 뒤쪽이지. 아파트 뒤는 소나무숲이 있는 작은 언덕이고 언덕 밑에 이 미터 너비의 개울이 흐르고 있네. 개울과 나란히 있는 길을 오십 미터쯤 가면 이번에는 오른쪽으로 꺾어지는 골목

길이 나와. 이 길을 오십 미터 정도 가면 바로 오기삼의 집이라
고…… 내가 설명하는 지형이 어떤지 알겠는가?"

"머릿속에 집어넣었습니다."

"그럼 됐네. 내 계획은 이렇다네. 잘못된 점이 있으면 수정을 하게.
알겠지? 먼저 화염병을 세 개씩 묶어야 돼. 그래야 위력이 있지 않겠
나! 세 개 묶음을 십초 안에 던져야 하네. 그건 자네 몫이니까 팔에
힘을 기르라고, 내일까지. 자네는 자일을 타고 베란다에서 밖으로 나
가 아파트 뒤편 소나무숲으로 해서 개울을 건너 오기삼의 집으로 접
근해가는 거네. 골목 기점에서 오기삼의 집에 묶음 화염병을 세 개 던
져야 해. 다음은 지프차에 묶음 두 개를 던지고는 곧바로 지프차를 향
해 뛰어가. 거기에서 왼편으로 방향을 돌려 골목을 빠져나가야 하네.
사백 미터쯤 뛰어가면 큰길이 나오네. 큰길이 나오면 오른편으로 꺾
어 오백 미터쯤 뛰어가. 그러면 오늘 체육복을 샀던 운동구점이 나온
다네. 거기 숨어서 날 기다리는 거야. 이게 일차 작전이야. 놈들 간담
이 서늘할 거야."

"그 다음은 어떡합니까?"

노인은 소주 한 잔을 들이키고는 말했다.

"다음은 자네 차례야. 오기삼의 사무실 구조가 어떠한가를 알아야
작전계획을 세울 게 아닌가. 하나도 빠뜨리지 말고 지도를 그려보
게."

"오기삼의 사무실을 습격하겠단 말씀입니까?"

"그렇다네. 오기삼의 저택과 지프차를 불구덩이로 만들고 나면 오
기삼이도 간담이 서늘할 걸세. 놈들은 우리가 여전히 이 부근에 숨어
있으리라 여기고 집중적인 수색을 할 것이란 말일세. 또 경비를 맡았
던 놈들은 문책을 당할 것이고…… 그러면 작은 내분이 일어날 거야.

우왕좌왕하는 거지. 그럴 때 사무실을 습격하면 놈들은 우리가 홍길동처럼 종횡무진인 것을 알고 어찌할 바를 모르게 되고 이 부근을 지켜봤자 아무 소용이 없다는 것을 알게 될 것이야. 그럼 자네는 훨씬 자유로워질 것이 아닌가. 뿐만 아니라 오기삼이란 놈, 간이 졸여 마음대로 나다니지도 못하고 결국 무릎을 꿇을 거야. 그때 목을 뎅경 잘라버리는 거지. 그러니 사무실 지형을 정확히 알아야 하네."

학수는 노인의 치밀한 작전계획이 놀라웠다. 특수훈련을 받은 자신의 머리로써도 도저히 입안할 수 없는 완벽한 계획이었다. 실천만 한다면 오기삼의 목 따기는 전혀 어려움이 없을 듯했다. 학수는 오기삼의 사무실 형태를 설명하기 시작했다.

"그놈 사무실은 빌딩 십이층에 있습니다. 아마 한 이백평 되는 십이층을 모두 쓰고 있습니다. 일설에는 그 빌딩이 오기삼의 것이라고 하기도 하고 윗선인 회장의 것이라고도 합니다. 회장은 현직 국회의원이란 말도 있고 무슨 우익단체의 회장이란 말도 있습니다만 확실히는 모릅니다."

"이 사람아! 그런 건 아무래도 좋네. 국회의원이라고 조직의 두목이 못 되란 법이 없잖은가. 또 무슨무슨 단체의 회장이 깡패와 연결돼 있다는 얘기는 낡은 것이야. 그런 면에서 자넨 나보단 무식하구먼. 그래서……"

"건물엔 엘리베이터가 세 개 있습니다. 십이층에 올라가면 복도가 있고 엘리베이터 맞은편에 출입문이 있는데 오기삼의 방으로 통하는 문입니다. 문을 열면 비서실이고 비서실 안쪽이 그놈 방이지요. 복도를 우측으로 꺾어들어가면 부하들 방이 여러 개 있습니다만 그쪽은 가 본 일이 없습니다."

"됐네. 오기삼의 방만 알면 되는 거야. 작전은 이렇게 계속되네. 운동구점 앞에서 자네와 내가 만나는 거야. 난 묶음 화염병 일곱 개를 짊어지고 갈 거야. 사무실 공격용이야. 두 사람은 택시로 오기삼의 사무실로 달려간다. 늦은 시간이라 수위가 졸고 있을 것이고 빌딩 안은 조용할 거야. 먼저 엘리베이터를 두 대는 십육층까지 올리고 한 대는 십이층에 멎도록 조작을 해야 해. 엘리베이터가 십이층에 멎게 되면 복도를 지키고 있는 경호원들이 몰려올 거야. 그런데 사람이 타지 않은 빈 엘리베이터인 줄 알고는 투덜거리며 물러갈 거란 말이네. 십육층까지 올라갔던 우리는 다시 한대를 십이층까지 내려보내는 거야. 놈들은 또 한번 속은 줄 알고 이번에는 엘리베이터가 도착해도 멀리서 멀뚱히 바라보기만 할 거야. 그럴 때 우리가 세번째 엘리베이터를 타고 내려가는 거지. 복도는 화염병 셋으로 공격하고 점거를 해야 돼. 불길 속에서 달려드는 놈이 있으면 자네 완력으로 제압을 하는 거야. 그사이 나는 문을 열고 사무실 안으로 화염병 공격을 할 거야. 안으로 들어가 오기삼의 사무실에 화염병을 던질 수 있다면 이건 하늘이 도우는 것이야. 놈은 불에 타죽게 될지도 모르지. 바비큐가 되는 거지. 그렇게만 되면 뒷일을 더는 셈이 아닌가. 일처리가 끝나면 우리는 엘리베이터로 지하 주차장으로 가서 밖으로 빠져나오는 거야. 주차장에는 씨씨 티브이가 설치되어 있을 것이니까 모자를 푹 눌러쓰고 얼굴이 보이지 않도록 해야 돼. 밖으로 나오면 입었던 운동복은 벗어서 갈가리 찢고 집으로 가져와 불에 태워버리는 거야. 집에 돌아오는 길은 나는 정식으로 돌아오지만 자네는 처음 지점으로 돌아가야 돼. 최초로 화염병을 던진 곳으로 가서 개울을 건너뛰어 솔밭을 지나 자일을 타고 베란다를 통해 집에 돌아오는 거야. 자네가 집에 돌아오면 작전은 완료되는 셈이야. 물론 일이 끝난 것은 아니지. 일차 공격의 결과가 어떤지 정보를 수집해본 뒤 다시 작전을 짜야 되니까. 일차 작전은 이게 전부야. 어떤가? 내 작전 계획이……?"

학수는 칭찬 대신 노인에게 술잔을 건넸다.

"유구무언입니다."

"작전 개시일은 내일이네. 일찍 일어나 굳은 몸부터 풀어야 할 거야. 좁은 집이지만 운동을 하게. 날렵하게 하지 않으면 실패할지도 모르네. 모든 준비는 내가 알아서 할 테니까 완력을 되찾아놓게."

"걱정 마십시오. 그동안 운동을 쉰 일은 없었습니다. 제 걱정은 어르신입니다. 무리가 아닌가 싶어 걱정입니다."

"날 늙었다고 보지 말게. 이 일이 내가 이 세상에서 하는 마지막 일이라 생각하고 있는 힘을 다하고 있네. 힘도 나고 신명도 난다네."

"왜 이 일이 마지막 일이라 생각하십니까?"

"이유가 있는 게 아니라 그런 느낌이란 것이지. 자네가 떠나고 나면 또 신나는 일이 생길지도 모를 일이긴 하지. 늘그막에 복이 터진다면 말이네. 허지만 그런 일이 쉽게 일어나긴 힘들지. 그래서 이 일에 있는 힘을 다하고 있는 걸세. 오기삼이란 놈은 반드시 죽어야 할 놈이거든. 난 충무로에 뒹굴면서 조직의 생리가 어떤가 배웠다네. 자네도 알 거야. 자유당 때 한국의 깡패란 깡패는 모조리 자유당 끄나풀이었고 이기붕 국회의장의 수하였어. 그러니 경찰이 어떻게 맥을 추겠나? 오히려 경찰이 깡패들 폭력을 비호하고 호위병 노릇을 했다고…… 선거에 이용하고 관제데모에 앞장을 세운 거야. 지금이라고 뭐 변한 게 있었어? 제 잘난 척하는 정치인들의 경호원이나 재벌들 경호원들이 거의 다 그런 종류라 들었어. 물론 경호술을 배운 정직한 경호원들도 많겠지만…… 헌데, 내 눈에는 모두 조직의 졸개로 보여. 오기삼이도 부하들을 그런 경호원으로 심어놓고 목에 힘을 주고 있는 게 틀림없어. 그러니 그런 조직이 살아 있는 게 아니냐구. 우리는 지금 거

152

대한 사회악을 상대로 버거운 전쟁을 하는 거지만 나는 반드시 승리하리라 확신한다네."

학수는 노인의 말에 무어라 맞장구를 쳐야 할지 몰라 술을 권했다.

"술 드세요."

"그래, 적당히 마시고 잠자세. 이제 곧 날이 샐 테니까 오전 시간은 잠을 자도록 하세. 오늘은 무리하지 않는 게 좋겠어."

"저도 동감입니다."

두 사람은 남은 술을 털어마시고 잠자리에 들었다. 노인은 굳이 마다하는 학수를 옆자리에 눕게 했다. 큰일을 앞두고 잠자리가 불편해서는 기력을 잃기 쉽다 하여 기어이 옆자리에 눕게 한 것이다. 침대는 원래 2인용이어서 두 사람이 자기에 불편하지 않았다.

학수는 이내 잠이 든 듯했다. 그러나 노인은 여간해 잠이 들지 않았다. 눈을 감고 있기가 힘들 정도로 말똥거렸고 그럴수록 의식은 또렷했다. 그리고 쓴웃음이 나왔다. 그는 자신의 행동이 반드시 옳다는 생각은 추호도 하지 않았다. 바른 정신이라면 두 사람의 목숨을 앗은 학수를 자수하게 하는 것이 바른 일인 것도 알고 있었다. 또 오기삼과의 관계도 오기삼의 살인 지시의 사실 여부를 따져 피를 흘리지 않고 해결할 길이 없지 않으리라 생각했다. 말하자면 적당한 중재역만 해낼 수 있다면 이번 일은 쌍방이 죄값을 치르고 사회로 복귀할 기회를 얻을 수 있을 것 같았다.

그런데 그는 그런 역할을 떠맡기가 싫었다. 게다가 박학수가 쳐들어오기 이전으로 돌아가는 일은 상상도 하기 싫었다. 혼자서 끼니를 해결하고 망연히 앉아 외로움을 반추하고 고독을 켜켜이 쌓아 가는 홀로살이는 진저리가 났다. 이젠 그런 과거로 돌아갈 수가 없는 것이다. 그러니 학수가 어떤 생각을 하건 계획대로 일을 밀고 나갈 수밖에 없고 그것은 어쩌면 20년 허송세월을 한 자신에게 신이 준 최후의 일거리가 아닌가 하는 생각이 들었다. 최선의 선택이자 마지막 기회라 여겨지는 것이다.

습관대로 창문에 박명이 걸린 이른 새벽에 그는 곤한 몸을 억지로 일으켰다. 몸은 곤죽 같았지만 작전을 위해 잠을 자서는 안된다고 생각했다. 그는 곧바로 푸줏간을 찾아 집을 나섰다. 학수는 아직 자고 있었다. 새벽공기는 신선했다. 그는 먼저 주택가 입구에 세워진 무쏘 지프차부터 살폈다. 차는 그대로 정차해 있었으나 안에 몇사람이 탔는지는 확인되지 않았다. 다음 골목도 살폈다. 떼거리 검정들은 눈에 띄지 않았다. 잠들을 자러 가서 아직 나오지 않은 모양이었다. 골목이 빈 것으로 보아 검정들의 경비가 좀은 느슨해진 것같이 보였다. 그렇다면 작전수행은 훨씬 수월할 것이다.

푸줏간을 찾은 그는 등심 다섯 근과 국거리 한 근을 산 뒤 부근 찬 가게에서 파 숙주나물 무 상추 깻잎과 통마늘 열 개를 샀다. 집으로돌아왔을 때 학수는 아직 잠들어 있었다. 긴장감이 없어 보여 혀를 두어 번 껄껄 찼다.

그는 정성을 다해 아침 준비를 시작했다. 쌀을 씻어 안치고 국거리도 냄비에 안쳐 가스레인지에 올렸다. 깻잎도 깨끗이 씻어놓고 마늘도 정성스레 깠다. 된장에 고추장을 이긴 뒤 참기름을 한술 넣었다. 고소한 냄새가 후각을 자극했다.

밥이 끓을 무렵 학수가 눈을 떴다.

"오전 내내 자자고 하시더니 벌써 일어나셨어요?"

학수가 미안한 표정을 지었다.

"잠이 오지 않네. 자네도 잠이 깼거든 씻고 오게. 아침 준비가 다됐네."

그는 오랫동안 쓰지 않았던 전기 프라이팬을 탁자에 내다놓았다.

"죄송합니다. 아침 준비는 제가 했어야 하는데……"

"그깟것 누가 하면 어떤가. 어서 씻기나 하라고……"

학수가 화장실로 들어가자 그는 준비한 아침 먹거리를 탁자 위에 늘어놓았다. 쇠고깃국이 구수한 냄새를 풍겼다. 화장실에서 나온 학수가 코를 벌렁거렸다.

"냄새 죽여줍니다. 웬 고깃국을 다 끓였습니까?"

"오늘이 생애 최고의 힘을 쓸 날이 아닌가. 기운 내라고 고기찬을 장만한 거네."

그는 달아오른 프라이팬에 등심살을 올렸다. 지글지글 익는 소리가 입맛을 돋우었다.

두 사람 모두 식성이 여간 좋지 않았다. 다섯 근 고기가 잠시 사이에 반으로 줄었고 쇠고기 국그릇은 진작에 비워져 있었다. 노인의 이마에는 비지땀까지 흘러내렸다.

"오랜만에 먹으니 맛이 제법이구먼."

"저도 이렇게 입에 쩍쩍 달라붙게 먹어보긴 난생 처음입니다."

노인은 만족한 미소를 짓고는 아주 은근하게 말을 냈다.

"나, 새로운 사실을 하나 발견했네."

"새로운 사실이라니요? 무슨 다른 움직임이 보였습니까?"

"그게 아닐세, 놈들이 한밤중에는 경비를 서도 아침녘엔 경비를 서지 않는 것 같았어. 아침에 나가 돌아보니까 지프차는 있는데 다른 골목의 검정들은 보이지가 않았어. 아마 자러 들어가서는 늦잠에 빠진 것 같애. 벌써 며칠이 됐으니 군기도 빠졌을 것이고 지루하기도 했을 거야. 그러니 우리 활동이 훨씬 쉬울 것 같애."

"함정이 아닐까요?"

"함정?"

"예! 경비가 느슨한 척해서 저를 끌어내리려는 함정인지도 모르지 않습니까?"

"그렇게도 생각할 수 있겠군. 허지만 난 그렇게 생각하지 않아. 자네가 너무 움직이지 않으니까 혹 다른 곳으로 옮겨간 것이 아닐까 하고 대충 경비를 서는 것 같애. 어쨌건 좀더 두고 보세. 낮 동안 살펴보면 알 수 있겠지."

"디데이는 오늘로 정하셨죠?"

"시간 끌어서 좋을 게 없네. 오늘 결행하세. 낮 동안 준비를 완벽하게 끝내야 하네. 아침 먹고 나면 필요한 물건들을 사오겠네. 그사이 자일 타는 연습하고 화염병 던지는 훈련이나 하게. 알겠지."

"예!"

학수는 이제 물러날 자리가 없음을 깨달았다. 오기삼을 공격하는 방법은 무엇이건 개의할 필요가 없었지만 가능한 한 그는 노인만은 이 일에서 제외시킬 생각이었다. 그러나 주도권은 이미 노인에게 넘어가 있었다. 마치 자신이 주범이 아니라 종범같이 돼버린 것이다. 아침상을 물리자 노인은 설거지를 그에게 떠넘기고 곧장 집을 나갔다.

학수는 설거지를 끝내자 곧 운동을 시작했다. 먼저 팔굽혀펴기를 했다. 며칠 동안 운동을 거른 때문인지 근육에 통증이 오고 팔놀림이 거북하게 느껴졌다. 그러나 팔굽혀펴기를 50여번 하고 나자 굳었던 근육도 풀리고 땀이 쏟아지면서 몸이 한결 가벼워졌다. 다음은 물구나무서기를 했다. 한번 물구나무를 서면 10여분은 거뜬히 버틸 수 있었다. 피가 얼굴에 몰리는 듯한 느낌이 들면서 잠시 동안은 어지럼증이 일지만 그 순간만 지나면 혈액순환이 촉진되면서 몸이 날듯 가뿐

했다. 그런 다음 그는 제자리에서 뜀질을 시작했다. 무슨 운동이 어쩌니 해도 뜀질만큼 건강을 증진하는 운동은 달리 없었다. 그런데 뜀질은 다른 무슨 운동보다도 큰 인내가 필요했다. 기교나 속임수가 전혀 통하지 않았고 경쟁심이 있어야 하는 것도 아니었다. 오로지 피로와 권태로움을 이겨내려는 인내와 끈기가 필요했다. 때문에 달리기는 다른 운동보다 맑은 정신과 극기심이 있어야 하는 것이다.

넓은 운동장이나 들판을 뛰는 것이 아니라 실내에서 그것도 극히 조심스럽게 해야 하는 뜀박질은 실로 맹맹하고 권태로웠다. 이런 운동 안한다고 일이 잘못되랴 싶은 생각이 쉼없이 그를 유혹했다. 그러나 그는 그 유혹을 이겨내고 전신이 땀에 흠뻑 젖도록 제자리에서 뛰고 또 뛰었다. 한 시간 가량을 뛰자 숨이 목까지 치올랐다. 코에서는 뜨거운 김이 분출됐다. 뜀질을 멈추고 잠시 숨을 고른 뒤 이번에는 자일을 꺼내 손아귀로 잡는 연습을 했다.

자일은 30센티 간격으로 매듭이 만들어져 있어 타고 오르기가 한결 쉬울 것 같았다. 그렇다고 그냥 타고 오를 수 있는 것은 아니었다. 팔힘이 약해선 오를 수 없다. 또한 팔힘만 가지고도 안되는 일이다. 팔과 다리는 물론 전신이 하나가 되어야 한다. 자일 잡는 연습을 마친 그는 다시 팔굽혀펴기를 되풀이했다. 전신이 땀으로 흠뻑 젖어 있었다.

그럭저럭 학수가 운동을 한 지 세 시간 가까이 되자 노인이 돌아왔다. 물건 꾸러미가 노인의 한쪽 어깨에 걸려 있었다.

"뭘 그렇게 많이 사오셨어요?"

학수가 놀라 묻는데 노인의 시선은 학수의 몸매에 매달려 있었다.

"자네, 진짜 빼어난 몸매를 가졌구나. 힘깨나 쓰겠어. 아주 좋아! 그런데 특수부대에서는 보디빌딩인가 그런 것도 하게 하나?"

"아닙니다. 그저 체력단련 운동을 하다보면 탄탄한 몸매가 되는 거지요. 사실 저는 아무것도 아니랍니다. 진짜 조각 같은 몸매를 가진 동료들도 있답니다."

"그것 부러운 일이군. 헌데 자네 몸매를 보니까 생각나는 일이 있구면. 촬영을 하러 일본엘 갔을 때야. 그게 언제였던지 분명하지는 않네만 일본의 대표적인 작가라나 하는 사람 가운데 미시마 유끼오란 작자가 있었지. 나야 그 작자의 소설이 어떤지 읽어보지 않아 모르지만 하여간 일본에서는 대단한 인기라고 하더구먼. 그런데 우리 팀이 도착했을 때 녀석이 아주 잔인하게 자살을 했더란 말이야."

"잔인하게 자살하다니요?"

"녀석은 일본은 천황폐하를 중심으로 군비도 확장하고 강대국으로 일어나 아시아의 맹주가 되어야 한다는 주장을 남기고 자신이 만든, 창을 빛내는 모임이라던가 뭐라던가 하는 단체의 부하에게 자기 목을 치게 했단 말이야. 할복을 했는데 얼른 숨이 끊어지지 않으니까 부하더러 뒤에서 목을 치라고 시킨 거야. 얼마나 잔인한 자살인가. 녀석이 희랍의 조각 같은 몸매를 아주 사랑했다더구만. 자신도 보디빌딩인가 하면서 몸매를 가꾸었고. 녀석의 몸매도 자네 못지않았어. 사진을 보니 그렇더군. 암튼 무서운 작자지. 우리가 막 도착했을 때 그 자살사건이 일어나 한국사람에 대한 감정이 아주 좋지 않았어. 그래서 결국 촬영을 못하고 돌아왔어. 녀석 때문에 가뜩이나 모자라는 제작비만 몇백만원 날린 거지. 그래서 그 녀석이 잊혀지시 않아."

"할복을 하고 뒤에서 목을 치게 했단 말이죠?"

"그렇다니까. 난 사람이 그렇게 잔인한지는 그때 처음 알았어. 아니 일본놈이 그렇게 잔인한 거를 알게 된 거지."

"정말 놀랍네요."

"그런데 참, 자네는 경호실 같은 데에 근무해야 될 사람 아냐? 특등

158

사수에, 온갖 무술을 익혔고 몸은 표범처럼 날쌔고, 그럼 경호실 같은 곳이 제격이지. 안 그래?"

"그런 얘기가 없진 않았습니다만 왜 제가 남의 목숨 지키느라 제 목숨을 내놓겠습니까? 전 그런 일은 싫습니다."

"좋았어!"

노인은 만족한 표정으로 다시 한번 학수의 건장한 몸매를 부러운 듯 바라봤다. 학수의 크지 않은 몸매는 완전한 근육질이었다. 공격과 방어행위에 완벽하게 적응되도록 만들어진 듯했다. 그는 역발산 기개세가 따로 없구나 생각했다.

"운동이 끝났으면 샤워나 하고 나오게. 점심을 먹으면서 마지막 작전회의를 해야지."

"예!"

학수가 화장실로 들어가자 노인은 구입해온 물건들을 탁자 위에 늘어놓았다. 천막천으로 만든 걸방 가방이 둘, 검은색 모자가 두 개, 손전등 두 개, 기름이 잔뜩 들어 있는 지포라이터 두 개, 그리고 부드러우나 질겨 보이는 무명 노끈 한 타래였다.

"점심을 먹고 일을 시작할까?"

노인이 늘어놓은 물건들을 눈으로 점검하며 물었다.

"아침을 많이 먹어 그런지 점심 생각이 별로 없습니다. 일부터 하시지요."

"하긴 나도 별로 생각이 없네. 그럼 일부터 시작할까!"

두 사람은 곧 일에 착수했다. 화염병을 셋으로 묶는 것이었다.

"단단히 매어야 하네. 던지기 좋도록 손잡이 끈도 만들고……"

"던지는 것은 걱정 마십시오. 십년 동안 수류탄 던지는 연습을 했습니다."

"원숭이도 나무에서 떨어질 때가 있다네. 조심을 하고 정신집중을 해서 나쁠 건 없다네. 묶는 것부터 실수가 없어야 일이 쉽게 풀린다네."

"알겠습니다. 헌데 어르신!"

"왜? 무슨 걱정이라도 있나?"

"걱정이 아니라 조금 마음에 걸리는 일이 생각나서요."

"그게 뭔데?"

"화염병 공격을 하면 일이 커지지 않을까 해서요."

"화염병 공격을 하면 일이 커진다? 그럴 수도 있겠지. 하지만 그게 무슨 대순가? 어쨌거나 오기삼이란 놈을 해치워야 하지 않겠나. 그놈 부하가 몇놈 다칠지도 모르지. 하지만 그놈들도 조직원이 아닌가. 자네를 죽이려 한 놈과 한패거리란 말이네. 그런 놈들은 이 세상에서 사라져야 할 쓰레기가 아니던가."

"말씀은 옳으십니다만 제가 걱정하는 것은 놈들 몇이 어떻게 되는 것이 아니라 혹 경찰이 개입하지 않을까 하는 것입니다."

"경찰?"

노인이 뜻밖이란 표정으로 학수를 돌아봤다.

"화염병은 경찰이 제일 싫어하는 민간무기입니다. 그러니 화염병 공격이 신고되면 경찰에서 눈에 불을 켜지 않을까요?"

"화염병 공격 뒤에는 경찰이 나선다고 보아야 하겠지. 전혀 예상하지 않았던 것은 아니지만 그렇다고 지금에 와서 중지할 수는 없잖은가?"

"아닙니다. 저도 중단할 생각은 추호도 없습니다. 다만 경찰이 개입했을 때 그뒤의 행동을 어떻게 할지 한번쯤 생각해보고 싶어서 드린 말씀입니다."

"됐네. 그건 그때 가서 생각해보세."

두 사람은 다시 부지런히 손을 놀렸다. 화염병 셋을 하나로 묶어놓고 보니 무게가 어깨에 느껴지고 화력도 30배나 될 듯한 느낌이 들었다. 한 묶음이 한번 터지기만 하면 주위는 불바다가 되고도 남을 듯했다. 마음이 한결 더 든든해지고 신이 났다.

"모두 몇 묶음이지?"

"모두 여덟 묶음입니다."

"턱없이 모자라는군. 가만있자. 내 계산대로라면 모두 열두 묶음이 필요해. 저기 빈병이 셋 있으니까 빈병이 아홉 개 더 있어야 하는구만. 됐네. 소주 사놓은 게 여남은 병 될 거야. 소주는 어디 부어놓고 그 병을 사용하기로 하세."

노인은 곧장 냉장고에 들어 있는 소주병을 점검했다. 지난밤 배달을 시켜 온 소주가 아직 열두 병이나 남아 있었다. 노인은 소주를 그릇에 부었다. 그릇이 모자라자 개수대에 쏟아부었다. 소주냄새가 방 안에 진동했다.

학수는 소주를 붓고 있는 노인의 뒷모습을 물끄러미 바라보고 있었다. 빈병을 사용하기 위해 술을 버리는 그 열의로 보아 노인이 이번 전쟁을 얼마나 치밀하게 계획하고 실전에 임하려는지 짐작이 되었다. 이제는 물러날 길이 없음도 충분히 인지되었다. 문제는 화염병 공격 후 경찰이 개입했을 때였다. 자신은 일만 끝나고 나면 경찰에 자수할 마음의 준비를 하고 있었다. 그런데 문제는 노인이었다. 사실을 말하다 보면 노인과의 관련을 말하지 않을 수 없고 그렇게 되면 노인도 무사하기 힘들다. 그는 노인을 경찰에 시달리게 하고 싶지 않았다. 그런데 노인을 배제할 방법이 떠오르지 않는 것이다.

노인을 경찰에 시달리게 하지 않으려면 화염병 공격의 희생을 최소

화하는 길밖에 없었다. 오기삼에 대한 경고로 끝이 난다면 더 바랄 것이 없었다. 오기삼을 해치우는 일은 따로 일정을 잡아 시행하면 되는 것이다. 그런데 화염병을 셋으로 묶어 위력을 더하려는 노인을 보면 희생의 최소화 같은 것은 아예 염두에 없는 모양이었다. 무서운 노인이었다. 난데없는 전율이 느껴졌다.

소주를 쏟고 빈병을 마련한 노인이 만족한 미소를 지었다.

"이젠 충분하겠어. 일을 마저 마치자고……"

노인은 쉬지도 않고 일을 재촉했다. 두 사람은 다시 화염병을 만들고 그걸 세 개씩 묶었다. 묶음 화염병 열두 개가 벽 밑에 나란히 세워졌다.

"됐네. 화염병 다섯을 자네가 가져갈 천가방에 넣게. 나머지는 내 몫일세."

"나머지로 무얼 하시게요?"

"아니. 내가 뭘 하는 게 아니지. 운반을 내가 하고 오기삼의 사무실에 던지는 일은 자네가 맡아야지."

"예에…… 알겠습니다."

"그럼 잠시 쉬도록 하세. 점심은 빵으로 때우고 맛있는 저녁을 해먹고 행동개시를 하세. 작전을 머릿속에 잘 넣어두라고."

"예!"

두 사람은 의자로 돌아와 몸을 쉬었다.

노인은 곧 잠이 들었다. 학수는 잠든 노인의 얼굴을 바라보며 조용히 한숨을 쉬었다. 연민의 정이 느껴진 탓이었다. 그는 아직도 노인이 어떤 사람인지 알지 못했다. 충무로 영화판에서 청춘을 보냈다는 말로 미루어보아 여러가지 풍상을 겪은 것은 분명했고 홀로살이를 하는 것으로 보아 행복한 젊은 때를 보내지 못했던 것도 짐작이 되었다. 그렇더라도 남의 일을 자기 일인 양, 그것도 사람을 죽이는 일을 도맡아 나서는 것은 결코 정상이라 보기 어려웠다. 그렇다고 노인의 정신이 어떻게 됐다고 볼 이상증세는 아무데서도 발견할 수가 없었다.

그는 작은 책꽂이에 꽂혀 있는 사진첩을 한번 돌아봤다. 보고 싶은 유혹이 느껴졌다. 그러나 노인이 싫어하는 것이라 그럴 수가 없었다. 그러고 보면 노인은 자기의 과거를 드러내고 싶어하지 않는 성격 같았다. 수많은 사람 가운데는 조금도 자랑스러울 것이 없는데도 깜짝 놀랄 과거를 가진 척 아니면 눈부시게 훌륭한 삶을 살아온 척 침소봉대를 하며 드러내려고 하는 사람이 적지 않다. 그 자신이 복무했던 특수부대 부대장이 그런 사람이었다.

월남전에 참전했다는 부대장은 훈시를 하거나 회식을 할 때마다 마치 베트콩을 자기 혼자 다 해치운 것처럼 전공을 자랑했고 자기 때문에 월남 주둔 한국군이 개선을 한 양 떠벌이곤 했다. 마지못해 듣기는 했지만 그때마다 대원들의 얼굴은 벌레 씹은 표정이었다. 그런데 부대장은 대원들의 그런 표정을 애써 못 본 척하고 자랑을 계속했다. 대원들은 누구 없이 그래봤자 중령 계급밖에 못 땄으면서 웬 거드름이냐 속으로 구시렁거렸다. 어떻게 보면 참으로 후안무치했고 대원들 알기를 발싸개로 아는 것 같았다. 월남전은 초강대국인 미국에게 역사상 처음으로 패배를 안겨주었고 한국은 참전하지 않았어야 했던 전쟁이란 것쯤은 모르는 대원이 없었던 것이다. 부대장의 그런 떠벌이기가 싫어 제대를 앞당긴 대원도 수십명이나 되었다.

그는 노인이 전혀 존경할 수 없고 마음에 안 들었던 부대장쯤만 되었으면 했다. 과장을 하건 아니면 좋은 점만 풀어놓건, 하다못해 자랑거리를 조작하든 해서 노인 자신의 정체성을 조금이라도 알 수 있게 해주길 바랐다. 그는 노인의 사진첩을 훔쳐보려다가 유혹을 억눌렀다. 그러고는 눈을 감아버렸다.

학수가 눈을 떴을 때는 시계가 여섯시를 가리키고 있었다. 노인은 저녁 준비에 분주했다.

"제가 하겠습니다. 어르신!"

학수가 부스스 일어나며 그렇게 말하자 노인은 단번에 일축했다.

"자넨 더 쉬어야 하네. 큰일이 기다리고 있지 않은가! 어떻게 적에게 치명적인 공격을 할 것인가를 생각하게. 우리의 작전에 무슨 차질이 있을지는 하느님도 모를 거야. 다시 한번 처음부터 차근차근 검토를 해보라고. 초전박살, 한번 전투로 결정적인 승리를 거두어야 할 게 아닌가."

"알겠습니다."

학수는 앉아 있기가 민망해 베란다로 나갔다. 마음놓고 바깥을 내다볼 형편은 아니었지만 밖을 살폈다. 옆 아파트와의 사이에 좁은 공간이 있고 그 뒤편으로 솔숲이었다. 자신이 진격해나갈 길목이었다. 다음으로 그는 자일과 화염병을 점검했다. 박학수가 그렇게 시간을 얼마간 보내고 나자 노인이 소리쳤다.

"준비됐네. 저녁 먹음세."

"수고하셨습니다."

"수고는……"

노인은 만족한 표정이었다.

"자 반주로 딱 소주 석 잔씩만 하는 거다."

노인이 학수에게 잔을 권했다. 학수는 잔을 받아 단숨에 비우고 노인에게 돌렸다.

"이 잔은 승리를 다짐하는 잔이다. 왜 태평양전쟁 영화를 보면 흔히 가미까제 도꾸다이들이 정종 한 잔씩을 받아마시고 출격해 죽는 장면이 나오지. 자식들은 딱 한 잔씩만 마시니까 돼진 거야. 그러니 우린 석 잔씩 마시고 홍겹게 출전을 하는 거야."

학수는 노언의 해석이 그럴듯해 빙그레 웃었다. 소주 석 잔씩을 돌려 마시고 밥을 먹기 시작했다. 찬은 아침만큼 푸짐했다. 그러나 밥맛이 평소와 같을 수는 없었다. 화염병 공격에 나서야 할 시간을 코앞에 두고 있다는 것이 부담이 되지 않을 수 없었던 것이다. 두 사람은 말없이 상당한 시간을 끌며 밥그릇을 비웠다.

"설거지는 돌아와서 하자고……"

수저를 놓으며 노인이 말했다. 시간으로 보아 설거지를 하고도 한참은 여유가 있었지만 학수도 동의를 했다.

"삼국지에 보면 그런 얘기가 있지. 싸움터에 나간 조조가 관운장에게 술을 한잔 권하고는 원소의 부하장수를 참해오라고 시키는데 이때 관운장이 다짐을 하지. 이 술이 식기 전에 적장의 목을 베고 돌아와 술을 들겠다고…… 과연 관운장은 자기 다짐을 지켜 술이 식기도 전에 적장의 목을 베고 돌아오지. 우리도 그러자고……"

"삼국지는 저도 읽었습니다. 그 대목에 더 재미있는 얘기도 있지 않습니까? 적장을 베고 돌아온 관운장을 조조가 칭찬하자 관운장이 이렇게 대답을 하지요. 제 솜씨는 하지하입니다. 제 동생 익덕 장비로 말하자면 적장 베기를 제 주머니 물건 꺼내듯 합니다, 하고요. 그러자 조조는 자기 부하장수들에게 소리를 칩니다. 앞으로 장비를 만나거든 반드시 몸을 사리도록 하라고요. 장판교에서 장비가 조조 군사 삼십만 명을 혼자 물리친 것도 따지고 보면 관운장의 그 말 한마디 때문이 아닙니까!"

"자네 기억력도 상당하군. 나와는 더욱 죽이 잘 맞겠네."

노인이 만족한 듯 학수를 바라보며 말했다.

"지금 여덟시세. 한 시간만 쉬고 준비를 하세."

"그러지요."

노인은 담배를 붙여물었다. 그러고 보면 하루종일 담배를 피우지 않은 것 같았다. 커피도 잊고 있었다. 생활이 아주 달라진 것이다.

아홉시가 되자 두 사람은 준비를 시작했다. 평상복을 입은 위에 운동복을 껴입었다. 생각만큼 몸이 둔하지는 않았다. 손전등을 허리에 찼다. 모자도 썼다. 두 개의 천막천 가방에 화염병을 각각 다섯 묶음과 일곱 묶음을 넣었다. 지포라이터도 하나씩 챙겼다. 마지막으로 권총은 학수가 휴대하고 군용단도는 노인이 허리에 꽂았다. 출전 준비를 하고 보니 영락없는 게릴라 같았다. 두 사람은 마주보고 빙그레 웃었다.

"이제 준비는 끝일세. 자넨 화염병 다섯 묶음을 가지고 베란다를 타고 나가게. 난 현관으로 나가 운동구점 앞에서 기다리겠네."

노인은 엄숙하게 말하고 자일을 창밖으로 내렸다.

"들어올 때도 자일을 타고 올라오는 것을 잊지 말게나."

"물론입니다."

학수는 굳은 표정과는 달리 장난스럽게 거수경례를 올려붙이고는 천 가방멜방을 어깨에 걸쳤다. 그러고는 사방을 한번 살핀 뒤 자일을 타고 내려가기 시작했다.

노인은 학수가 땅에 내려선 것을 확인하고는 자일을 걷어올렸다. 그러고는 화염병 일곱 묶음이 든 천가방을 어깨에 메고는 아파트를 나갔다. 그는 아파트 광장을 가로질러 나가면서 혹시라도 사람의 눈에 띄지 않을까 마음을 졸였다. 남의 일에 관심이 없는 세상이긴 하지만 눈에 띄어 좋을 것이 없기 때문이었다. 다행히 아파트 앞길에는 사람 그림자 하나 없다. 이것도 운이 좋을 조짐이라고 그는 생각했다.

166

노인이 아파트 계단을 내려올 즈음 학수는 2미터 넓이의 개울가 소나무숲에 몸을 숨기고 있었다. 그는 주머니의 지포라이터가 온전한지를 손으로 확인하고 노인이 말해준 지형을 머릿속에 그렸다. 개울을 건너면 개울을 따라 난 길이 우측으로 꺾어지고 그 길을 따라 50미터쯤 전방에 오기삼의 집이 있다고 했다. 그는 그 사실을 머릿속으로 거듭 확인했다. 귀를 기울이자 골목길 안에서 두런거리는 말소리가 가늘게 들려 왔다. 특수부대에서 단련된 그의 청각은 그만큼 예민했다. 그는 고개를 오른쪽으로 돌려 무쏘 지프차가 있다는 지점도 확인했다. 희미한 내등을 켜둔 차의 그림자가 신기루처럼 눈에 들어왔다.

그는 심호흡을 한번 한 뒤 개울을 가볍게 소리없이 건너뛰었다. 재빨리 한 주택의 담장 밑에 웅크리고 앉은 그는 화염병 묶음 다섯 개를 나란히 놓고 지포라이터로 불을 붙였다. 불빛이 이쪽의 존재를 드러낼 염려가 없지 않았지만 서두르지 않고 천천히 그리고 정확하게 겨냥을 했다. 첫 화염병은 작전대로 오기삼의 집 대문 앞으로 던졌다. 불꽃 포물선을 그리며 소리없이 날아간 화염병은 세 개씩 묶은 위력을 보여주듯 제법 큰 폭발소리를 내며 터졌고 강한 화염을 쏟아냈다. 두번째 화염병 역시 계획했던 대로 저택을 향해 던졌다. 불꽃을 달고 하늘을 날던 화염병은 별 오차 없이 예정된 장소에 떨어져 강한 화염을 뿜어냈다. 연이어 그 부근에 하나를 더 던졌다. 좀더 강한 불꽃이 일어났고 놀라 지르는 비명소리가 제법 가깝게 들려왔다.

그는 긴 숨을 몰아쉬며 돌아섰다. 두 개의 화염병으로 무쏘 지프차를 불태울 차례였다. 그는 담장 밑에서 빠져나와 지프차가 똑바로 보이는 지점에 버티고 섰다. 거리를 가늠해보았다. 40미터 정도가 됨직했다. 그는 불붙은 화염병을 들었다. 그리고 투수가 공을 던지듯 지프차를 겨냥하고 힘껏 던졌다. 화염병이 제법 큰 굉음을 내며 폭발하는 순간 두번째 화염병이 날아갔다. 두번째 폭발음이 퍼져나가는 순간 지프차는 불길에 휩싸였다. 차 안에서도 비명이 터져나오는 것 같았다. 그러거나 말거나 그는 노인이 시킨 대로 지프차 쪽으로 질주를 했다가 방향을 왼쪽으로 꺾어 달리기 시작했다.

학수는 약속장소인 운동구점 앞에 도착해 잠시 숨을 골랐다.

"여길세."

입간판 뒤 어두컴컴한 곳에서 노인의 목소리가 들렸다. 운동구점은 이미 문을 닫아서 두 사람을 의심할 사람은 없었다.

학수가 가까이 다가가자 노인은 말없이 소매를 잡아끌었다. 두 사람은 말없이 3백 미터 정도 달려가면서 모자와 웃옷을 벗어 가방 속에 쑤셔넣은 뒤 택시를 잡았다. 택시가 속력을 내자 비로소 노인이 물었다.

"어땠어?"

"잘 전했습니다."

택시는 학수가 지시한 대로 밤거리를 빠르게 달렸다. 두 사람은 목표지점에서 3백 미터쯤 떨어진 곳에서 차를 내렸다. 학수는 노인에게서 건네받은 천가방의 화염병을 점검한 뒤 권총을 한번 어루만졌다. 노인은 허리의 단도를 확인했다. 한적한 거리도 살폈다. 그런 뒤 빌딩으로 접근해갔다.

늦은 시간이라 빌딩 출입객은 눈에 띄지 않았다. 넓은 로비에는 냉기만 썰렁했고 수위는 반 졸음 상태였나. 나행이었다. 학수가 반 졸음 상태에 빠진 수위에게 손을 흔들어 보였다. 수위는 얼떨결에 경례를 했고 두 사람은 별 어려움 없이 빌딩으로 들어갔다. 작전대로 엘리베이터를 조작했다. 한 대는 12층에 멎게 하고 두 대는 16층으로 직행하게 조작을 한 뒤 한 엘리베이터에 올랐다. 늦은 시간이라 엘리베이터에 동승자는 없었다. 그게 또한 좋은 조짐으로 느껴졌다. 그렇더라도 가슴박동은 빨라지고 쿵덕거리는 것 같았다. 16층에 도착할 동안 노인과 학수는 한마디 말도 나누지 않았다. 16층에 도착하자 두 사람은 말없이 두 눈을 마주친 뒤 다시 운동복을 입었다. 그리고 12층에 내려가 멎도록 엘리베이터를 조작한 뒤 화염병을 꺼내 불을 당길 준비를 했다.

엘리베이터가 12층에 멎고 문이 열렸다. 박학수는 권총을 꺼냈다. 여차 하면 권총으로 위협을 한 뒤 상대의 손발을 움직이지 못하게 할 작정이었다. 그런데 이상하게도 복도에는 아무도 없었다. 오기삼의 부하들은 한 사람도 눈에 띄지 않았다. 어쩐지 섬뜩한 느낌이 엄습해 왔다. 복도가 훨씬 넓게 보이고 차가운 회오리바람이 이는 듯했다. 창 밖으로는 다른 빌딩들의 불빛이 환하게 바라보였다. 두 사람은 경계의 눈초리로 사방을 살폈다. 예상했던 것보다 조용하고 평화스러웠다. 두 사람은 눈으로 혹 함정이 있는 것은 아닌가 하는 의견을 나누었다. 노인이 고개를 저었다. 그리고 문을 가리켰다. 사장실이라는 패가 붙은 방이었다. 학수가 그 문으로 다가갔다. 노인도 뒤따라가 화염병에 불을 당겼다.

화염병에 불을 당기는 사이 박학수가 문에 노크를 했다. 두어번 똑똑 두드리자 안에서 문이 열렸다. 비서실에는 모두 일곱 사람이 오기삼을 경호하고 있었다. 학수는 한뼘쯤 열린 문을 발로 걸어차 완전히 열어젖힌 뒤 권총을 겨누었다. 회색의 느글느글한 빛을 내는 총신을 본 조직원들은 잠시 경악한 듯하더니 이내 평상 표정으로 돌아와 학수를 주목했다. 이상하게 여겨질 만큼 조직원들은 표정에서부터 전의를 잃고 있었다. 증오의 시선을 보내는 사람도 없고 표독한 눈길을 보내지도 않았다. 마치 학수가 오기를 기다린 듯 덤덤했다. 학수는 무슨 변화가 있었던 게 아닌가 생각하며 말했다.

"내가 누군지 알지?"

누구 한 사람 대꾸를 하지 않았다. 그러나 그중 한두 사람은 학수를 알고 있다는 안색을 했다.

"오기삼을 불러!"

학수의 명령이 떨어지자 잠시 주춤하더니 한 사나이가 안쪽으로 통하는 문을 열고 무슨 말인가를 전했다. 잠시 후 오기삼의 얼굴이 나타났다. 그의 얼굴은 이미 짙은 불안의 검은 그림자가 드리워 있었다. 그리고 총을 든 학수를 본 순간 몸을 가누지 못하고 비틀거렸다. 부하 하나가 그를 부축했다.

학수는 오기삼의 이마를 향해 총구를 겨누었다. 방아쇠만 당겨버리면 일은 끝나는 것이었다.

"오기삼이 너, 집이 불타고 지프차가 쇳덩이가 됐다는 소린 이미 들었겠지? 내가 누군지 알았을 거다. 넌 애초부터 내 상대가 아니야. 오늘이 네놈 제삿날이다. 기도할 시간을 줄까? 아니면 그냥 죽을래?"

오기삼은 입을 열지 못했다. 집이 불타고 지프차가 고철덩이가 됐다는 소식을 듣고 이미 넋이 나가버린 것인지도 모를 일이었다. 학수는 천천히 총구를 거두었다.

"오늘은 죽이지 않겠다. 내 앞에 무릎 꿇을 시간을 주는 거다. 잘 생각해!"

그러고는 출입문 옆에 설치된 스위치를 비틀어 실내 전등을 껐다. 실내는 금세 칠흑 같은 어둠에 묻혔다. 그 어둠 속의 오기삼을 향해 학수는 첫 화염병을 던졌다. 벽에 부딪친 화염병은 제법 큰 폭발소리를 내고 깨지면서 검붉은색 불꽃을 피워냈다. 불꽃이 오기삼의 몸뚱이 위로 쏟아지는 광경이 분명히 보였다. 학수가 두번째 화염병을 집어들자 노인도 화염병을 집어들었다. 화염병 여러 묶음이 불과 몇초 사이에 실내로 날아들어 화염을 일으켰다. 폭발음이 여섯번 계속됐고 기름냄새가 코를 찔렀다. 화염은 순식간에 걷잡을 수 없을 만큼 강해졌다. 바닥에 깔린 카펫에 불이 옮겨붙으면서 불의 지옥이 연출되는 것 같았다. 처절한 비명소리가 들렸다. 아비규환이 연상됐다. 학수는 문을 닫았다. 그리고 두 사람은 비명소리를 뒤로 하고 엘리베이터에 올라 13층 밑의 지하실로 빠져나왔다. 엘리베이터를 내리자 그때까지 각자 손에 들고 있던 권총과 단도를 허리춤에 꽂았다.

두 사람의 전신은 뜨거운 땀에 흠뻑 젖어 있었다. 두 사람은 마주보고 빙그레 웃었다. 그러나 그들의 웃음은 유쾌하거나 밝지 않았다. 마음 한구석 어딘가에 구토를 느끼게 하는 것 같은 무언가가 느글거리고 있었다. 두 사람의 작전은 착오나 차질이 없었다. 모자를 푹 눌러 쓰고 지하 주차장을 빠져나오자 곧 운동복을 벗었다. 안은 평상복이었다. 벗은 운동복을 천가방에 넣고는 유유히 걷기 시작했다. 빌딩이 보이지 않는 지점에 이르자 두 사람은 잠시 앉아 쉬었다.

"멋지게 해치운 것 같지? 아마 오기삼의 간이 콩알만해졌을 거야. 사무실에서 죽었을지도 모르고……"

"화염병 가지고 놈을 죽일 수야 있겠습니까마는 반죽음은 할 겁니다."

"그것만도 성공이지. 앞으로 놈이 어떻게 움직이는지 두고 보자고……"

학수는 고개를 끄덕였지만 썩 기분이 좋은 얼굴은 아니었다. 노인 역시 그랬다.

"가세."

두 사람은 다시 5백미터쯤의 거리를 걸으면서도 아무 말도 나누지 않았다. 말할 기분이 아니었던 것이다. 작전은 성공했지만 어쩐지 개

운한 기분이 들지 않았다. 실내를 이글거리게 하던 화염이 자꾸 눈앞에 어른거리고 비명소리가 사라지지 않았다. 두 사람은 침묵한 채 택시를 잡았다. 운동구점 앞에 이르자 택시에서 내려 걷기 시작했다.

예상대로 오기삼의 부하들은 보이지 않았다. 노인이 먼저 아파트로 들어가 베란다의 자일을 내렸고 학수가 자일을 타고 올라와 아파트에 들어옴으로써 작전은 완료되었다.

두 사람은 먼저 굳은 악수를 나누었다.

"축하주부터 한잔해야지 않겠나. 우리!"

"축하할 일인지 아닌지는 모르겠습니다만 목이 마르네요."

"어쨌건 우린 성공을 했어. 그것만 생각하는 거야. 오늘밤은 기분 좋게 실컷 마시세. 내일 아침이면 뉴스에 나올 거네. 그땐 작전의 결과를 알 수 있을 거야."

"아닙니다. 벌써 뉴스에 나올지도 모릅니다. 요즘은 워낙 빠른 세상 아닙니까? 게다가 제가 범인이란 걸 알렸으니까 진상이 곧 드러나겠지요."

"그렇겠구먼. 라디오를 켜세나. 근데 왜 그들에게 얼굴을 보여줬나? 애초에는 계획에 없던 일이 아니던가?"

"글쎄요. 저도 왜 그랬는지 모르겠습니다. 그저 갑자기 그러고 싶더라고요. 날 보고 사시나무 떨듯 하는 놈이 보고 싶었는지도 모르겠습니다."

학수가 대답하며 라디오를 켰다. 뉴스 시간이 아니었던지 화염병 애기는 흘러나오지 않았다. 대신 흥겨운 대중가요가 두 사람에게서 조금은 우울한 기분을 가시게 해주었다.

"오기삼이란 놈, 아마 태어나고 처음으로 혼이 반은 나갔을 거야. 정치하는 놈들이 옳고 그른 게 무언지 모르듯이 그런 자식도 무서운

172

것, 잘못된 것이 무언지 모르는 법인데 이번엔 단단히 혼이 나고 정신을 차리게 됐을 거야. 놈이 자네를 처음부터 얕본 것이 실수지. 암 실수고 말고…… 어쨌거나 이렇게 기분이 좋아보긴 난생 처음이야."

노인의 말 속에는 과장이 없지 않았으나 학수가 듣기에 거북한 말은 아니었다.

새로운 적

　탁자에 다시 전기 프라이팬이 놓이고 데운 쇠고기국이 놓였다. 먹다 남은 찬도 있는 대로 진설됐다. 그릇에 부어두었던 소주도 나왔다.

　"자! 우리의 승리를 축하합세나!"

　김덕중 노인과 박학수는 잔을 쩽 소리가 나게 부딪치고는 첫잔을 단숨에 비웠다. 라디오에서 흘러나오는 애잔한 옛 가요가 두 사람의 흥취를 더욱 높여주었다. 두번째 잔도 단숨에 비웠다. 석잔째 잔을 막 손에 드는데 라디오에서 뉴스가 흘러나왔다. 뉴스 중반부에 사건소식이 전해졌다.

　"오늘밤 열시경 이상한 일이 일어났습니다. 후암동 고급주택가의 한 집이 화염병 공격을 받은 데 이어 부근에 주차해 있던 지프차가 역시 화염병 공격을 받고 전소했습니다. 그리고 삼십분 후에 강남의 한 빌딩 십이층이 화염병 공격을 받아 실내가 전소됐고 사무실에 있던 여덟 사람 가운데 다섯 사람이 중상을 입고 병원에서 치료를 받고 있다고 합니다. 경찰은 화염병 공격의 원인이나 범인에 대해서는 파악

된 바가 없다고 밝히고 있습니다. 자세한 소식은 다시 전해드리겠습니다."

뉴스는 아리송하게 끝났다.

"우리가 정말 멋지게 해치웠군."

노인이 술잔을 높이 쳐들며 입을 열었다. 학수는 아무 말도 하지 않았다.

"기왕이면 오기삼이 놈이 죽어야 할 텐데……"

노인이 덧붙여 말했다. 학수는 여전히 동의의 표시를 하지 않았다.

사람이 몇이나 다쳤건 작전이 성공했다는 사실이 두 사람의 기분을 돋우어주었다. 마치 거대한 적을 한방에 쓰러뜨린 듯한 쾌감까지 느껴졌다. 두 사람 모두에게 그런 쾌감은 오랜만이고 귀한 것이었다. 노인은 평생 동안 가슴에 맺혔던 한을 푼 듯했고 학수는 특수부대원의 일을 비로소 해낸 듯했다.

그런데도 가슴 한구석에는 무거운 쇳덩어리 같은 것이 매달려 있어 즐거움을 즐거움으로 느끼지 못하게 하고 있었다. 놈들은 모조리 불타죽어도 아깝지 않은 놈들이라고 마음속으로 강변해보아도 가벼운 기분이 되지 않았다.

"자, 드세요. 어르신! 이 성공은 모두 어르신 덕분입니다. 고맙습니다."

학수가 벌떡 일어나 구십도 절을 했다. 노인은 손을 내저었다.

"그건 아닐세. 잘 듣게. 자넨 날 아주 행복하게 해준 은인일세. 난 육십평생 동안 자네와 함께 있었던 지난 나흘 동안만큼 행복한 때가 없었다네. 늙어서 홀로살이가 얼마나 기막히고 가슴 에는지 모를 거야. 전화 한통 할 곳이 없어 전화도 놓지 못하는 처지가 어떤 것이지 아무도 상상을 못하지. 그런 나를 자네가 구원해준 걸세. 짧은 며칠이지만 난 비로소 행복이 무엇인지 알았다네. 감사할 사람은 자네가 아니라 나라네. 자 술 들게!"

두 사람은 마주보고 빙그레 웃었다. 그리고 잔을 비웠다. 시간은 자정을 넘어 날짜가 바뀌어 있었다.

어느새 여러 그릇에 부어두었던 소주도 동이 나고 있었다. 노인의 눈은 점점 풀려갔고 학수의 눈도 게슴츠레하게 보였다. 의식이 상당히 마비된 듯했지만 두 얼굴에서는 조금 일그러져 보이는 미소가 떠나지 않았다.

"일분뉴스를 전해드리겠습니다."

라디오에서 다소 숨가쁜 듯한 아나운서 목소리가 흘러나왔다. 두 사람은 비몽사몽간에 라디오에 귀를 기울였다.

"지난밤 열시경 일어난 화염병 사건의 진상이 일부 밝혀졌습니다. 화염병 공격을 받은 주택과 지프차 및 강남의 사무실은 모두 오기삼씨의 소유로 오씨는 모종의 조직을 거느린 유흥업계 대부로 알려져 있습니다. 오씨가 화염병 공격을 받게 된 것은 다른 경쟁조직과의 갈등 대립이 원인으로 추측되고 있습니다. 오기삼씨는 화염병 공격으로 현재 중태로 알려져 있습니다. 경찰은 대립조직의 소행으로 보고 여타 조직에 대한 수사를 확대하고 있습니다……"

"자네, 지금 뉴스 들었나?"

노인이 게슴츠레한 눈을 하고 학수에게 물었다.

"오기삼이가 다 죽어간다는 얘기 말입니까?"

"그래. 죽어주면야 일을 덜게 되는 것이지. 그런데 분명 자네 얼굴을 보았을 텐데 왜 자네 이름이 안 나오는 걸까"

"글쎄요, 놈이 죽는다면 그것대로 괜찮은 일이겠지요. 헌데 내 얼굴을 보고도 아직 말을 안한 건 이상하네요. 난 그놈이 죽지 않고 화상으로 상처투성이가 된 얼굴로 살아주었으면 싶어요. 날 무시한 것을 평생 업보로 알고 살아가게요. 그래만 주면 평생 감옥에 살게 돼도 조금도 억울하지 않을 것 같아요."

"쓸데없는 생각은 그만 하고 대성공을 이룬 것이나 축하하세!"

노인이 히죽히죽 웃으며 술잔을 들었다.

"자, 들자구. 밤새도록 성공을 자축해야지."

노인이 잔을 입안에 털어넣었다. 학수도 따라 단숨에 마셨다. 그러고는 두 사람 다 더는 마시지 못했다. 앉은 채 잠이 들어버린 것이다. 끄지 않은 라디오는 계속 음악을 흘려보내고 있었다. 한밤의 음악시간이거나 새벽의 음악시간인 듯했다. 두 사람이 잠든 사이에 창문이 훤히 밝았다.

아침이 되자 정규 뉴스가 흘러나왔다. 화염병 사건 수사가 핵심으로 다가섰는지 구체적인 속보가 전해졌다.

"화염병 공격 범인의 윤곽이 드러나고 있습니다. 중태인 오기삼씨의 측근에 따르면 범인은 오씨의 군대 동기로 오씨와 함께 조직을 이끌었던 박모씨라고 합니다. 백칠십 센티의 보통 체구이지만 특수부대에서 단련된 킬러로서 현재도 권총을 휴대하고 있다고 합니다. 오씨가 화염병 공격을 받은 이유는 아직 밝혀지지 않고 있지만 두 사람 사이에 깊은 앙금이 있는 것으로 주위에서는 보고 있습니다……"

박학수가 예상한 대로 화염병 공격은 결국 경찰의 개입을 부르고 말았다. 그러나 만취해 잠이 든 두 사람은 그때까지 잠을 깨지 못해 뉴스를 듣지 못한 상태였다.

다음날 아침 평소보다 30분쯤 늦게 일어난 김덕중 노인은 일어나자마자 냉수부터 한 컵 들이켰다. 찬물이 식도를 따라 내장으로 들어가자 막혔던 것 같은 속이 확 뚫리면서 한결 상쾌한 기분이 되었다. 노인은 커억 하는 억지 트림을 하고 아직 잠들어 있는 학수와 탁자를 돌아봤다.

탁자 위엔 지난밤 마셔버린 빈 술그릇들과 먹다 남은 안주들이 지저분하게 널려 있었다. 라디오가 계속 소리를 흘려보내고 있었다. 노인은 먼저 라디오를 껐다. 학수가 깨지 않도록 조심을 하며 탁자 위의 것들을 치우기 시작했다. 탁자가 말끔해지자 그는 화장실로 들어가 대강 세수를 하고 집을 나섰다. 오기삼 쪽의 동태를 살피기 위해 집을 나선 것이다.

무쏘 지프차가 주차해 있는 첫 골목 앞에서 걸음을 멈추었다. 무참하게 불타버린 지프차가 눈에 들어왔다. 불타버린 차 옆엔 의경 한 사람이 지키고 있었다. 그는 불탄 차를 확인한 뒤 떼거리들이 지키고 있던 다른 골목길을 돌아봤다. 떼거리들은 흔적도 없었다. 그는 되돌아서 오기삼의 집으로 향했다. 불탄 지프차 옆을 지날 때는 가슴박동이 심하게 뛰었다.

오기삼의 집 대문 앞에는 경찰관 두 사람이 지키고 있고 '수사중 출입금지'라는 팻말이 걸린 폴리스 라인이 쳐 있었다. 아닌게아니라 담 너머로 보이는 지붕이 불에 그슬려 있었다. 화염병이 집 안으로 날아들어가 화재를 일으킨 모양이었다. 그는 회심의 미소를 지으며 오기삼의 집을 지나쳐 민길을 돌아 집으로 돌아왔다.

학수가 언제 일어났는지 설거지를 하고 있었다. 노인이 꺼버린 라디오도 켜져 있었다. 노인이 들어가자 박학수는 계면쩍은 듯 웃고는 말했다.

"뉴스에 나왔습니다."

"우리 얘기가? 무어라든가?"

178

"처음을 듣지 못해 자세한 것은 모르겠습니다만 저를 수배했다는 얘긴 들었습니다."

"수배가 됐다고? 경찰이 바보가 아닌 담에야 뭔가를 알아냈겠지. 텔레비를 켜보자구. 자네 얼굴이 텔레비에 나오면 제법 근사할 거야"

학수가 라디오를 켜둔 채 텔레비전을 켰다. 마침 뉴스가 나오고 있었다. 파업을 계속하고 있는 병의원에 대해 정부가 강경 대응하기로 했다는 소식과 특히 전공의들의 강력한 반발 소식이 농성중인 전공의들의 모습과 함께 전해지고 있었다. 노인은 농성 장면이 보기 싫어 고개를 돌려버렸다. 의료계 파업에 이어 몇가지 뉴스가 전해지고 드디어 화염병 얘기가 흘러나왔다.

"어젯밤 발생한 오기삼씨 집과 사무실의 화염병 공격의 용의자로 경찰은 오씨의 측근이 말한 박모씨로 확인했다고 합니다. 현장에서 화상을 입은 사람들이 한결같이 박모씨를 용의자로 지목했다는 것입니다. 현재까지 밝혀진 바로는 범인으로 지목된 박모씨는 오씨의 부탁으로 일본에 건너가 일본 야꾸자 조직인 야마구찌파의 오사까와 도꾜의 두목 두 사람을 암살한 것으로 추정되고 있습니다. 일본 경시청에서도 범인을 한국인으로 추정해 수사공조를 요청해왔다고 합니다. 화염병 공격으로 오씨의 저택이 반소했지만 다행히 가족들은 피신중이어서 피해를 입지 않았습니다. 그러나 집을 지키던 경호원들이 가벼운 화상을 입었다고 합니다. 또 오씨 집 근처에 주차중이던 오씨 소유 무쏘 지프차 한 대 역시 화염병 공격으로 전소했으며 오씨의 사무실도 화염병 공격을 받아 경호를 섰던 조직원 네 사람이 중화상을 입고 치료중이며 오씨는 오늘 새벽 숨을 거두었다고 합니다. 범인으로 추정되는 박모씨는 오씨와 특수부대 동기생으로 한동안 사업을 함께 한 것으로 알려졌습니다. 살해동기는 아직 밝혀지지 않았지만 측근들은 박모씨가 범인임을 강력히 주장하고 있습니다. 경찰은 박모씨를 긴급수배했습니다."

아나운서가 뉴스를 전하는 사이 학수의 사진이 화면을 가득 메웠다. 두 사람은 뜨악한 표정으로 화면의 학수를 바라봤다. 학수의 표정이 점차 일그러져갔다. 노인의 안색도 해쓱하게 변했다. 화면이 바뀌자 두 사람은 얼굴을 돌려 상대를 마주봤다. 한동안 말을 하지 않았다. 한참만에야 먼저 입을 연 쪽은 노인이었다.

"예상대로 경찰이 끼어들었구먼. 우리가 좀 지나쳤나?"

"경찰이 대숩니까? 헌데 오기삼이 자식, 화염병에 불타 죽다니, 웃기는 놈이네요. 훈련받은 게 말짱 헛것 아닙니까!"

"죽을 수도 있지. 또 죽일 계획이었으니까 잘된 것이고…… 문제는 자칫하면 경찰과 싸워야 한다는 것이지. 어떻게 싸우지?"

"어쩌긴요. 어르신의 샤프한 작전이 있잖습니까? 참, 얘기가 났으니까 말씀입니다만 어떻게 작전을 그렇게 멋지게 세우셨습니까? 화염병도 그렇고 일시에 세 군데를 공격하는 신속성도 그렇고 정말 놀랐습니다. 또 한번 멋진 작전을 세우셔야지요"

학수는 그렇게 말은 하면서도 표정은 어두웠다.

"새로운 작전이라…… 못할 것도 없지. 영화판에서 어깨너머로 배운 게 한두 가진가. 그것 보면 영화감독이나 시나리오 작가들, 모두 참으로 비상한 사람들이야. 난 그들을 천재라고 보지. 그런네도 사본이 없어서 죽어가고 있어. 아무리 뛰어난 구상이 있어도 제작비가 없으면 아무 일도 할 수가 없지. 불쌍한 천재들이라고나 할까! 돈이 천재를 좌지우지하는 거지. 하지만 우린 행동하는 거니까 그들과는 다르지"

"자본주의 사회가 원래 그렇지 않습니까? 어쨌건 어깨너머로 배운

게 그런 수준이라면 어르신도 천재입니다."

"예끼, 이사람! 늙은이를 놀리면 못쓰네."

노인은 그렇게 대꾸하면서도 기분 나쁘지 않은 표정이었다. 학수는 내친김에 지나치듯 물었다.

"그런데 왜 영화판을 떠났습니까? 무슨 일이 있었습니까?"

노인은 찬찬히 아주 찬찬히 학수를 돌아봤다. 어느새 표정이 굳어 있었다.

"영화판을 왜 떠났냐…… 차츰 알게 될 걸세. 지금은 말하고 싶지 않다네."

"어르신 기분은 알겠습니다만 얘길 들을 시간이 없을지도 모르겠습니다."

"그게 무슨 말인가? 떠나겠단 말인가?"

"아닙니다. 경찰이 수배중인데 언제 체포될지 모르지 않습니까?"

"그건 그렇군. 하지만 자네가 밖으로 나가지만 않으면 체포될 염려는 없네. 끝까지 숨겨줄 테니까. 그리고 경찰과 대적할 작전 아니 경찰을 웃음거리로 만들고 유유히 빠져나갈 작전을 세워야지."

"저도 그렇게 되길 바랍니다만 그럴 수가 없다는 것은 어르신도 아시지 않습니까? 우리가 어떻게 경찰을 이깁니까?"

노인은 학수의 말에 동의하는 표정으로 입을 다물었다. 잠시 침묵이 흘렀다. 두 사람은 오기삼을 제거한 대신 대한민국 경찰이 공적인 적으로 등장했음을 인정하지 않을 수가 없었다. 더욱 막강하고 조직적이며 강력한 공격능력을 가진 새로운 적이 나타난 것이다. 두려움과 위기의식을 느끼지 않을 수가 없었다. 갑자기 노인이 벌떡 일어서며 말했다.

"나중 일은 그때 생각하고 우선 아침이나 해먹음세. 배가 불러야 생각도 잘되는 법이야."

"그렇습니다."

학수는 동의하고 일어나 개수대 앞으로 다가가 일을 시작했다.

조반은 30분이 안돼 준비가 됐다. 전과는 달리 대강대강 마련한 것이다. 두 사람은 탁자에 마주앉았다. 그러나 늦은 아침인데도 두 사람 다 입맛은 볏짚 씹는 맛이었다. 지난밤 과음한 탓만은 아니었다. 대화도 거의 없었다. 지친 때문이 아니라 두 사람 다 할말을 찾지 못했고 서먹했다. 노인은 이런 서먹한 때에 적당한 말이 없는가 열심히 머리를 굴렸지만 아무 말도 찾지 못했다.

학수는 가슴이 답답한 표정이었다. 안면에 핏기가 모여 있었다. 눈도 초점이 흐려 보였다. 두 사람은 갑자기 엄습해온 서먹함과 답답함에 속으로는 무척이나 놀라고 있었다. 작전계획을 입안하고 실천에 옮겨 승리를 쟁취한 지금, 이렇듯 이상한 감정에 사로잡히리라고는 상상도 못했다. 턱주가리에 어퍼컷을 얻어맞은 기분이었다. 그렇다고 무슨 죄의식이 느껴진 것은 아니었다. 그저 기분이 좋지 않았다. 말하자면 고대했던 승리의 기쁨을 만끽할 수 없었다.

두 사람은 결국 몇술 뜨지도 않고 수저를 놓았다. 행동이 자유스러운 노인이 일어서며 말했다.

"나 바깥공기 좀 살피고 오겠네. 설거지는 그냥 두라고, 내가 돌아와서 할 테니까."

"그러세요."

학수는 부러운 시선으로 노인을 바라봤다. 노인이 밖으로 나가자 그는 한동안 자리에서 꼼짝하지 않았다. 머릿속이 어지러웠다. 유독가스와 화염 속에서 우왕좌왕하다 화상을 입고 나둥그러진 놈들의 환영이 자꾸만 떠올랐다. 인간 바비큐가 되는 오기삼의 모습도 보였다.

한다하는 깡패라면 그만한 불길은 뚫고 나와야 했다. 그런데 한결같이 중화상을 입었고 오기삼은 타죽었다고 했다. 주색잡기에 빠져 몸 관리를 제대로 아니한 때문이 아닐까 생각했다. 아니면 부하들 앞에서 패배한 꼴을 보여 불길을 피하지 않았는지도 모를 일이었다. 보스란 한번 권위가 떨어지면 조직을 이끌기 힘들다. 더구나 그를 시켜 저지른 범행이 드러난 이상 일본 야꾸자의 보복도 두려웠을지 모른다. 이런 사정들은 오기삼이 불길을 피하지 않을 충분한 구실이 되는 것이다. 그렇더라도 그는 이런 결과를 원치 않았다. 오기삼을 바비큐가 되게 할 생각은 아니었던 것이다. 화염병이나 다른 무기가 아니라 맞대결로 놈의 사죄를 받은 뒤 목을 졸라 죽이고 싶었다.

화염병 공격은 일종의 경고였다. 그렇게 여러 사람이 다치리라곤 전혀 예측하지 않았다. 결과는 정말 의외였다. 그는 새삼 화염병의 위력에 놀랐다. 경찰이 시위대의 화염병 공격을 왜 그렇게 증오하는지 알 만했다. 그는 뒤늦게 화염병 공격을 후회했다. 사실 그가 바랐던 싸움은 이런 것이 아니었다.

"머저리 같은 자식!"

그는 침 뱉듯 내뱉고는 설거지를 시작했다. 오기삼을 머릿속에서 털어내려면 움직이는 수밖에 없었다.

아파트를 나온 김덕중 노인은 마땅히 갈 곳이 없어 한동안 한산한 길거리에 우두커니 서 있었다. 아무리 머리를 굴려도 갈 곳이 떠오르지 않았다. 새삼 노인정이라도 친해둘걸 하는 아쉬움이 느껴졌다. 행인들은 별로 눈에 띄지 않았으나 순찰 경찰들이 이따금씩 눈에 들어왔다. 그는 목적지도 정하지 않고 무작정 걷기 시작했다. 가다보면 소문도 듣고 쉴 자리도 나오리라 생각했다. 마트를 지나고 운동구점 앞에 이르렀으나 여전히 목적지는 나타나지 않았다. 다시 곧바로 걸음을 옮겼다. 파출소가 보였다.

　파출소가 건너다보이는 곳에서 그는 걸음을 멈추었다. 옛날과 달리 파출소에는 보초도 없고 우중충해 보이지도 않았다. 무엇을 도와드릴까요 하고 써붙인 글귀도 마음에 들었다. 그런데 그곳이 바로 적의 소굴이었다. 그는 경찰이 새로운 적으로 등장한 사실을 재확인하고는 사뭇 증오에 찬 시선으로 파출소를 바라봤다.

　그는 학수를 경찰에 넘길 생각은 추호도 없었다. 어떻게든 경찰의 포위망을 벗어나 자유롭게 해주어야 한다는 생각뿐이었다. 아침 내내 그가 생각한 것이 그것이었고 지금은 강박관념이 되어 그를 압박하고 있었다. 방법이 떠오르지 않았으나 전혀 없다고는 생각지 않았다.

　학수가 경찰에 체포된다면 그때부터 죽을 때까지 홀로살이를 면치 못하리라는 사실을 그는 누구보다도 확실히 알고 있었다. 경찰이 학수를 감옥에 보낼 것은 필지의 사실이었다. 감옥살이가 몇년이 되든 감옥살이를 시작하는 것과 동시에 그는 영원한 홀로살이를 면치 못하게 되는 것이다. 학수가 홀로살이를 하는 것만은 반드시 막아야 했다.

　그는 이번 화염병 전쟁의 책임을 자신이 지고 학수를 은닉시킬까 하는 생각도 해보았다. 전범으로 재판을 받는 것도 나쁘지 않다고 생각했다. 2차대전의 전범재판 기록영화를 본 생각이 떠올랐다. 목숨을 도모하기 위해 비굴하게 책임을 전가하는 진범들이 대부분이었다는 사실도 기억됐다. 요즘 세상이 어떤 커다란 잘못이나 사건이 일어나도 책임을 지는 사람이 없는 세상이란 것도 동시에 상기됐다. 그는 책임을 회피하는 비겁한 사람이고 싶지 않았다. 그러나 그런다고 학수가 빠져나갈 가능성은 희박해 보였다. 오히려 자신은 공무집행 방해로 몰리고 학수가 주범으로 심판을 받을 가능성이 더 커 보였다. 그는 학수를 살리는 길은 무슨 방법으로든 숨겨주는 길밖에 없다고 다짐했다. 그렇다고 아파트에 언제까지나 숨겨두는 것은 불가능했다. 설사 가능하다 해도 선택할 길은 아니었다. 자유가 없는 홀로살이나 다름없기 때문이었다.

그는 이런저런 고민을 하다 문득 경찰서를 화염병으로 싸질러버리면 어떨까 하는 생각을 했다. 화염병 대여섯 개씩을 묶어 던진다면 웬만한 건물도 불태울 수 있을 것이었다. 문제는 경찰서가 너무 많은 것이었다. 전국 수백개의 경찰서와 파출소는 하나로 연결돼 있다. 그러니까 한꺼번에 불태우지 않으면 새로운 적을 섬멸할 수가 없다. 적을 섬멸하지 못하면 전쟁에서 패배하고 만다.

그는 자신이 가용할 수 있는 병력이 자신 하나뿐임을 깨닫고는 쓴웃음을 지었다. 동시에 자신이 하고 있는 망상에 스스로 놀라 숨이 막힐 지경이었다. '노망도 유분수지' 자신을 질책하며 파출소 앞을 떠났다. 걸음을 내딛기는 해도 역시 갈 곳이 없었다. 그는 참으로 막막하게 살아온 자신을 한번 더 확인하고는 발길을 되돌려 집으로 향했다. 몇발짝 걷다가 집에 술이 떨어진 것을 깨닫고는 마트로 향했다. 소주 열 병과 안줏거리를 사들고 집으로 잰걸음을 옮겼다.

학수는 의자에 앉아 무슨 생각인가에 골몰해 있었다. 그는 방해하고 싶지 않아 아무 말도 하지 않았다. 학수 역시 어딜 다녀왔느냐, 무슨 소식 들었느냐 하는 말은 하지 않았다. 두 사람은 마치 다른 생각을 하고 다른 세상에 사는 사람처럼 마주앉아 있으면서도 딴청을 부리고 있었다. 라디오와 텔레비전은 이미 꺼져 있었다. 침묵이 천근 무게로 두 사람의 어깨를 내리눌렀다.

창문으로 오후의 햇살이 틈입자처럼 목을 디밀고 있었다. 멀리 산등성이가 창문 크기로 눈에 들어왔다. 노인에게는 어쩐지 세상이 창문 크기만 하게 느껴졌다. 그러자 갑자기 답답증이 목을 죄는 듯했다. 그가 벌떡 일어서며 무얼 토해내듯 말했다.

"술이나 한잔하세."

학수는 깊은 생각에서 쫓겨난 듯 얼떨떨한 표정을 하고 노인을 올려다봤다.

노인이 소주병과 술잔 그리고 새로 사온 안줏거리를 꺼내와 탁자 위에 늘어놓았다. 소시지 햄 등 즉석 먹거리들이었다.

"찬찬히 마시면서 경찰과 어떻게 싸울지 생각해보자고……"

"예에?"

"놀랄 것 없잖나. 그럼 이대로 잡혀갈 생각이야?"

학수는 대답 대신 놀란 눈으로 노인을 응시했다.

"이왕 시작한 싸움이야. 경찰이라고 별건가? 수배를 해제하고 자넬 놓아준다면 몰라도 자넬 잡아가겠다는데 안 싸울 수는 없잖나?"

"어르신 뜻은 알겠습니다만, 전 경찰과 싸우고 싶지 않습니다. 승산 없는 싸움인데 해서 뭘 합니까?"

학수의 어조는 진지했다.

"안 싸우겠다? 이봐! 학수군, 이번 싸움은 승산이 문제가 아니지 않나. 난 무조건 싸워야 한다고 믿네. 가만 앉아서 잡혀갈 수는 없잖나?"

"잡히기 전에 사수를 했으면 합니다. 수배를 받은 놈이 이 좁은 나라 안에서 어떻게 숨어살겠습니까? 설사 숨어살 수 있다고 해도 그런 초라한 꼴은 제가 싫습니다. 좀더 당당하고 싶습니다."

"자수라……"

노인이 혼잣소리처럼 중얼거리자 학수가 말했다.

"제가 자수하는 것은 그렇다치고 어르신이 다칠까 걱정입니다. 솔직히 말씀드려서 어르신을 다치지 않게 하려면 자수를 하기보다 여기 숨어서 죽을 때까지 싸우는 수밖에 없을 것 같습니다. 자수도 허영이고 제 욕심이지요. 그건 어르신을 배반하는 일이 될지도 모르고요."

"아니, 그렇게만 생각할 게 아니지. 자수도 한 방법인 것은 사실이야. 헌데, 긴 세월 징역을 사는 건 나같이 홀로 사는 것과 같다네. 홀로살이가 어떤 것인지 자네 아나?"

"아뇨. 알 턱이 있습니까!"

"그래, 알 턱이 없지. 난 홀로살이를 내가 선택했어. 내가 선택한 것인데도 하루하루가 지옥이었어. 그런데 억지로 홀로살이에 떠밀린 사람은 어떨까? 외로움의 고통으로 아마 발광할는지 몰라. 난 자네가 그렇게 되기를 바라지 않아."

학수는 고개만 주억거리고는 술잔을 노인에게 권했다.

"잔 받으세요."

노인은 잔을 받아 단숨에 비우고 잔을 되돌렸다.

"술이나 마시며 찬찬히 생각해보자고. 땅이 꺼져도 매달릴 대들보가 있겠지."

"그럼요. 헌데 어르신! 무슨 이유로 홀로살이를 택하셨습니까?"

노인은 짧은 순간 변한 눈으로 학수를 바라봤다. 완강한 표정으로 노인이 입을 열었다.

"자네 호기심도 어지간하이. 하지만 별로 할 이야기가 있는 게 아니네. 사람이 살아가다 보면 전혀 예상하지 않은 곳으로 저도 모르게 흘러가는 경우도 있잖은가. 바로 그렇게 된 거라네. 자네도 나 같은 처지가 아닌가. 그렇게만 알고 호기심은 버리게."

학수는 내친김이라 호기심을 거두지 않고 거푸 물었다.

"어르신 말씀대로 살다보면 엉뚱한 곳으로 밀려나 비참하게 되는 일은 얼마든지 있습니다. 허지만 어르신의 경우는 아무래도 다른 것 같습니다. 내용이야 어떠하든 겉으로 보기에 영화계란 얼마나 화려한 곳입니까? 힘든 일도 있지만 이 세상에 있을 수 있는 온갖 환상적인 것은 다 있다고 들었습니다. 게다가 어여쁜 여자들이 얼마나 많습니까. 말씀대로라면 어르신은 그 많은 여자들과 교분을 가졌습니다. 어쩌면 깊은 관계를 맺었을 수도 있습니다. 그런데 어느날 심경의 변화를 일으켜 갑자기 그곳을 떠났다고 한다면 필시 무슨 곡절이 있는 게 아니겠습니까? 참, 어르신 고향이 어디라고 하셨습니까?"

노인은 박학수의 말을 무시하고 부스스 일어나 텔레비전을 켰다.

"뉴스시간이 다 됐을 거야. 경찰이 뭐라는지 들어보세."

아닌게아니라 어느새 저녁 다섯시 뉴스가 막 시작되고 있었다. 학수는 호기심을 거둬들였다. 노인의 고집으로 입을 열지 않을 것을 알았기 때문이었다. 이젠 노인이 자진해 입을 열기를 기다릴 수밖에 없었다.

정치권과 남북 이산가족 상봉에 관한 뉴스가 흘러나오고 있었다. 남북한 이산가족의 상봉이 2000년에는 두 차례로 끝나고 세번째는 새해가 와야 가능하리라는 소식을 전하는 아나운서의 목소리가 조금은 활기 없게 느껴졌다. 뒤이어 정치권의 진흙탕 싸움이 재연됐다는 개똥같은 소식을 전하고 있었다. 노인은 쓴 입맛을 다셨다. 정치한다는 작자들의 도덕적 감성과 지혜가 밑바다인 줄은 알고 있었지만 허구한 날 똥구덩이에서 뒹굴어대는 속셈을 알 수가 없었다.

"6·15를 기점으로 남북한 사이에 무슨 물꼬가 트이긴 트이는 모냥인데 정치하는 놈들이 저 지경이어서야 통일을 해봐야 나라 잘되긴 그른 것 같애."

노인이 혼잣말처럼 중얼거렸다.

"어르신은 통일문제에 관심이 있습니까?"

학수가 지나가는 말로 물었다.

"아니, 난 그런 것에 관심 없어. 그저 전쟁만 안 나고 서로 자유롭게 왕래만 할 수 있으면 되는 거지. 통일을 해봐. 남북 정치인 동서 정치인 수도권 정치인 해서 사분오열이 되고 패싸움이 깡패들 뺨치게 벌어질 거야. 그리고 저 남쪽 사람들, 영남 사람들은 거의 대부분이 나와 생각이 같을 거야. 대통령을 지낸 사람도 김정일인가 누군가 북한의 실력자가 한국에 오는 걸 반대한다고 하잖았는가."

"그 사람, 대통령 짓 안한 것만 못했다는 걸 고백한 셈이지요. 이유 여하를 막론하고 통일은 돼야 합니다. 전쟁을 영구히 막는 방법이지요. 젊은 친구들 군대에서 썩지 않아도 되고 무기 사들인다고 엄청난 달러를 쓸 필요도 없고…… 그런데 참 어르신은 육이오 때 어디 계셨어요?"

"육이오 때? 그땐 고향에 있었지. 시골 중학 일학년이었던가. 아마 그랬을 거야. 저기 의령이라는 골짝이야."

"의령이라면 북한군이 들어오지 않았나요?"

"들어왔었지. 아마 보름 남짓 점령해 있었을 거야."

"혼나셨겠네요."

"아니, 별로…… 동네사람도 누구 하나 다치지 않았어. 다만 한 사람, 내 팔촌뻘 되는 사람인데 탄피로 소 목에 매달 요령 만들려고 불발탄을 주워 두들기다가 폭발해 죽은 일은 있지. 식량이나 소 개 닭 돼지 등 가축들은 모두 저들의 입으로 들어가고 말았지. 전쟁인 걸 어떡하나. 동네에는 짐승 구경을 할 수가 없었지. 인민군들은 붉은 돈을 주고 식량과 짐승들을 사갔는데 나중 조선민주주의 인민공화국에서 보상을 할 거라고 하더군. 그러나 저들이 물러가자 붉은 돈은 아무 쓸모가 없어졌고 아무 소용이 없어진 그 돈 때문에 우리 경찰에게 경을 친 사람은 몇사람 됐지."

"부모님도 무사하셨구요?"

학수가 파고들자 노인은 빙그레 웃었다. 그러나 거기까진 얘길 해도 된다고 생각했는지 순순히 말했다.

"내 부모님은 일찍이 세상을 떠나고 안 계셨어. 난 외아들이었고 우리 가족은 해방되던 해 시월에 일본에서 돌아왔다네. 우리 세 식구가 고향엘 가기는 했지만 아버지는 천생 농부 소질은 없었던가봐. 그래서 살 곳을 알아본다고 어머니와 함께 부산으로 가셨는데 그 길로 영영 돌아오지 않으셨다네. 세상 뜨신 거지."

"왜요? 무슨 일로 세상을 뜨셨습니까?"

"그해 늦여름, 부산에는 호열자가 창궐했다네. 호열자가 뭔지 알지? 콜레라지. 콜레라에 걸려 이승을 하직한 거야. 그때 호열자로 죽은 사람이 자그마치 만칠천 명이라 들었어. 미군정 당국이 방역조치를 전혀 하지 않아 그렇게 됐다더군. 내가 부모의 사망소식을 들은 것은 일년이나 지나서였어. 목이 빠지게 일년이나 기다렸는데 면에선 죽었다는 기별을 보냈더군. 기별을 받은 순간 죽고 싶었는데 그게 안 되더라고…… 그래서 이렇게 살고 있는 거야."

학수는 노인의 아픈 상처에 소금을 뿌린 듯하여 잠시 입을 다물고 있있다. 그러자 노인이 스스로 뒷말을 이어나갔다.

"당장 살길이 막막했는데 마음씨 착한 당숙께서 날 거두어주더군. 당숙은 자식이 없었어. 생산을 안한 것은 아니었는데 셋 모두를 홍역으로 잃었다더군. 당숙의 양자 비슷하게 살게 됐지. 살림이 비교적 넉넉하던 당숙은 내게 농사일을 가르치는 대신 읍내 고등학교를 다니게 해주었어. 참 고마운 분이지. 그런데 고등학교를 나오고 나니 영 할일이 없었어. 새삼 농사일은 하기 싫었고…… 그래서 군대에 지원입대를 하고 만 거야."

"당숙이 싫었습니까?"

"그땐 몰랐는데 지금 생각하면 그런 기분이 아주 없지는 않았던 것 같애. 은혜를 입고도 아무 보답도 할 수 없는 처지에서 계속 당숙의 옆에 있자니 마음의 부담이 적지 않았던 거지. 떠난 이유가 그런 것 같애."

"군대는 어디서 마쳤습니까?"

"양구 부근이었네. 힘은 들어도 그럭저럭 지낼 만했어."

"분장술에 관심을 갖게 된 것이 군대생활을 하시면서라고 하셨지요?"

"그건 그래."

노인은 술잔을 들었다. 박학수도 얼른 술잔을 들어 노인의 잔에 가볍게 부딪쳤다. 그때 텔레비전에서 '화염병'이라는 말이 흘러나왔다. 두 사람은 시선을 텔레비전에 쏟았다.

"화염병 공격사건을 수사하고 있는 경찰당국은 아직까지 뚜렷한 범행동기를 찾아내지 못했다고 합니다. 오기삼씨의 측근들도 박모씨가 범인이라는 증언을 하면서도 살해동기를 제시하지 못하고 있다고 합니다. 그런데 한 수사관계자는 거의 같은 시간에 세 곳에 화염병을 투척한 것으로 보아 박모씨의 단독범행이 아니라 적어도 두 사람 이상이거나 아니면 막강한 조직이 관련된 것으로 추측하고 있다고 밝혔습니다. 흔히 조직이 관련된 사건은 배후에 막강한 조직이 조종을 하는 것이 상례라는 것입니다. 경찰은 현재 수사본부를 설치, 오십 명의 베테랑 수사관들을 투입해 박모씨의 뒤를 쫓고 있으나 단서 하나 찾지 못했다고 합니다. 다음 소식입니다."

두 사람은 얼굴을 마주했다. 수사가 답보상태라는 것이 조금은 안심이 되었다. 그렇다고 아무 생각 없이 있을 수는 없었다.

"자수를 하겠다는 생각은 털어버린 거지?"

학수는 한동안 입을 다물고 있었다.

"마음의 결정을 못 내린 건가?"

노인이 거푸 묻자 학수가 대답했다.

"그건 최후의 선택으로 남겨두겠습니다."

"그래, 최후의 선택일 수는 있지. 허지만 다른 길이 반드시 있을 것 같애. 육감이 그러네. 좀더 시간을 두고 연구를 하세."

"알겠습니다."

두 사람은 다시 술잔을 들었다. 술을 비워낸 빈잔에 다시 술을 따르면서 학수가 물었다.

"분장사 공부는 얼마나 하셨습니까?"

노인은 마치 허를 찔린 사람처럼 학수의 얼굴을 한번 씻어보고는 말을 냈다.

"분장사 공부랄 건 없었지. 그런 공부를 시켜주는 학원이 있지도 않았고…… 그러니까 제대를 했는데 갈 곳이 없었어. 당숙을 찾아가자니 내키지 않았고, 그래서 서울에서 취직을 하겠다는 편지 한장을 보내고 곧장 충무로를 찾아갔지. 아는 사람이 있는 것도 아니지만 어쨌건 분장술이 쓰이는 곳은 영화판이라는 생각이 들어 무작정 간 기지. 참 가관이더군. 영화배우가 되겠다는 젊은이는 바글바글한데 영화를 만드는 데 필요한 기술을 배우려는 사람은 눈을 씻고 봐도 없더란 말이야. 난 촬영장을 찾아다니다가 한 중년 분장사를 만나 사정을 했지. 날 제자로 삼아달라고. 분장사가 되겠다는 사람은 약에 쓰려도 없던 때라 쉽게 입문을 시켜주더군. 아마 한 삼년쯤 잔일도 하고 심부

192

름도 하면서 일을 배웠지. 그러고는 독립 분장사로 일어선 거지."

긴 얘기에 목이 말랐던지 노인은 말을 끝내자 술잔을 단숨에 비웠다.

"운이 좋았습니다. 어르신!"

"그렇기도 하고 나름대로 열심히 했다네. 달리 살길이 없었거든."

"그런데 왜 중간에 그만두셨습니까?"

그 질문이 나가자 노인은 입을 굳게 다물었다. 표정도 완강했다.

"말하기 어려운 사정이라도 있는 겁니까?"

노인은 입을 열지 않았다. 학수도 더이상 채근하지 않고 술잔을 비웠다.

어느새 창문은 창문 크기의 어둠에 묻혀 있었다. 산도 별도 보이지 않았다. 학수는 막연한 그리움으로 어둔 창문을 바라봤다. 자유롭게 외출을 못한 것이 벌써 나흘째였다. 지난밤 화염병 공격을 위해 밖으로 나가긴 했지만 그건 외출이 아니었다. 이러다간 언제 마음놓고 바깥바람을 쐴 수 있을까 하는 막연한 불안이 마음을 아프게 했다. 자유를 되찾을 가능성은 점점 희박해가는 중이었다. 경찰에 체포되기라도 한다면 자유는 영영 잃고 말 것이다.

"어르신! 몇년이나 숨어지내면 수배가 해제되는 것입니까? 몇년 동안인가 그 기간에 체포가 안되면 벌을 받지 않는 규정이 있다고 들었는데요."

"그런 얘기는 나도 들었네. 허지만 몇년인지는 모르네. 내일 한번 알아볼까?"

"………"

학수는 다시 어둔 창문으로 시선을 주었다. 노인은 신선한 바깥바람을 그리워하는 학수의 심정을 충분히 이해했다. 좁은 아파트에서 큰소리는 고사하고 창문 밖도 마음놓고 내다보지 못하고 지낸 지도 어언 나흘이다. 정신이 바로 박힌 사람이라면 몸이 뒤틀리고 발광이라도 할 시간이었다. 활동적인 학수가 인내력을 발휘해주는 것은 고마운 일이지만 사태는 더 나빠져 있었다. 떼거리 검정들은 물리쳤으나 대신 막강한 공권력을 가진 경찰이 뒤쫓고 있는 것이다.

학수를 경찰에 쫓기게 한 데에는 노인 자신의 책임이 더 컸다. 화염병 아이디어와 공격작전을 입안한 것이 자신이기 때문이었다. 그는 학수가 자신의 계획에 흔쾌히 동의하지 않았던 것도 알고 있었다. 그러니까 학수에게 더 큰 적을 만들어준 것은 다름아닌 자신이었다.

"이보게, 박학수군!"

"예, 어르신!"

"초조하게 생각 말고 연구를 하세. 무슨 길이 있을 거니까."

"운명에 맡기겠습니다."

"그것도 한 방법이지. 자 술이나 드세."

노인이 학수의 잔에 술을 따랐다. 텔레비전에서는 어린이 프로가 진행되고 있었다. 노인이 얼른 스위치를 눌러 텔레비전을 껐다. 식탁에는 어느새 빈 소주병이 셋이나 나자빠져 있었다. 갑자기 학수가 단숨에 비운 술잔을 탁 소리가 나게 탁자에 놓으며 사뭇 비통한 소리를 냈다.

"오기삼이란 놈을 해치운 건 속시원하지만 참 앞길이 막막합니다. 감옥이 날 잡아먹으려고 입을 딱 벌리고 있는 것 같은 환영이 눈을 떠나지 않아요."

노인은 적당히 위로할 말을 찾지 못해 박학수의 해쓱해진 얼굴만 바라봤다. 보면 볼수록 죄책감만 커지는 것 같았다. 따지고 보면 그 자신도 이런 결과가 나오리라 예상하지 못했다. 오기삼과 그 일당의

혼쭐을 빼자는 것이었지 바비큐를 만들려고 했던 것은 아니었다.

"이보게, 박학수군! 비관하기 시작하면 일이 안되네. 아직 비관은 일러. 세상일이 뜻대로 안되는 건 이번 일도 마찬가지였어. 그게 사람 사는 이치거니 생각해."

"죄송합니다. 넋두리를 할 생각은 아니었는데……"

"내가 자네 앞길을 망친 것 같아 미안하지만 일부러 그런 건 아니네. 오기삼이란 놈 혼쭐을 내자는 것이 극단의 결과를 빚었네. 그래서 인생이란 예측불허라고 하지 않는가. 앞길에는 항상 불행이 기다리고 있다는 생각으로 사는 거야. 마음 크게 가지고 우선은 술에서 위로를 찾자구."

노인은 계속 술이나 권할 수밖에 없는 처지가 무척이나 속상했다. 그러나 술이 아니고는 두 사람 사이에 끼어든 서먹함을 밀어낼 다른 방법이 없었다.

"예에, 그러겠습니다."

학수는 노인이 생각한 것보다 더 많이 취해 있었다. 심신의 괴로움이 더 빨리 취하게 한 듯했다. 술잔을 드는 손놀림이 바르지 못해 술이 철철 쏟아졌다. 노인은 학수의 그런 모습을 보고 빙그레 웃었다. 따지고 보면 친구이건 손아랫사람이건 손윗사람이건 가까운 사람의 취한 모습을 보는 것도 오랜만이었다. 충무로 바닥에서 지겹도록 보아온 취한 추태가 긴 세월이 지난 지금은 우스꽝스럽고 귀엽고 즐겁게 추억되듯 학수의 그런 모습이 미소를 머금게 했다.

"한잔 따러주세요."

간신히 술을 입안에 털어넣은 학수가 잔을 내밀었다. 노인은 웃는 얼굴로 술을 따랐다. 그러나 학수는 술이 잔에 차기도 전에 손에서 잔을 떨어뜨리고는 고개를 앞으로 팍 숙였다. 고개를 탁자에 박을 듯하더니 간신히 뒤로 젖히고는 눈을 뜨지 못했다. 몇번 입맛을 쩝쩝 다시더니 스르르 잠이 들었다.

노인은 학수를 깨우지 않았다. 그대로 잠드는 것도 나쁘지 않다고 생각했다. 큰일을 치렀고 앞이 절망적인 상황에서 그만큼 견디는 것도 가상한 일이었다. 생각이 모자라거나 인내심이 없는 놈 같았으면 벌써 무슨 일을 저질렀을지도 모를 일이었다.

그는 학수를 가상하다 생각하면서도 마음은 편할 수가 없었다. 앞날이 절망적인 것은 자신도 마찬가지기 때문이었다. 따지고 보면 일을 수습능력 밖으로 크게 벌인 사람은 자신이었다. 무슨 귀신에 씌었던지는 모르지만 신명이 나서 일을 벌인 것이다. 덕분에 한 젊은이가 출구 없는 벽 속에 갇히고 만 것이다. 육십평생을 살아버렸고 홀로살이에서 벗어날 길이 없는 자신이야 감옥에 있으나 아파트에 갇혀 있으나 그게 그것이었다. 그러나 학수는 달랐다. 그에게 감옥과 홀로살이를 넘겨줄 수는 없었다. 그는 거듭거듭 이런 다짐을 했다. 그러나 아무런 방법이 없었다. 그게 죄의식을 자꾸만 부풀렸다.

그는 자작으로 계속 마셨다. 평소 같으면 벌써 곯아떨어졌을 것이지만 마실수록 정신이 말똥했다. 술맛은 맹물같이 맛없이 계속 넘어갔다. 시간은 열시를 넘고 있었다. 그는 요의를 느끼고 자리에서 일어났다. 몸이 천근 무게였다. 간신히 몸을 일으켜 화장실로 향했다. 시간을 끌며 힘없이 폴폴 빠져나오는 소변이 선혀 시원하지 않았다. 다 보았는가 싶으면 다시 흘러나오고 계속 나오는가 싶으면 끊어져 있었다. 술을 그렇게 마셨는데도 소변 한번 시원하게 볼 수가 없었다.

"나도 이젠 골동품이 다 됐어. 아니 골동품이면 돈이라도 되지만…… 인간쓰레기가 다 된 거야. 누가 날 돌아보기나 하겠냐?"

그는 혼자 중얼거렸다. 콧날이 시큰해왔다. 화장실을 나오는데 눈앞이 어찔했다. 벽을 지팡이 삼아 간신히 화장실을 빠져나왔다. 자꾸 닫히려는 눈을 깜박거리며 실내를 한바퀴 휘둘러봤다. 손때 묻은 잡 동사니들이 하나하나 눈을 비집고 들어왔다. 홀로살이를 도와주고 동 무가 됐던 것들이었다. 의자 침대 탁자 개수대 라디오 낡은 텔레비전 몇권의 책. 그리고 그의 시선이 사진첩에서 멎었다.

두 권의 사진첩에는 먼지가 켜켜이 쌓여 있었다. 그 먼지는 털어도 털어도 털리지 않는 죄많은 세월의 더께라는 것을 그는 알고 있었다. 잠시 망설이다 사진첩을 내렸다. 참 오랜만에 손에 쥐어보는 사진첩 이었다. 형언하기 어려운 아픔이 가슴속을 꿰뚫어갔다.

자리에 돌아와 사진첩을 펼쳤다. 많은 얼굴들이 그의 눈 속으로 들 어왔다. 대부분의 얼굴들이 대중의 사랑을 적지않게 받은 사람들임을 기억해냈다. 그 가운데는 대중의 우상이었던 사람도 있었다. 그는 자 신이 그들과 한때는 친구였던 사실도 기억해냈다. 흐릿한 기억 속에 수많은 이름들이 흘러갔다. 그런데 기억에 남아 있는 것은 배우들의 본명이 아니라 작중인물의 이름들이었다. 그나마 정확하지도 않았다. 악역 전문인 전모, 그와 부부 역을 많이 했던 노 무슨 여배우, 이런 식 이었다. 그리고 인물의 이름보다도 영화제목이 더 많이 상기됐다. 춘 향전 성춘향 육체의 비밀 이순신 마부 오발탄 갯마을 등등.

당시의 인기배우들 사진을 보면서 그들의 이름조차 기억을 제대로 못한다는 것은 사람으로서 한물가버렸다는 뜻이었다. 그는 스스로도 한심스러워 긴 한숨을 토했다. 그리고 드디어 죽어도 아깝지 않을 때 가 왔음을 처절한 심정으로 확인했다. 이제 사진첩은 자신에게 어떤 사실을 분명히해주는 증거물로 변모해 있었다. 사진첩에 담겨 있는 배우나 감독들 그리고 영화 기술자들은 이름만큼이나 영화 발전을 위 해 나름대로 공헌을 한 사람들이었다. 그는 자신도 공헌자의 한 사람으로서 손색이 없지 않을까 하는 생각을 잠깐 했다. 고개가 주억거려졌다. 그러나 이제는 사라진 저들처럼 사라져야 할 때가 왔음을 사진첩은 말해주고 있었다.

"사진첩 보세요?"

언제 눈을 떴는지 학수가 고개를 디밀었다. 그새 그는 술이 반이나 깬 듯했다. 노인은 학수의 얼굴을 건너다본 채 입을 다물고 있었다.

"잘됐네요. 그 사진첩, 한번 살짝 보고 싶었는데 그러질 못했거든요. 사진첩 보면서 옛날 얘기나 하면 어떻겠습니까?"

학수는 탁자 위의 찬 접시와 빈 술병을 한쪽으로 밀어놓고 사진첩을 활짝 펼치게 했다.

"이 얼굴은 처음인데 뭘 했던 사람입니까?"

노인은 학수가 가리킨 사진을 내려다보면서도 대답을 하지 않았다. 회억되지 말라고 꼭꼭 눌러두었던 과거가 되살아나는 것을 바라지 않는 표정이었다.

"별로 유명한 배우 같지 않은데요. 그렇죠?"

노인은 피식 웃었다.

"자네, 참 무식하군. 이 사람은 배우가 아니야. 영화감독이지. 해방 후 처음으로 '춘향전'을 만들어 대히트를 시킨 이감독이야. '춘향전' 몰라?"

"얘긴 들었습니다만 아직 한번도 본 적은 없습니다. 뻔히 아는 얘긴데 뭐하러 돈 주고 봅니까?"

"자네 태도가 그러니 영화도 안되고 사람도 안되는 거야. 뻔한 얘기를 환상과 세상에는 없는 사랑의 가락으로 만드는 것이 영화야. 현실에서 볼 수 없는 것을 환상과 지순한 사랑을 통해 보여주는 거야."

"마술사 같다는 말씀으로 들립니다."

198

"그럴지도 모르지."

"그럼 이 여자는 유명했나요?"

"뜨다가 지고 만 별이지."

"그게 무슨 뜻입니까?"

"크게 인기를 얻을 뻔했는데 그만 떨어진 거야."

"그런 사람이야 무지 많겠지요?"

"많다마다."

"그럼, 이 여자는요?"

노인은 학수가 가리킨 사진을 내려다봤다. 어우동의 사진이었다. 그 옆에 남정선과 유연희로 겨우겨우 기억되는 사진이, 다음 장에는 '청춘극장'의 허운옥의 사진이 붙어 있었다.

"얼굴은 별로 같은데 넷 다 성깔깨나 있어 보이네요."

"바로 보았네. 네 여자가 모두 성깔이 보통이 아니었지. 감독들이 진절머리를 냈어."

"어떻게 그리 잘 아세요?"

학수가 다그치자 노인은 갑자기 입을 굳게 다물었다.

"어르신과 모종의 썸싱이 있었습니까?"

학수가 짓궂게 물었다. 노인은 부인하지 않았다. 그러나 입을 열지도 않았다. 학수는 잠시 여유를 두었다. 계속 채근을 했다가는 노인이 입을 봉하게 될지도 모른다고 생각한 때문이었다.

노인은 두 눈을 감았다. 네 여인의 얼굴이 번갈아 떠오르면서 머릿속이 휘둘리는 듯했다. 뿌연 연무가 가득 찬 머릿속에서 네 여인이 계속 뭐라고 지껄이고 있는 듯 무슨 소리가 윙윙 울렸다.

학수는 오만상을 찌푸린 채 눈감고 있는 노인을 바라보다 말했다.

"한잔 드려요?"

노인이 눈을 번쩍 뜨고는 놀란 듯 사방을 휘둘러봤다. 학수에겐 노인의 정신이 조금 몽롱한 것처럼 보였다.

"왜 그리 놀라세요?"

"아, 아니야."

노인은 눈을 두어번 깜박거린 뒤 술잔을 내밀었다.

"더 드셔도 괜찮겠어요?"

"괜찮네. 망나니처럼 취하기밖에 더하겠는가."

학수가 술을 따르자 노인은 단숨에 목구멍으로 털어넣었다. 그러고는 잔을 탁 소리가 나게 내려놓고는 은근히 학수를 불렀다.

"학수군!"

"예에! 말씀하세요."

"내 영화판이 환상을 만드는 곳이라고 했지? 사실은 환상을 만드는 곳이기도 하고 그 속에 사는 사람까지 환상에 빠지게 하는 곳이야. 영화일을 하는 사람은 누구나 자신이 엄청난 일을 하고 있다는 환상을 가지게 되지. 인간의 능력을 초월해서 새로운 세상을 만들어낸다고 믿는 거야. 어리석게도 난 새로운 사람을 만들어낸다고 확신했었네."

"그래서요?"

"그래서라니…… 자넨 내 말을 이해하기 어려울 거야. 하지만 사실이었네. 내가 맡은 일은 배우의 얼굴을 대본에 등장하는 인물로 분장을 시키는 일이야. 용모를 다듬이 대본 속의 얼굴과 같게 하고 성격이 나타나도록 얼굴 한곳에 강조점을 두기도 하지. 때로는 얼굴뿐 아니라 가슴과 엉덩이, 그 외 육체의 한부분을 손보기도 하는 거야. 그런 경우는 드물지만 가슴이 너무 작을 땐 가슴도 키워주고 엉덩이가 너무 작을 땐 엉덩이도 손을 봤어. 그러다 보면 절로 새로운 사람이 태어나는 거야. 내가 생각해도 놀랍더군. 내 손 내 눈 내 기술에 나도 도

취가 되더라고."

"일리있는 말씀이네요."

"그렇지? 내 손은 신의 손이 된 거야. 그러니 배우가 되겠다고 기를 쓰는 여자들이 가만 있겠어? 구름처럼 몰려들었지."

노인은 목이 마른 듯 잔을 들었다. 학수는 얼른 한 잔을 따랐다.

"난 어느 사이에 단순한 분장사가 아니라 분장의 마술사로 통했다네. 배역을 얻은 여자들이 다투어 내게 분장을 맡겼지. 분장이 제대로 되지 않으면 모처럼 얻은 배역을 되돌려주어야 하는 조연이나 처음 배역을 얻은 새내기들은 거의 필사적으로 내게 매달렸다네. 사정을 하는가 하면 돈봉투를 디밀기도 하고 더러는 육체공세까지 펼치더군. 입이 딱 벌어지고 기가 막히다시피 한 시절이었지."

학수는 다음 말이 이어지기를 기다리며 술잔을 입으로 가져갔다.

"내 몸의 피가 용광로처럼 끓어넘치는 시절이었고 돈은 아무리 있어도 모자라는 때였네. 나는 징검다리 건너듯 여자들을 건너다니며 즐겼고 주머니가 있는 대로 돈을 쑤셔넣었네. 어떤 여자와는 출연 영화의 촬영이 끝날 때까지 동거를 하기도 했지. 그 여자와 동거가 끝나면 다시 다른 여자와 살림을 차렸지. 그러기를 아마 열 차례쯤 한 것으로 기억해. 환상적인 생활이었다네. 그래, 그건 분명 환상이었네. 현실은 조금씩 잘못되기 시작했거든."

노인은 말을 중단하고 입맛을 몇번 다셨다.

"어느날, 길거리에서 한 여자를 만났지. 임신한 여자였어. 배가 제법 불러 보였거든. 나중에야 한동안 동거를 했던 여자인 걸 알았지만 처음엔 도무지 알아볼 수가 없었어. 친절하게 내 이름을 부르고 다방으로 안내를 해서 마주앉아 차를 마셨는데 도무지 기억에 없는 여자였어. 그렇다고 아주 낯선 여자도 아니었어. 게다가 여자가 친절히 구는데 뿌리치고 나올 수도 없어 얘기를 듣고 있었지. 남정선과 잘 사느냐? 일은 잘하고 있느냐? 묻더군, 남정선이란 그때 나와 동거중인 여자였어. 내 비밀을 훤히 알고 있어서 아주 기분이 나쁘더군. 내 생활이 몽창 드러난 것 같아서 말이야. 그래서 물었지. 아주머니는 도대체 누구냐…… 여자가 그러더군, 자신은 유연희라고. 유연희라면 그 전해에 나와 반년을 동거했던 여자야. 그런데 아무리 뜯어보아도 유연희가 아니더란 말이야. 내가 당신은 유연희가 아니라고 했더니 와락 성을 내더군. 다른 여자에 미쳐서 자기 아이를 가진 마누라도 몰라보느냐…… 난 하도 어이가 없어 호통을 쳤지. 유연희 얼굴은 당신처럼 생기지 않았어. 눈썹도 더 짙고 입술 위에 작은 점이 있어. 가슴도 더 크고 귀밑머리가 길고 아주 예뻐. 그런데 어디 대고 유연희로 자처하느냐, 누굴 찾아와 아이 애비라는 덤터기를 씌우려 하느냐, 미친년 아니냐, 애 아버지가 없거들랑 도려내면 되지 왜 내게 덤터기냐, 퍼붓고는 자리를 떠버렸지. 나중에야 깨달은 것이지만 내 머릿속에는 유연희가 아니라 분장을 한 작중인물인 육손이 얼굴밖에 남아 있지 않았던 거야."

"그게 무슨 말입니까?"

학수는 노인의 말을 이해하지 못하고 물었다. 노인의 표정이 비참한 색조로 변해갔다.

"분장사 생활 십여년 동안 난 내가 어떻게 변하고 있는지 전혀 몰랐네. 변한 게 아니라 망가졌다 해도 틀리지 않을 걸세. 김 무어라고 하는 우리나라 영화계의 대표적인 배우가 '성웅 이순신'이란 영화를 제작한 일이 있네. 난 주연을 맡은 그분뿐만 아니라 다른 출연 배우의 분장도 맡았지만 특히 그분은 이순신 장군의 이미지가 살아나도록 애를 썼지. 영화를 보면 알겠지만 마치 임진왜란 때의 이순신 장군이 현신한 것같이 멋지게 분장을 해냈어. 제작자도 그분도 그외 모든 사람들도 만족을 했다고…… 영화가 끝나고 반년쯤 지났을 거야. 충무로 진고개에서 그분을 만났어. 길을 가는데 누가 부르더군. '여— 김덕중씨, 오랜만이오' 하고. 그런데 난 그 사람을 알아볼 수가 없었어. 누굴 닮기는 했는데 아는 얼굴이 아니더란 말이야. 그분이 말하더군, '이 사람아, 나 김 아무개야. 날 몰라?' 그제서야 반가운 척 하고 그분을 따라가 차 한잔을 얻어마시긴 했지만 끝내 말 한마디를 못했어. 내 머릿속에는 그분이 아니라 이순신 장군이 가득 들어 있어서 현실의 그분을 알아보지 못했던 거야. 그렇다고 이순신 장군님 하고 부를 수는 없지 않나! 성은 간신히 기억나는데 이름은 끝내 떠오르지 않았어. 김선생 하고 대충 넘어가기는 했지만 정말 가슴이 답답하더군. 이런 일은 계속 나타났어. 한번은 명동 고려정이란 식당에 저녁을 먹으러 갔는데 원로 배우 한 분이 저녁을 먹고 있다가 나를 부르더군. 그분이 '마부'에 출연했을 때부터 계속 분장을 맡아서 특이한 그분 목소리만은 귀에 쟁쟁한데 얼굴은 영 아니더란 말이야. 난 식당을 나와버렸지. 있을 수 없는 실례를 한 거지. 그런 일은 그뒤로도 계속됐어. 그리고 이상한 소문이 퍼지기 시작한 거야. 분장사 김덕중은 미쳤다. 정신이상이다. 아니라면 건방이 머리끝까지 뻗은 놈이다. 이런 소문이 퍼지면서 감독 제작자와도 거리가 멀어졌고 마침내 일거리조차 손에 쥘 수 없게 되고 말았지. 그러니까 내가 충무로를 떠난 것이 아니라 쫓겨난 거지. 구름같이 몰려들던 여자들도 발길을 딱 끊더라고. 그땐 허운옥이란 여자와 동거하다시피 했는데 그 여자도 싸들고 가버리더군. 그래서 충무로를 떠나지 않을 수가 없었던 거지."

"그럴 만도 했습니다. 어떻게 분장한 얼굴은 기억하고 맨얼굴은 기억을 못할 수 있었을까요? 저도 이해가 안됩니다."

"하긴 나도 잘 모르겠어. 왜 그런 병이 걸렸는지. 따지고 보면 내가 해온 일은 가짜 얼굴, 가짜 사람 허울을 만드는 거였어. 오랜 시간 동안 그러다보니 어느새 가짜가 아니면 바로 보이지 않게 된 것 같애. 나중에야 그런 생각이 들더군."

시간은 자정이 가까워 있었다. 얘기를 끝낸 노인이 시간을 염두에 두었던지 학수에게 지시했다.

"마감뉴스 시간이야. 텔레비를 켜보게."

학수가 텔레비전을 켰다. 마감뉴스가 시작되고 있었다. 너절한 정치권 뉴스가 흘러나오고 뒤이어 화염병 뉴스가 나왔다.

"화염병 투척사건을 수사중인 경찰은 오늘 오후 범인으로 추정되는 박모씨의 고향인 김해로 형사대를 급파했다고 합니다. 박씨의 고향에는 형 일가가 살고 있는 것으로 밝혀졌습니다. 한편 경찰 고위당국은 화염병을 이용한 유사범죄의 발생을 막기 위해 학원가뿐만 아니라 전과가 있는 사람들의 동태를 예의 주시할 것을 지시했습니다. 이에 대해 학원가에서는 과잉사찰을 즉각 중지할 것을 요구하고 요구가 관철되지 않을 때는 강력대응할 것을 천명하고 있습니다. 다음 소식입니다."

학수가 얼른 텔레비전을 껐다.

"그럼 충무로를 떠난 직후부터 이렇게 혼자 사셨습니까?"

노인은 얘기가 한참 중단됐던 참이라 학수의 물음을 얼른 이해하지 못하고 되물었다.

"충무로를 떠나고 혼자 살다니?"

"방금 충무로를 떠났다고 하지 않았습니까? 떠나서는 어디로 가셨습니까?"

"아, 그때? 글쎄다. 그보다도 우리 때문에 학생들이 욕보게 생겼어.

204

조금 미안하구만."

"미안할 거 없습니다. 시대가 얼마나 바뀌었습니까. 그런데도 화염병을 들고 나오는 아이들이 있더란 말입니다. 안 그렇습니까?"

"하긴 많이 바뀌었지. 하지만 내겐 변한 거라곤 없다네. 시대가 아무리 바뀌어도 우리 같은 늙은이와는 아무 상관이 없어."

"그래도 박정희나 전두환 시대보다 자유롭지 않습니까. 전두환 시대가 계속됐다면 전 북한으로 들어가 누굴 암살하라는 명령을 받았을 겁니다. 전 그런 명령을 받지 않은 것만도 행복합니다."

"특수부대가 그런 일 하는 부대였어?"

"물론이지요. 제가 있던 부대는 실미도부대와 비슷한 임무를 수행하도록 조직된 것이지요. 실미도 아시지요? 그 추악한 사건요. 그런데 남북관계가 진전되면서 임무가 바뀐 거지요."

"그러니까 생각나는군. 어느 간 큰 감독이 실미도사건을 영화로 만들 생각을 하고 시나리오를 부탁했지. 그런데 어느날 기관에서 그 감독을 잡아가 치도곤을 먹였지. 감독뿐 아니라 시나리오 작가 제작자 그리고 분장을 맡게 돼 있던 나까지 끌려갔어. 심한 고문을 받지는 않았지만 어찌나 겁이 나던지 한동안 불알을 못 썼어. 기억도 희미해지고 사람 만나기가 두렵더라고. 어디서 들으니까 '귀천'이라는 시를 쓴 천상병 시인이 끌려가 치도곤을 당하고 사람 못쓰게 됐다는 얘길 들은 적이 있어. 천재적인 시인 재능이나마 살아남은 것은 아마 하늘이 도우신 일일 거야. 박정희 시대의 영화계는 그렇게 암흑이었어. 영화를 아주 우습게 보고 종사자들을 개똥 취급을 했어. 다른 분야도 무사하지 않았지만…… 박정희 시대 십팔년 동안 품격있고 진짜 영화 같은 작품 하나 나온 게 없어. 신상옥 같은 대표적인 감독도 부도가 나고 영화에서 손을 떼야 했어. 불평했다간 혼쭐이 났지. 정치적으로 민감한 감독들 여럿이 욕을 봤어. 그런데 요즘 박정희기념관을 만든다 더군. 그것도 나랏돈 들여서 말야. 포복절도할 노릇이야. 지금 푸른 기와집에 있는 사람, 머리가 어떻게 된 것 아닌지 모르겠어."

"어르신! 전 영화일은 아무것도 모릅니다. 그러니 충무로를 떠나서 어떻게 하셨는지 뒷얘기를 해주시지요."

"기왕에 보따리를 푼 것 못할 것도 없지. 충무로를 떠나 갈 곳이 어디 있어? 사방천지가 이방지대 같고 모두가 성난 얼굴로 날 노려보는 것 같더군. 세상이 그렇게 차가울 줄은 미처 몰랐다네. 하는 수 없이 그동안 여자들에게 긁어모은 돈과 저축했던 돈을 싸들고 고향으로 갔지. 당숙은 이미 돌아가셨고 당숙모가 혼자 외롭게 사는 고향이야. 그러니 썩 내키는 것도 아니지만 어쩌나, 갈 곳이 없는걸. 당숙모는 친자식 반기듯 해주더군. 혼자 사시다 내가 가니까 구세주 만난 기분이었던 모냥이야. 살림은 넉넉했지. 농사는 머슴이 도맡아 했어. 난 당숙모 말동무가 되기도 하고 들녘과 산들을 돌아보면서 시간을 보냈어. 당숙모는 날 장가보내고 싶어 안달을 했지. 시골에서 장가를 보내고 나면 내가 눌러살 것이고 그러면 만년이 외롭지 않을 거라 생각하신 거지. 난 장가가기 싫었어. 아니 갈 수가 없었지. 충무로에서 여자는 겪을 만큼 겪었거든. 내가 겪은 여러 여자 가운데 두 여자가 내 아이를 가졌다고 하더군. 그런데 난 그 여자들에게 아이를 지우라고 호령을 했어. 내 사식을 죽이라고 한 거야. 생명을 없애라고 한 거지. 그러니까 살인을 명한 거야. 자네도 알지 모르지만 '자유부인'이라는 영화가 나왔었네. 이 영화가 나온 뒤부터 사회 분위기가 아주 달라졌지. 적어도 성풍조만은 많이 개방적이 된 거지. 어떤 사람은 성도덕이 결단났다고 탄식을 하데. 풍조가 그랬으니까 낙태 같은 건 예사였지. 난 살인교사인 셈이지. 그런 내가 어찌 장가를 가겠나? 사오년을 채근하던 숙모도 마침내 손을 들더군. 난 고향에서 꼭 십이년을 보냈어. 몸도 마음도 지쳐 있었던지 무기력해져서 도무지 시골을 떠날 생각이 나지 않더라고. 열두 해가 지나자 당숙모께서 돌아가셨어. 돈 복은 있었던지 당숙모 재산은 모두 내게 상속이 됐어. 내가 가졌던 돈과 상속재산을 합치니까 한 이억쯤 되더라고…… 그 돈을 싸들고 고향을 떴지. 당숙모가 없는 고향이 왜 그렇게 썰렁했는지 견딜 수가 없더군. 아무리 고향이라도 사람이 없으면 그런가봐. 시골 인심이 그런대로 따뜻했지만 밤이면 무섭고 바람이라도 부는 날은 귀신이라도 나올 것 같더라고…… 당숙모의 첫 제사를 지내고 다음날은 당숙 부부의 산소 앞에서 실컷 울었지. 당숙 부부의 유택 안에 내 부모도 있는 걸로 알고 네 사람을 위해 목이 마를 때까지 울었어. 부모가 호열자로 죽었다는 소식을 들은 뒤 처음으로 운 거야. 그러나 지금 생각해보면 이승을 떠난 네 분을 위해 운 것이 아니라 나 자신이, 부평초 같은 내 신세가 불쌍해 울었던 것 같애. 날 위해 울어줄 사람 하나 없으니 내가 울 수밖에…… 처량한 신세였지.”

노인의 두 눈이 불그레 젖어 있었다. 학수는 노인의 설움 앞에서 시선을 피했다. 노인은 마른침을 몇번 삼켰다. 그러고는 술을 찾았다.

“술 떨어졌냐?”

“아뇨. 아직 남았습니다. 허지만 그만 드시고 주무시지요. 시간이 꽤 됐습니다.”

“누가 출근하냐, 시간 따지게…… 있음 한잔 따러!”

“예!”

학수가 술을 따르자 노인은 술잔을 들여다보며 중얼거렸다.

“이게 내 유일한 친구야. 지금은 자네가 유일한 동무고…… 드세.”

노인은 잔에 입술만 대고 술잔을 내려놓았다. 학수가 물었다.

"십년 세월을 하는 일도 없었다면서 어떻게 그 깊은 시골에서 견디셨습니까?"

학수의 물음에 노인은 잠시 뜨악한 표정을 짓고 말을 받았다.

"지금 생각하면 참 어리석은 세월이었지. 그러나 나름대로 재미가 없지도 않았어. 내가 사는 마을에서 읍내로 가자면 하실재라는 고개를 넘어야 해. 고개너머가 바로 한 재벌 총수의 고향이지. 그 고갯마루에서 보면 멀리 남강이 보였어. 남강은 의령과 함안군의 경계선이야. 육이오 때 말인데 그 강을 사이에 두고 인민군과 아군의 전투가 참으로 치열했어. 양쪽에서 하루에도 수십 명씩 사상자가 발생했다더군. 난 당숙과 함께 작은당골이라는 깊은 산속에 숨어 전투 소리를 들었다네. 애장골이 있고 산세가 워낙 험해 인민군들도 잘 들어오지 않은 곳이야. 그 깊은 골짝에서 폭탄이 터지고 기관총알이 날아가는 소리를 들었어. 화약냄새가 줄창 코를 찔렀어. 그 냄새 때문이었던지 골짜기에 숨어 있으면서도 마냥 좋았다네. 줄곧 졸면서 사람 죽여대는 총소리를 들은 거야. 난 일쑤 하실재에 올라갔어. 재 만뎅이에는 벌써 삼십년도 더 전에 불에 타버린 집터가 하나 있었어. 일제 때에 생겨난 주막인데 하실재를 넘나드는 사람들에겐 좋은 쉼터가 되었다더군. 재를 넘자면 이십리가 좋이 되는 길을 허덕거리며 넘어야 하는데 만뎅이에 주막이 있었으니 안성맞춤이었지. 그런데 해방 다음 해인가 이 주막 주인이 바뀌었더네. 삼십대 후반의 얌전한 여자가 주모로 자리를 잡았지. 하지만 그때는 목탄차이긴 하지만 버스란 것이 하루 한 번씩 오르내릴 때라 주막을 기웃거리는 손님이 전에 비해 절반도 안되었어. 간혹 십리 밖의 송산마을과 중장마을 사람들이 주모를 희롱해볼까 하고 찾기는 했지만 워낙 손바닥만한 동네라 이내 소문이 나고 그러면 남정네들이 마누라님에게 혼쭐이 나곤 했다더군. 헌데 주모는 어떤 손님이 오건 눈길 한번 주는 일이 없었다는군. 주안상을 차려내놓고 나면 마치 넋이 빠진 듯 뱀처럼 아래로 흘러가는 고갯길을 내려다보면서 하염없는 한숨만 쉬더라는 것이지. 주모가 어디에서 무얼하다 그 자리에 흘러왔는지 아는 사람은 아무도 없었다네. 주모가 말한 적도 없고 주모의 신분을 알아보려고 하는 사람도 없었지. 수수께끼 같은 여자였다고 하더군. 그러기를 수년이 지나 비로소 마을사람들은 주모가 다름아닌 징용에 끌려간 남편을 기다린다는 사실을 어렴풋하게나마 짐작하게 되었다더군. 남편을 기다리는 열녀라는 소문이 마을까지 흘러들어온 것이야. 그로부터 근 삼십년이 지난 팔십년 중반, 사할린 동포들이 고향을 찾기 시작한 얼마 뒤 한 팔순 가까운 노인이 그 주모를 찾아왔더라는 것이야. 그 노인은 궁류면 봉수마을 사람인데 징용에 끌려갔다 사할린에서 발목이 잡혀 그때까지 돌아오지 못했던 거야. 부인과 마산 진동에서 살았는데 징용에 끌려가면서 봉수로 돌아가 기다리라 일렀는데 부인은 하실재 만뎅이에서 남편을 기다렸던 것이지. 노인은 사십년 세월을 건너뛰어 부인을 찾아왔지만 만나지 못했지. 주막도 불타 없어졌고…… 그 주막은 남강을 사이에 두고 전쟁을 하는 통해 불에 타버린 거야. 우리 공군기가 단 한 발의 폭탄으로 잿더미를 만들었지. 주막이 폭삭 주저앉아 잿더미가 되는 광경을 나도 봤어. 함께 작은당골에 숨어 있던 당숙이 비명을 질렀지. 얌전한 주모가 뼈도 못 추리겠구나 안타까워하면서 말이야. 그러나 주모는 용케 죽음을 면하고 몇핸가를 더 살았어. 마을 집집의 궂은일과 잡일을 도맡아 하면서 연명해나갔지. 그리고 내가 고향을 떠난 얼마 뒤 죽었다더군. 그러니 사십년 세월을 뛰어넘은 만남은 이루어질 수가 없었던 거지. 동네사람들이 죽은 여인을 어디엔가에 묻어주었는데 세월이 하도 지나 그 무덤조차 찾을 수가 없었다고 하더군. 팔순 노인은 하염없는 눈물만 남기고 다시 사할린으로 돌아갔고. 난 일쑤 하실재 만뎅이에 앉아 땅속에 묻혀가는 숯 부스러기를 내려다보며 전쟁 때의 무시무시하던 총소리를 되새겼어. 기억에 날 듯 말 듯한 주모의 얼굴도 그려보면서 말이야. 하실재야말로 주모에게는 망부재가 아닌가 하는 생각도 해보면서 말이야. 그리고 당숙의 외로운 죽음도 되새겨봤지. 전쟁이 일어났을 때, 지금 생각하면 이상하기 짝이 없지만 동네사람들은 전쟁이 일어났다는 사실을 전혀 몰랐다네. 라디오 하나 없고 전화래야 뭐 자석식이라나 그런 게 면사무소나 지서에밖에 없던 시절이라 정보를 얻을 길이 없었던 거야. 그런 어느날이었어. 아마 팔월 초순인가 그쯤이었을 거야. 한 떼거리의 군대가 보무도 당당하게 행진을 하며 마을로 들어오더란 말이야. 마을 방앗간을 본부로 삼은 그들은 주민들을 모아놓고 일장훈시를 하데. 자신들은 미제와 이승만에게 압제를 받는 농민 여러분을 해방시키러 온 인민군이라고…… 머리에 먹물이 조금 들어 있는 당숙은 혼이 반쯤 나가 이종동생을 찾아갔다네. 이종이 부면장이었거든. 그런데 부면장 일가는 벌써 봇짐을 싸들고 줄행랑을 치고 없더란 거야. 나중에 알려진 일이지만 순경 군인 공무원 학교선생 가족들은 미리 연락을 받고 모두 줄행랑을 쳤던 거야. 인민군이 들어오자 다음날부터 폭격이 시작되더군. 나중에야 그 비행기가 무스탕이라는 전투기인 것을 알았지만 어쨌거나 조종사의 얼굴이 환히 보이도록 저공비행을 하며 인민군의 대포, 드릭 집결지점에 기관총탄을 퍼붓고 폭탄을 떨어뜨리는데 겁이 나서 집에 있질 못하겠더라고…… 민가에 폭탄이 떨어진 적은 한번도 없었지만 앉아 있을 수가 없었지. 그래서 날도 새기 전에 도시락을 싸들고 작은 당골 숲속에 숨었던 거야. 총소리, 폭탄의 굉음, 죽어나가는 군인들, 그리고 하실재 주막이 불타는 광경을 뼛속에 새겼던 거야. 그리고 무스탕과 쌕쌕이도…… 쌕쌕이가 뭔지 알지. 그게 제트전투기야. 미군이 개발한 신형 전투기지. 소리보다 빨리 날고 화력도 엄청나단 걸 나중에 알았어. 우리 동네가 그 제트기의 실전 실험장이 됐던 거지. 참 당숙 얘기를 하다 말았구만. 당숙은 이종이 자신을 배신했다고 해서 인민군이 물러간 뒤 그집과는 일절 상종하지 않았어. 인사 한마디 나누지 않았어. 몇번이나 사과를 해와도 마음을 풀지 않더군. 죽을 때까지 그랬어. 참 지독한 양반이었지. 난 그런 비참한 과거가 묻혀 있는 재 만뎅이에 앉아 그런 걸 되새기며 시간을 보냈어. 쓸쓸하긴 해도 외롭지 않데. 하지만 지금 생각하면 내가 왜 그랬는지는 나도 몰라. 어쩌면 나도 그 자리에서 무언가를 기다렸는지 모를 일이지. 난 동네 바보아이 하나를 데리고 자주 재 만뎅이에 올라갔었지. 참, 동네에 바보아이가 하나 살았어. 이놈이 일쑤 제 어미를 따라 우리집을 드나들었는데 사람이 아쉬운 당숙모께서 이것저것 먹을 걸 챙겨주니까 그것에 재미를 붙인 거야. 그 아이 어머니가 하루에 한번씩 와서 살림을 거들었거든. 그런데 이 아이의 얼굴이 조금 묘하게 생겼더군. 장애 때문인지 다른 이유 때문인지는 모르지만 얼굴 균형이 바르지 않더란 말일세. 처음 한동안은 그저 그렇거니 했어. 자기 의사도 제대로 표현 못하고 많이 굶주린 아이로만 여겼단 말이야. 그런데 어느날 문득……"

노인이 갑자기 말을 끊었다. 그 아이의 얼굴을 기억해내려는 듯 표정도 이상하게 변해 보였다.

"어느날 갑자기 무슨 일이 일어났습니까?"

"그래, 그랬네. 내 안에서 이상한 일이 일어난 거지."

"그게 뭡니까?"

"갑자기 녀석의 얼굴을 새로 만들어줘야겠단 생각이 들더란 말이지."

"아이의 얼굴을 새로 만들어요?"

"그래, 그런 생각을 했어. 그래서 일을 시작했던 거야."

학수는 잠자코 있었다. 이제는 노인의 얘기를 이끌어내려 애쓸 필요가 없어졌음을 느낀 것이다.

"말하자면 다시 분장 연습을 시작한 거야. 그렇다고 무슨 재료가 있나? 이리저리 궁리를 한 끝에 어릴 때 구황음식으로 먹었던 송기를 생각했지. 송기가 뭔지 아나? 어린 소나무 속껍질이야. 이게 살색이 나는 게 잘만 하면 뭔가 될 것 같더란 말이야. 그래서 그걸 수집했지. 이건 삶아버리면 까맣게 변해버려. 그래서 생으로 찧었지. 아주 부드럽게 되라고…… 송진을 머금고 있어서 찐득하기도 하고 웬만하면 접착제가 없어도 될 것 같더군. 그런데 문제는 시간이 갈수록 말라버린다는 거야. 촉촉한 물기가 있을 때 난 녀석을 불러 분장을 시작했지. 괜찮게 되더군. 녀석도 이 신기한 놀음이 즐거운 듯 잘 따라주었어. 하지만 잘될 리가 없었지. 그럭저럭 모양은 갖추어지는데 이내 말라서 떨어지더란 말이네. 난 몇번이나 되풀이했지. 아니 몇년이나 되풀이했어. 마치 송기가 내 뜻을 따라주느냐 내가 주저앉느냐 하는 싸움을 하듯 매달렸어. 달리 할일이 없기도 했지만 오기가 나서 참을 수가 없었거든. 한번은 부산이나 어디 큰 도시로 나가 접착제를 사올까 하는 생각도 했었지. 그러나 송기가 스스로 접착력을 가지도록 해야 한다고 생각해 사오지 않았어. 망할 고집이지. 고집이 자연의 이치를 넘을 수는 없었지. 그러다보니 결국 송기를 곱게 찧어 얇디얇게 빚는 연습만 되풀이한 꼴이 되고 말았지. 그것도 몇년씩이나. 참 어이없는 짓이었어. 그러나 그 과정에서 중요한 사실 하나를 깨달았다네. 바로 화장분장이 아닌 특수분장의 기본이 재료를 얼마나 얇게 빚느냐 하는 것에 좌우된다는 사실이지. 그걸 알고 나니 송기와의 싸움도 여간 쏠쏠한 재미가 있는 게 아니더군. 그러다 우리 한지를 재료로 써보기로 생각을 바꾸었어. 한지 알지?"

"조선종이를 말씀하는 것이죠!"

"그렇다네. 조선종이! 어감이 좋구만. 참 조선이란 말 오랜만에 써 보지? 우리 마을엔 조선종이가 많았지. 마을에서 만들었거든. 내 돌아가신 당숙도 실은 조선종이 만들어 돈을 번 분이야. 자네, 혹 궁류라고 아나? 문득 그 일이 생각나는구만."

"궁류라면 어디서 들은 듯하긴 한데…… 모르겠습니다."

"모르기 십상이지. 이미 오래 전 일이었으니까. 궁류는 내가 살던 유곡면의 윗면이야. 합천군과 인접해 있는 조용한 산골마을이야. 그 마을 지서에 우모라는 미친 순경이 근무를 했는데 어느날 밤 이놈이 총과 수류탄으로 무장하고 마을사람들에게 총을 쏴서 삼십여 명이 죽고 이십여 명이 큰 부상을 입었어. 빨치산도 아니고 미친놈도 아니고 바로 마을 수호신이라는 순경이 그랬단 말이네. 전두환이가 권력을 빼앗아쥐고 깃발 날릴 때였지. 윗물이 그 지경이니 아랫물도 그랬던 거야. 죽일놈!"

노인은 얘기를 이어나가느라 숨이 찬 듯 잠시 말을 중단했다. 학수는 신문에서 읽었던 우순경 사건을 어렴풋이 떠올리며 잠자코 노인의 안색을 살폈다. 한순간 노기가 엿보였는가 하면 이내 평상으로 돌아와 있었다.

"궁류 사람들은 부지런하기로 소문이 나 있는 사람들이야. 농사일을 끝내고 농한기가 오면 그곳 남정네들은 하나 빠짐없이 등짐장사에 나서곤 했어. 바로 조선종이를 힘닿는 대로 몇통씩 짊어지고 대처로 나가는 거야. 이렇게 팔려나가는 조선종이가 한 철에 수천 통이 넘었다네. 한 통이 얼마나 되냐 하면 천 장이야. 수입이 짭짤했지. 닥나무가 있는 집은 규모의 크기에 관계없이 모두 조선종이를 만들어 그들에게 위탁판매를 한 거야. 그러니 조선종이가 흔할 수밖에…… 흔하고 부드럽고 물에 잘 개어지는 성질을 가지고 있어서 특수분장에 이용할 수 있지 않을까 생각했던 거야."

노인은 말과는 달리 쓴 경험을 떠올린 듯 허한 미소를 지었다.

"그런데 이 빌어먹을 조선종이가 당최 말을 듣지 않더라고…… 하긴 재료가 되리라 생각했던 것이 어불성설이지만 말이야."

"어떻게 되었기에 그러십니까?"

"하얀 조선종이에 황톳물을 엷게 들여 살색이 나도록 했지. 몇번 실패를 되풀이하고 나니 웬만큼 색깔이 나오더라고. 헌데 얇게 빚기가 여간 어렵지 않았어. 이제 됐구나 싶어 녀석의 얼굴에 붙여보면 마치 혹 하나를 붙인 것같이 보이는 거야. 게다 이놈이 당최 붙어 있질 않아. 체열과 바람결에 물기가 빠지고 나면 마치 반란이나 하듯이 들고일어나 떨어지고 마는 거야. 송기나 조선종이로는 특수분장이 안된다는 사실을 마침내 깨달았어. 헌데 미련하게도 난 그 작업을 그만둘 수가 없었어. 왜냐? 달리 할일이 없었거든. 또 녀석을 잡고 그런 장난을 하는 것이 재미도 있었고 말이야. 십년 세월을 난 그렇게 보냈네. 하실재 만뎅이에 올라가 남강 저쪽의 푸른 들을 바라보거나 아이를 잡고 앉아 분장 연습을 하고…… 전혀 쓸모없는 일에 매달렸던 거야. 지금 생각해도 왜 그랬는지는 알 수가 없어. 하지만 전혀 도움이 안됐던 것도 아니야. 그렇게 지낸 시간이 아깝지도 않았고 조금은 행복했거든. 마음 편하고 행복하면 그만 아닌가."

"전혀 생산적이지 않으셨군요."

"그래, 그런 셈이지. 하지만 난 생산적일 필요가 없었지. 어쨌건 그렇게 지내다가 당숙모가 죽자 서울로 자리를 옮겼지. 떠나는 날 바보라고만 생각했던 녀석이 얼마나 울어대던지 발길 돌리기가 그렇게 힘들 수가 없었어. 참 괜찮은 녀석이었어. 지금도 녀석이 가끔씩 생각나곤 해. 이젠 스무살이 훨씬 넘었을 나인데…… 어쨌든 그렇게 다시 서울살이를 시작한 거지. 그게 잘못이었는데 그땐 그걸 미처 깨닫지 못했어. 서울살이란 내 체질에 맞지 않는 것이었는데 말이야. 돈이 있어서 든든하기는 해도 항상 불안하더군. 물가는 자꾸 오르고 수입은 은행이자가 전부인데 언제 거덜이 날지 몰랐거든. 그래서 계산을 했지. 한달에 얼마를 가지고 먹고 쓰느냐를. 현재까진 계산대로 되었어. 하는 일 없이 오륙년 동안 하숙집을 전전했어. 그런데 아무리 하숙비를 잘 내도 반기는 사람이 없었어. 인심 한번 고약하더군. 돈보다 송장 감당할 생각이 앞서 반갑지 않았던지도 모르지. 아마 그랬을 거야. 하긴 웬 꾀죄죄한 늙은이가 가방 하나만 달랑 들고 하숙을 들었으니 이상할 만도 했지. 직업도 없어, 인상은 시골바람과 햇볕에 그을려 볼품이 없지. 신분도 불확실하지. 건강도 좋아 보이지 않아, 한밤중에 소리없이 죽을지도 모르는 일이 아닌가. 노인 건강은 하늘도 장담 못한다 했거든. 그러니 돈 내고 하는 하숙인데도 영 편치 않았어. 눈치가 보여 낮 동안은 하숙집에 있을 수도 없더라고…… 그래서 하릴없이 아침만 먹고 나면 하숙집을 나와야 했어. 헌데 당최 갈 곳이 없더란 말이야. 그러니 어떡해? 다방에 가도 눈치가 보이고 점심 한 그릇 사먹자 해도 주눅이 들고…… 무작정 길을 헤맬 수밖에 없더라고. 그 심정 자넨 모를 거네. 기댈 언덕이라곤 없는 사람이 몸 좀 쉴 그늘을 찾아다닌다는 것이 얼마나 비참한지를…… 결국 돌아다닐 곳이라 해야 충무로 부근이었어. 그나마 지리를 아는 곳이 그쪽이었거든. 하지만 충무로도 너무 변해서 미궁 같기만 하고 도무지 정이 들지 않더군. 아는 얼굴도 보이지 않았어. 혹 날 보고도 모른 척하는 사람이 있었을

지도 모르지만. 그렇게 물위의 기름처럼 떠돌아다니는데 우연히 무슨 무슨 분장학원이라 써붙인 간판이 보이더라고. 아 드디어 그런 학원도 생겼구나 했지. 그런데 어느날 갑자기 엉뚱한 생각이 들더라고…… 새로운 분장기술을 배워보자 하는…… 배워봤자 아무짝에도 쓸 곳이 없다는 것은 알았지. 몇번 망설이다가 쓸데없어도 할일이 없으니까 그것이라도 하면서 시간을 보내자 하고 학원을 찾아 들어갔지. 그런데 원장이라는 작자가 날 보더니만 뜨악한 얼굴을 해가지고 어떻게 왔느냐 묻는 거야. 분장술을 좀 배웠으면 한다고 했더니 피식 웃더군. 날고 기는 젊은이들이 기를 쓰고 배우는데 환갑을 바라보는 노인이 망령이 들지 않고는 그런 생각을 아니한다는 표정이었네. 그러거나 말거나 난 돈을 냈고 원장은 돈 보고 승낙을 하더군. 새로이 분장술을 배우게 된 거야. 그런데 어찌된 셈인지 원장이란 작자, 내겐 통 신경을 안 써주더라고…… 솜씨가 제법입니다, 어쩌고 하면서 내버려두는 거야. 나도 실은 그게 속 편했어. 조금은 돈이 아까운 생각이 들지 않은 것은 아니었어. 난 석고상을 앞에 놓고 실리콘인가 하는 재료로 여러 모양을 빚어내면서 시간을 잡아먹었어. 젊은 학원생들은 컴퓨터인가 뭔가를 앞에 놓고 얼굴들을 그리고 그걸 다시 수정하고 하면서 새로운 얼굴들을 만들어내고 있더라고…… 뭐 캐릭턴가 무언가를 만든다고 그러더군. 코나 귀를 덧붙이고 눈을 다시 그리고 이마나 뺨도 손질하면서 말이야. 그게 기초 닦기이고 완성이 되면 그 얼굴 가면을 만들 것이라더군. 있는 얼굴을 변조시키는 것이 아니라 아예 완전한 비실존 인물 가면을 만든다는 얘기야. 우리 때보다 한술 더 뜨는 것이지. 놀랍기만 하더군. 나야 컴퓨터가 어떤 물건인지도 모르고 어떻게 조작하는 건지도 모르니까 등너머로 바라보기만 했지. 컴퓨터가 하나씩 놓인 탁자를 보면 기부터 꽉 질려버리데. 내가 다른 세상에

와 있다는 것도 절실히 느껴지고…… 한번은 원장이 그러더군. 앞으로는 컴퓨터를 모르고는 살아가기 힘들고 세상과 등지고 살아야 한다고, 그러니 나더러 컴퓨터부터 배워보라고 권하데. 나는 싫다고 했지. 원장의 말대로 컴퓨터를 모르고는 세상살이가 힘들지 모르지만 그렇다고 그게 날 행복하게 해줄 것 같지는 않았거든. 듣자니 요즘은 컴퓨터 범죄라는 범죄항목이 하나 더 늘었다고 하더구만. 난 컴퓨터를 등지고 앉았지. 난 실리콘으로 코나 귀 또 광대뼈 따위를 아무렇게나 만들면서 문득문득 옛날 배우들을 떠올렸어. 분장으로 변조된 얼굴이 아니라 본래의 얼굴들과 그 이름들을 기억해내려 애를 쓴 거야. 그러자니 몸이 유난히 피로하고 어떤 땐 진땀까지 나더군. 그런데도 큰 효과는 보지 못했어. 내 기억의 두뇌는 이미 기능을 상실했거나 망가졌던 모양이야. 분명히 망가졌다는 생각이 들더라고. 이건 다름아닌 내 과거, 아니 내 인생이 사라졌다는 뜻이라 여겨지더군. 그래, 난 가짜 속에서 허상을 잡고 아웅다웅하다 진짜 내 인생을 실종시키고 만 것이라는 결론이 나오더란 말이야. 그러고 보면 내 기억의 상자가 망가진 것이 아니라 나는 충무로라는 특수지역에서 십수년을 살아오면서 사람 하나를 제대로 사귀지 못했다는 생각을 하게 됐어. 틀림없이 그랬어. 나는 내가 변조해내는 허깨비들과 어울렸지, 그곳에 사는 많은 사람들, 아름답기도 하고 진실하기도 하며 더러는 역겹기도 한 갖가지 사람들 가운데 단 한 사람도 사람답게 사귀지 못했던 거야. 여자들의 허영과 은행통장의 돈에 홀려 사람을 보지 못하고 방자하게 나를 내던졌던 거지. 그걸 깨닫고 나자 참으로 허망하게 살았다는 생각이 들더군. 집에 와서 수첩을 뒤져봤지. 그때 난 또 한번 놀랐네. 수첩에 적혀 있는 것은 사람 이름이 아니라 거의 모두가 별명이거나 작중인물의 이름이었어. 전화번호나 주소가 맞는지 어떤지는 몰라도 모두가 그랬어. 그제서야 나는 뭔가 준비를 해야 한다는 다급한 느낌을 받게 됐네. 일테면 남에게 짐이 되지 않도록 조신하게 굴고 죽음을 준비해야 할 때가 왔다는 것을 확실하게 감지한 것이지. 그래서 한 사년 전에 이 아파트를 샀어. 학원은 아마 반년쯤 다녔지. 더이상 다니는 것이 무섭더라고…… 그러고는 말 그대로 혼자 살기 시작한 거지. 처음은 고되고 힘들어도 해보니까 속도 편하고 눈치볼 일이 없어 지낼 만하더군. 게다가 신혼살림을 장만하듯 집기들을 하나하나 사들이는 재미도 제법 쏠쏠했고. 일테면 하루는 젓가락 한 모를 사고 다음날은 숟가락 두 개를 사는 거야. 한 사나흘 전자제품점에 들락거리다가 냉장고 하나를 사고 또 며칠 돌아다니다, 여기 이 탁자를 사고…… 그렇게 하나하나씩 사오면서 사는 즐거움을 만끽하는 거지. 여기 볼품없는 살림이지만 모두 장만하는 데 자그마치 반년 이상이 걸렸다고. 하긴 그게 대수는 아니지…… 근본적인 것은 그런 게 아니니까. 사람이 못견디게 기롭고 무서울 때가 없지 않지만 그럭저럭 견뎌온 거지. 사는 대로 살다가 정 무엇하면 목숨을 끊으면 그만이니까 안달할 것도 억울해할 것도 없었지. 그런데 사람 목숨이 모질게도 질겨서 그런지 어떤지는 모르지만 쉽게 죽어지지 않더라고…… 게다가 무슨 오기인지 이대로 죽긴 억울하다는 생각도 들고 말이야. 그래서 슬슬 움직이기 시작했지. 먹는 것 입는 것 걱정이 없으니까 서둘 건 없었지만 좀 움직여보자 하고 일자리를 구하러 나섰지. 아파트 경비원, 회사 수위 같은 일이라면 못할 것도 없다 싶었거든. 그런데 무슨 우라질 세상인지 수십 군데를 싸뒤지고 다녀도 자리가 생기지 않더라고. 한번은 아파트 경비원으로 꼭 취직이 될 것 같았는데 보증인이 없다며 퇴짜를 놓더라고…… 또 한번은 젊은 사람도 일자리가 없어 목구멍에 거미줄 치는 세상인데 할아버지 같은 사람까지 나대면 어쩌란 말이냐면서

면박을 주더라고…… 곱게 말하면 어디가 덧나냐. 분통이 터지지만 어쩌겠는가. 그런데 그렇게 한 일년을 삐대고 나니까 아주 음흉한 꾀가 생기더라고. 먹고 마시고 자는 데는 아무 기름이 없으니까 직장을 구하러 다니는 척하며 시간을 집어삼키는 것도 나쁘지 않다고 말이야. 그래서 그뒤부터는 도저히 받아들이지 않을 회사나 공장 같은 그런 데를 찾아다니며 일자리를 달라고 떼를 썼지. 밥 먹게 해달라, 자리가 없다, 서로 실랑이를 하다보면 수위가 달려와 끌어내기도 하고 어쩌다 맘 고운 놈을 만나면 되레 저들이 사정을 하고 용돈까지 주더란 말이야. 내미는 용돈은 당연히 되돌려주며 호통을 쳤지. 내가 거지인 줄 아느냐, 내 쓸 돈은 충분히 있다면서 말이야. 참 이런 놀음도 재미가 적잖았네. 이런 장난을 간헐적으로 해댔지. 봄이 오면 봄 기분이나서 그런 구직활동을 했고 그러다 지치면 여름 한철은 쉬었지. 기운이 회복되는 가을이면 다시 구직에 나섰어. 그런데 어느 가을이었어. 어떤 회사를 찾아갔는데 왠지 썰렁한 느낌이 먼저 엄습하더라고, 어렵게 절차를 거쳐 상무인가 하는 사람을 만나 취직 부탁을 했지. 그런데 이 친구, 내 부탁을 가만 듣고 있더니 갑자기 화를 벌컥 내는 거야. 영감님, 사태를 좀 아시고 말씀하세요. 아이엠에프로 회사문을 닫을 참인데 취직이라니요. 남 복장에 비수 찌르는 겁니까, 사람들을 보세요. 모두가 죽을상이 돼 있지 않습니까. 젊은 후배 세대들이 지푸라기 같은 희망도 잡을 길이 없어 절망에 빠져 있는데 나이 잡술 만큼 잡수신 분이 어떻게 사태 파악도 못하십니까, 영감님 세대가 그처럼 까막눈으로 그렇게 사셨으니까 나라가 이 꼴 아닙니까. 취직 욕심을 내실 게 아니라 집에 가 참회나 하십시오. 나라 망한 책임을 통감하시고 참회나 하시라고요. 참말 되게 퍼붓더군. 난 그때까지 아이엠에프가 뭔지를 몰랐거든. 나라일이야 나리님들 소관 아닌가. 하긴 몰랐다는 것도 안될 일이긴 하지. 허지만 내가 책임질 일이 아닌 건 분명하잖은 가. 헌데도 직싸하게 욕을 먹었다네. 그러곤 다시는 취직운동에는 나가지 않았지. 대통령이다 장관이다 국회의원이다 하는 놈들, 그리고 돈쟁이 놈들도 다 빠져나갔는데 왜 내가 욕을 먹겠어. 난 나를 욕하는 세상을 향해 왕창 망해버려라, 하고는 이를 갈면서 칩거를 시작한 거야. 난 머릿속으로 놈들의 상판을 문둥이처럼 만들어버리는 상상을 하면서 홀로살이를 즐기고 있었던 거야. 상상만으로 신나데. 그러다 어느날 문득 기발한 생각이 떠오르더라고. 문방구로 달려가 점토를 한아름 사왔지. 그걸로 정치하는 놈들의 상판때기를 만들기 시작한 거야. 잘 되지는 않아도 놈들의 상판때기를 문드러진 얼굴로 만들어보고 바보 얼굴로도 만들어보자니까 그 재미가 여간 아니더라고. 한 동안은 그것만으로도 신나게 살았지. 상상해봐. 요즘 떠들어대는 놈들, 정치한답시고 목에 힘주고 쏘다니는 놈들, 전직이 무엇이었네 하며 원로 행세를 하는 놈들 얼굴이 내 손아귀에서 찌그러졌다가 문드러졌다가 하는 꼴을 말이야. 정말 한동안은 재미가 그만이었어. 암 그 재미는 지금도 가슴속에 불꽃처럼 남아 있다네."

"정치하는 사람들, 그쪽 사람들이 그렇게 미웠습니까?"

"글쎄, 미워하지 않는 사람이 몇이나 될까? 헌데 나중 가만히 생각해 보니 세상 불공평한 것, 더러운 것, 썩었다는 것이 어찌 놈들만의 죄악이랴 싶기도 하데. 또 세상에 대한 악감을 삭이지 못하고 분노만 하다가는 즐거울 수 없다는 사실을 깨닫고는 세상과 인연을 끊을 작정도 했지. 당연히 홀로살이로 고군분투하지 않을 수 없게 된 거야. 그랬었는데 자네가 불쑥 나타난 거지. 권총을 들이대는 자네를 처음 봤을 땐 솔직히 조금은 겁이 났었지. 하지만 이내 진정한 동료가 나타났구나 하는 느낌이 들더군. 정말 반갑더라고……"

학수의 가슴으로 노인의 소외된 생활, 아니 손 한번 내밀 곳 없는 막막한 생활의 아픔이 스쳐갔다. 쓰려오는 두 눈을 몇번이고 깜짝거렸다. 그러나 맺히는 눈물은 어쩔 수가 없었다.

"제가 불쑥 나타나 어르신을 흔들어놓았습니다. 그렇지만 않았더라면 오늘 같은 일은 없었을 것인데…… 죄송합니다."

"자네가 흔든 것이 아니라 기회를 준 것이지. 내가 그동안 어떻게 살았는지 자넨 모를 거야. 늪에 빠져 허우적거리듯 했다네. 문득문득 병이라도 나면 어쩌나…… 장님이라도 되면 어쩌나…… 계단 내려가다 다리라도 부러뜨리면 어쩌나…… 그런 불안에 시달렸지. 그러다 보면 갑자기 온몸에서 열이 나면서 숨이 가빠져. 숨이 턱턱 막히지. 저승사자가 눈앞에 어른거려. 난 그렇게 살아왔어. 그런 내게 자넨 숨통을 터준 거야. 신선하고 상쾌한 공기를 마시게 했다고 할까? 난 육십평생 동안 자네와 지낸 나흘이 가장 행복했네. 내 힘이 어떤지도 알았고 마음만 먹으면 못할 일이 없다는 것도 알았어. 게다가 자넨 가장 이상적인 동반자였어. 그런데 내가 신이 나 설쳐낸 대가로 자네 앞길을 망쳐버렸어. 참으로 미안하고 잘못한 것은 내 쪽이지. 정말 미안하게 생각하네."

"아닙니다, 어르신! 전 처음부터 무얼 얻을 생각은 없었습니다. 할 일을 하는 대신 자유를 잃어야 하고 혼자 긴긴 시간을 보내야 한다는 각오를 하고 있었습니다. 전 어르신의 도움으로 할일을 아주 쉽게 해버릴 수 있었던 것에 감사하고 있습니다."

"말만이라도 고맙네."

"말만이 아니라 진심입니다. 감사합니다."

노인은 학수의 마음이 더없이 고마웠다. 노인은 이런 마음씨 고운 친구를 경찰에게 곤욕을 치르게 할 수 없다고 다시 한번 생각했다.

시간은 새벽 두시를 넘어 있었다. 두 사람 다 어지간히 지쳐 있었으나 잠잘 생각은 하지 않았다. 마치 잠자기를 잊어버린 사람 같았다.

"우리 한잔씩 더할까?"

"저야 괜찮습니다만 아무래도 어르신이 과하신 듯합니다. 밤도 꽤 깊었고요."

"그건 그러네만 왠지 안 취하고 잠도 안 오네. 한잔 더 마셔보세!"

"그러세요."

두 사람은 다시 술을 따르고 잔을 들었다. 바로 그때였다. 현관문 두드리는 소리가 들린 것은. 철판문이 울리는 둔탁한 소리에 두 사람은 깜짝 놀라 현관문을 주시했다. 문 두드리는 소리는 좀더 크게 울렸다. 학수가 재빨리 자기 잔과 수저를 들고 화장실로 피했다. 노인은 빈병 몇개를 탁자 밑으로 숨기고 천천히 현관으로 다가갔다.

"누구야?"

소리를 높여 물었다.

"관리숩니다."

문밖에서 대답이 들렸다. 노인은 느리게 문을 따고 관리소 경비 노인을 맞았다.

"이 밤에 웬일이여?"

노인이 묻자 경비가 말했다.

"밤새 불켜진 것이 이상하다고 반장님이 가보라고 해서요. 무슨 일이 있습니까?"

"반장은 잠도 안 자나? 아무 일 없으니 걱정 말게. 혼자 한잔하다 보니 시간이 그렇게 됐군. 지금 몇시야?"

"두시 반인데요."

"알겠네. 곧 잘 테니 가서 일보게."

"그만 드시고 주무세요."

경비가 돌아가자 안도의 숨이 빠져나왔다. 그는 노인 혼자 사는 집에 밤새도록 불이 켜져 있는 것도 문제가 되는구나 생각하며 학수를 화장실에서 불러냈다.

"한밤에 불을 환히 켜놓은 것도 주목을 받는 일이구먼. 경비였으니 다행이지, 경찰이라도 들이닥쳤으면 꽤나 당황할 뻔했네. 우리 그만 하고 잘까?"

"안 그래도 늦었습니다. 주무시지요!"

"근데 참 아까 물어보려다 깜박했네. 자네 그런 위험한 부대에는 왜 지원했나? 지원병만 받아준다고 하지 않았던가?"

"특별한 이유가 있어 지원한 것은 아니고 그냥 객기를 한번 부려본 겁니다…… 돈을 좀 많이 준다니까 귀가 솔깃했고요. 지독하게 가난 했거든요. 북한에도 한번 가보고 싶었고요. 정말 죽여야 할 사람들만 살고 있는지 사람 살 곳이 아닌지 알고 싶기도 했지요."

"그래. 자네 심정 알 만하네. 북한 가보는 것도 좋지. 그런데 자넨 이제 부자가 아닌가. 달러도 있고 일본돈도 있는……"

"그 돈, 한번 써보고 죽을지 어떨지 모르겠습니다."

"그런 생각 말게. 자넨 돈을 쓰기 위해서라도 경찰 그물에서 벗어나야 돼. 안 그러면 너무 억울하잖아. 반드시 길이 있을 것이네."

"저도 그랬음 좋겠습니다."

학수는 실없는 소리라도 내뱉은 듯 실없이 웃었다.

"아니야, 돈이 있으면 길이 생겨. 그게 우리나라의 가장 자랑스런 점이잖나. 희망을 갖자고."

두 사람은 마주보고 히죽 웃었다.

이별

어쩐지 실내가 썰렁하게 느껴졌다. 화장실 쪽에서 찬바람이 불어오는 것 같고 베란다 쪽에서는 낯모르는 누군가가 넘어들어올 듯했다. 현관 쪽에도 무척이나 신경이 쓰였다. 닷새가 지났으니 낯선 느낌은 없어져야 할 텐데 이상하게도 노인이 외출을 하자 갑자기 아주 낯선 집에 버려진 느낌이 들었다. 멀리서 들려오는 자동차들의 소음과 거리의 잡음들이 신경을 긁었다. 좀더 솔직히 말하면 기괴한 소리가 끊임없이 들려오는 곳에 갇혀버린 기분이었다.

김덕중 노인이 외출을 한 것은 두어 시간 전이었다. 어디로 무엇을 하러 가는지는 말하지 않고 그냥 다녀올 데가 있다며 집을 나가서는 두 시간이 넘어도 소식이 없었다. 학수는 노인이 곁에 없다는 사실이 그렇게 허전하고 불안할 줄은 꿈에도 예상하지 못했다. 두 시간 동안을 말할 상대가 없어 입을 다물고 있어야 하는 것도 견디기 힘든 고역이었고 더구나 바깥의 정보를 전혀 들을 수 없다는 것이 심장을 멎게 할 만큼 답답했다.

그는 두어 시간 동안 홀로 버려진 것이 그토록 답답하리라곤 이전에는 한번도 상상해본 적이 없었다. 그런데 노인은 장장 십여년을 혼자 살았고, 또 그 이전의 10여년도 말동무조차 되기 어려운 당숙모와 살았다고 했다.

그는 그 긴 세월 동안의 홀로살이란 기실 고독이니 외로움이니 할 것들이 아니라 그냥 총체적인 공포가 아니었을까 생각했다. 바깥의 바람소리 하나에도 귀가 주뼛거리고 천둥소리에 머리가 곤두섰을지도 모른다. 삽짝의 발짝소리에 가슴 두근거리고 먼데 사람소리에 두 눈이 빛났을지도 모를 일이었다. 그는 노인이 그렇게 그리움에 시달리며 살았으리라 생각했다.

그리움도 사무치면 무서움이 되는 법이다. 그는 노인이 그리움의 무서움뿐만 아니라 실질적인 공포도 적잖이 겪었으리라 짐작했다. 계절이 바뀌어 이슬이 맺힐 즈음엔 흔히 콧물이 많이 흐른다. 노인에게는 흐르는 콧물도 콧물이 아니라 공포일 수가 있다. 아침에 일어나 눈이 조금만 침침해도 두려움이 느껴진다. 계단을 오르내리다 다리가 삐끗해도 등골에 식은땀이 흐르는 법이다. 계절의 변화나 몸의 아주 작은 이상도 노인에게는 병으로 흘러들어가는 계곡으로 느껴지고 죽음을 연상케 하는 고리가 된다. 그는 노인이 겪었을 그런 공포를 상상하고는 우울한 기분을 떨칠 수가 없었다.

노인에게서는 여전히 소식이 없었다. 하긴 전화가 없으니 소식을 전할 길이 없기도 했다. 노인은 운동구점에서 군용단도와 운동복을 사올 때를 제외하고는 몇시간 이상 집을 비운 일이 없었다. 아마도 혼자 있게 되면 불안해할 그의 심정을 십분 이해했기 때문일 것이다. 그런데 오늘은 달랐다.

하긴 노인의 태도는 화염병 공격작전이 완벽하게 실행된 이후부터 전과는 조금 달라져 있었다. 무엇이 어떻게 바뀌었다고 꼭 꼬집을 수는 없었지만 노인의 태도가 조금씩 달라진 게 피부에 와닿았다. 그렇다고 불친절하다거나 거리를 두는 것은 아니었다. 그 이전에는 두 몸이 하나가 되어 죽을 맞추어왔다고 한다면 그 이후부터는 따로 떨어진 각자의 몸이 되는 듯했고 대신 노인의 그에 대한 연민의 정은 더욱 깊어 보였다.

그는 이런 변화를 거의 동물적인 감각으로 알아챘다. 그리고 조만간 두 사람 사이에 새로운 관계가 정립되리라 예상했다. 하긴 새로운 관계정립은 피할 수 없는 일이기도 했다. 화염병 공격작전으로 사회적 물의를 일으키고 경찰이 새로운 적으로 등장한 상황에서 두 사람이 언제까지나 현재대로 살 수는 없었다. 학수 자신이 체포되고 어쩌면 노인도 함께 체포되어야 할는지도 모를 일이었다. 그게 경찰이 말하는 사회정의일 것이다.

그는 사회정의를 위해서가 아니라 갇혀 있는 생활이 싫어서라도 자수를 깊이 생각하고 있었다. 사실 노인만 아니었어도 벌써 자수를 했을 터였다. 아내와 아들이 뺑소니 화물차에 치여 저세상으로 갔을 때부터 인생을 거의 포기했던 것이고 마지막 행사로 목적했던 오기삼을 처치한 마당에 편안히 살아남고 싶은 생각은 별로 없었다. 어디에다 버려도 한줌 아까울 것이 없는 생명이었다. 그러니까 자수를 해서 사형을 받건 평생을 감옥에서 보내게 되건 우선은 사방이 넘을 수 없는 벽이나 다름없는 답답한 아파트에서 벗어나고 싶었다.

그런데 노인이 문제였다. 아무리 뛰어난 잔꾀를 부려 노인과의 무관함을 입증해두어도 결국은 거짓임이 드러날 것이었다. 그는 노인과 동반해 감옥에 갈 생각은 추호도 없었다. 아무리 깊이 생각해도 자수는 현명한 종결 방법이 아니었다. 그래서 생각한 것이 자살인데 그것도 쉽지 않아 보였다. 우선 장소가 마땅하지 않았다.

노인의 집에서 자살을 한다면 결과적으로 노인과의 유관함을 증명하는 것일 터였다. 밖으로 나가 적당한 장소를 물색하면 되는 일이지만 그러기도 전에 체포되지 않는다는 보장이 없었다. 그리고 장소 문제를 떠나 생각할 것은 자살로 자기 일은 해결되지만 노인에게 또다른 상처를 주지 않을까 하는 점이었다.

그는 노인이 왜 자신의 일에 정열을 쏟고 기발한 생각까지 짜내어 전심전력으로 협조했는지 그 이유를 알고 있었다. 그에 대한 동정과 연민의 정에 자기 생애의 마지막 행동을 실었던 것이다. 그것이 아니면 20여년을 혼자 살아온 설움을 화염병으로 사회에 되돌려주려 했던 것인지도 모를 일이었다. 그는 화염병 작전을 하는 동안만은 노인에게 옳고 그름이 없고 선과 악이 없었음을 잘 알고 있었다. 노인에게는 그런 것은 사치였던 것이다. 그런 면에서 보면 화염병 작전 동안의 노인은 이 세상 어떤 사람보다 순수했다고 할 수 있었다. 그는 자신의 자살이 노인의 순수성에 흙탕물을 끼얹는 것은 아닐지 망설이지 않을 수가 없었다.

20여년을 홀로살이 공포 속에 살아온 노인의 마지막 자존심 같기도 하고 열정 같기도 한 순수성에 상처를 준다면 노인은 남은 생애를 공포와 이보다 더 깊은 죄의식에 시달리며 살아야 한다. 그는 자살로 결말을 내는 것이 노인에게 그런 상처를 주리라 예상했다. 때문에 자살 선택이 불가능했다.

자수도 자살도 선택할 수 없다는 생각은 그를 여간 괴롭고 곤혹스럽게 하지 않았다. 이 사건을 빨리 결말지어야 할 이유는 노인과 자신의 관계뿐만 아니라 순덕이 농부인 형의 평안을 위해서도 서두르지 않으면 안되었다. 경찰 발표에 따르면 형의 집에 형사대가 급파되었다고 한다. 십분만 조사를 하고 나면 형이 아무 관계가 없다는 사실이 밝혀지겠지만 경찰의 습관은 사실관계를 알아도 물러나지 않을 것이 분명했다. 더구나 동생으로부터 수천만원의 돈을 받았다는 사실을 알게 되면 공범자로 몰아붙일 가능성이 농후했다.

그가 김해에 사는 형에게 돈을 부쳐준 것은 석 달 전이었다. 당시의 그는 자신을 오기삼의 하수인으로 팔아버린 심정으로 그와 어울려 다녔고 그가 시키는 일은 마다하지 않았다. 오기삼에게 달리 바라는 일이 있다면 혹시라도 뺑소니 운전자를 잡아주었으면 하는 것이었다. 대형 건설공사장의 대부분의 화물자동차들이 조직의 관리를 받고 있다는 소문을 들었기 때문이었다. 예컨대 토사를 반출입하는 화물자동차의 운임 가운데 일정액을 조직이 보호비 명목으로 가로채고 있다는 얘기였다.

그는 조직이 나서기만 한다면 화물자동차 운전자들의 동태를 알 수 있고 치밀하게 검색을 한다면 뺑소니 운전자를 색출할 수 있으리라 믿었다. 오기삼은 그의 말을 진지하게 들어주었다. 그러나 돌아서서는 딴청을 부리는 듯했다. 부하들을 독려해 뺑소니를 색출하는 노력을 보여주지 않았던 것이다. 대신 무슨 생각을 했는지 3천만원이라는 거액을 용돈으로 주었다. 그에게는 아파트를 판 돈이 거의 고스란히 남아 있었다. 그래서 반을 형에게 우송했고 나머지 돈으로는 아내와 아이가 합장된 무덤을 단장했다. 억울하게 이승을 떠나야 했던 아내와 아이에게 해줄 것이 달리 생각나지 않았기 때문이다. 그래도 천만원이 넘는 돈이 은행에 남아 있었다.

경찰이 형에게 돈의 출처를 추궁할 것은 보지 않아도 알 일이었다. 살인을 공모한 대가로 받은 돈이 아니냐 하고 닦달을 할 것이다. 형으로서는 그냥 동생이 보내준 것이라고 하겠지만 살인범의 돈을 받는다는 것은 죄악이니 어쩌니 하고 괴롭힐 것이었다. 그는 형이 당할 고통을 생각하면 자신의 주리가 뒤틀리는 듯했다. 고문도 그런 고문이 없었다. 그러나 아직은 어쩔 도리가 없었다.

그는 가만히 앉아 고문을 당하는 것 같은 잡념에 사로잡혀 있기보다 움직이는 것이 낫다 싶어 점심 준비를 했다. 냉장고에는 먹을 것이 별로 없었다. 양파 몇개와 감자 두 개가 고작이었다. 술안주로 과소비를 한 것이다. 그는 특수부대에서 했던 것처럼 실망하기보다 그것만으로 충분하다 생각했다. 특수부대 요원은 어떤 경우에도 모자란다고 생각해서는 안되었다. 단도 한 자루만으로 적을 베어버릴 무기로는 충분하고 건빵 한 봉지면 일주일 살기에 충분하다는 생각을 해야 한다. 만약 모자란다고 생각하면 의욕은 꺾어지고 적에 맞설 용기도 사라지게 되는 것이다. 그래서 특수부대에서는 모자란다는 생각은 금기시되어 있었다.

그는 쌀을 씻어 안친 뒤 감자와 양파만으로 된장을 끓였다. 풋고추가 있었으면 맛이 한결 나아질 것이지만 풋고추는 없었다. 그래도 밥 한그릇 먹기에 된장은 더없이 맛이 나는 찬이었다.

노인은 여간해 돌아오지 않았다. 집을 나간 지 장장 네 시간이었다. 그는 혼자서라도 점심을 먹을까 하다 참고 노인이 오길 기다렸다. 무슨 사고가 난 것은 아닐까 걱정이 되기도 했지만 죽치고 앉아 기다릴 수밖에 없었다.

노인이 돌아온 것은 집을 나간 지 다섯 시간이 다 되어서였다.

"궁금했지? 하릴없이 돌아다니다 왔구만."

학수는 대답 대신 지쳐 보이는 노인을 바라보며 미소만 지어 보였다. 노인은 자그만 비닐봉지 셋을 들고 있었다. 안엔 먹거리가 들어 있었다. 남의 의심을 사지 않을 만한 양이었다. 학수는 얼른 비닐봉지를 받아 개수대 옆에 놓았다.

"점심은 어쨌어? 냉장고가 텅 비어서 먹을 게 없었을 텐데……"

"된장 끓여놓고 기다리는 중입니다."

"아직 전이라…… 몹시 시장하겠구먼. 하긴 나도 아직이야. 된장만으로라도 점심부터 먹을까?"

"그러지요."

학수가 점심을 차렸다. 김치 한 보시기와 보글보글 끓는 된장뿐이라 곧 준비가 되었다.

"된장냄새가 구수한데…… 솜씨가 좋구먼."

"넣을 게 없어 양파와 감자만 넣었습니다. 풋고추가 있었으면 좋았을 텐데, 맛이 날지 모르겠습니다."

노인이 된장을 한번 떠먹어보고는 감탄을 했다.

"맛이 그만이네. 오랜만에 된장다운 된장을 먹어보는구먼."

학수는 노인의 과장된 표현에 빙그레 한번 웃었다.

"정말 맛있어. 어릴 때…… 고향 생각이 나는구먼."

노인이 진정으로 감탄한 듯 말했다.

"그만하세요. 맛이 형편없다는 소리로 들립니다."

학수가 민망해하자 노인이 정색을 했다.

"과장이 아니야. 빈말도 아니고…… 문을 열고 들어서는 순간 구수한 된장냄새가 났고 불현듯 고향 생각이 나더라고. 당숙댁에 얹혀살았을 때 얘긴데, 사실 된장 하나만 맛있게 끓여주셔도 참 행복하더라고. 그 생각이 떠오른 것이네. 한여름이면 된장에 상추가 주찬이었네. 간고등어 한토막 얻어먹기는 하늘의 별따기였지. 읍내 오일장에 가자면 사십리를 걸어가야 해. 그래서 당숙이나 당숙모는 장 나들이를 귀찮아했고 그러니 생선 구경은 바랄 수가 없었지. 사실 생선이 당기지도 않았고…… 된장과 풋고추와 상추만으로도 충분히 행복했거든. 된장냄새를 맡았더니 그때 생각이 나더란 말이네."

"저도 된장은 신물이 나게 먹었습니다. 그런데도 역시 구수한 냄새는 싫지 않네요."

"된장이 싫으면 죽는 거 아니겠나. 아마 우리나라 사람 모두가 그럴 거야. 물리도록 된장을 먹으며 제발 그만 먹었으면 했을 게고, 그러면서도 된장을 그리워하지. 된장을 먹고 지낼 때가 고생스럽기는 해도 행복했고 그 행복을 못 잊기 때문이 아닌가 생각해."

"된장 행복론 같으네요."

"그래? 참, 오랜만에 된장에 밥을 비벼먹으니까 묘한 생각이 드는구먼. 어릴 땐 된장과 상추만으로도 행복했는데 지금은 없는 게 없지 않은가? 그 귀한 육고기까지 없는 게 없어. 그런데 왜 행복하단 생각은 좀체 들지 않는가 하는 생각이 드네. 내가 악해진 것인가?"

"세월이 그렇게 만든 것이겠지요."

"세월이라…… 모두가 세월 탓이지. 그래, 세월이 나를 이렇게 만들었다는 원망스런 생각도 드네."

"어르신이 어떤데요?"

"내가 어떠냐고? 몇시간 동안 여기저기 헤매고 다니면서 뭘 생각했는지 알아? 경찰서나 파출소를 화염병으로 공격을 하려면 화염병이 몇개나 필요할까 하는 것만 생각했어. 병사는 또 얼마나 필요할까 하고 말이야."

"왜 그런 생각을 했습니까?"

"나도 몰라. 그냥 그런 생각이 들었네. 내가 노망이 난 건가?"

학수는 대답하지 않았다. 노인이 그런 터무니없는 생각에 매달렸던 이유를 짐작할 수 있었기 때문이었다.

늦은 점심을 물리고 나자 노인은 담배를 피워문 채 아무 말도 하지 않았다. 학수는 노인에게 방해가 되지 않으려 침대 모서리로 멀리 떨어져 앉았다. 담배를 비벼끈 노인이 화장실로 들어갔다. 그런데 꽤 오랜 시간이 지나도 화장실에서 나오지 않았다. 궁금증이 학수를 사로잡았으나 샤워를 하겠거니 하고는 문을 열어보지 않았다. 근 30분이 지나서야 노인이 화장실에서 나왔다. 노인은 학수의 얼굴에서 궁금해하는 표정을 읽었던지 이렇게 말했다.

"지금은 세상을 떠났지만 마부라는 영화에 주연을 했던 김 무어라는 원로배우가 있었네. 이분이 화장실에 들어가면 십분 넘어 앉아 계시다 나오는 것은 예사였어. 영화촬영을 하다가도 그러신다고…… 그래서 어느 감독이 변비가 있느냐고 물었더니 그 원로배우는 머리를 잘래잘래 흔드시면서 대답하시더래. 화장실은 자신에게 주어진 가장 편안한 공간이고 그 안에 앉아 생각을 하거나 대본을 보며 연기를 구상하면 아주 멋진 생각이 떠오른다고 말이야. 사실 화장실처럼 편안한 곳이 어디 있겠나. 나도 잠시 편안하게 앉았다가 나오는 거야."

"그럴듯합니다."

"변기 위에 앉아 가만 생각해보니 우리가 지금 너무 처져버린 것 같애. 기가 죽었다고나 할까? 우리의 적이 너무 거대하니까 기가 죽는 것도 무리는 아니지만 그렇다고 마냥 이대로 있을 수는 없지 않겠니. 어떻게 하든 살길을 찾아야지. 자네를 수배한 경찰의 코를 납작하게 할 묘수를 찾아야 하지 않겠나? 힘을 내고 열심히 생각하면 묘수가 나올 것 같애. 안 그런가? 자네도 열심히 생각하게. 자수니 뭐니 하는 생각은 걷어치우고…… 알겠지?"

학수는 자살을 생각중입니다 하려다가

"그러지요."

하고 말았다.

노인과 자살 문제를 의논하는 것은 노인을 죽음으로 몰아가는 일이나 다름없었다. 한밤에 베란다를 타고 내려가 어느 지점까지 가서 머리통에 총알을 먹이는 일은 어려울 것이 하나 없었다. 그러나 그것은 끝이 아니라 노인을 더 큰 곤경에 빠뜨리는 일이었다. 다행히 경찰이 수배중인 살인범이 자살을 한 것으로 사건을 종결짓는다면 몰라도 배후를 캔답시고 수사가 계속된다면 노인은 의논 상대 하나 없이 공포에 시달려야 한다. 이미 홀로살이를 통해 깊은 공포 속에 살아온 노인에게 더 큰 공포를 안겨준다는 것은 의리를 저버리는 일이었다. 학수는 이제부터는 노인의 지시에 따를 수밖에 없다 생각을 하면서 노인을 조용히 바라봤다.

노인은 자기 두 손을 들여다보며 깊은 생각에 빠져 있었다. 열 손가락을 폈다 오므렸다 하는가 하면 앞뒤로 뒤집어보기도 하고 다른 한 손으로 손바닥과 손등을 쓰다듬기도 했다. 그러다가 두 손으로 얼굴 가죽을 벗길 듯이 힘주어 쓰다듬기도 했다. 그러고는 무슨 생각을 했는지 학수에게 물었다.

"자네와 내 얼굴이 얼마나 닮았다고 생각하나?"

학수는 노인의 물음이 너무 진지해 전혀 닮지 않았다는 말을 해버릴 수가 없었다.

"사람이란 조금씩은 닮은 데가 있다고 하는 얘길 들은 적이 있습니다만……"

"아냐, 닮은 데가 있어. 닮게 만들어야 해. 내 머릿속에 무슨 묘안이 빙빙 돌고 있는데 그게 무엇인지 아직은 모르겠어. 조만간 분명해질 거야. 난 확신해. 좌우간 닮게 만들어가자고……"

학수는 노인의 어이없는 말에 대꾸를 하지 않았다. 솔직히 그는 노인이 무슨 이유로 갑자기 그런 얘길 하는지 이해가 되지 않았다. 속은 모르겠으나 자신을 노인의 운명과 연결지으려는 생각 때문이 아닌가 의심이 들었다. 외로운 노인에게 곁에 있어주는 한 사람이 얼마나 소중한가는 며칠동안의 공동생활로 체험을 한 셈이었다. 그러나 노인과 자신은 설사 수배를 받은 몸이 아니라 해도 어차피 한 지붕 아래 함께 살 수 없는 운명이었다. 그는 문득 자신은 노인으로부터 멀어져가려고 지혜를 짜내고 있는데 노인은 반대로 그를 떠나보내지 않으려 생각을 반추하는 것이 아닐까 추측됐다. 노인의 생각이 고맙지 않은 것은 아니지만 그러다간 노인 자신도 죄인이 되어 만년을 처참하게 보내게 될지 모르는 일이었다. 그는 내심 고개를 저었다. 노인으로부터 멀어지기 위해서는 노인의 말에 반대를 해나가야 할 것 같은 생각이 들었다. 결코 쉬운 일은 아니겠지만.

　노인은 학수가 입을 다문 채 탐탁지 않은 반응을 내놓자 잠시 말을 중단하고 주춤한 빛을 보였다. 그러나 주춤하는 것도 잠시 금방 어조를 바꾸어 명령하듯 말했다.

　"내게 좋은 생각이 있어. 아직은 확실하지 않지만 말이네. 그러나 시간이 조금 지나면 모든 것이 분명해질 거네. 우선 자네는 술을 좀 마시게나. 밥은 반으로 줄이고 말이네. 자네 얼굴살을 좀 빼야겠네. 나만큼만 여위면 되네. 여윈 사람은 그게 그 얼굴로 보이는 법이야. 우신 그렇게 시작하는 거야. 우리 속담에 시작이 반이라는 말이 있지. 우린 벌써 반은 성공한 거야. 술부터 마시게나."

　노인은 그러고는 일어나 낮에 사온 먹거리와 술병을 손수 냉장고에서 내왔다.

　"사양하면 아니되네. 이건 즐기자고 마시는 술이 아니네. 경찰들 코를 납작하게 하고 자유로운 삶터를 찾아 떠나기 위해 하는 고행인

234

거야. 잔 받게."

"어르신!"

학수는 잔을 드는 대신 다소 엄격한 소리로 노인을 불렀다. 그러나 노인은 막무가내였다.

"알아, 알아. 무슨 말 하려는지. 싫다는 거 아닌가. 싫은 까닭도 알아. 술 먹고 얼굴살 뺀다는 것이 코미디 같겠지. 게다가 확실한 무슨 방도가 나온 것도 아니고…… 그래서 시작이라고 하지 않았는가. 제발 내 말을 따라주게. 그럼 수가 터질 거니까. 대박이 터질 거야."

학수는 더이상 거역할 수가 없었다. 말없이 잔을 들었다. 노인이 술을 따르며 말을 계속했다.

"내가 확신을 할 수가 없어 말을 못하네. 하지만 며칠만 지나면 확신이 생길 거야. 그때 모든 계획을 알려줌세. 그때까지만 내가 시키는 대로 따라주게. 부탁이네. 알겠지?"

학수는 말에 따른다는 뜻으로 첫잔을 단숨에 비웠다.

"그래 그래, 그래 주게."

노인은 만족한 미소를 띠며 다시 술을 따랐다.

"어르신도 한잔하세요."

"아니 난 안되네. 생각을 하려면 머리가 맑아야 하지 않겠나. 그러니 권하지 말게."

학수는 두 잔째도 한입에 들이붓고는 야유조가 없지 않은 소리로 물었다.

"어쩐지 어르신은 생각하고 일을 꾸미는 수뇌부고 전 시키는 대로 따라하는 로봇 같은 기분이 듭니다. 꼭두각시가 되라는 말씀같이도 들리고…… 그렇습니까?"

노인은 박학수의 말이 의외였던지 잠시 상대를 노려보았다. 그러고는 거리가 느껴지는 소리로 되물었다.

"내 말이 고깝게 들렸는가?"

학수는 고개를 가로저었다.

"꼭 그런 건 아닙니다만 어쩐지 제 문제를 두고 전 아무 생각도 하지 말라는 것같이 느껴져서 그렇습니다."

"그 심정은 알겠네. 하지만 자네더러 생각을 못하게 하는 이유는 생각이 건설적이 아니라는 느낌이 들어 그런다네."

"제 생각이 건설적이지 않다니 그게 무슨 뜻입니까?"

"내 말 잘 듣게. 자넨 이미 자수를 생각했어. 그건 사는 길이 아니야. 자칫하면 자살을 염두에 둘지도 모르네. 물론 그런 생각들이 다 나를 사건에서 빼려는 의도에서 나온 것이라는 사실은 알고 있네. 고맙게 생각한다네. 그러나 그건 잘못된 것이야. 자수를 하건 자살을 하건 그런 방법으로는 내가 무관하게 될 수가 없고 결국은 나에게 같은 길을 따라오라는 신호에 다름아니네. 게다가 그건 우리가 힘을 합쳐 모처럼 쟁취한 승리에 먹칠을 하는 거야. 난 그런 길은 사양하겠네. 내가 추구하는 것은 자네가 자유를 찾고 행복하게 사는 거야. 그러면 자연히 나도 자유롭고 행복해질 수가 있는 거지. 내 말 알아듣겠나? 젊은 혈기나 죄의식, 또 경찰을 무적의 상대라 생각하면 아무리 깊은 생각을 해도 패배의 길만 보이는 법이야. 경찰이 별건가? 일제시대의 경찰이나 자유당 시절의 경찰, 박정희 전두환 시대의 경찰을 생각해 봐. 그리고 지금 국민의 정부라나 뭐라는 시대의 경찰은 별건가? 얼마 전에 무슨 경찰청장이 학력 위조로 청장이 된 지 며칠 만에 옷을 벗었다는 얘길 들은 기억이 나네. 그게 지금의 경찰이야. 그런 그들이 어찌 난공불락이라 하겠는가. 내 말 무슨 뜻인지 알겠지?"

학수는 노인의 말에 아무 응대도 하지 않았다. 설득력이 느껴지는 한편 허황하기 짝이 없다는 느낌도 강하게 가슴을 파고들었다. 노인이 계속했다.

"자넨 특수훈련을 받은 사람이야. 하긴 모든 사람은 환경에 따라 특수훈련을 받는다 해도 과언이 아니지만…… 그러나 자넨 또 좀 특이하지. 내가 느끼기엔 자넨 공격일변도의 특수훈련을 받으면서 동시에 죽음을 맞이하는 훈련도 받은 것 같애. 안 그런가? 그래서 극도의 비관적인 환경에 놓이게 되면 사는 것보다 죽을 장소를 찾게 되는 거지. 특수훈련이란 공격을 하다 여의치 못하면 미련없이 죽어라, 하는 것이 기본이 아니던가? 공격과 패배 두 갈래밖에 생각지 않는 거지. 난 제삼의 길이 있다고 믿어. 우리가 찾으려는 것이 그 길이야. 내가 자네의 두뇌회전을 중지시키려는 이유가 그런 것이야. 알겠지!"

학수는 석 잔째 술을 자작으로 마셨다. 갑자기 여태까지와는 전혀 다른 감정이 가슴을 쓸어내렸다. 노인이 두려운 존재로 느껴졌다고나 할까, 그런 감정이었다. 노인이 쏟아낸 말 속에는 학수가 겪어온 진실이 고스란히 담겨 있었다. 자수와 자살을 생각한 것도 사실이고 특수훈련의 요체가 그런 것도 사실이었다. 인간의 능력을 최대한 발휘하여 공격할 수 있도록 사람을 기계화하고 그 공격이 실패하면 미련없이 죽도록 하는 것이 특수훈련이었던 것이다. 또한 그 훈련이 올곧은 생각을 할 지력을 빼앗아가는 것도 부인 못할 진실이었다.

학수는 영화판 말단에서 일했던 노인의 박식에 혀가 내둘릴 지경이었다. 동시에 노인이 기묘한 인물로 보이기 시작했다. 닷새 동안을 함께 지내오면서도 그는 노인에 대해 특별한 관찰을 하지 않았다 해도 과언이 아니었다. 그저 몸을 숨겨주고 일에 협조해준 고마운 사람이라는 단순한 생각 이상은 하지 않았다. 그러나 곰곰 따져보면 예삿사람이 아님이 분명했다. 옷차림부터 그랬다. 칠순을 바라본다면서 청바지를 입는 것도 보통사람과 달랐다. 그것이 조금은 사치하고 유행에 민감한 영화판에서 익힌 복식이라 해도 청바지는 튀는 차림이라 보지 않을 수 없었다. 화염병을 생각해낸 것도 특출한 것이었다. 게릴라전을 방불케 하는 공격작전도 범인(凡人)이 고안해내기는 쉽지 않을 것이었다. 정세를 살피는 치밀한 판단력도 존경할 만했다. 그리고 지금 자유로워질 방법을 골똘하게 생각하는 자세도 놀라웠다.

노인에 대한 관찰이 여기까지 미치자 학수는 어쩐지 등골이 써늘했다. 홀로살이에 지칠 대로 지친 가련한 노인이라기보다 무한한 잠재력과 공격력을 지닌 무슨 괴물 같다는 생각을 부인할 수 없었다. 그는 취기가 오르고 있는 시선으로 자기의 두 손을 들여다보며 깊은 생각에 잠겨 있는 노인을 바라봤다. 표정이 너무 엄숙해 응시하기가 민망할 지경이었다. 더구나 그 표정 뒤에 있는 특출한 두뇌에서 무언가 새로운 방안이 나올 것을 예상하면 등골에 진땀이 날 지경이었다.

노인의 집중력을 보면 어떤 방법으로건 자유를 향한 길이 뚫릴 것이라 믿어졌다. 두 사람 중 한 사람은 무사히 자유를 누리게 될 것이었다. 노인의 표정이 그런 신뢰를 주고 있는 것이다.

"텔레비 켜게. 뉴스 시간이야."

노인이 말했다. 생각에 빠져 있으면서도 시간을 놓치지 않는 것이 신기했다. 텔레비전에서는 다섯시 뉴스가 시작됐다. 국회법 개정 문제를 두고 야당이 본회의장을 퇴장했다는 소식이 전해지고 이어 외국을 전전하고 있는 전 대우그룹 김우중 회장이 검찰에 자진출두할 의사가 없음을 밝혔다는 소식을 전했다. 학수는 김우중 회장이 잘못을 저지르고도 비열하게 세계 여러 나라를 전전하며 숨어 지내는 팔자가 됐다는 사실만으로도 속이 뒤틀리는 웃음이 터져나올 듯한 기분이었다. 한국 5대 재벌의 총수 가운데 한 사람이 검찰수사를 받게 됐다는 것만으로도 희극이 되고도 남을 것인데 세계적인 도망자가 되다니 이 야말로 세상만사 새옹지마가 아닌가 생각되었다. 이어 화염병 사건 소식이 좀더 자세하게 흘러나왔다.

"화염병 공격사건을 수사중인 경찰은 화염병 첫 투척장소에서 이 킬로미터쯤 떨어진 주유소에서 육십대 후반의 한 노인이 휘발유 한 통을 사간 사실을 확인하고 반경 오백 미터 안의 노인들의 동태를 탐문하고 있다고 합니다. 이 노인은 백칠십 센티미터 정도의 키에 여윈 얼굴이며 아직은 건강해 보였다고 합니다. 특징은 나이에 걸맞지 않게 청바지를 입고 있었다는 것입니다. 경찰은 인상착의가 비슷한 노인을 발견하면 신고해줄 것을 당부하고 있습니다……"

학수는 얼른 스위치를 껐다. 노인은 불꺼진 텔레비전 화면을 응시하고 있었다. 그러다가 혼잣말처럼 뇌까렸다.

"천려일실이군. 청바지라니……"

노인이 청바지를 사입은 것은 무슨 특별한 느낌이 있어서가 아니었다. 몇달 전 모처럼 밤외출을 나갔다가 우연히 발을 들여놓은 곳이 야시장이었다. 마침 청바지를 일 톤짜리 트럭 짐칸에 가득 쌓아놓고 삼십대 청년이 '골라 사가라' 외치고 있었다. 보아하니 질길 것도 같고 색깔도 괜찮은데다 값도 싸서 한벌 샀던 것이다. 육십 노인이 청바지를 입으면 흉하지는 않더라도 눈에 잘 띈다는 생각은 해본 적이 없었다. 그런데 그게 주유원에게 기묘한 인상을 남긴 모양이었다.

학수는 아무 말 않고 노인을 보기만 했다.

"방금 반경 오백 미터라고 했지?"

"예. 그런 것 같습니다."

"이 사람아, 이런 중요한 문제에 그런 것 같습니다 해서 쓰겠나? 우리의 문제인데 정확히 들어야지."

"죄송합니다."

"오백 미터라고 했다면 아직은 안심이야. 내가 휘발유를 사온 주유소는 적어도 이 킬로미터는 되거든. 이런 일이 있으리라 생각하고 멀리 갔던 거지. 허나 시간을 벌었다고 방심해서는 안되겠지. 튈 준비를 하자고…… 자유를 찾아서 떠나야지 않겠나. 어서 술이나 마시게."

학수는 노인의 치밀함에 놀라면서도 맥이 빠지는 느낌이 들어 위로 삼아 한마디했다.

"걱정 안하셔도 됩니다. 어떤 한가한 사람이 신고를 합니까. 협조한다고 나섰다가 오너라가너라 경찰에 불려다니며 시달림을 받을 텐데요. 신고한다면 그놈이 미친놈이라 봐야죠. 그렇더라도 청바지는 벗는 것이 좋겠습니다."

"나도 우리 국민들이 경찰문제에 아주 비협조적인 기질을 믿지. 하지만 충고대로 청바지는 벗겠네."

그는 금세 바지를 바꿔입었다. 그러고는 다시 생각 속으로 빠져들어갔다. 학수는 노인의 말대로 술을 마시는 것 외에는 할일이 없었다.

학수는 시키는 대로 술잔을 거푸 기울이면서도 노인이 무얼 생각해 술을 권하는지 속내를 알 수가 없어 가슴이 답답했다. 노인은 얼굴살을 빼려면 술을 마셔야 한다는 이유로 술을 권했다. 얼굴살을 빼라는 데에는 분명한 이유가 있을 것이었다. 그런데 그 이유가 손에 잡히지 않았다.

노인은 깊은 생각에 빠져 그런지 아니면 얕은잠에 빠졌는지 두 팔을 깍지긴 자세로 허리를 구부정한 채 꼼짝하지 않았다. 어느새 창문에는 창문 크기의 노을이 방안을 엿보고 있었다. 학수는 취기로 시야가 뿌옇게 흐려 보일 지경이 되어 있었다. 빈 소주병이 네 개나 나뒹굴고 있었다. 자작으로 이렇게 많은 술을 마셔보기는 요 근래 처음이었다. 아내와 아이를 잃은 직후 그는 세상의 술이란 술은 모조리 마셔 버릴 사람처럼 술독에서 헤어나질 못했다. 보다못해 타고난 농사꾼인 형이 찾아와 질책을 했다.

"술독에 빠져 목숨 재촉 말고 뺑소니 놈 찾아나서는 것이 도리가 아니냐!"

그는 그때까지 형의 가슴속에 그런 열정과 분노가 쌓여 있으리라 상상해본 일도 없었던 참이라 놀라고 부끄러워 고개를 들 수가 없었다. 형은 계속해 그를 몰아쳤다.

"난 하나뿐인 동생인 니한테 아무것도 해준 것이 없는 사람이다. 그렇다고 사랑하는 가족을 그렇게 뺏기고 술독에 빠져 인생을 망치라고 가르치진 않았다. 나보다 몇배 힘차게 더러운 것들하고 싸우면서 사람값을 해주기 바랐다."

그는 형이 말했던 사람값이 무엇인지 지금도 알 수가 없었다. 그러나 살인자가 된 자신으로서는 영영 사람값을 못하리라는 것만은 확실히 깨달을 수가 있었다. 눈물이 핑 돌면서 콧물이 흘러내렸다.

학수가 콧물을 훌쩍 빨아들이자 그 소리가 들렸던지 노인이 눈을 떴다.

"자넨 여전히 비관을 하고 있구먼. 그러지 말라고 하지 않았나!"

"아닙니다. 제겐 비관이고 낙관이고 있을 리 없지 않습니까? 술이 들어가니까 기분이 좀 울적해서 그런 겁니다."

"그건 아무래도 좋으이. 곧 사라질 감상이니까. 헌데 박학수군!"

"예에!"

"이제 생각이 났네. 자유의 길이 열렸네. 경찰들이 납작하게 돼서 언론의 조롱을 받을 거네. 이제 안심하게!"

노인의 표정이 한결 밝아 보였다. 만만한 자신감을 드러내며 미소까지 지어 보였다. 그런데 학수는 그 자신만만함이 되레 마음에 걸려 물었다.

"어르신이 생각한 것이라면 그렇게 될 수도 있을 겁니다만, 어르신은 왜 그렇게 경찰을 미워하십니까?"

"내가 경찰을 미워한다고? 아니야, 천만에…… 난 그런 적 없네. 과거 경찰이 잘못한 일들을 가지고 나쁘다는 생각도 한번 해본 일이 없어. 미워하는 건 절대 아니야. 그건 자네가 아직도 문제의 본질을 모르고 하는 소리야. 우리가 지금 무엇을 하고 있는가. 생각해보게. 우린 경찰과 전쟁을 하고 있는 거야. 이 싸움에서 지게 되면 우리는 남은 미래를 송두리째 빼앗기게 되네. 벽 속에 갇혀 간수들의 감시를 받으며 콩밥으로 연명하는 불쌍한 신세가 된단 말이네. 허나 우리가 이기면 우리는 자유롭고 안락하게 살 수 있어. 자유를 찾기 위한 전쟁을 하고 있다는 사실을 명심하라고……"

"어르신 말씀을 이해 못하는 것은 아니지만 생각해보십시오. 전 사람을 몇이나 죽인 살인자입니다. 살인자가 자유를 누린다면 세상이 어떻게 되겠습니까?"

"답답한 친구야! 누가 자네더러 살인자라고 하던가? 누가 우리의 자유를 압수할 수 있다고 하던가? 자책감을 가지면 안되네. 이런 썩 어문드러진 개떡같은 세상에서는 더욱 그럴 필요가 없지. 난 자네가 제발 그리지 않기를 바라네. 다른 아무런 속단도 말고…… 알겠나?"

"어르신 처분만 기다려보겠습니다."

"그럼 저녁을 먹고 진지하게 얘길 나누세. 내가 저녁을 지음세. 자넨 계속 술이나 마시고 있으라고……"

노인이 벌떡 일어섰다. 학수의 눈에는 노인이 헤아리기 힘든 거인처럼 올려다보였다. 위압감도 느껴졌다.

저녁상을 물리고 나자 노인이 모처럼 커피를 끓여 내왔다. 학수와 함께 지낸 닷새 동안 딱 한번 커피를 마시고는 이번이 두번째였다.

"난 하루에도 몇잔씩 커피를 마셨네. 그런데 자네가 온 뒤부터 커피를 깜박해버렸네. 이게 두번째던가? 내가 사랑하는 커피 자리를 자네가 대신한 셈이 됐네. 오랜만에 한번 정답게 마셔보세나."

노인의 말에서 헤아리기 어려운 긴장감이 느껴져 학수는 아무 대꾸도 하지 않았다. 노인이 커피 한 모금을 마시고는 향기를 음미하듯 두 눈을 지그시 감았다. 눈을 감은 채 말을 냈다.

"자네, 여권이 있다고 했지?"

"예! 있습니다."

"그럼 됐네. 나헌테 주게, 지금!"

"여권을요?"

"그래, 이리 주게!"

"뭐하시게요?"

"두고 보시면 알게 되네. 뭐 변조를 하거나 중국 조선족 동포에게 팔아먹지 않을 테니까 걱정일랑은 말고……"

"그래서 여쭙는 것이 아니라 갑자기 여권을 찾으시니 이상해서 그럽니다."

"이상하다? 이상할 거 하나도 없네. 좌우간 여권을 주게. 그럼 다 얘길 할 테니까."

학수는 더이상 버틸 수가 없어 007가방 안에서 여권을 꺼내 노인에게 건넸다. 노인은 여권을 찬찬히 들여다보며 말했다.

"사진이 아주 선명하군. 좀 흐릿했으면 좋았을걸."

"사진이 흐릿하면 여권이 나오지 않는답니다."

"꽤나 철저히하는군. 어쨌건 좋아."

"여권을 주면 모든 걸 말씀해주신다고 하셨습니다."

"그럼, 해야지. 자네 동의가 없으면 안되는 일인데 말을 아니할 수는 없지. 박학수군!"

노인이 갑자기 어조를 바꾸어 진지하게 학수를 불렀다.

"말씀하십시오. 한 말씀도 빠뜨리지 않고 듣겠습니다."

"암, 그래야. 자네, 내 손이 신이 준 손이라는 얘길 들었는가?"

"글쎄, 그런 자랑은 하신 것 같습니다."

"그렇네. 내 손은 신이 내린 손이야. 수많은 배우들이 이 손으로 빚은 새로운 얼굴로 출세를 하고 인기를 얻고 대중의 영웅이 됐다는 얘기도 내가 했지?"

"하셨습니다."

"날 믿지? 아니 신이 내린 이 손의 조화와 천재성을 믿을 수 있겠나?"

학수는 스무고개 같은 대화에 혼란이 느껴져 잠시 대답을 늦추었다. 노인이 독촉을 했다.

"믿을 수 있겠나?"

"지금은 어르신을 믿을 도리 외에 다른 방법이 없지 않습니까!"

"박학수군! 나는 진실한 믿음을 원하고 있는 거네."

"믿습니다."

"그렇지. 내가 자네를 믿는 이상으로 자네도 날 믿어야 일이 되네. 내 말 잘 들으시게."

노인은 숨을 고르느라 잠시 말을 중단하며 학수의 얼굴을 응시했다. 학수도 노인의 시선을 피하지 않았다.

"많은 배우들이 그랬듯이 자네도 분장을 하세. 한마디로 자네 얼굴

244

을 다른 사람의 얼굴로 바꾸는 거야. 자넨 새로운 사람으로 태어나는 거지. 경찰은 물론 자네 자신도 알아보지 못할 얼굴로 바꾸는 거야. 그런 다음 유유히 이곳을 빠져나가 자유의 천지로 날아가는 거지."

학수는 노인의 말을 얼른 납득하지 못했다. 배우들이 했듯이 분장을 하자는 것까진 이해가 되었으나 자유의 천지로 날아간다는 말에는 어이가 없었다. 분장이야 잠시 잠깐 동안 효과가 있는 것이지 영구적인 것이 전혀 아니다. 땀이라도 흘리게 되면 분장이 지워져 얼굴에 얼룩이 지고 조만간 본얼굴이 드러나고 만다. 아무리 영화관과 거리가 멀어도 그만한 상식은 있는데 노인이 그런 가당찮은 말을 하다니, 그로서는 납득을 못하는 정도가 아니라 노인의 정신상태가 의심스러웠다. 그는 비죽한 미소를 지으며 노인에게 말했다.

"자유의 천지로 날아가는 것은 좋지만 어째서 어르신께서 그런 불합리한 생각을 하셨는지 이해가 되지 않습니다."

노인도 미소를 지었다.

"자넨, 날 믿겠다고 하고선 믿지를 않는군. 그럴 만도 하지. 하지만 잘 듣게. 반드시 뜻대로 될 테니까."

학수는 더이상 말을 하지 않았다. 터무니없는 망상에 사로잡힌 노인과 왈가왈부해봤자 피곤만 더하리라 생각한 것이다. 그러나 노인은 학수의 태도에 개의치 않고 계획을 말했다.

"난 자네 얼굴을 내 얼굴로 변조시킬 생각이네. 그래서 자네 얼굴에서 살을 좀 빼라고 한 것이야. 내 말하지 않았나, 여윈 얼굴은 쉽게 구별이 안된다고…… 계획은 이렇다네. 내 얼굴로 변장을 한 자네는 이 집을 나가 곧장 비행장으로 가는 거야. 공항 근처 호텔에서 이틀 밤만 지내라고. 호텔에는 경찰의 임검 같은 게 없거든. 설사 있다고 해도 자넨 박학수가 아니라 김덕중 노인인 거야. 그러니 들통날 염려는 아무데도 없어. 이틀이 지나고 나면 자네 수배가 풀릴 거야. 아니 자네가 중국행 비행기에 탑승하기 이십사 시간 전에 수배가 해제될 거란 말이야. 그러니 그때는 분장을 말짱 지워버리고 비행기에 오르 면 되는 일이지. 상해나 북경에 떨어지걸랑 연변으로 토끼라고. 연변 의 조선족 마을로 가는 거지. 거기 섞여 사는 거지. 그리고 중국말이 어느 정도 습득되면 더 넓은 중국천지 여행을 다니는 거야. 그사이 좋 은 여자를 만나거든 결혼을 해도 좋고 동거를 해도 좋지. 자넨 일본에 서 일을 저질렀기 때문에 일본으로 가긴 힘들 것이고 그렇다고 미국 을 가겠나, 유럽으로 가겠나? 안 그래?"

학수는 노인의 환상적인 탈출계획을 들으며 귀가 솔깃하기보다 깊 은 절망을 느껴야 했다. 도무지 될 법한 일이 아니었던 것이다. 어찌 어찌 분장을 잘해서 공항 부근까지 가서 호텔에 투숙을 하는 데까지 성공을 한다 하더라도 경찰의 수배를 해제시킨다는 것은 전혀 불가능 한 일이었다. 노인이 그런 사실을 모를 리가 없었다. 그런데도 황당한 계획을 세운 것은 물론 자신을 위해서였지만 그런 계획은 세우지 않 는 것이 차라리 위해주는 것이라 그는 생각했다.

"어때? 내 계획이 마음에 들지 않나?"

어이없어하는 학수의 표정을 보며 노인이 물었다.

"마음에 들고 안 들고가 아니라 어르신 계획은 완전히 환상이고 황 당 그 자체입니다. 어르신도 그렇게 생각하시죠?"

"아니, 난 확실한 진행표도 짜두었다네. 세상에는 환상적이고 황당 한 일이 수없이 일어나고 있다는 사실을 간과해선 안되네. 난 자네가 그렇게 부정적으로 생각하는 이유를 알 수가 없어. 내가 그랬지 않은 가. 믿음을 가지라고…… 게다가 여기 이렇게 신이 내린 손이 있어."

노인은 자기 두 손을 높이 들어 보였다. 학수도 노인의 손을 바라봤다. 노동을 모르는 부드럽고 작은 손이었다. 손가락도 가늘고 섬세해 보였다. 주름이 덮여 있었지만 여전히 고운 느낌을 주었다.

"자넨 이 손을 믿어야 돼. 자유를 찾으려면……"

노인이 자신에 차서 말했다. 그러나 학수는 아무 대꾸도 하지 않았다. 노인이 하는 양이 너무 어리석고 우둔한 노릇 같아 상대하는 것조차 꺼려졌다.

노인은 학수의 반응이 의외로 냉담하자 서서히 실망의 빛을 나타내기 시작했다. 의기소침해져 학수에게 물었다.

"내 계획을 그렇게 믿지 못하겠는가?"

"어르신! 그건 계획도 아닙니다. 어르신 망상이지요."

"허허, 내 회심의 역작이 이런 냉대를 받다니…… 그렇담 좀더 생각해보기로 하겠네. 아니, 자네가 생각할 여유를 줌세. 난 이 계획을 절대 포기하지 않을 걸세. 그리 알고 시간을 가지고 생각해보시게. 그러나 긴 시간은 없네. 적은 시시각각 포위망을 좁혀오는데 생각한답시고 적에게 기회를 줄 수는 없지 않은가. 자네가 결단을 내려야 하네. 날 믿고 하는 대로 따르겠다는 각오를 하시란 얘기야. 알겠지? 학수군!"

학수는 대답 대신 고개만 한번 숙여 보였다. 노인이 빈 커피잔을 걸어 일어났다. 커피잔을 개수대에 넣고는 조용히 침대로 가 몸을 눕혔다. 그러고는 이내 잠든 듯이 기척을 내지 않았다.

학수는 소침해서 침대에 눕는 노인을 본 순간 왠지 죄스러운 생각이 들었다. 가슴 한쪽에 아릿한 아픔이 느껴졌다. 노인이 그렇게 열심히 생각해낸 구상을 너무 무시하지 않았나 하는 후회도 없지 않았다. 하다못해 황당하고 환상적이라는 말은 하지 않았어야 했다고 생각했다. 따지고 보면 그게 얼마나 모욕적인 말인가. 노인이 깊은 모멸감을 느꼈을지도 모를 일이었다. 그러나 이제 후회를 해야 소용이 없었다. 아니, 그는 생각했다. 이참에 얽혀 있는 무언가를 풀어야 한다는 생각이 떠오른 것이다.

이제는 서로가 부담이 되었다. 그의 불확실한 운명이 곧 노인의 미래와 얽혀 있고 노인의 행동 여하에 따라 그의 장래가 좌우되는 사이였다. 함께 일을 꾀하던 때만 해도 이렇게 깊이 뒤엉키게 되리라곤 예상하지 않았던 두 사람이었다. 그런데 이제는 자신의 안전도 확신하지 못하는 처지에서 상대의 안전을 깊이 고려하지 않으면 안될 자리에 앉아버린 것이다. 그는 이런 부담이 노인과 자신 사이에 증오를 일으키지 않을까 하는 두려움을 느꼈다.

노인이 그런 터무니없는 탈출계획을 세운 것도 어쩌면 자신이 하루라도 빨리 떠나주기를 바라는 마음의 표출이 아닌가 하고 그는 생각했다. 입장을 바꾸어보면 충분히 그럴 수가 있는 일이었다.

이제 그가 아파트를 빠져나가는 일은 어렵지 않다. 아파트 현관에서 체포될지 또는 한길에서 체포될지는 아무도 예측 못할 일이었다. 혹은 일년이나 삼년 후에 체포될지도 모르고 운이 좋아 영영 체포되지 않을지도 모르는 일이었다. 이런 불가측의 운명을 앞에 두고 그는 자신이 체포됐을 때 노인이 입을 피해를 걱정해 아파트를 떠나지 못하고 있지만 노인의 입장에서는 반대로 생각할 수도 있다는 사실을 비로소 깨달았다.

자신이 체포됐을 때 노인이 입을 피해가 걱정된다는 그의 생각은 이 아파트에 더 오래 머물기 위한 합리화라고, 노인이 생각할 근거는 충분했다. 이곳이야말로 그에겐 가장 안전한 은신처이기 때문이다. 갇혀지내야 한다는 것만 제외하면 불편할 것이 아무것도 없었다. 몇억의 돈이 있으니 돈 걱정이 있을 리 없고 먹고 자는 데에 특별한 불편이 있는 것도 아니다. 그리고 노인의 분장솜씨를 빌려 얼굴에 환칠을 하고 밤산책을 간다면 그런대로 안전이 보장된다. 목숨을 포기한다면 술집 나들이도 가능하고 여자를 사귀는 것도 어렵지 않다. 그런 기간이 얼마나 오래 주어질지 모르긴 해도 상당기간은 안전하고 편할 것이었다.

그는 노인이 그런 생각을 하지 않고 있다고 믿을 아무 근거가 없음을 깨달았다. 사람이란 누구 없이 겉과 속이 다르다고 하지 않는가. 노인이라고 그러지 말란 법은 없다. 아니 당초부터 총의 위협을 받고 협조를 했던 사람이다. 협조란 것도 어쩌면 그를 빨리 떠나보내기 위한 것인지도 모를 일이었다. 약속대로 돈의 반을 남겨놓고 떠나주기를 손꼽아 기다리지 않는다고 말할 수는 없는 것이다. 대학교수도 돈을 얻기 위해서 아비를 죽이는 세상이 아니던가.

그는 생각이 여기까지 미치자 자신의 어리석음에 혀를 차지 않을 수 없었다. 자수를 하건 자살을 하건 또는 전력을 다해 도피를 시작하건 선택의 자유는 자신에게 있는 것이지 노인의 안위가 문제되는 것은 아니었다. 진심으로 노인의 안위를 생각한다면 혼자 있을 때건 경찰에 체포됐을 때건 혀를 깨물고라도 묵비권을 행사하면 될 일이었다.

그는 갑자기 앞이 훤히 트이는 느낌이었다. 갈길은 이미 열려 있었던 것인데 미처 보지 못했던 것이다. 도피자금은 충분했다. 노인에게 반을 준다 해도 몇년은 버틸 수 있을 것이다. 도피생활에 염증이 나면 자수를 하거나 자살을 해버리면 그만이다. 가진 돈을 써버린 뒤에 자살을 한다면 뒤가 더욱 깨끗할 것같이 여겨졌다. 그는 노인과의 관계를 청산할 시기가 코앞에 다가왔음을 확인했다. 청산 시기를 확인한 이상 머뭇거릴 필요가 없었다.

그는 한번 더 근사하게 이별주를 마신 뒤 약속대로 돈을 나누고 미련없이 헤어지리라 결심했다. 다음날 오후나 그 다음날 새벽이면 이별이 가능할 것 같았다.

그는 몸을 일으켜 천천히 노인의 곁으로 다가갔다. 노인의 두 눈은 굳게 감겨 있었다. 호흡도 골랐다. 잠이 든 것이 분명했다. 그러고 보면 요 며칠 동안 노구를 이끌고 체력 이상의 활동을 했던 노인이다. 지치고도 남을 만했다.

그는 노인의 자는 모습을 가만히 내려다보고 있었다. 무척이나 평화스러워 보였다. 이런 노인이 화염병 작전과 황당하긴 해도 탈출계획까지 세웠다는 사실이 믿어지지 않았다. 그런 것이 노인들이 가진 잠재력이 아닌가 하는 생각이 들었다. 엉뚱하게도 모든 노인들이 그런 잠재력을 가지고 있고, 힘을 뭉쳐 작전을 편다면 세상은 어떻게 바뀔까 하는 의문이 불현듯 떠올랐다. 세상이 뒤죽박죽 아수라장이 될 것은 보지 않아도 알 일이었다. 노인들의 체력이 약해지는 것이 그나마 다행이라 생각하며 그는 노인의 침상에서 물러났다.

의자에 몸을 맡겼으나 아무 할일이 없었다. 결론을 내린 이상 노인과 관계된 일도 생각하기 싫었다. 그러나 가만 앉아 있자니 몸도 마음도 편치 않아 여간 곤혹스럽지 않았다. 모험을 하는 셈치고 바깥바람을 쐴까 하는 유혹이 마음을 흔들었다.

그러나 그것만은 자제해야 한다고 자신을 타일렀다. 자신이 없는 사이 노인이 잠이라도 깬다면 얼마나 놀랄 것인가. 공연한 유혹에 끌려 노인을 놀라게 하고 싶지는 않았다. 그는 텔레비전이라도 켤까 하다 이내 생각을 거두었다. 소리가 노인의 잠을 깨울 수도 있기 때문이었다. 할일이 없어 어물거리던 그는 문득 007가방을 떠올리고 쾌재를 불렀다. 돈가방을 들고 오기는 했어도 그 안에 목숨을 걸었던 돈이 정확히 얼마인지 셈해본 일이 없었다. 그는 그 돈을 셈해볼 작정으로

007가방을 탁자 위에 올려놓았다. 가방을 열자 돈냄새가 확 풍겼다. 잉크내 같기도 하고 그것도 아닌 야릇한 냄새가 홍겨운 기분을 돋우어주었다.

백달러짜리 지폐는 상당기간 유통이 됐던지 풀기가 없었다. 반면 만엔권 일본 지폐는 풀기가 빳빳했다. 그는 한장한장 헤아려보려다가 단념하고 뭉치만을 세었다. 만달러 묶음 스무 개. 백만엔 묶음 열 개. 듬직한 기분이 가슴을 뜨겁게 했다. 돈은 아무리 들여다보고 또 보아도 싫증이 나지 않았다.

그런데 갑자기 돈다발에 겹쳐 형의 얼굴이 투영되었다. 햇볕에 그을린 검은 얼굴이 시야를 가로막는 것이다. 흙을 긁느라 갈퀴처럼 투박하게 된 손이 누굴 부르는 듯한 손짓을 하고 있었다. 형의 얼굴에 겹쳐 형수의 얼굴도 보였다. 그는 경찰에 시달리고 있을 형 부부를 생각했다. 숨이 콱 막히는 듯했다. 돈에서 눈을 떼고 뚜껑을 덮었다. 그러고는 가방에 얼굴을 묻고 숨을 골랐다.

수사의 진척상황이 궁금했다. 그렇다고 함부로 텔레비전을 켜기도 무엇했다. 답답증을 견디다 못한 학수는 벌떡 일어나 냉장고에서 소주병을 하나 꺼내왔다. 술이라도 마셔야 부글부글 끓는 속이 가라앉을 것 같았다.

병째 나발을 불었다. 술이 들어가자 한결 숨쉬기가 나았다. 노인이 눈을 뜬 것이 바로 이때였다. 노인은 병나발을 부는 학수를 조용히 바라보며 미소를 지었다. 술을 마시고 얼굴살을 빼라는 지시를 이행하고 있다고 믿었던 것이다.

노인은 숨가쁘게 병나발을 불고 있는 학수를 한동안 가만히 보고만 있었다. 거푸 두어 병만 그렇게 마셔주었으면 했다. 깍두기 안주도 없이 두어 병만 뱃속으로 쏟아붓게 되면 아무리 튼튼한 위장이라도 탈이 나지 않을 수 없을 것이다. 위장이 탈나면 맨 먼저 얼굴살이 빠진다. 게다가 오만상을 찌푸리게 된다. 그런 얼굴에 주름살만 몇가닥 심어놓으면 자연스럽게 육십 노인이 될 터였다. 그가 가만 바라보기만 하는 것은 그런 기대 때문이었다.

예상했던 대로 학수는 한 병을 비우고 새 병을 꺼내와 나발을 불어댔다. 안주 생각은 아예 안 나는 것 같았다. 그는 학수의 든든한 위장이 부러웠다. 학수는 두번째 술병을 사뭇 콸콸 쏟아부었다. 그대로 두었다간 위장에 구멍이 뚫리고 말 것같이 위험해 보였다. 그는 다가가 술병을 빼앗았다.

"술도 급하게 마시면 목숨이 위태하다 들었네. 김치 안주라도 해서 마셔야지."

학수는 취기가 도는 눈으로 노인을 바라보며 히죽 웃었다.

"그까짓 목숨이 대수입니까?"

"목숨이 대수가 아니면 무엇이 대순가?"

"그야 저도 모르지요."

"그래, 모를 때는 어른 말 듣는 것이네. 어른 말 들으면 자다가도 떡이 생긴다고 하지 않던가!"

"참 그러네요. 아주 맛있는 떡을 먹은 셈이지요. 그럼, 이번엔 무슨 떡이 생길지 말씀해주십시오."

노인은 천천히 학수의 앞자리에 앉았다. 혼란스러운 표정인데다 눈의 초점마저 흐려 보이는 학수의 얼굴을 바라보는 노인의 마음이 편치 않았다.

"학수군! 내 말 잘 새겨보았는가?"

학수는 노인이 무슨 말을 했던지 얼른 기억이 나지 않아 초점 흐린 두 눈만 껌벅거렸다.

"중국으로 날아가는 계획 말이네."

노인이 깨우치듯 말했다. 학수는 환상적이고 황당한 탈출계획을 떠올리고는 다시 히죽 웃었다.

"어르신! 그 계획은 황당하다고 이미 말씀드린 것으로 알고 있는데요. 그건 안되고요, 다른 계획을 말씀해주십시오."

"학수군! 다른 계획은 없네. 길은 오직 그것 하나뿐이라네. 빈틈이 없는 것이라고 믿어주게나."

"아뇨, 전 믿지 못합니다. 그리고 설사 믿을 수 있는 계획이라 해도 싫습니다. 전 중국에 가고 싶지 않단 말입니다."

"중국에 가고 싶지 않다고? 이 사람아 중국이 얼마나 좋은 나라인데 그러는가. 광활한 대륙에 온갖 신비한 것들이 있고 수많은 민족이 섞여 살고 있어서 쉽게 눈에 띌 염려도 없고 평생 구경하기 힘든 음식들, 요리들이 있는 곳이야. 그런 대륙이 싫단 말인가?"

"예에, 싫습니다. 전 외국이 싫어요. 일본도 싫고 미국도 메스껍고 기타 어느 나라건 가고 싶지가 않아요. 전 이 좁은 땅에서 개미처럼 살고 싶어요. 아내와 아이의 무덤이 있는 이곳에서요."

"자네 심정을 모르는 것은 아니야. 자기 나라를 떠나고 싶은 사람이 어디 있겠어! 하지만 자네가 자유로우려면 여기 있을 수 없지 않나. 이 나라에서 죄를 짓고도 자유롭게 살려면 정치가가 되어야 하는데 불행히도 자네나 나나 정치를 하는 사람이 아니야. 그러니 외국으로 튀는 수밖에 없지 않는가. 죄지은 놈들이 줄줄이 외국으로 토끼는 이유가 뭔지 자네도 알 걸세. 큰 죄 지은 놈은 봐주고 작은 죄 지은 놈은 짓밟게 돼 있어. 그런 거란 말이네."

"어르신 말씀이 옳다는 것은 저도 압니다만 외국은 싫습니다."

"그럼, 경찰에 잡혀서 감옥고생을 하겠다는 뜻인가?"

"아뇨. 숨어지낼 수 있을 때까지 숨어살겠습니다. 하루가 될지 일 년이 될지 모르지만 그건 운에 맡기지요. 하여튼 숨어보겠습니다."

노인은 난감한 표정을 지었다. 학수의 어투로 보아 그 결심을 되돌리기가 쉽지 않으리라 생각됐다. 어쩌면 영영 그 생각을 굽히지 않을지도 몰랐다. 그렇게 된다면 낭패가 아닐 수 없었다.

노인은 오랜 침묵을 지켰다. 학수도 더이상 말을 내지 않았다. 침묵 속에서 두 사람은 서로의 차이를 조금씩 확인해가고 있었다. 탈출계획의 황당함이나 불확실성 때문에 두 사람의 의견이 맞지 않은 것이 아니라 근본적인 생각이 다르다는 것이 드러난 것이다. 노인은 그 사실을 받아들이지 않을 수가 없었다.

노인은 아주 쓰라린 기분으로 선택권이 학수에게 있음을 인정하지 않을 수가 없었다. 그의 선택이 자신에게 어떤 재앙을 가져온다 해도 어쩔 수 없는 일이었다. 그러나 낭패를 느낀 것은 다가올 재앙 때문이 아니었다. 재앙 같은 것은 애초에 염두에 둔 일조차 없었다. 노인이 낭패한 것은 자신이 구상하고 연출하려는 대단원이 실현되기 어렵게 됐다는 생각 때문이었다.

"그럼 중국말고 다른 나라는 어때?"

오랜 침묵 끝에 노인이 입을 열었다.

"아무 나라고 싫습니다."

학수가 분명한 어조로 받았다.

"외국은…… 싫다?"

"그렇습니다. 이 나라를 떠나고 싶지 않습니다. 어르신! 절 이 나라에 있게 해주십시오. 어떤 수모를 받고 고문을 당해도 어르신에게 피해가 없도록 하겠습니다. 어르신을 조금이라도 배신한다면 혀를 깨물어버리겠습니다."

"학수군! 지금 우리 얘기는 내가 아니라 자네에 관한 것일세. 난 자네에게 자유를 주고 싶어 이러는 것이야."

"알고 있습니다. 그러니까 선택도 제가 하도록 해주십사 하는 것입니다."

"우리 다시 생각해보세. 얘기는 내일 하도록 하고…… 밤늦게 불켜두었다고 또 누가 들이닥칠지 모르니 오늘은 이만 하고 자세. 침대로 가서 나란히 누움세."

노인이 몸을 일으켰다. 학수도 따라 일어났다.

노인이 벽 쪽으로 해서 두 사람은 침대에 나란히 누웠다. 학수는 이내 잠이 들었는지 고른 숨결만 내뿜을 뿐 미동도 하지 않았다. 노인은 여간해 잠이 들지 않았다. 그렇다고 머릿속이 맑은 것도 아니었다. 이상하게도 불편했다. 코라도 곯지 않을까 하는 조심도 들고 몸을 뒤채기도 어려웠다. 숨소리도 크게 내서는 안될 듯했다. 옆에 누운 학수가 귀찮을 정도로 강하게 의식되었다.

학수와 한 침대에서 자는 것이 벌써 세번째였다. 두번 함께 잘 동안 옆에 누운 학수를 의식한 일은 없었다. 한몸처럼 있는 듯 없는 듯했던 것이다. 그런데 오늘은 그게 아니었다. 잠자리를 불편하게 하고 불면을 불러오는 커다란 괴물이 옆에 있는 것 같은 느낌이 계속되는 것이었다. 그는 말없이 속으로 개탄했다.

'두 사람 사이의 마음의 간극이 이렇게 나타나는구나.'

그는 학수가 작전을 따르던 병사가 아님을 분명히 인식했다. 뿐만 아니라 특수훈련을 받은 것까지 잊고 있는지도 모른다는 생각이 들었다. 어쩌면 치열하게 벌였던 전쟁도 잊어버리고 평범한 살인자로 돌아가 미래를 선택할지도 모를 일이었다. 학수가 전쟁마저 잊어버렸다면 관계는 끝이었다.

그는 학수가 떠난 뒤의 일들을 상상해봤다. 먼저 엄청난 공허감이 찾아올 것이었다. 공포에서 벗어나기도 쉽지 않을 터였다. 그리고…… 그는 더이상 상상을 지속할 수가 없었다. 가슴박동이 급박해지면서 숨이 가빠온 것이다. 그는 저도 모르게 몸을 뒤채고 목에서 가래 끓는 소리를 토해냈다.

"어디 불편하세요?"

학수가 일어나 앉으며 조심스럽게 물었다.

"아…… 아니야. 괜찮네. 주…… 주무시게."

그가 숨가쁘게 뇌었다. 학수는 침대머리에 놓인 갓전등을 켰다.

불빛이 쏟아진 노인의 얼굴은 땀에 젖어 있었다. 콧김도 뜨거웠다. 학수는 노인의 손을 더듬어 잡았다. 여위고 힘이 없는 손이었다. 열도 느껴졌다.

"어디가 편찮으신지 말씀하세요. 약이라도 사와야지 않겠습니까?"

학수는 저도 모르게 말을 해놓고는 히죽 웃었다. 노인이 받아들일 말이 아니었던 것이다.

"아무렇지도 않으니까 어서 주무시게."

노인이 안간힘을 다하듯 소리쳤다. 학수는 하는 수 없이 전등을 끄고 자리에 누웠다. 그러나 학수 역시 쉽게 잠을 청할 수가 없었다.

다음날 아침 학수가 눈을 떴을 때는 노인은 이미 일어나 아침 준비를 하고 있었다. 학수는 인사 대신 노인의 안색부터 살폈다. 그렇게 보아서 그런지 하룻밤 사이에 무척이나 초췌하고 기운이 없어 보였다. 그리고 놀랍게도 십년쯤의 세월을 달려간 사람처럼 폭삭 늙어 보였다. 학수는 자기의 눈을 의심했다. 지난 엿새 동안 발휘했던 패기나 활달함은 찾아볼 수 없었다. 얼굴 주름도 열 가닥은 더 많아진 것 같고 볼은 홀쭉하게 파여 있었다. 눈도 퀭해 보였다. 움직임도 둔했다. 칠십을 코앞에 둔 병약한 노인이었다. 그는 사람이 하룻밤 사이에 그렇게 왜소해졌다는 사실이 믿어지지 않았다. 그러나 현실이었다. 그는 조심스럽게 노인의 곁으로 다가가 권했다.

"나머지는 제가 할 테니까 앉아 쉬세요."

그러자 노인은 그를 한번 돌아보고는 미소를 지으며 받았다.

"아침은 내가 하고 저녁은 자네가 근사하게 준비하게. 나눠서 하면 서로 편하잖겠나!"

학수는 더 말을 않고 뒤로 물러섰다. 미소를 지으며 하는 말은 별반 자극적이지 않았지만 어투가 이상하게 신경을 건드렸다. 말하자면 어제와는 다른 거리감이 배어 있었다. 노인이 서 있는 자리가 아주 멀게도 느껴졌다.

노인은 아침이 다 될 때까지 학수에게 한마디도 건네지 않았다. 마땅히 할말이 없기도 했지만 그보다는 예상하지 않았던 말이 되돌아올까보아 여간 조심스럽지 않았던 것이다. 조심을 하다 보니 영 가슴이 편치 않았다. 마음 한구석에 찬바람이 들이치고 있는 느낌이었다.

학수는 노인의 등뒤에서 노인의 느린 동작을 바라보면서 마음을 졸이고 있었다. 무슨 소리건 소리를 함부로 내어서는 안될 것 같았다. 기침을 해도 안되고 숨소리조차 크게 내어서는 안될 듯했다. 움직여서도 안될 듯했다. 움직임이나 크고 작은 소리들이 노인을 폭발적으로 자극할 것만 같고 그랬다가는 상상도 못했던 일이 터져나올 것만 같았다. 그는 조심을 하다못해 어린애처럼 주눅이 든 기분으로 노인을 지켜봐야 했다.

어젯밤을 기점으로 두 사람 사이에 서로 등을 돌리는 이상한 기류가 만들어진 것은 부인할 수가 없었다. 학수는 물론 이유를 알고 있었다. 노인의 탈출계획을 거부한 것이 원인이었다. 다른 이유는 있을 수가 없었다. 그러나 불가능한 계획을 거부했다 해서 두 사람 사이가 이렇게 냉랭하게 변했다는 것은 이해하기 어려웠다. 계획이 실행 불가능인만큼 노인 쪽에서 이해를 하는 것이 도리였다. 그랬다면 갑작스런 불화랄까 부조화는 일어나지 않았을 터였다. 그는 계획의 황당함을 인정하지 않으려는 노인이 조금은 원망스러웠다. 헤어질 시간을 코앞에 두고 모처럼 좋았던 사이를 이렇게 뒤틀어놓을 필요는 없는 것이다. 아무리 나이를 먹으면 옹고집이 된다고 하지만 사안이 사안인만큼 노인이 물러서는 것이 정도였다. 그는 그런 생각을 하며 숨을 죽이고 노인을 바라보고 있었다.

노인은 수전증이 일어난 듯 떨리는 손으로 마늘을 까면서 등뒤로 신경을 집중시키고 있었다. 학수가 너무 조용한 것이 마음에 걸려 견디기 힘들었다. 원래 말이 많거나 이리저리 움직이는 사람은 아니었지만 그렇다고 지금처럼 죽은 듯 조용한 사람은 아니었다. 사건 수사가 궁금해 라디오나 텔레비전을 켜볼 만한데 그러지도 않았다. 그는 학수의 마음에 두께를 모를 벽이 하나 세워졌음을 그 조용함에서 느낄 수가 있었다. 의견의 상충은 얼마든지 있을 수 있는 일이었다. 그는 그 사실을 인정했다. 자신은 완벽하다고 확신하지만 그 계획을 실천에 옮길 당사자가 부실하다고 생각할 수도 있다는 사실도 인정했다. 계획이 아무리 완벽해도 급작스런 상황변화로 아무 쓸모가 없는 계획이 되고 마는 경우도 얼마든지 있다. 그는 자신이 세운 탈출계획은 학수의 믿음과 헌신적인 협조가 없이는 성사가 불가능한 것임을 처음부터 계산하고 있었다. 그런데 학수는 협조를 완강하게 거부했다. 협조를 거부한 것이 아니라 탈출 자체를 거부하고 나섰다. 마음이 그렇게 변한 학수에게 탈출계획의 실행을 강요할 생각은 추호도 없었다. 강요로 될 일이 아니었던 것이다. 학수의 거부를 겸허하게 받아들이자 그의 마음은 차라리 홀가분했다. 국외로 탈출하지 않아도 학수가 편안히 살길이 열리지 않을까 하는 부질없는 희망까지 가지게 된 것이었다.

그런데 이상하게도 그는 자신의 그런 기분을 학수에게 전달할 수가 없었다.

"여! 학수군. 자네 말이 옳아. 자네 생각대로 하게. 아니면 다른 방법을 다시 연구해보든가……"

이런 한마디만 하면 되는 것이었다. 그런데 그 말이 목에 걸렸다. 그런 자신을 옹졸한 노인 특유의 고집과 자존심에 사로잡힌 탓이 아닌가 나무랐지만 끝내 그 말이 목구멍을 넘어와주지 않았다.

두 사람은 마주앉아 아침밥을 뜨면서도 아무 말도 주고받지 않았다. 밥은 모래맛이었다. 밥그릇의 반도 뜨지 않고 노인이 먼저 수저를 놓았다. 그리고 비로소 말을 냈다.

"설거지는 자네가 해주게. 난 급히 다녀올 데가 있네."

학수는 무언으로 일을 맡았다. 노인은 화장실로 들어가 전과 다르게 단장을 했다. 오래돼 보이긴 해도 아직은 말짱한 양복을 꺼내 입고 넥타이까지 걸친 뒤 옷장 위의 모자통에서 중절모를 꺼내 썼다. 참으로 눈부신 변신이었다. 노인은 어엿한 중년신사로 변해 있었다.

학수는 경이의 시선으로 바라보다 저도 모르게 감탄사를 내뱉었다.

"이십년은 젊어 보입니다. 진작 그러고 다니시지요."

"늙은이 놀리는 거 아니야."

노인이 싫지 않은 어조로 받았다.

"근사한 데이트라도 가시는 것 같습니다."

"맞아, 근사한 일을 치르러 가는 거야."

"저도 따라가면 안되나요?"

학수는 모처럼 대화가 트인 김에 하지 말아야 할 말까지 내놓았다. 노인도 그런 기분이었던지 불필요한 대꾸를 했다.

"자네와 여행을 한다면 정말 근사할 거야. 그런 때가 오겠지. 그럼 나가네."

"다녀오십시오."

노인이 현관문을 나가자 학수는 긴 숨을 내쉬었다. 노인과의 관계가 그렇게나마 복원된 것이 무척이나 홀가분했다. 그러나 이내 정장을 하고 노인이 찾아가는 곳이 어디인지 궁금증에 사로잡히지 않을 수가 없었다. 넥타이를 몇번이나 고쳐 맸던 것으로 보아 노인이 정장을 한 것은 몇달 만이거나 몇년 만인 듯했다. 그렇다면 오늘의 외출은 특별한 의미가 있다고 보아야 할 것이다. 당연히 궁금할 수밖에 없었다.

그러나 작은 짐작이라도 할 단서라곤 없었다. 노인에 대해서는 아주 오래 전에는 분장사로 일했고 그후 20여년 동안은 홀로살이를 해왔다는 것밖에 모르는 형편이라 노인이 친구를 만나러 갔는지 아니면 다른 볼일이 있는지 도무지 짐작이 되지 않았다. 그러고 보면 노인과 자신은 무척이나 멀고 먼 사이라는 생각이 들었다. 안면 싹 바꾸고 돌아선다 해서 죄 될 것도 없고 되돌아보고 아쉬워할 것도 없을 듯했다. 두 사람의 만남이 여러가지 곤란한 일의 빌미가 되어 있기는 했지만 그건 운명의 장난이었다고 치부하면 그만이었다. 각자 예전의 생활로 돌아가면 되었다. 탈탈 털고 돌아서기만 하면 노인이 손해를 볼 것은 별로 없을 것이었다. 엿새, 아니 내일까지 이레 동안 총을 들고 들어온 틈입자와 함께 살면서 일을 도와준 대가로 노인은 1억원이 넘는 돈을 손에 넣을 수 있고 그 돈은 절대 뒤탈을 일으키지 않을 것이다. 자신이 생명을 끊는 한이 있어도 노인과의 관계는 묻어두리라 다짐한

대로 반드시 약속을 지킬 것이고 그러면 노인이 입을 피해는 전무한 것이다.

"이젠 탈탈 털고 떠나지 못할 이유가 없어."

학수는 자신에게 말했다. 그리고 내일 저녁쯤, 고마운 은신처이기도 했고 감옥 같기도 했던 노인의 아파트를 반드시 떠나리라 결심했다. 그 전에 할일이 있다면 근사하게 한상 차려 노인과 다시 만나지 않기로 기약하는 이별주를 마시는 일일 것이다.

일단 결정을 하고 나자 그의 기분은 날아갈 듯했다. 몸도 가벼워지고 초조함이나 불안도 한결 덜했다. 그는 노인의 정장 외출에 대한 궁금증을 떨어내고 자리에서 벌떡 일어났다. 냉장고를 살펴보았다. 먹거리가 꽤 많이 남아 있었다. 소시지 감자 시금치 파 마늘 양파 상추 그리고 쇠고기가 한근 반은 냉동실에 꽁꽁 얼어 있었다. 소주도 네 병이나 됐다. 한상 차리기에는 충분한 양이고 가짓수였다.

그는 자기 팔목시계를 보았다. 겨우 열한시를 조금 넘고 있었다. 그는 노인이 돌아올 시간을 두시에서 세시 사이로 예측했다. 그렇다면 한시 반쯤 요리를 시작하면 알맞을 것 같았다. 그동안 그는 돈을 반으로 나눠놓고 떠날 준비를 할 작정을 했다. 하긴 준비할 것이 없기는 했다. 가방 하나를 달랑 들고 왔으니 그 가방을 들고 떠나면 그뿐이었다. 문제는 권총과 군용단도였다. 군용단도는 혹 노인이 호신용으로 필요하다는 주장을 할지 모른다는 생각이 들었다. 그렇다면 두고 갈 밖에 없었다. 그러나 권총은 절대 두고 갈 물건이 아니었다. 위험하기도 하고 혹 남의 눈에 띈다면 오해도 받고 경찰문제가 될지 모르는 것이다.

그런데 자신이 권총을 가지고 간다는 것도 썩 내키는 일은 아니었다. 권총이란 부피는 크지 않아도 용도의 냉혹성 때문에 언제나 문제가 되는 물건이었다. 그런만큼 버리려 해도 버릴 마땅한 장소가 없고 자칫 잘못 버렸다가는 역시 경찰문제가 되기 십상인 것이다. 그러나 문제는 그런 것이 아니었다. 특수훈련을 받은 사람의 특성은 저도 무르게 공격용 무기에 대한 향수를 짙게 가지고 있다는 사실이었다. 특히 성능이 일반단도와는 몇배나 차이가 나는 군용단도나 권총 같은 휴대하기 쉬운 무기에 대해서는 거의 본능적인 애착을 가지고 있다. 그런 무기만 있으면 천하에 두려울 것이 없기 때문이다.

그는 권총을 허리춤에 꽂고 이 아파트를 나간 뒤 적당한 곳에서 권총을 버릴 자신이 없었다. 경찰에 쫓기는 도피생활을 해야 할 형편에 공수에 적절히 필요한 무기를 선뜻 버릴 용기가 있을 것인지 아니면 휴대하고픈 미련을 버리지 못할지 자신을 믿을 수가 없는 것이다. 만에 하나 미련한 애착 때문에 권총을 버리지 못하고 있다가 경찰에 쫓겨 막다른 골목에 들어서게 되면 또 살인을 저지를 가능성은 얼마든지 있었다. 그는 그럴 가능성에서 얼마나 멀리 비켜설 수 있을지 스스로도 가늠이 되지 않았다. 그게 그의 골머리를 아프게 했다.

라디오를 켰다. 골머리 아픈 생각에서 잠시 벗어나자는 의도였다. 라디오에선 만담 같은 얘기들이 흘러나왔다. 말이 너무 빠르고 사투리가 많아 알아듣기가 힘들었지만 귀를 기울였다. 그러다가 화들짝 놀라 스위치를 껐다.

노인이 외출한 아파트는 비어 있어야 했다. 사람이 없는 빈집인 것이다. 그런데 빈집에서 갑자기 라디오 소리가 흘러나온다면 이웃사람들이 무어라 생각할 것인가. 도깨비 집인가 아니면 누가 또 있는가 의심을 받을 것이다. 그는 다된 밥에 코 빠뜨린 것이 아닌가 생각하며 바깥 동정에 귀를 기울였다. 다행히 현관문 밖에서는 아무 소리가 없었다. 그는 긴 한숨을 쉬고 노인의 침대에 몸을 던졌다. 잠이나 한숨

편히 자볼 참이었다. 마음이 편해져서 그런지 이내 잠이 들었다.

학수가 눈을 뜬 것은 점심때가 조금 지난 시간이었다. 비몽사몽간에 현관문 두드리는 소리에 눈을 떴다. 약속대로 세번씩 세번 두드리는 소리가 들렸던 것이다.

문을 열자 노인이 다소 불쾌한 얼굴을 하고 서 있었다. 두 손에는 커다란 비닐봉지가 들려 있었다. 노인은 비닐봉지를 힘겹게 안으로 들여놓은 뒤 등을 지고 문을 잠갔다. 그리고 약간 볼멘소리로 말했다.

"문 앞에 너무 오래 서 있게 했다가 이웃사람이라도 보면 무슨 의심을 살지 모르지 않나? 좀더 조심을 했어야지."

"죄송합니다. 깜박 잠이 들어서요. 헌데 현관 열쇠가 없으십니까?"

학수는 저도 모르게 열쇠가 없느냐고 되묻고 말았다. 노인이 굳은 표정으로 대답했다.

"망령난 늙은이가 혼자 살다보니 열쇠도 늙은 놈 무시하는지 어디로 숨어버리고 나오지 않더라고……"

"오늘은 물건 배달을 시키지 않으셨네요?"

"이제 막바지에 왔는데 어떨려고……"

노인의 대답이 가슴에 걸렸지만 그는 아무 말도 하지 않았다. 공연히 어지러워 보이는 노인의 심기를 건드리고 싶지 않아서였다.

노인은 비닐봉지 하나를 풀어 사온 먹거리들을 차곡차곡 냉장고에 쟁였다. 그리고 다른 비닐봉지 하나는 침대머리에 놓았다. 학수는 침대머리에 놓인 비닐봉지의 내용을 궁금해하며 노인의 하는 양을 바라보고만 있었다.

"점심은 어떡했어?"

노인이 심드렁하게 물었다.

"아직……"

"그럼 잠시 기다리게. 내 장만할 테니까."

"아닙니다. 제가 하겠습니다. 피곤하실 텐데 쉬십시오."

노인은 학수의 제의를 거절하지 않았다. 피로한 기색을 역력히 드러내며 의자에 몸을 앉혔다.

학수는 잠들기 전에 생각해두었던 대로 음식 장만을 시작했다. 노인을 위한 마지막 음식 장만이라는 생각 때문인지 바짝 긴장이 되었다. 노인은 무슨 깊은 생각을 하는 얼굴을 하고 담배를 피우고 있었다. 그는 노인의 그런 얼굴이 싫었다. 또 무슨 깜짝 제의를 할는지 모르기 때문이었다. 하긴 이제는 노인이 어떤 기발한 계획을 내놓아도 딱 잘라 거절할 준비가 되어 있었다. 행로는 결정이 난 것이다. 변경이란 있을 수 없었다. 노인도 그런 사실을 알고 있으리라 여겼다. 그러니까 새삼 새로운 계획을 세우거나 제의를 한다는 것은 공연한 말싸움만 되풀이하게 되는 것이고 두 사람 사이를 더욱 서먹하게 할 단초가 될 뿐이었다. 그는 노인이 그런 단초의 제공은 하지 않았으면 했다. 서먹함보다 더 많은 좋은 감정을 가슴에 품고 헤어지려면 그래야하는 것이다. 그러나 노인은 기어이 그러지 않았다.

학수가 한 시간 가량이나 정성들여 만든 음식들은 다양하고 푸짐했다. 모두가 안주도 되고 찬도 되는 것들이었다. 학수가 술병까지 대령하자 노인은 놀란 표정을 감추지 않았다.

"어르신 모시고 술 마실 기회가 앞으로는 있을 것 같지 않아 정성을 들여 자리를 만들었습니다. 즐겁게 받아주십시오."

노인은 불고기를 비롯한 각종 음식들을 내려다보다 지나가는 말처럼 슬쩍 물었다.

"떠날 날은 결정했는가?"

학수는 잠시 사이를 두었다가 대답했다.

"내일 오후에 떠날 생각입니다. 일단 결정된 것을 미뤄봤자 서로 부담만 될 것 같아 그렇게 정했습니다."

"잘했네. 결정이 났으면 실천에 옮겨야지. 잘 생각했네."

노인은 놀라지는 않았지만 섭섭한 마음은 숨기지 않고 얼굴에 나타냈다.

"잔 받으세요."

그러자 노인이 잔을 내밀면서 학수가 이미 거절했던 일을 다시 제안했다.

"자네가 언제 떠나든 개의치 않겠네. 하지만 이것 한 가지는 꼭 들어줘야 하네. 반드시 들어야 돼."

"그게 뭡니까? 어르신!"

"우린 이제 엿새 동안의 행복한 동거를 끝내려 하고 있네. 헤어지는 마당에 마지막 소원이라고 알게. 떠나긴 떠나되 얼굴분장을 하고 떠나게. 내 이 신의 손이 마지막으로 일을 하게 해달라는 것이야. 처음 말한 대로 내 얼굴로 분장을 하세. 그리고 훨훨 떠나시라고. 사흘만 내 얼굴을 하고 지내면 세상이 달라질 것이야. 내 말 들어주겠지?"

"제가 어르신으로 분장을 못할 거야 없습니다만 전 왜 그래야 하는지 알 수가 없습니다. 전 제 얼굴이 좋습니다. 살인자로 알려진 얼굴이지만 분장을 하고 싶은 생각은 전혀 없습니다."

"알아, 자네 기분…… 늙은이로 분장을 해서 얻을 게 뭐 있나 하겠지. 그래, 얻는 건 아무것도 없을 거야. 다만 이 늙은이의 소원을 들어달라는 부탁이야. 삼일쯤 지나 따뜻한 물로 씻게 되면 분장은 말끔히 지워지네. 그러니까 사흘만 내가 되어달라는 부탁이야. 그것도 못 들어주겠나?"

노인의 표정은 절실했다. 학수는 더이상 거절할 수가 없었다. 노인의 말대로 사흘만 노인의 얼굴을 하고 있으면 될 일을 박절하게 거절한다는 것은 도리가 아니라 생각됐다.

"그럼 꼭 사흘만 어르신이 되면 되는 것입니까?"

"그렇다네. 사흘만 그렇게 지내다 보면 세상이 달라 보일 걸세. 부탁 들어줘서 고맙네."

"아닙니다. 고맙다고 할 것까지야 없는 일이지요. 그런데 정말 신이 준 솜씨를 마지막으로 한번 부려보고 싶어 그러시는 겁니까? 그게 아니죠?"

학수는 승낙을 하고도 미심쩍음이 가시지 않아 물었다.

"아니긴 뭐가 아니겠나. 신의 손이 살아 있다는 것이 증명되면 분장학원 같은 것이라도 열어보고 싶어 실험을 해보려는 거지. 나도 뭔가를 해야 하지 않겠나?"

"어르신이 그런 생각이시라면 백번 천번이라도 모델이 되어주겠습니다. 허지만 그런 생각은 아니신 것 같은데요."

"내 말을 믿게! 그리고 또 하나, 권총은 두고 가야 하네. 알겠지?"

"권총을요?"

"그렇다네. 지니고 다니다 불심검문이라도 당하면 어떡할 건가. 내가 적당히 없앨 테니까 두고 가게나."

학수는 놀랍긴 했지만 이 요청만은 다행이라 생각했다. 안 그래도 권총 처리가 걱정이었다. 노인이 지혜롭게 처리하리라 믿고 대답을 했다.

"그러겠습니다."

"이제 됐네. 분장은 내일 아침 시작하세. 그리고 분장이 끝나면 자넨 뒤도 돌아보지 않고 나는 새처럼 떠나는 거야."

노인이 만족한 듯 웃었다. 웃는 노인의 얼굴을 마주보며 학수가 입을 열었다.

"제가 어르신 말씀을 받아들였으니 어르신도 제 말을 들어주셔야 합니다."

"그게 뭔데?"

"처음 약속대로 제가 가져온 돈의 반을 받으셔야 합니다.

"돈? 돈이라고 했는가!"

"예, 그렇습니다. 십만달러와 일본돈 오백만엔이 어르신 몫입니다."

노인은 한동안 학수의 얼굴을 뚫어지게 바라봤다. 돈이란 말이 아주 생소한 듯한 표정이었다.

"난 돈이란 걸 한번도 염두에 둔 적 없네. 그건 모두 자네 몫이야. 난 싫네."

"그러심 안되지요. 약속도 했고 또 학원 같은 걸 하자면 돈이 필요하지 않습니까? 그러니 꼭 받으셔야 합니다. 그래야 떠나는 제 마음도 편할 테고요."

"돈 문제로 고집을 피면 자네가 미워질 거야. 난 자네를 미워하고 싶지가 않아. 그러니 그 말은 없던 것으로 하세."

"그렇게는 못합니다."

노인은 학수의 얼굴을 다시 뚫어지게 봤다. 그러다 갑자기 좋은 생각이 떠오른 듯 타협안을 내놓았다.

"그럼 이렇게 하세. 좋은 생각이 떠올랐네. 자네가 떠난 후 이 집에 무슨 일이 일어날지도 모르지 않나? 청바지 노인의 소재가 발각돼 경찰이 쳐들어올지도 모른단 말일세. 그때 이 집에서 거액의 외화가 발견된다면 난 고스란히 쇠고랑일세. 안 그런가? 그러니 이왕이면 자네가 가지고 갔다가 나흘 후 우리 어디서 만나세. 덕수궁도 좋고 서울역 지하철역도 좋네. 아니, 종로 종각 앞에서 나흘 후 오후 여섯시에 만나세. 그때 내게 그 돈을 주게. 그동안 자네가 무사했다는 사실도 확인할 겸 그러는 게 좋을 것 같으이."

학수는 잠시 생각에 잠겨 있었다. 노인의 말이 아주 허황하다고만은 할 수가 없었다. 청바지를 입은 노인이 말통 가득 휘발유를 사갔다는 것은 이미 경찰이 알고 있는 사실이다. 주유소 반경 5백 미터 안을 탐문하던 것이 1킬로로 또 2킬로로 확대됐는지도 모르는 일이었다. 탐문범위가 넓어졌다면 노인의 안전은 장담하기 어려운 것이다. 게다가 거액의 외화가 발견된다면 치명타가 될 것이다.

"어르신 말씀도 일리는 있습니다만……"

학수는 돈 분배 문제를 더이상 거론하지 못했다. 그렇다고 물러설 수도 없어 우물거리고 있자 노인이 기발한 생각이라도 떠오른 듯 입을 열었다.

"이보게! 학수군, 이제 결론을 내리세. 얘긴 아무리 해봤자 다람쥐 쳇바퀴 돌기가 아닌가. 결론은 이렇네. 박학수는 김덕중의 부탁을 들어 내일 이 집을 떠나되 반드시 김덕중으로 분장을 하고 떠난다. 둘째, 권총은 김덕중에게 맡기고 간다. 셋째, 나흘 후 오후 여섯시 두 사람은 종각 앞에서 만나 돈 분배 문제를 최종 해결한다. 이상 세 가지를 이의없이 두 사람은 합의했다. 이상이야. 이만하면 된 거지?"

학수는 여전히 미심쩍은 점이 없지 않았으나 고개를 끄덕이고 말았다. 그가 미심쩍어하는 것은 왜 김덕중 노인의 얼굴로 분장을 하고 집을 떠나라고 하느냐 하는 부분이었다. 아무리 곱씹어 생각해도 진의를 파악할 수가 없었다. 묻는다고 해서 바른 답을 줄 노인도 아니었다. 미심쩍은 마음인 대로 승낙할 수밖에 없었다.

"됐네. 이제 말씨름으로 시간낭비는 하지 말고 우리 이별주나 근사하게 한잔 하자구. 자 들자구."

학수는 마지못해 잔을 들었다. 술잔 무게가 천근이나 되듯 들기가 힘겨웠다. 노인도 찬찬히 잔을 들었다. 그러나 쉽게 목구멍으로 넘기지 못했다.

"불과 일주일인데 마치 자네와 내가 몇십년을 함께 살아온 것 같은 생각이 들어. 참 행복했지."

학수도 문득 그런 생각이 들었다. 노인과 함께 보낸 시간이 마치 몇백년이나 되는 듯이 느껴졌고 헤어진다는 것이 마치 부모를 버리고 떠나는 것같이 죄스러웠다.

"제가 떠난 뒤엔 무슨 일을 하실 겁니까?"

"무슨 일을 하긴…… 자네가 주는 돈으로 호사나 누리며 시간을 보내는 거지. 그러다 때가 되면 저세상으로 가는 것이고, 그게 사람 사는 이치 아닌가."

"지금이라도 좋은 아주머니 만나 사는 방법을 바꿔보면 어떻겠어요?"

"날더러 장갈 가라고? 그건 안되지. 내 말하지 않았던가. 난 내 자식을 죽이라고 한 사람이야. 쓸쓸하고 외롭더라도 혼자 사는 것이 그나마 도리를 다하는 것이라 생각하네. 죄는 더이상 짓지 말아야지."

"그렇게 생각하지 마세요. 지난날은 잊어버리세요. 저하고 있었던 일도 모두 깡그리 잊고 새출발을 하세요. 스스로 행복을 등질 이유가 없지 않습니까?"

"그런 말씀 마시게. 내 모든 과거를 다 내던지더라도 자네와 있었던 일주일은 저승에 가서도 기억할 거네. 내가 일평생 동안 가장 사람답게 살아본 때가 그 시간인데 어찌 그걸 잊어버리겠는가. 자아 우리 그런 이야긴 그만 끝내세. 자네는 자유를 향해 훨훨 날아가고 난 조금 쓸쓸하고 얼마간 외롭겠지만 여태 내가 해왔던 일상으로 되돌아가는 것일세. 우린 서로 자유야. 자유를 축하하는 축배나 들자고……"

노인이 잔을 높이 들었다. 학수도 잔을 들었다. 두 사람의 시선이 마주쳤다. 순간 학수는 노인의 두 동공에 담긴 눈물 같은 쓸쓸함과 한숨 같은 외로움을 볼 수 있었다. 가슴이 아팠다.

학수는 자신이 떠난 뒤 노인이 홀로살이의 괴로움에 얼마나 지독하게 시달려야 하는지를 잘 알고 있었다. 끼니 한끼를 장만할 때마다 느끼는 처량함, 먹거리 마련을 위해 외출을 할 때마다 가슴을 할퀴고 가는 처참함, 사람 소리가 그리워 라디오를 틀 때마다 느껴야 하는 공허감, 수시로 뇌리를 스치며 죄의식을 더하는 과거의 그림자 등등 그 어느 하나도 노인의 마음을 편안하고 안정되게 하는 것은 없을 터였다. 더구나 '화염병 사건'이 상기될 때마다 공포가 엄습해 정신이 혼몽해질지도 모를 일이었다.

학수는 잔을 비우고 노인에게 잔을 권했다.

"어르신! 어르신께 갚을 수 없는 빚을 졌습니다. 저승에 가서도 잊지 않을 것입니다."

학수는 그렇게 노인을 위로하면서 저도 모르게 눈물을 주르르 흘렸다. 전혀 예상치 못한 눈물이었다. 노인이 언짢은 안색을 하고 나무라듯 말했다.

"또 쓸데없는 얘길 하신다. 계속 그러면 화낼 거네. 술이나 치게."

노인의 말소리에는 억지힘이 들어 있었다. 그러나 그의 두 눈에도 물기가 어려 있었다.

노인은 지금의 술자리가 사람을 마주한 마지막 술자리라는 것을 마음속으로 거듭 확인하고 있었다. 실로 서러운 확인이었다. 자꾸만 솟구치려는 눈물을 억제하느라 기를 쓰지 않을 수가 없었다. 그런 차에 학수의 눈물을 보자 기어코 두 눈이 젖어버린 것이다. 그는 그런 자신이 싫어서 얼른 화제를 바꾸었다.

"분장을 하자면 일이 많으이. 아쉽지만 적당히 마시고 자는 게 좋겠네. 내일 아침 일어나걸랑 먼저 얼굴을 깨끗이 씻고 면도도 말짱하게 해야 하네. 완벽하게 하자면 세 시간은 걸릴 것이네. 견디기 어렵더라도 참아야 하네."

"그건 걱정 마십시오. 시키는 대로 잘할 겁니다."

"됐네. 마지막으로 우리 건배 한번 하세."

두 사람은 잔을 쨍 소리가 나게 부딪치고 단숨에 목구멍으로 털어넣었다. 학수의 두 뺨에 흰 지렁이 같은 눈물자국이 나 있었다.

학수가 비누세수에 면도까지 말짱하게 하고 화장실을 나왔을 때 김덕중 노인은 분장 준비를 끝내고 기도하는 듯한 자세로 학수를 기다리고 있었다. 이른 아침을 끝내자 두 사람은 곧 분장 준비에 착수했던 것이다.

노인은 분장에 대비해 전날 이미 모든 재료를 준비해두고 있었다. 전날 침대머리에 던져둔 비닐봉지에 분장 재료들이 들어 있었다. 학수로서는 준비물들이 어떤 것인지 알 수가 없었다. 노인도 설명해주지 않았다. 누구의 얼굴인지 모를 석고 두상과 재료들은 설핏 보기에 평범한 것들이었다. 그러나 얼굴에 바르고 붙일 것이라는 생각이 들자 별로 정겨워 보이지 않았다.

노인은 유분이 많은 살색 크림과 가면 제작에 필요한 생사와 실리콘과 접착제 등 여러 재료들을 차례로 늘어놓았다. 그리고 석고 두상 하나를 비닐봉지에서 꺼내 옆에 세웠다. 그는 조심스럽게 재료들을 늘어놓으면서 몇번이고 자기의 손을 바라봤다. 그는 신이 내린 기술이 아직도 살아 있다는 확신을 가지고 있었다. 순서도 잊은 것 하나 없었다.

그리고 마지막으로 새로운 한 인간을 창조한다는 흥분도 느끼고 있었다. 그런데도 마음은 떨렸고 망설임이 손놀림을 더디게 했다.

학수가 침대에 곧추 누웠다. 드디어 일의 시작이었다.

노인은 학수와 자기의 얼굴 생김새의 차이를 십분 알고 있었다. 그러나 다시 한번 두 얼굴의 차이점을 하나하나 빈틈없이 살펴나갔다. 제일 큰 차이점은 눈 밑 주름이었다. 노인임을 가장 잘 나타내주는 하현달 같은 눈 밑 주름이 학수의 얼굴에는 없었다. 그는 이 주름을 얼마나 잘 만들어 붙이느냐에 따라 분장의 성패가 좌우되리라는 것을 잘 알고 있었다. 그 다음은 광대뼈였다. 학수의 얼굴은 광대뼈가 덜 나와 있었다. 다음 문제는 코였다. 자신의 코는 흔히 말하듯 복코 형태인데 비해 학수의 코는 날이 서서 날카롭기는 해도 빈약했다. 그외에 학수의 이마에 한두 줄 주름살을 넣을 필요가 있었고 머리칼도 흰 염색이 조금 필요했다.

이렇게 따져나가면 일이 아주 쉬워 보였다. 그러나 그는 얼마나 깊은 주의와 섬세한 손놀림, 그리고 집중력이 있어야 하는가를 잘 알고 있었다. 그는 먼저 실험삼아 실리콘을 대나무 속껍질처럼 얇게 떠보았다. 대나무 속껍질보다 더 얇아야 했다.

그는 심호흡을 한 뒤 석고두상의 이마에다 실리콘을 조금 부었다. 끈적한 실리콘은 정확히 석고의 이마에 부어졌고 몇초가 지나지 않아 말랑한 고무 형태가 되었다. 그 몇초 사이에 준비한 생사를 주입해 눌러 주름을 만들었다. 썩 만족하지는 않았지만 형태만은 갖춘 듯했다. 그러나 두께가 문제였다. 아무리 못 되어도 대나무 속껍질보다 두꺼워서는 쓸 수가 없는 것이었다. 다행히 두께는 걱정하지 않아도 될 듯했다. 그는 실리콘 조각을 학수의 이마에 놓아보았다. 기가 막혔다.

"됐다!"

소리가 절로 노인의 목구멍을 뚫고 나왔다.

학수는 지그시 눈만 감고 있었다. 노인의 행동을 하나하나 지켜보아야 마음만 편치 않을 것 같아 아예 눈을 감아버린 것이다.

노인은 1미터쯤 떨어져 다시 한번 자신의 손으로 만든 실리콘 이마를 내려다봤다. 정말 감쪽같았다. 그는 자신에 찬 미소를 흘렸다. 모든 일이 순조로이 완벽하게 될 것 같았다. 그는 실리콘 이마에다 접착제를 발랐다.

"기분이 이상할는지 모르네. 잘 참으시게!"

노인이 학수에게 주의를 주었다.

"암말 마시고 계속하세요."

노인은 접착제가 발라진 실리콘 이마를 학수의 이마에 놓았다. 아주 자연스럽게 접착이 되었다. 그는 만족한 미소를 짓고는 코를 만들기 시작했다. 석고의 코에 실리콘을 붓고는 형태를 다듬어갔다. 흡족하지는 않아도 그런대로 쓸만하게 되고 있었다. 그 코를 학수의 코에 얹어보았다. 날카롭기만 하고 빈약하던 코가 여자들 좋아할 만큼 풍부하게 변해 있었다. 자신의 코와 완벽하게 닮은 것은 아니어도 비슷해 보였다. 그런데도 그를 만족스럽게 해주는 것은 종전의 학수의 얼굴과는 판이한 사람, 즉 인상이 자신과 흡사한 제2의 김덕중이 태어났다는 사실이었다. 이제 광대뼈를 교정하고 머리에 얇은 염색만 한다면 틀림없는 새로운 김덕중이 태어나 거리를 활보하게 될 것이라는 자신이 그를 사로잡았다.

눈밑 주름살은 하현달꼴의 주름을 잡은 실리콘 피부를, 광대뼈 교정 역시 얇게 빚은 실리콘 피부를 한 벌 발라주면 되었다. 머리 염색은 전혀 힘든 작업이 아니었다. 마지막으로 살색 크림을 실리콘 피부 주변에 아주 얇게 발랐다.

작업이 끝났을 때 그의 얼굴은 땀범벅이었고 피로가 전신을 내리누르고 있었다. 안색은 창백했다. 그런데도 밝은 미소는 잃지 않은 얼굴이었다.

"끝났네!"

노인이 가느다랗게 뇌었다. 그리고 의자에 털썩 주저앉았다.

학수는 노인의 말을 듣고도 한동안 꼼짝하지 못했다. 노인이 자기 얼굴을 어떻게 한 것인지 두렵기도 하고 몇시간 동안 꿈쩍 않고 누워 있었던 피로가 의외로 심해 움직이기가 힘들었다. 그러고 보면 노인이 분장작업에 매달린 시간이 세 시간은 좋이 되는 것 같았다.

노인은 조금 떨리는 손으로 담배를 피우면서 학수를 바라보고 있었다. 만족한 표정이었다. 학수는 몸을 일으켜 노인의 표정부터 살핀 뒤 천천히 화장실로 들어갔다.

학수는 화장실 거울에서 1미터쯤 비켜선 채 잠시 망설였다. 거울 앞에 다가서 변한 자신의 얼굴을 볼 용기가 나지 않았다. 안면 전체가 느글느글한 느낌을 주는 것도 불안을 더해주었다. 그러나 마냥 그러고 있을 수가 없어 그는 한발 한발 거울 앞으로 다가갔다. 거울과 마주섰다. 그순간 그는 저도 모르게 외마디소리를 흘렸다.

"아!"

거울 속에 학수 자신은 없었다. 낯설지 않은 노인이 두 눈을 둥그렇게 뜨고 자신을 바라보고 있었다. 학수가 거울을 보고 있는데도 학수는 없었다. 그는 잠시 아뜩한 기분으로 거울 속의 노인을 바라보고 있었다. 제일 먼저 눈에 띈 것이 이마에 잡힌 굵은 주름이었다. 흡사 내천(川) 자로 보였다. 양쪽 눈썹에도 전에 없던 흰 눈썹이 셋이나 있었다. 왼쪽에 둘 오른쪽에 하나가 유달리 길게 자라 흰빛을 발하고 있었다. 눈 아래 하현달 모양의 주름은 보기 흉했다. 양쪽 모두 세 겹의 주름이 그런 모양이었다. 광대뼈도 상당히 불거져 있었다. 머리칼도 반백이었다. 노인이 거기 있다는 것이 참으로 기묘한 느낌을 주었다. 의식은 박학수인데 얼굴 모양은 김덕중 노인이었다. 수치감 비슷한 울분이 치밀어올랐다. 그러나 더이상 어떻게 할 수가 없었다. 쓴 미소를 지어보았다. 예상했던 것보다는 미소가 잘 지어졌다. 안면이 굳어 있지 않다는 것이 그나마 위안이 되었다.

학수가 화장실에서 꽤 긴 시간을 보내고 나왔을 때 노인은 학수를 내보낼 채비를 하고 있었다. 노인은 주저하지 않고 말했다.

"이젠 다 됐네. 지체하지 말고 떠나시게. 단 몇가지 주의를 잊지 말아야 하네."

"주의라니요?"

"주의를 해서 해될 건 없지 않은가? 첫째, 이 집에서 나갈 때는 어제 내가 썼던 중절모를 쓰고 나가게. 그리고 혹 동네사람들이 인사를 하거든 예, 예 하고 친절히 받아야 하네. 그러면 모두가 내가 떠난 줄 알 게 아닌가. 일단 떠난 모습을 확인시키는 것도 나쁘지 않거든. 걸을 때는 어깨를 약간 꾸부정하게 하고 허리도 굽히게나. 그래야 노인답지. 그리고 저기 가방은 그냥 들고 가면 이상하게 볼는지 몰라. 그러니 여기 천가방에 넣어 가지고 가시게."

노인이 가리킨 천가방이란 화염병을 넣었던 천막천 가방이었다.

"007가방은 노인들에게는 어울리지 않는단 말이네."

"알겠습니다."

학수는 가슴 한가운데에 구멍이 뻥 뚫려버린 듯한 기분으로 건성대답했다.

"그리고 마지막으로 말하는데 이걸 가지고 가게. 만에 하나 검문을 당할지도 모르니까, 내 주민등록증일세. 며칠 동안은 자네 정체는 드러나지 않을 것이네. 그리고 자네 여권은 나흘 후 만나는 날 돌려주겠네. 그럼 됐네. 어서 서두르게. 지체 말고 떠나게."

노인의 말투는 무척이나 단호했다. 그러나 자신의 주민등록증을 건네주는 손은 가늘게 떨고 있었다. 1999년도에 새 주민등록증 발급 기간이 있었지만 노인의 것은 교체받지 않은 옛것이었다. 그는 말없이 주민등록증에 붙은 노인의 사진을 한번 스쳐보고는 지갑에 곱게 집어넣었다. 십년도 더 젊은 노인의 얼굴이 붙어 있었다.

학수는 양복 상의를 걸쳤다. 이제 노인이 시키는 대로 중절모를 머리에 얹고 007가방이 든 천가방만 어깨에 메면 떠날 채비는 끝나는 것이다. 그런데 그 채비가 그렇게 힘이 들었다. 양복 상의는 천근 무게로 소매를 끼는 것조차 힘겨웠다. 중절모는 몇번이나 만지작거리기만 했지 머리 위에 선뜻 얹지 못했다. 천가방을 어깨에 멘다는 것은 생각조차 하기 싫었다.

학수가 꾸물거리고 있자 노인이 소리쳤다.

"무얼 꾸물대나? 정해진 길, 망설임없이 떠나야지. 난 자네가 그렇게 의지 약한 사람이라고 생각지 않았어. 어서 떠나게."

"앞으로 어떻게 하실 셈입니까?"

학수의 목소리가 울먹했다. 노인은 빙그레 웃었다.

"내가 뭘 할 것인지 자네가 신경쓸 일이 아니네. 그게 우리 사이에 맺어진 약조가 아니던가. 서로 앞날은 알려고도 말고 신경도 쓰지 않기로 하지 않았나. 그래, 자네가 떠나고 나면 잠시 동안은 자네를 만나기 전보다 더 외롭고 쓸쓸할 거야. 드는 정은 몰라도 나는 정은 안다고 하지 않던가. 그러니 한동안은 그리 지낼 거네. 하지만 잠시 그러고 있다 보면 또다른 일로 마음붙일 것이 나올 거야. 그러니 내 걱정은 말고 자네나 조심하게. 반드시 자유를 찾게 된다는 확신을 가지고 나아가야 하네."

"알겠습니다."

학수는 다가가 노인의 손을 잡았다. 여위고 힘이 없어 보이는 손이었다. 그러나 뜨거웠다.

"몸조심하시고 안녕히 계십시오."

"자네도 몸조심하시게!"

학수는 노인의 손을 놓자마자 획 돌아서 가방을 어깨에 걸치고는 쫓기듯 현관문을 나갔다. 시야가 흐려져 앞이 잘 보이지 않았다.

김덕중 노인은 학수가 사라진 현관문을 홀린 듯 바라보다 의자에 몸을 앉혔다. 굳게 닫힌 현관문에서 눈을 뗄 수가 없었다. 그 문을 통해 밖으로 나갔던 학수가 곧 되돌아들어올 것만 같았다. 아니 그는 학수가 환하게 웃으며 되돌아와주기를 간절히 바랐다. 목메이게 고대했다. 그러면서도 그는 이것이 영원한 이별인 것도 명확히 알고 있었다.

김덕중 노인은 한 시간도 넘게 그렇게 앉아 있었다. 공허해진 마음속으로부터 서서히 냉기가 뿜어나왔다. 한동안은 마음이 시리다가 그 시림이 오한이 되어 전신을 써늘하게 했다. 무릎과 어깨와 등허리에서 삭풍 같은 시린 바람이 뿜어나왔다. 방안도 한랭지대가 된 것 같았다. 베란다에서는 북풍이 일고 화장실에서는 기괴한 소리가 울리는 듯했다. 싱크대가 거대한 얼음으로 보였다. 냉장고는 자신을 감시하는 초병 같았다.

그는 몇번이나 일어나려 애를 썼지만 몸이 말을 듣지 않았다. 마치 자석이 몸을 붙들어매고 있는 것 같은 느낌이었다. 손가락 한번 움직이려 해도 힘이 쓰였다.

"이건 아니야!"

그는 자신에게 말했다.

"이래선 안돼. 계획대로 일을 해야지 않나!"

거듭 자신을 추슬렀다. 그러나 등허리에 진땀만 고일 뿐 몸은 여전히 말을 듣지 않았다. 그는 다시 한동안 가만히 앉아 있었다. 점심시간이 지난 지는 이미 오래이고 가을햇살이 훨씬 서쪽으로 기울고 있었다.

"일어나야지!"

그는 다시 한번 자신에게 채찍질을 했다. 그러고도 몇번이나 몸을 뒤채고서야 간신히 일어날 수가 있었다.

어느새 창문에 해가 걸려 있었다. 마음이 급했다. 계획을 실천에 옮기려면 미적댈 시간이 없었다. 그는 급히 화장실로 들어가 먼저 얼굴을 말끔히 다듬기 시작했다. 비누로 몇번이나 얼굴을 씻고 빈틈없이 면도를 했다. 면도를 하면서 그는 자기 얼굴에 생각보다 주름살이 많지 않아 적잖이 안심을 했다. 일이 훨씬 쉬우리라는 안도감 같은 느낌이 들었다.

그는 거울 속의 자기 얼굴에서 여간해 눈을 뗄 수가 없었다. 이 시간이 자기의 얼굴을 자신이 보는 마지막 시간임을 알고 있었다. 이 시간 이후부터 김덕중은 존재하지 않는 것이었다.

이제 김덕중은 없다. 대신 제2의 박학수가 탄생하는 것이다. 그리고 제2의 박학수가 할일은 이미 정해져 있었다. 땅거미가 내릴 희끄무레한 시간이 오면 제2의 박학수는 외로움을 끓이던 17평 아파트와 작별을 하고 거리로 나선다. 거리를 걸어가다 상점이 보일 때마다 상점에 들어가 껌을 산다. 다음 점포가 눈에 띄면 볼펜 한 자루를 산다. 그리고 다음 과일점에서는 먹지도 않을 바나나 한 줄을 흥정을 하면서 저울을 속였다느니 비싸다느니 해서 시비를 하다 돌아선다. 다방이 보이면 거칠게 문을 밀고 들어가 종업원에게 묻는다.

"이렇게 저렇게 생긴 사람 안 들어왔어? 방금 들어왔는데 어디로 갔어? 뒷문이 어디야?"

그러고는 욕설을 내뱉으며 돌아서 나온다. 종업원에게는 박학수란 알지도 못하는 사람의 인상이 고약하게 남을 것이었다. 이렇게 여남은 곳을 들러 박학수의 얼굴을 가능한 한 많은 사람에게 보여준다. 그런 다음 제2의 박학수는 화염병 투척 살인사건의 수사본부가 있는 경찰서로 향한다.

경찰서는 버스 세 정류장 거리였다. 그 거리를 걸으면서 제2의 박학수는 사람과 건물과 차들과 그리고 빛과 그림자들을 볼 수 있는 한 많이 보아둘 작정이었다. 냉랭하고 정들지 않았던 이승을 기억 깊숙이 담아 저승에 가서도 잊지 않을 생각이었다. 빌딩 모서리를 휘돌아 나오던 매운 바람도 후각을 자극하던 냄새들도 깊이깊이 기억할 심산이었다. 슈퍼 아가씨와 운동구점 젊은 점원, 택배점 배달원, 오기삼이, 반장 할머니, 관리소 직원도 오래오래 마음에 담아둘 것이다.

수사본부에 도착한 것은 아파트를 떠난 지 35분쯤 후의 일이었다. 제2의 박학수는 먼저 경찰서 건물을 일별했다. 어느 관공서 못지않게 경찰서 건물도 현대식이었다. 개인빌딩들보다 주차장도 넓고 활기도 있어 보였다. 정사복 경찰들이 수시로 드나들었고 간혹 눈물을 흘리는 민원인들도 보였다. 주차장 한구석에서 입씨름을 하는 사람도 있었다.

박학수는 경찰서 건물을 일별한 뒤 천천히 보초 앞으로 다가갔다. 좌대 위에 올라선 전경보초가 그를 내려다봤다. 학수가 말했다.

"나 누군지 알겠지? 내가 박학수다. 화염병 알지? 들어가 수사본부장 나오라고 해!"

전경은 잠시 말뜻을 이해하지 못하다가 갑자기 생각이 난 듯 청사 안으로 뛰어들어가며 소리쳤다.

"박학수가 자수해왔습니다. 박학수가……"

보초가 안으로 사라지자 박학수는 천천히 뒷걸음을 쳤다. 청사와 10여 미터 거리가 되자 그 자리에 우뚝 섰다. 허리춤에서 권총을 뽑아 안전장치를 풀었다.

청사 현관 쪽에서 어지러운 구두 발짝 소리가 들리더니 금테 두른 모자를 쓴 경찰을 선두로 다섯 사람이 모습을 보였다. 박학수는 그들에게 권총을 겨누었다. 다섯 경찰은 걸음을 멈추고 박학수를 잠시 노려보더니 뒷걸음을 쳤다. 그중에 세 사람이 권총을 뽑아들었다.

"경찰들은 듣거라."

박학수가 소리쳤다.

"내가 화염병으로 오기삼이를 죽인 박학수다. 이젠 너희와 싸울 차례다. 박학수의 마지막 전투다."

말을 끝냄과 동시 박학수는 방아쇠를 당겼다. 탕 탕 탕 탕 탕 탕 탕 귀를 찢는 듯한 총소리가 초저녁 어둠을 뚫고 사방으로 퍼져나갔다. 메아리가 길게 꼬리를 이었다.

네번째 총소리가 울리자 다섯 경찰이 납작 엎드렸다. 그리고 일제히 박학수를 향해 사격을 시작했다. 집중사격을 당한 박학수는 비명 한번 지르지 못하고 그 자리에 폭 꼬꾸라졌다. 경찰 쪽에는 아무 피해가 없었다.

이승의 하직 절차를 이렇게 세운 김덕중 노인은 얼굴을 말끔히 씻은 뒤 화장실의 거울을 떼어다 석고상 옆에 놓고 석고상 앞에 자세를 바르게 하고 앉았다. 이제야말로 최후로 신의 솜씨를 발휘해야 할 때였다. 박학수의 분장이 일주일을 염두에 둔 것이라면 이번의 분장은 적어도 땅에 묻힐 때까지는 벗겨지거나 지워져서는 안되는 것이었다. 그런만큼 주의깊고 빈틈없이 하지 않으면 안되었다. 그는 자기의 두 손을 다시 한번 응시했다. 그리고 마음속으로 빌었다. 시간이 촉박한 만큼 실수가 없도록 해주십사 하고.

그는 평생 처음이랄 수 있는 경건한 마음으로 박학수의 얼굴을 떠올렸다. 얼굴 특징 하나하나를 머릿속에 그렸다. 그런데 이상하게도 학수의 얼굴이 또렷하게 만들어지지 않았다. 머리는 머리대로 눈은 눈대로 입술은 입술대로 또 날카롭긴 해도 힘이 없는 코는 코대로 따로 떨어져 도무지 조합이 되지 않는 것이었다. 노인은 잠시 동안 망연한 기분으로 거울만 들여다보고 있었다.

"이렇게 넋을 놓아서는 안돼."

그는 다시 자신을 추슬렀다. 자세도 가다듬었다. 심호흡도 했다. 그는 거듭거듭 일이 순조로이 되도록 마음속으로 빌었다. 어떤 일이 있어도 성공적인 분장이 되어야 하는 것이었고 그래야 학수가 자유를 찾을 수 있을 것이라 믿었다. 그는 학수의 여권을 꺼내 사진을 펼쳐놓았다. 학수의 얼굴이 한결 뚜렷하게 그려졌다.

분장이 완벽해야 학수가 자유로워진다는 그의 생각은 신앙에 가까웠다. 그리고 그 믿음이 자신의 홀로살이를 청산하는 여러 방법 가운데서 가장 극적이고 예술적인 방법을 선택하게 했다고 생각했다. 한 노인이 생을 마감하면서 궁지에 빠진 한 젊은이에게 새로운 생을 되돌려주게 된다면 그 끝이 어찌 장엄하다 하지 않을 것인가. 그는 비장감까지 느껴지는 생각에 사로잡혀 있었다. 그의 생각은 절대 돌이킬 수 없는 것이었다. '화염병 작전'으로 한 젊은이를 절대궁지로 몰아넣은 책임을 지겠다는 것이 아니라 순수한 애정으로, 또 한세상을 살았다는 보람으로 그런 생각을 하는 것이다.

그의 생각은 자신이 박학수로 죽임을 당하게 되면 그에 대한 지명수배가 해제될 것이고 그러면 자연히 박학수는 안심하고 살 수 있게 된다는 아주 단순한 것이었다.

박학수로 보이도록 분장만 완벽하다면 문제는 없을 것이라 믿었다. 물론 경찰은 신원을 확인할 것이다. 그의 주머니에 든 박학수의 여권을 보고 박학수로 인정할 것이고 이틀 후에는 지명수배가 해제될 것이다. 일이 잘못되어 뒤늦게 피살자가 박학수가 아닌 것으로 밝혀져도 경찰로서는 피살자가 박학수가 아니라는 정정발표를 하지 못할 것이다. 홀로살이에 지쳐버린 한 늙고 가련한 분장사의 정신착란이 불러온 권총난사 행위를 난사범이라는 이유만으로 무자비하게 사살했다는 비난여론을 덮어쓰고 싶지 않을 것이기 때문이다.

김덕중 노인은 이 계획은 절대 실패하지 않을 것이라 확신하며 자기 얼굴에 분장을 시작했다. 신이 내린 손이 조금씩 제 궤도를 찾은 듯 섬세하게 움직이기 시작해서 마음은 더없이 평온해졌다. 평온한 마음속에 한평생 동안 느껴보지 못했던 뜨거운 희열이 눈물처럼 맺혔다가 전신을 스쳐갔다.

자유를 향한 변모

구중서

소설가 윤정규는 지금 항도 부산에서 가장 긴 연조를 지닌 작가이다. 그는 1957년 「축생도(畜生圖)」, 1963년 「사각(死角)」으로 월간 『현대문학』지 추천을 거침으로써 문단에 나왔다.

그 뒤 우리 사회의 정치적 부조리를 풍자한 「오욕의 강물」(1969), 산업사회의 부조리를 다룬 「장렬한 화염」(1972), 「산타클로스는 언제 죽었나」(1973) 등을 통해 일관되게 현실의식의 작품들을 발표하였다.

「장렬한 화염」은 신상웅·임헌영·백승철·구중서 등이 엮어내던 동인지 『상황』에 발표됐고, 이어서 연극으로 각색되었다. 이 연극이 당시 서울의 제일교회에서 공연되었다. 제일교회는 민주화운동의 선봉에 서 있던 박형규 목사가 담임으로 있어 군사독재정권으로부터 혹심한 탄압을 받고 있었다. '상황' 동인들이 이 연극의 개막공연을 관람 하였다.

부도덕한 사장과 항거하는 노동자들 사이에서 고뇌하는 공장장 민수가 주인공인데, 이 주인공의 어린 아들마저 병원비가 없어 목숨을 잃는 대목에서 공장은 분노의 화염에 휩싸이게 된다. 관람 직전에 저녁식사를 하면서 약간의 반주를 한 나는 이 연극이 막을 내리는 순간 무대에 뛰어올라갔다. 공연이 준 충동에서 나는, 그때 무대에 올라가 무슨 말을 했는지 지금 잘 생각이 나지 않지만, 비분강개하여 몇마디의 즉흥연설을 한 셈이다. 부끄러운 치기이기도 하면서 그때로서는 숫된 열정의 한 표현이었다고 생각된다.

이리하여 윤정규는 '상황' 동인의 일원처럼 여겨졌고, 그가 가끔 부산에서 서울로 올라오면 으레 '상황' 동인들과 어울렸다. 윤정규의 떠들썩한 부산 깡사투리가 서울의 무교동 뒷골목을 흔들어놓곤 하였다.

윤정규의 또 한가지 면모는 요산 김정한 선생과의 관계이다. 반골의 기질이라든가 우직한 소설 문체로 보아 윤정규는 가히 요산의 후계라 할 만하다. 특히 1980년대에 요산문학상이 제정되면서부터 그 상의 운영실무는 거의 윤정규의 몫이었다. 요산 선생은 밤이고 새벽이고 스스럼없이 전화로 윤정규를 부르는 것이었다. 서울의 문인들이 부산에 가보면 요산 선생과 윤정규의 사이가 퉁명스러운 듯하면서도 곰살궂은 정리로서 아름다워 보였다. 요산 없는 윤정규, 윤정규 없는 요산은 무언가 허전할 것 같았다.

부산은 얼핏 보기에 뱃사람들의 고장으로서 거칠게 느껴질 법하다. 그런데 요산 김정한 선생을 둘러싸고 되어 돌아가는 분위기를 보면 아주 농익은 문화도시의 격조를 띠고 있다.

요산이 어떤 인물인가. 그는 일제 말엽에 붓을 꺾은 지사이다. 해방 후에는 친일문인들의 재등장에 역심이 생겨 계속 문단을 외면하였다.

그러다가 1960년대 들어와서야 다시 소설을 쓰기 시작하였다. 그것은 현실의 부조리를 끝내 외면할 수만 없는 책임감 때문이었다. 그 비타협의 고집스런 역정 속에서 요산은 으레 불온사상가쯤으로 관변의 괄시를 받아왔다.

그런데 1980년대 이른바 신군부의 독재가 기승을 부리던 때에 요산문학상 제정이 추진되었다. 주변의 그러한 추진에 요산 자신도 소탈하게 나서서 거들고자 하였다. 부산에서는 요산이 만나자고 하거나 부르는 경우 시장·대학총장·신문사 사장, 모든 이가 "예, 선생님" 하고 따랐다. 요산의 한마디 말에 순응하지 않는 인사가 부산 바닥에 없다는 사실이 중요하다.

요산문학상 시상식장에 부산의 각 기관장이 축사를 하러 나온다. 그들의 축사 내용을 들으면 "요산 선생은 우리나라 농민문학과 민중문학의 개척자이시고……" 이렇게 나아간다. 당시로서는 공직자가 '민중문학'을 찬양하는 언사를 쓸 수가 없었다. 그런데 윤정규 휘하의 젊은 문인들이 그와 같은 내용의 축사를 써서 그 기관장들에게 제공했고, 기관장들은 무슨 뜻인지도 잘 모르고 그 축사 원고를 그대로 읽었던 것이다. 그리고 이런 정도로서는 문제가 되지 않고 넘어간 것도 모두 요산이라는 나무의 그늘이 컸기 때문이었다.

그러다가 결국 한번 사건이 발생하였다. 제2회 요산문학상 시상 때였던가. 광주의 문병란 시인에게 상을 주기로 심사위원회에서 결정을 하였다. 이 결정에는 주저하는 심사위원들도 있었다. 심사위원장은 시인 박두진 선생이었다. 심사위원의 한 사람인 내가 유난히 문병란 시인에게 수상하기를 고집하였다. "요산문학의 성격이 민족적이고 민중적이므로……" 이것이 나의 주장에 전제가 되었다. 당시는 광주 민주항쟁이 신군부의 진압군에 의해 참담하게 유린된 때였다. 과연 정보부가 나서서 저지하므로 이 상은 시상식을 갖지 못하고 상장과 부상만 조용히 문시인에게 전달되었다. 여기에서 그치지 않고 상운영위원회에서 몇사람이 쫓겨나고 윤정규도 물론 쫓겨났다. 박두진 선생을 모시고 1·2회까지 심사위원을 맡았던 나도 그후로는 심사위원 위촉을 받지 못하였다.

지금 작가 윤정규는 부산에서 의연히 요산문학제의 대회장직을 맡으면서 성대하게 행사를 잘 꾸려가고 있다. 요산 선생은 이제 별세하였지만 해마다 부산과 전국의 문학인들이 모여 문학강연회도 하고, 폐가가 된 요산 생가와 소설 「사밧재」의 무대인 실제의 사밧재를 순례한다. 저녁이면 50명도 더 되는 문인들이 바닷가 횟집에 가서 축제의 뒤풀이 잔치도 한다.

요산 선생 생전의 한 장면이 떠오른다. 서울에서 박두진 선생이 부산에 내려가면 요산 선생과 휘하 문인들이 열명 남짓 모인다. 윤정규·김규태·허만하를 비롯한 사람들이다. 요산 선생이 한말씀 한다. "오늘 점심은 허만하씨가 내야겠네" 하면 의사 직업을 가지고 있는 허만하 시인이 "예, 선생님 알겠습니다" 한다. 그리고 일행이 몇대의 택시에 나누어 타고 해운대의 바닷가 횟집으로 가는 것이다.

단란하고 돈독해서 좋았지만 그때의 요산 선생 실력은 그런 차원의 것이었다. 그런데 지금 윤정규가 요산 당대보다 훨씬 큰 규모로 요산문학제를 치르고 바닷가로 뒤풀이를 나간다. 영남 출신 군인대통령들이 30년간 독재정치를 펼쳤지만, 그 영남의 큰 아성인 부산에서 오척 단구의 강직한 소설가 요산 김정한이 그처럼 당당하게 군림했던 그 현실은 무엇인가. 그것은 전설 같으면서 전통이며 지역사회 부산의 높은 문화적 격조이다. 국토의 끝에서도 이와 같은 격조가 있을 때 민족문학과 문화국민의 전도는 스스로 긍지를 지닐 만하다.

여기에서 다시 전개되는 역사 단계의 한 몫이 소설가 윤정규에게 지워져 있다. 이때에 윤정규의 장편소설 『얼굴 없는 전쟁』이 책이 되어 나온다.

윤정규 원래의 소설은 대개 사회현실을 주제로 한 정공법의 것이었다. 그런데 이번에는 돌연 변신의 수법을 쓰기로 작심한 것 같다. 서울 충무로 영화판의 한 분장사가 주인공이다. 이 작가가 서울을 무대로 하는 소설을 쓰는 것도 눈길을 끈다. "누구는 국토의 끝 부산에만 갇혀서 살라는 법이 있느냐"라는 역심이 발동한 것일까. 하기야 노무현 하나마저 국회의원에 낙선시키는 지역감정의 정 떨어지는 한계에서 작가는 차라리 황당무계한 모습을 보여주고 싶은 심정이었는지도 모른다.

한 늙은 분장사, 그 인생의 말로에 하나의 활극을 연출하다니. 한 조직폭력단의 살인사건으로 피신을 하게 된 청년 박학수가 영화 분장사 출신으로 독신생활을 하고 있는 노인 김덕중의 아파트에 침입한다. 피신중에 강제로 침입하게 된 사정이었지만 아파트 주인과 침입자 사이에 인간적인 이해가 싹트기 시작한다. 뜻하지 않는 정황에서 동지적인 한패처럼 되어버린 김덕중과 박학수는 자신들과 관련되는 뉴스를 듣기 위해 수시로 라디오에 귀를 기울인다.

그런데 이 뉴스에 당연히 따라나오는 일반사회의 뉴스 내용들이 있다. 사회로부터 소외된 독신자 김덕중 노인은 이 사회적 뉴스들에 대해 무심히 흘려넘기지 못한다. 몇마디씩 뇌까리는 언급이 삽입된다. 이 삽입 부분들을 통해 작가 윤정규는 실상 황당할 수만은 없는 자신의 본색을 소설의 바닥에 깔아나간다. 가령 이러한 뇌까림의 대목들이 있다.

"박정희 시대 십팔년 동안 품격있고 진짜 영화 같은 작품 하나 나온 게 없어. (…) 정치적으로 민감한 감독들 여럿이 욕을 봤어. 그런데 요즘 박정희기념관을 만든다더군. 그것도 나랏돈 들여서 말야. 포복절도할 노릇이야."

"궁류는 내가 살던 유곡면의 윗면이야. 합천군과 인접해 있는 조용한 산골마을이야. 그 마을 지서에 우모라는 미친 순경이 근무를 했는데 어느날 밤 이놈이 (…) 마을사람들에게 총을 쏴서 삼십여 명이 죽고 이십여 명이 큰 부상을 입었어. (…) 전두환이가 권력을 빼앗아쥐고 깃발 날릴 때였지. 윗물이 그 지경이니 아랫물도 그랬던 거야. 죽일놈!"

뒤이어 정치권의 진흙탕 싸움이 재연됐다는 개똥같은 소식을 전하고 있었다. (…) "6·15를 기점으로 남북한 사이에 무슨 물꼬가 트이긴 트이는 모냥인데 정치하는 놈들이 저 지경이어서야 통일을 해봐야 나라 잘되긴 그른 것 같애."

이것이 분장사 출신 김덕중 노인의 뇌까림이다. 비록 부수적인 삽입 부분들이시만 이러한 언급들이 개재한다는 것은 작가 윤정규가 이번 소설을 통해서도 할 생각은 다 하고 할 얘기도 다 하고 있는 것이다. 그렇다면 이 이성적인 현실인식의 견지와 소설의 큰 줄기가 되고 있는 일견 황당한 활극 사이에는 어떤 의미의 맥락이 있는 것일까.
실상 이 소설이 펼치는 플롯이 아무 경위 없이 돌출하거나 일탈한 것은 없다.

박학수는 국내 조폭에 휘말려 일본에 가서 야꾸자 두 명을 살해하고 돈가방을 가지고 귀국한다. 그러나 박학수가 원래 폭력배였던 것은 아니다. 선량한 아내와 어린 아들을 둔 정상적인 시민이었다. 그런데 식구들이 교통사고로 죽고 사고를 낸 덤프트럭은 뺑소니를 치고 말았다. 박학수는 뺑소니 운전사를 잡아주지 않는다고 경찰서에 가서 항의를 하다가 격해져서 기물을 부수고 유치장에 들어갔다. 이 유치장에서 박학수는 군대시절에 특수부대 동료였던 오기삼을 만난다. 이 오기삼이 폭력조직의 거물이 되어 있었고 그의 호의에 신세를 진 탓으로 박학수는 일본인 야꾸자를 공격하는 데에 하수인이 되었다. 그러나 일본에서 박학수가 거액의 돈가방을 가지고 귀국할 때 오기삼은 그 돈을 아무도 모르게 독식하기 위해 박학수를 죽이려 하였다. 이 음모에서 탈출해 피신하던 박학수가 김덕중 노인의 아파트로 숨어들게 된 것이다.

  이 경위를 듣고 난 김덕중 노인은 본성이 불량하지 않았던 박학수를 돕기로 하여, 모험적인 공격으로 오기삼을 응징한다. 김덕중과 박학수는 화염병 투척의 방법으로 오기삼의 조직 본거지를 공격했는데 그 결과로 오기삼이 부상을 입은 끝에 목숨을 잃는다.

  이것이 이른바 느닷없는 '전쟁'이라는 것이다. 김덕중 노인은 젊은 시절 충무로 영화판에서 배우들의 분장사로 으뜸가는 성가를 얻었다. 그 결과로 풋내기 여배우들과 염문을 뿌리는 호시절도 누린다. 그러나 정교하게 분장을 해준다는 일은 철저하게 거짓을 꾸미는 기능이다. 이 기능인은 한때 자기도취에도 빠졌지만 끝내 분장하지 않은 사람에 대해서는 제대로 신원을 알아보지 못하는 일종의 정신병 상태에 빠져버린다. 그리하여 그 직종에서 쫓겨난 처지가 되었다. 소외되고 기약없는 홀로살이로 노년기에 접어들었다.

박학수가 피신 도중 막다른 골목에서 마침 문이 열려 있는 어떤 아파트에 침입한 것이 김덕중 노인과의 만남이다. 이러한 만남이 우연이라면 우연이다. 그러나 개연성이 전혀 없는 우연은 아니라고 볼 수 있다. 작가는 이 소설에서 나름대로 황당한 우연들을 경계한 흔적을 보인다. 김덕중이 충무로 영화판의 분장사를 지망하게 된 동기도 그렇다. 그것은 김덕중이 군대시절에 황토와 검정으로 얼굴을 위장하고 행군을 했던 경험에서 흥미를 가지고 시작한 일이다. 폭력조직과의 관계도 그렇다. 김덕중이 영화판 생활을 할 때 임화수라는 폭력조직 왕초가 정치권력을 등에 업고 수많은 예술인들에게 행패를 부린 사실을 김덕중은 치가 떨리게 기억하고 있다.

　결국 어차피 보잘것없이 된 인생에서 종말을 어떻게 지을 것이냐. 이런 문제에 김덕중의 인식이 접근하였다. 이제 외로이 시드는 인생의 폐쇄된 공간은 싫다. 과거가 방탕과 정신도착에 빠졌던 것도 후회스럽다. 이제 함께 의논을 할 한명의 인간이 그립고, 함께 탈출을 할 하나의 행동이 있을 수 있다면 더욱 신선한 일이다.

　여기에서 김덕중은 피신자 박학수의 침입을 반갑게 맞이한다. 그리고 운명적 불행이라든가 구조적 불행을 획책하는 적이 나타난다면 그 적을 향해 몸을 던져 행동으로 대결하는 것이다. 어차피 사회 전반을 볼 때, 또 책임의 중심지대인 정치 분야를 볼 때 도덕성에 의해 책임을 지는 인간이 하나도 없다.

　억울한 박학수의 인생에 편을 들어주자. 이 하나의 타자를 위해 나를 희생하자. 이것이 마지막 나의 최선이다── 김덕중은 그렇게 생각한다.

　그리하여 자신의 노련한 기술로써 박학수를 분장시켜 함께 피신해 있는 아파트에서 탈출케 한다. 김덕중 자신은 박학수의 얼굴로 분장을 한다. 끈질기게 설득해 박학수의 신분증도 김덕중이 지니게 되었다. 박학수가 떠난 후 김덕중은 박학수가 되어 경찰에 자수하면서 발악처럼 권총을 난사한다. 여러 경찰의 대항사격을 받아 김덕중은 이 세상에서 사라진다. 박학수는 죽었고 그에 대한 지명수배도 해제된다. 이렇게 해서 박학수를 자유의 몸이 되게 한다. 김덕중도 스스로 택한 길에서 기꺼이 죽었으므로 자유를 얻는 것이다.

박학수를 떠나보내고 김덕중 노인은 이러한 상상을 하면서 자신의 얼굴을 박학수의 얼굴로 열심히 분장하고 있다. 그의 기술은 노련하고 분장은 성공적이다. 여기에서 소설이 끝난다. 그 뒤를 더 상상하더라도 김덕중은 그렇게 죽었을 것이다. 거기에서 그는 자유를 느꼈을 터이니까.

작가 윤정규. 그는 지금 많이 자유롭고 싶은 것 같다. 변모하고 탈출하고, 황당할 정도라도 상상의 나래를 펴며 그는 끝내 자유를 얻고 싶은 것 같다.

具仲書/문학평론가